RONALD FRICKE

Der Tote im Borgward

RONALD FRICKE

Der Tote im Borgward

KRIMINALROMAN

GMEINER

Personen und Handlung sind frei erfunden.
Ähnlichkeiten mit lebenden oder toten Personen
sind rein zufällig und nicht beabsichtigt.

Immer informiert

Spannung pur – mit unserem Newsletter informieren wir Sie
regelmäßig über Wissenswertes aus unserer Bücherwelt.

Gefällt mir!

Facebook: @Gmeiner.Verlag
Instagram: @gmeinerverlag

Besuchen Sie uns im Internet:
www.gmeiner-verlag.de

© 2024 – Gmeiner-Verlag GmbH
Im Ehnried 5, 88605 Meßkirch
Telefon 07575/2095-0
info@gmeiner-verlag.de
Alle Rechte vorbehalten
1. Auflage 2024

Herstellung: Mirjam Hecht
Umschlaggestaltung: U.O.R.G. Lutz Eberle, Stuttgart
unter Verwendung eines Fotos von: © Georg Schmidt, Archiv Peter Kurze
Druck: GGP Media GmbH, Pößneck
Printed in Germany
ISBN 978-3-8392-0683-6

»Denn Geschichte ist nie abgeschlossen, sie wirkt in jede Gegenwart hinein, sie überprüft uns, gibt uns etwas auf, sie verstört, erinnert und verpflichtet uns und läßt uns erschauern vor den Möglichkeiten des Menschen.«

(Siegfried Lenz, aus seiner Dankesrede zum Erhalt des Friedenspreis des Deutschen Buchhandels, 1988)

TEIL 1

EIN MANN DER MITTLEREN DISTANZ

PROLOG

Plötzlich ist da eine Stille, und eine Woge ergreift mich und schleudert mich durch die Luft. Dann ist da eine große Dunkelheit, erfüllt mit Schmerz. Dann kommt der Krach zurück. Lauter denn je. Ohrenbetäubender Krach. Wo ist Heiko? Ich klettere und krieche durch die Trümmer. Über mir das wütende Lichterspektakel der Flak am nächtlichen Himmel. Eine schmutzige Hand schaut aus dem Schutt und dem Qualm heraus, die Finger bewegen sich hilflos. Ich spüre keinen Schmerz, obgleich ich blute. Ich spüre nur einen Wunsch: Ich muss zu dieser Hand. Ich stolpere und stürze, bis ich endlich die Hand erreiche. Ich fasse sie. Ich halte sie. Will um Verzeihung bitten. Kann nicht. Mein Mund ist voller Dreck. Ich krächze. Er kann mich nicht hören. Die Hand erschlafft mit einem Rieseln, ich weiß nicht, woher. Ich bin mir sicher, wenn ich die Hand loslasse, geht die Welt endgültig unter. Dann wird mir klar, dass Heiko tot ist. Tot. Also ist die Welt bereits untergegangen. Aber die Hand regt sich plötzlich, greift zu, packt mich. Jubel erfasst mich. Doch was ist das? Die Hand zieht mich, sie will mich unter den Schutt zerren. Mein Arm ist schon verschwunden, und mich ergreift eisige Dunkelheit. Ich schreie, denn jetzt will ich leben, leben! Männer zerren mich weg und tragen mich von Heiko fort. Einer flucht böse und spuckt aus: »Scheiß Tommys!«

Trotzdem ist mir, als hätte ich Heikos Hand niemals losgelassen, sondern wäre wie durch ein unsichtbares Band mit dem Toten verbunden, gefangen in einer zu Kristall erstarrten Sekunde bis in alle Ewigkeit.

KAPITEL 1

Der Regen hatte nachgelassen, als ich am Tatort ankam. Fröstelnd duckte ich mich in den grauen Wollmantel, den Gisela mir geschenkt hatte. Die Düsternis des Morgens durchdrang alles mit ihrer kalten, dunstigen Nässe. In den Pfützen spiegelte sich der Himmel schattenhaft.

Eine halbe Stunde zuvor hatte mich ein Streifenpolizist aus dem Bett geklingelt, und ich war gleich von der Neustadt hierhergeeilt mit meinem Fahrrad, ohne zu frühstücken oder vorher zum Präsidium zu fahren. Außer dem Pfefferminzgeschmack der Zahnpasta hatte ich noch nichts genossen. Aber ich wollte so früh wie möglich erscheinen. Es war schließlich mein erster Fall, und Schröder konnte ungehalten werden, wie man mir gesagt hatte.

Nur zögernd näherte ich mich dem Tatort.

Das blaue Licht der beiden Polizeiautos durchpulste stumm die Szenerie, während eine Straßenbahn sich einen Weg durch das Chaos bimmelte. Kreischendes Quietschen, als Stahl auf Stahl schabte. Das Geräusch verursachte Schmerzen an meinen Zähnen. Und endlich ruckelte die Straßenbahn knirschend vorbei.

Im selben Moment, wie ich unterm Absperrband durchtauchte, kam auch Schröder. Groß und feist verließ der Mann seinen Wagen und schritt quer über die Straße, als durchteilte er ein Meer. Alle Augen waren sofort auf ihn gerichtet, den Hauptkommissar. Mich bemerkte man kaum. Ich trat an den Wagen, dessen Fahrertür geöffnet war, und sah den Toten, den Toten im Borgward, wie es später in der Presse lauten würde.

Ich schüttelte mich vor Kälte, auch um ein Bild loszuwerden, das Bild eines anderen Toten, den ich einmal gesehen hatte. Einen Jungen. Der Tote blickte aus seinen leeren ... Augen. Nein, es gab keine Augen. Stattdessen gab es – Blumen. Ja, er schaute mit seinen Blumenaugen in den weißen Kunststoffhimmel des Wagens. Der Mund stand offen, was dem Gesicht einen erstaunten Ausdruck verlieh. Der Kopf war nach hinten gelehnt. Jemand, vermutlich der Täter, hatte den Sitz nach hinten gedreht, sodass der Tote nicht nach vorn fiel.

Das Auto war ein Borgward, also nicht irgendein Auto; denn natürlich dachten wir alle sofort an die Borgward-Krise, die die Schlagzeilen beherrschte, und so war es ein Sinnbild, dass der Tote gerade in solch einem Wagen saß, hinter dem Steuer, in einer halb liegenden Position.

Um mich herum war Stimmengewirr. Das Innere des Wagens und der Tote selbst waren geradezu voller Blut. Blitzlichter funkten in den diesigen Morgen. Die Fotografin suchte immer wieder eine neue, eine bessere Stellung, um das Innere des Wagens und die Lage des Opfers ins Visier zu nehmen.

Aber was war das?

Mein Chef, Kriminalhauptkommissar Schröder, begann, irgendetwas zu rezitieren. Es klang eigenartig schön, begleitet vom rasselnden Beckenklang des Windes, der über die Pfützen strich.

Es klang auch zynisch.

»Das macht der immer so«, flüsterte mir Kemnich von der Kriminaltechnik zu. Ein Polizist in Uniform glotzte verständnislos. Ein anderer zeigte einem anderen heimlich den Vogel. Aus Schröders immer feuchten und irgendwie gierigen Lippen strömten diese Verse in einem basstiefen Gurgeln. Es ging um einen ersoffenen Bierkutscher, der eine Aster zwischen den Zähnen hatte. Er liegt nackt auf einem Seziertisch. Man schneidet ihm die Zunge heraus. Da schwimmt eine kleine Aster davon in sein Gehirn. Soll sich die kleine Aster satt trinken, heißt es. Satt trinken am Fleisch des Toten, sagt die Stimme des Gedichts und sagte die Stimme Schröders.

Dabei waren es keine Astern, es waren zwei Nelken, eine weiße und eine rote, und sie lagen dem Toten auf den Augen, waren seine neuen Augen. Um den Mund und auf dem Kinn viel Blut. Trotz allem, dachte ich, ist die Anmut des Antlitzes noch nicht ausgelöscht. Die blutigen Blütenaugen vereinigten auf bizarre Weise Schönheit und Grausamkeit.

Schröder beendete seinen kleinen Ausflug ins Poetische mit einem Wort wie ein Gong: »Benn.« Und fügte noch hinzu: »Gottfried.« Er grinste, um den Zynismus perfekt zu machen. Schröder war ein Hüne, über einen Meter neunzig aufragend, Stiernacken, breiter Brustkorb, riesige, kräftige Schaufelbaggerhände. Dazu eine richtige Fresse: selbst jetzt noch, wo er über fünfzig Jahre alt war, pockennarbig. Dazu ein zünftiger Schmiss, quer über die rechte Wange, war Korpsstudent in Göttingen Anfang der Dreißigerjahre gewesen.

»Die Blüten. Die sind doch vom Schießstand«, bemerkte Schröder.

Der Rechtsmediziner, der den Toten untersuchte, kam aus dem Wagen hervor und machte Schröder Platz. Der stierte ins Innere, er beugte sich hinein in den Fond des Wagens und schaute dem Toten direkt auf die Blütenaugen. »Aha«, murmelte er. Alle warteten gespannt. »Die sind angepinnt«, stellte er fest. »Mit einem Draht oder so. Das müsst ihr euch nachher mal genau anschauen.«

»Wo sind denn die Augen?«, fragte ich. Ich war bisher noch niemandem aufgefallen. Jetzt starrten mich alle an, und dann lenkten sie den Blick auf den toten Mann im Wagen. Schröder knurrte. Schröder kramte. Er zückte eine Pinzette. Damit versuchte er vorsichtig, die Kunstblüte beiseitezuschieben, um dahinter zu sehen.

»Weg … Keiner rührt sich!«

Wir erstarrten sofort. Er kam aus dem Wagen heraus. Vorsichtig eierte er zehenspitzig mit seinen riesigen Quadratlatschen über die Gehwegplatten, sein Blick auf den Boden geheftet, ein Nilpferd als Ballerina. »Nicht, dass die Augen hier herumliegen und morgen spielen Kinder damit Murmeln.«

»Mensch, die hätten wir doch schon gefunden«, versicherte Kemnich.

Schröder entspannte sich. »Wie lange ist der Mann schon tot?« Er wandte sich an Dr. Hauptmann, den Rechtsmediziner.

»Noch nicht lange. Würde sagen, keine zwei Stunden.«

Schröder schaute auf seine Armbanduhr. »Also ist der Tod so gegen halb fünf, fünf eingetreten.«

»Ja, round about.« Der Mediziner war Mitte fünfzig, graue, trockene Haut und glasige Augen. Überarbeitet. Er hatte nach dem Krieg erst für die Engländer und dann für die Amerikaner gearbeitet, daher seine Angewohnheit, englische Redewendungen einzuflechten.

»Was meinen Sie, war der Mann schon tot, als man ihn blendete?« Wieder war der Arzt gefragt.

»Das lässt sich nur durch eine Autopsie feststellen, wenn überhaupt. Todeszeitpunkt und Augenentnahme liegen vermutlich zeitlich eng beieinander. Ich hoffe natürlich, dass die Blendung nachher geschah.«

Alle nickten.

»Jetzt erst mal weg mit ihm nach nebenan, in die Rechtsmedizin. Aber Vorsicht!«

Die Pathologie lag tatsächlich nicht weit weg von dem Ort, an dem wir uns gerade befanden, wenn auch nicht nebenan.

Schröder trat beiseite und ließ zwei Sanitäter ihre Arbeit machen. Der Tote wurde aus dem Wagen gehievt und auf eine Bahre gelegt – die beiden Männer waren nervös und unsicher angesichts des schaurigen Anblicks. Schließlich rutschte einem der Griff aus der Hand. Dabei fiel eine der beiden Blüten aus seiner menschlichen Vase und wäre beinahe auf dem Boden gelandet, aber ich, Thomas Nettelbeck, war zur Stelle und fing sie auf. Schröder fauchte die beiden an, die sich schuldbewusst duckten, sodass die Bahre zu schwanken begann. Dr. Hauptmann machte eine hilflose Bewegung. Wir alle sahen in die leere rechte Augenhöhle des Toten. Eine Blutspur von der Augenhöhle die Wange hinab war geronnen und glich einer roten Träne, künstlich, kitschig und schrecklich-clownesk zugleich, wie aufgemalt. Wir schauderten. Nur Schröder, so viel bemerkte ich, zuckte nicht, verriet mit keiner Miene, ob er betroffen war. Sein Gesichtsmassiv war versteinert, und dann sagte er, als würde ein Fels mit Leben behaucht:»Gut gemacht.«

Schröders Lob verwies mich wieder auf die Blüte in meiner Hand. Darin steckte ein Draht, wie man es von Jahrmarktblumen kennt. Kemnich hielt mir einen Asservatenbeutel hin. Ich legte die Blüte vorsichtig hinein. Am Draht und an einigen Blättern war Blut. Ich war zwar froh, die Blüte loszuwerden, wollte aber auch nicht pietätlos sein. Diese Blüte, so schien mir, war auf wunderliche Weise zu einem Teil des Toten geworden.

»Hier, meine Rotzfahne.« Schröder reichte mir ein zusammengefaltetes Taschentuch. Ich rieb das Blut ab und wusste nicht, ob ich ihm das blutbefleckte Stück Stoff wieder zurückgeben sollte. Was soll's. Ich steckte es in meine Manteltasche.

»Warum hat der Mörder sein Opfer brutal geblendet und dann mit Blumen bedeckt?«, sinnierte Schröder für sich, aber so, dass es jedermann hörte.

Währenddessen erklärte ein eifriger Polizeiwachtmeister: »Die Leiche, ein gewisser Thomas Neumann, neunundzwanzig Jahre alt, verheiratet, wurde heute um sechs Uhr fünfundvierzig gefunden. Ein neugieriger Passant wollte einfach einmal einen Blick ins Innere des schicken Wagens werfen. Ist ja auch eine Luxuskarosse, ein P100, das Beste, was Borgward zu bieten hat, und ein paar Extras dazu. Liegt tiefer, weil er eine Luftfederung besitzt. Das muss schaukeln wie im Himmelbettchen. War bestimmt ein Borgward-Liebhaber.«

»Wird es bald nicht mehr viele geben«, kommentierte einer.

»Sechs Zylinder, Hubraum zweitausendzweihundertvierzig Kubikzentimeter«, konstatierte Kemnich nüchtern mit leichtem Aufflackern von Zahlenmagie.

»Mann, kriegen Sie sich mal wieder ein! Der Wagen ist vermutlich ein Tatort!«, rumste Schröder dazwischen.

»Der Hansa 24-Hundert gefällt mir besser, irgendwie runder! Der alte Carl Borgward fährt den auch. Na ja, den haben die abgesägt. Hat im eigenen Laden nichts mehr zu sagen«, warf ein umherstehender Polizist ein und erntete einen bösen Blick vom Berg, der Schröder hieß. Er hielt sofort die Klappe.

Die Fotografin machte weitere Aufnahmen vom Tatort. Sie bemerkte, dass ich sie beobachtete, und drehte sich mir zu: »Zurbrüggen. Ich bin hier die Hoffotografin«, sagte sie und machte einen Knicks. Dieser ironische Moment währte nur kurz, und sie konzentrierte sich wieder auf ihre Arbeit und nahm kaum meine Antwort wahr: »Nettelbeck, Kommissaranwärter.« Sie war das, was man burschikos nennt, obwohl sie bestimmt ein paar Jahre älter war als ich, eine Frau Anfang dreißig.

»Wo hat der Mörder gestanden? Hier draußen? Öffnet die Wagentür, setzt die Pistole dem Opfer auf die Brust. Keine Gegenwehr? Überrumpelt? Schneidet ihm die Augen heraus. Und dann kramt er diese blöden Kunstblumen hervor und steckt sie seinem Opfer in die Augen? Eine rote und eine weiße? Himmel, was soll das? Hatte er die zufällig dabei?«

»Beziehungstat?«, fragte Kemnich als verspätete Reaktion auf den Monolog Schröders.

»Sieht so aus«, nuschelte ein Unbefugter.

»Oder es soll so aussehen«, konterte Schröder, der einzig Befugte und fuhr sich mit dem Zeigefinger an die Nase.

»Scheiße.« Es begann, wieder heftiger zu regnen. Regenschirme sprossen aus Händen. Ich kroch in meinen Mantel, aber es half nichts. Schröder teilte den Kriminalobermeister namens Kupfer ein, zusammen mit ein paar Streifenpolizisten in den umliegenden Häusern und Geschäften nachzufragen, ob jemand etwas gesehen hatte. Vielleicht hatte auch jemand den Schuss gehört. Schräg gegenüber war eine Bar namens Das Trunkene Schiff.

»Da auch«, gab Schröder Anweisung. »Und? Was machen wir, Nettelbeck?«

Ich überlegte kurz. Ehe ich antworten konnte, fiel Schröders betonschwere Pranke auf meine schmale Schulter. »Wir haben die überaus angenehme Aufgabe, einer jungen Frau mitzuteilen, dass sie ab heute Witwe ist. Verdammter Mist!«

In diesem Moment fuhr der Abschleppwagen vor. Eine heranrasselnde Bahn musste halten. Neugierige drängten sich ans Absperrband, bildeten einen Pulk, den einige Polizisten wieder zu zerstreuen suchten. Schröder hatte sich die Adresse des Toten von einem Polizisten geben lassen. Sein Wagen, eine blaue Isabella, parkte vorm Trunkenen Schiff. Schröder quetschte sich ins Auto. Der Borgward Isabella war offizielles Polizeiauto in Bremen, nur war Schröders nicht grün-weiß lackiert. Neugierig betrachtete ich das seltsam verschlossene Etablissement. Das Trunkene Schiff hatte keine Schaufenster, glich vielmehr einer Festung. Lediglich ein kleines, rautenförmiges Sichtfenster prangte in der rot gestrichenen Tür.

»Kennen Sie den Laden nicht?« Er ließ den Wagen an.

»Nein«, antwortete ich. Ich kannte in der Tat wenig von der Stadt. Hatte mich schon sehr früh nur dem Sport gewidmet und war jahrelang damit beschäftigt gewesen, so schnell wie möglich über vierhundert Meter Aschenbahn zu rennen. Immer im Kreis. Immer im Kreis. Und die letzten achtzehn Monate hatte ich in Düsseldorf verbracht wegen der Ausbildung.

»Gut so«, nickte Schröder und ging nicht weiter darauf ein.

KAPITEL 2

»Die Jungs konnten sich kaum wieder einkriegen! Die sehen einen Borgward und schon steht er ihnen. Bei mir regt sich da nix. Wie geht es Ihnen, Nettelbeck? Regt sich bei Ihnen was?« Er drehte mir kurz die Bulldoggenvisage zu, darin lag ein Schatten von Gemeinheit oder zumindest von Provokation. Ich arbeitete seit einer Woche im Dezernat unter Hauptkommissar Schröder und war vorgewarnt worden. Schröder provoziere gern. Was sollte ich antworten?

»Für mich ist ein Auto in erster Linie ein Gebrauchsgegenstand. Natürlich ... so 'ne Karosserie mit Stufenheck, wie das fließt ... das sind Formen, da kann einer schon schwach werden.« Ich wandte ihm nun meinerseits das Gesicht zu.

»Wollen Sie mich verscheißern, Nettelbeck?«

»Nee, ich doch nicht.«

»Dann ist ja gut!«

Wir fuhren in Richtung Schwachhausen. Es war acht Uhr fünf. Radio Bremen sendete den Wetterbericht: Regen. Außerdem war es richtig kalt. Nur fünf Grad. Ein typischer norddeutscher Apriltag. Ich, die Frostbeule, saß in meinem klammen Wintermantel, während Schröder einen beigen Popeline-Mantel trug, der an den Schultern und über dem Bauch spannte. Schröder schob den Gebläseschieber nach rechts. Das Gebläse begann zu heulen, mitten in einen Schmachtfetzen hinein.

Freddy Quinn sang: »Es kommt der Tag, da will man in die Fremde. Da, wo man lebt, scheint alles viel zu klein ...«

Der Tote im Borgward schien etwas angestoßen zu haben.

Ich wollte nicht daran denken. Am liebsten wäre ich ausgestiegen, um loszulaufen, zur nächsten Aschenbahn. Glücklicherweise machte Schröder Konversation und holte mich zurück in die Gegenwart.

»Träumen Sie nicht, Nettelbeck. Geben Sie mir mal den Zigarettenanzünder.« Ich zog an dem Plastikknopf. Schröder zog aus der Manteltasche eine Packung Zigaretten. Er schüttelte geschickt eine heraus, Marke Overstolz, und hielt sie an die wässrigen Lippen. »Sie rauchen ja nicht! Na ja, Sie waren nicht im Krieg. So einen Krieg überstehen Sie nur, wenn Sie ordentlich was zu rauchen haben. Auch in der Nachkriegszeit. Was glauben Sie, weshalb Zigaretten die Schwarzmarktwährung waren? Für 'ne Kippe hätte man sonst was getan. Sie waren fein raus. Wie alt waren Sie fünfundvierzig?«

»Fast dreizehn bei Kriegsende.«

»Wie war das eigentlich vor zwei Jahren? Sie hatten ihn fast, den Rekord! Brenner – oder wie hieß der Sieger? – war mindestens zehn Meter hinter Ihnen. Habe die Reportage gehört. Und dann – kurz vorm Ziel. Bums aus! Mein Mitleid haben Sie, Nettelbeck. Wirklich. Mensch.«

»Hat alles sein Gutes. Jetzt bin ich bei der Kripo.« Es kostete mich Überwindung, diesen Satz zu sagen. Dabei wäre ich 1956 fast bis zu den Spielen in Melbourne gerannt, aber Richtzenhain war schneller auf der Tausendfünfhunderter-Strecke, der holte dann mit drei zweiundvierzig sogar Silber. Neunundfünfzig das Aus für mich, beim Sturz auf die rote Erde, die immer näherkam, bis mein Gesicht dick damit gepudert war. Kniescheibe gebrochen. Patellasehne angerissen. Traum geplatzt.

Ich musste heftig schlucken. Die Wunde war noch offen, obwohl ich seit jener Zeit versuchte, diesen Tag zu vergessen. Zur Kripo zu gehen, war Teil dieser Strategie. Den Fokus auf etwas Neues richten. Trotzdem pochte nun die Wunde in meiner Brust mehr als im Knie. Eine Schwäche durfte ich diesem Chef gegenüber nicht zeigen. Er konnte einem das Leben zur Hölle machen, hatte ich gehört. Alle kuschten vor ihm in einer Mischung aus Ehrfurcht und Furcht.

»Verdammt!« Schröder bog scharf nach links in eine Seitenstraße ein. Nach wenigen Metern hatten wir unser Ziel erreicht. Der Lehester Deich zog sich schnurgerade als letzte Bastion Bremens durchs grüne Marschenland, danach kam noch eine Ansammlung von Bauernhöfen und schnell hingezimmerten Siedlungshäusern. Vor uns stand ein Bungalow mit Vorgarten und Garage. Schröder zwängte sich aus dem Wagen, zog den Rauch der Zigarette durch die Lungen und warf die Zigarette zwei Meter vor sich hin, also direkt vor das Gartentor. Mit dem übernächsten Schritt machte seine Sohle, mindestens Schuhgröße sechsundvierzig, dem qualmenden Ding den Garaus.

Das Haus war neu, der Mörtel gewissermaßen noch nicht trocken, der Vordergarten kahl – nackte, schwarze Erde. Wir gingen durch den Vorgarten zur Haustür. Ich spürte die geballte Kraft Schröders neben mir, es war geradezu, als ob er einem die Luft wegsaugte, wenn er einatmete. Schröder wollte auf die Klingel drücken, da öffnete sich die Tür.

Vor uns stand eine hochschwangere Frau, mindestens achter Monat. Auch das noch! Ich war schockiert, musste aber Haltung bewahren. Es war mir, als hätte ich einen Anteil an dem Unglück, das wir ihr gleich mitteilen würden, gewissermaßen als der verlängerte Arm der bösen Tat, deren Tentakel nun das Unglück in dieses Haus schleuderte. Ich konnte die Frau deshalb kaum anschauen, trotzdem sah ich, dass sie attraktiv war.

»Guten Morgen, Frau Neumann. Wir sind von der Polizei. Ich bin Hauptkommissar Schröder und das ist mein Kollege Herr Nettelbeck. Dürfen wir hereinkommen?«

Wir zeigten unsere Marken. Frau Neumann interessierte sich nicht dafür. Sie trat ein paar Schritte zurück in den Flur. Wir folgen ihr. Ich schloss die Tür. Es roch auch innen alles neu. Nach Farbe und Mörtel und Holz und Kaffee. Nach Zukunft und Glück. Nur den Tod, den roch man nicht. Noch nicht. Den hatten erst wir in dieses Haus gebracht. Als ließen wir mit dem Tod auch die Kälte ins Haus, schien die junge Frau zu frösteln.

»Wollen Sie ablegen?«, fragte sie mechanisch. Die war ganz woanders. Sie wirkte hin- und hergerissen, nervös.

Wir hängten unsere klammen Mäntel an die Garderobe. Daneben stand ein kleines Tischchen, darauf ein schneeweißes Telefon. Wir kamen ins Wohnzimmer. Es war groß, geradezu riesig, wenn ich an meine kleine Bude in der Neustadt dachte. Ein Panaromafenster gab die Aussicht auf weite Wiesen mit ein paar Pferden frei, die gesenkten Kopfes sich an dem nassen Grün labten. Auch der hintere Teil des Gartens war noch leer und wirkte seltsam verwaist.

Der Kaffeegeruch wurde stärker, und ich dürstete nach einer Tasse.

»Setzen Sie sich doch. Darf ich Ihnen einen Kaffee anbieten?«

Ich frohlockte, doch ehe ich Ja sagen konnte, wehrte Schröder auch in meinem Namen ab. Die Frau setzte sich auf ein rotes, modernes, schickes Ledersofa, strich gleichzeitig das Kleid glatt in einer fließenden Bewegung, damit es nicht knitterte. Schröder saß schon in einem Sessel, in nachlässiger Haltung, der Frau gegenüber. Ihre manikürten Finger ergriffen wie blind einen Teelöffel. Der Löffel stieß aus Versehen gegen den zarten Tassenrand. Es erklang ein winziges Stimmchen.

»Frau Neumann, ich muss Ihnen leider mitteilen, dass wir Ihren Ehemann tot aufgefunden haben.« Schröder stanzte diesen Satz metallisch in den Raum. Schweigen. Nur ihre Hand machte sich selbstständig und begann, in der Tasse zu rühren. Die Tasse war leer. Ich hielt den Atem an. Schröders Riesenhand schwebte wie ein Vogel über dem Tisch und landete auf den zarten Fingern der Frau. Das Geräusch des Herumrührens erstarb. Schröder schaute der Frau direkt in die Augen. In diesem Blick lagen Kraft und Ruhe. Ich glaubte, dass Schröder dieser Frau über seinen Blick eine Botschaft übermittelte, einen geheimen Trost vielleicht.

»Wo haben Sie ihn gefunden?«

Schröder ließ ihre Hand los und ihren Blick. Er lehnte sich zurück. Faltete die Hände wie ein Prälat vor den Bauch. »Am Dobben. Hinter dem Steuer seines Wagens.«

»Ein Autounfall?«

»Nein. Ihr Mann ist das Opfer eines Verbrechens. Er wurde getötet«, stanzte Schröder weiter.

»Wann? Wie? Ich verstehe nicht.« Sie war nur mehr eine Hülle voller Fragen. Ich hätte ihr gern etwas Tröstendes gesagt. Aber ich hatte einen trockenen Hals, und es war auch nicht meine Aufgabe.

»Das ist alles in Klärung. Wir wissen noch nicht viel. Sicher ist: im Laufe des frühen Morgens. Wissen Sie, was er da gemacht hat? Am Dobben?«

Sie überlegte. Schaute mit leerem Blick auf den Tisch, auf die Hand, auf den Löffel. Was suchte sie?

»Nein.«

»Wann ist er heute Morgen aus dem Haus gegangen?«

»Gar nicht.«

»Wie?«

»Er ist gar nicht nach Hause gekommen«, antwortete sie widerwillig.

»Das hat Sie nicht verwundert?«

»Doch, natürlich habe ich mir Sorgen gemacht. Es kam

in letzter Zeit öfter vor.« Wieder Widerwille. Es erschien ihr wohl so, als fragte man Selbstverständlichkeiten ab.

»Wissen Sie, was er nachts gemacht hat?«

»Ja, natürlich.«

»Und?«

»Gearbeitet. Er ist sehr fleißig und nimmt seinen Beruf sehr ernst.« Darin schwang Stolz mit. Sie richtete sich sogar etwas auf.

»Was ist Ihr Mann von Beruf?«

»Er ist Finanzchef.«

»Bei welcher Firma?«

»Ach, ich dachte, Sie wüssten es schon. Er ist bei Borgward beschäftigt.«

»Hm, daher wohl die Extras«, sagte Schröder mehr zu sich oder zu mir im Hinblick auf das Gespräch von vorhin. Mir schien es nur logisch, und ich wunderte mich, dass wir nicht gleich darauf gekommen waren. »Hatte Ihr Mann Feinde?«

»Thomas. Feinde? Nein!«

»Vielleicht jemand aus dem persönlichen Umfeld?«

»Wir kommen aus Köln. Wir kennen in Bremen niemanden persönlich. Wir sind gerne für uns.« Sie strich über die große Wölbung ihres Bauches.

»Oder im Büro? Borgward ist in der Krise. Da liegen die Nerven blank.«

»Thomas ist ein liebenswürdiger Mensch ... Aber den Dr. Semler, den mochte er nicht, nicht mehr. Er schimpfte auf ihn.«

»Weswegen?«

»Weil Thomas das Beste will und sich doch auch mit dem alten Herrn Borgward gut versteht. Fragen Sie im Büro nach ...« Sie beendete das Thema mit einer Handbewegung. Dann fuhr Sie fort: »Musste er leiden? Kann ich ihn sehen?«

Beim Wort »leiden« sah ich den blutdurchtränkten Anzug

vor mir und entkernte Augenhöhlen, aus denen Kunstblumen wuchsen und sich satt tranken. Mir ging das Gedicht nicht aus dem Sinn, es war unauflöslich mit der Szene verbunden.

»Nein.« Er ließ offen, ob damit die erste oder die zweite oder beide Fragen beantwortet wurden.

»Es würde uns bei unseren Ermittlungen helfen, wenn Sie uns ein Foto von Ihrem Mann geben könnten. Ein Passfoto reicht aus.«

Sie erhob sich wie eine Aufziehpuppe, ging zur Anrichte, zog eine Schublade auf und kam mit einem Passfoto zurück. Mechanisch setzte sie sich.

Schröder steckte das Foto ein und sagte: »Ich müsste einmal telefonieren. Darf ich Ihr Telefon benutzen?«

Sie nickte nur. Die schlanken Finger hakten sich ineinander, als wollte sie etwas festhalten, das schon fort war. Schröder schloss die Wohnzimmertür. Auch ich konnte nicht mehr still sitzen. Ich erhob mich und wanderte im Zimmer umher. Auf einem Sideboard stand ein Foto: darauf das Brautpaar. Sie in Weiß und er mit Frack. War ein hübscher Bursche. Hatte bestimmt Erfolg bei den Frauen. Wirklich ein schönes Paar. So glücklich. Daneben stand ein Musikschrank. Die Tür stand halb auf. Ich spähte hinein und sah »Elvis Presley is back«. Auf dem Cover ein Porträt von ihm mit der schwarzen, glänzenden Haartolle und dem Schlafzimmerblick. Mein Lieblingsstück darauf war »Fever«. Ich drehte mich um, weil ich ihren Blick im Rücken spürte und weil ich mich ertappt fühlte. »Entschuldigung. Ich bin auch Elvis-Fan«, sagte ich und erschrak über meine Unbedachtheit, in diesem Moment über meine Musikvorlieben zu sprechen.

»Versprechen Sie mir, dass Sie den Täter finden, der meinen Mann getötet hat!« Es klang wie ein Befehl und kam aus irgendeinem anderen Teil ihrer Persönlichkeit. Dann sackte sie zusammen. Ich meine, sie fiel neben dem Sofa auf den Teppich. Es war ein dumpfes Poltern, nicht sehr laut. Ich eilte am Tisch vorbei und beugte mich über sie. Sie hatte keine äußere Verletzung. Aber ihre Augäpfel schienen verrutscht zu sein. Schaum trat zwischen ihren Lippen hervor. Füße und Hände bebten und klopften gegen den Boden. Was sollte ich tun? Instinktiv versuchte ich, das Zittern zu unterdrücken. Ich fasste ihre Handgelenke an. Dann strich ich über den gewölbten Bauch, in dem das Ungeborene nun diesem Schock ausgesetzt war, als könnte ich es beruhigen. Eine große Hand an meiner Schulter riss mich rüde zur Seite.

»Rufen Sie einen Notarzt, Nettelbeck«, befahl Schröder in aller Seelenruhe. »Ist bloß ein epileptischer Anfall.« Schröder beugte sich über sie, ohne sie zu berühren, aber so, als wollte er sie abschirmen oder schützen vor was auch immer. Ich stolperte zum Telefon. Als ich aufgelegt hatte, fiel mir ihre Bitte ein: »Versprechen Sie mir, dass Sie den Täter finden, der meinen Mann getötet hat!«

Als der Notfallwagen kam, war der Anfall schon vorüber. Trotzdem war es besser, ins Krankenhaus zu fahren, um abzuklären, ob das Kind Schaden erlitten hatte. Sie weigerte sich zunächst. Schröder und der Sanitäter blieben aber hart, und so wurde sie zum Wagen geführt und hineingeschoben. Unsere Blicke trafen sich noch einmal kurz bevor die Tür des Krankenwagens geschlossen wurde.

KAPITEL 3

»Wir fahren jetzt nach Sebaldsbrück. Zum Werk«, befahl Schröder.

Bis zum Werksgelände von Borgward brauchten wir eine knappe halbe Stunde. Wir fuhren vor die Schranke des Werkstors. Der Pförtner kam aus seiner Kabine. Von weiter hinten, hinter Gebäuden und Anlagen, hörte man eine laute Stimme, verzerrt durch ein Megafon. Der Pförtner ließ uns passieren, nachdem wir unsere Ausweise gezeigt hatten.

»Hatten Sie veranlasst, dass man uns ankündigt?«, fragte ich. Deshalb war er, so hatte ich angenommen, telefonieren gewesen.

»Nein. Ich habe die Spurensicherung angewiesen, sich das Haus von Neumann vorzunehmen.«

Auf dem Werksgelände vor den Werkshallen herrschte Tumult. Arbeiter mit Transparenten, auf denen Sprüche standen wie »Kaisen ist kein Kaiser« und »Wer hat uns verraten«, skandierten das Geschriebene lauthals. Da wir nicht als Ordnungshüter erkennbar waren, schlugen protestierende Arbeiter auf das Autodach. Wir kamen nur im Schritttempo durch. Ich öffnete das Fenster, da die Luft im Auto mir gerade Übelkeit erzeugte. Ein wütender Arbeiter im Blaumann kam mit einer Latte auf unseren Wagen zu. Ein anderer hielt ihn auf. Er wies ihn darauf hin, dass unser Wagen »Werk unserer Hände Arbeit« sei. Unser Wagen, den die Marke schützte wie eine unsichtbare Rüstung, schob sich weiter langsam durch die Menge. Schließlich kamen wir heraus und parkten direkt vor dem Hauptgebäude. Ein Mann, vermutlich der Werksleiter, sprach zu den Leuten mit einem Megafon. Er versuchte, sie zu beruhigen, und drohte dann mit der Räumung des Geländes. Buh-Rufe und Pfiffe ertönten. Die Rede wurde beantwortet von einem der Arbeiter, klein, schmächtig und zerknittert, der ebenfalls in ein Megafon sprach und auf einem Podest stand: »Kollegen und Genossen! Wir lassen uns nicht abspeisen mit milden Gaben und Versprechungen! Wir müssen um unser Recht kämpfen!«

Zwei Werksangestellte in einer Fantasieuniform holten den Mann vom Podest, sie waren einen Kopf größer als er, entrissen ihm das Megafon und führten ihn ab. Ein Pfeifkonzert, garniert mit saftigen Schimpfkanonaden, brach über die zwei Ordner und den Werksleiter herein. Gegenstände, sogar kleine Steine, hagelten auf sie ein. Die Männer rissen den Mann mit sich und trugen ihn dann eingehakt fort. Er wehrte sich nicht besonders, strampelte nur belustigt mit den Beinen, als würde er Fahrradfahren üben, sah sich aber noch einmal kurz um und grinste den Werksleiter faunisch an.

Das Hauptgebäude war nicht, wie ich vermutet hatte, ein schwerfälliger Backsteinbau aus der Gründerzeit, sondern wirkte modern und wurde gekrönt von einem riesigen Borgward-Schriftzug. Eine hohe, bis zum Dach reichende, gläserne, in Fenstersprossen gebrochene Fassade bildete den Mittelpunkt des Hauptgebäudes, das sich über die zu beiden Seiten abgehenden länglichen Seitentrakte selbstbewusst erhob. Ich hielt, während wir aus dem Wagen stiegen und auf den Haupteingang zugingen, Ausschau nach dem aeroblauen Wagen von Herrn Carl Borgward, bis mir einfiel, dass er längst abgesetzt worden war und nun in seiner weißen Villa in Schwachhausen den unaufhaltbaren Zerfall seines Lebenswerks hilflos mitansehen musste. Eine Frau im offenen Regenmantel unter einem Schirm drängte sich durch die Menge und eilte uns entgegen.

»Mein Name ist Elfenbein. Ich bin Chefsekretärin. Sie sind die Herren von der Polizei?«

Schröder stellte uns als Kriminalkommissare vor. Wir kämen in einer Angelegenheit, die Herrn Neumann beträfe.

»Herr Neumann ist noch nicht im Büro«, sagte sie abwehrend.

»Das wissen wir. Er wird übrigens nicht mehr kommen.« Er beließ es bei dieser Andeutung, die mehr Fragen hervorrief, als sie beantwortete.

Wir gingen durch den Eingang der imposanten Glasfassade in ein Treppenhaus. Ich hatte etwas anderes erwartet, vielleicht eine Empfangshalle oder Ähnliches. Schröder ließ die Fragen der Dame an sich abprallen. Schließlich zuckte sie mit den Schultern. Im zweiten Stock angekommen, führte uns Frau Elfenbein in den linken Nebentrakt. In ihrem Bürozimmer griff sie zum Hörer und sprach kurz hinein. Dann sagte sie zu uns, wir sollten uns gedulden. Auf einem Tisch lag ein Stapel mit Hochglanzbroschüren. Ich blätterte darin herum. Neben glänzend-farbigen Karosserien waren Tabellen mit technischen Daten über Hubraum und Getriebe abgedruckt. Eine hübsche Dame in einer gepunkteten Bluse lehnte lächelnd am Kotflügel eines Borgwards und bewies, wie schön es war, einen Borgward zu besitzen. Ich klappte den Katalog zu. Vor dem Haus wurde der Lärm schwächer. Die Kundgebung war zu Ende. Wie viele Tausend Arbeitsplätze würden verloren gehen? Und was hatte dies mit dem toten Herrn Neumann zu tun? Dass es damit zu tun hatte, war offensichtlich. Die Borgward-Krise und ein Toter im Borgward. Das gehörte zusammen. Nur wie? Ich war gespannt darauf, es herauszufinden.

Herr Müller, ein älterer und grauhaariger Mann in einem gleichfarbigen Anzug, reichte uns die Hand. Er war sichtlich beunruhigt zu hören, dass er es mit der Polizei, sogar mit dem Kommissariat, zu tun hatte. Er stellte sich als stellvertretender Abteilungsleiter der Abteilung Finanzen und Rechnungswesen vor.

»Wir würden gerne zunächst einmal in Ihr Büro gehen. Dort besprechen wir alles Weitere«, sagte Schröder.

Herr Müller führte uns in sein Büro und gab weitschweifige Erklärungen darüber ab, dass er erst seit Kurzem in diesem Gebäude sein Büro habe. Eigentlich sei die Buchhaltung im Nebengebäude. Herr Semler wollte allerdings Herrn Neumann unbedingt in seiner Nähe haben. Und der wiederum wollte unbedingt ihn, Müller, in seiner Nähe wissen, und er, Müller, wiederum wollte die Bucherer bei sich haben, da er sehr eng mit seiner Assistentin zusammenarbeitete. Nach dieser Erklärung lachte er kurz auf und fügte hinzu: »Unter Herrn Borgward hätte es so etwas nicht gegeben!«

Schröder kommentierte den Sermon des Buchhalters mit einem trockenen »Aha«.

Er bot uns den einen Stuhl an, der vor seinem Schreibtisch stand, ging nach nebenan und kam mit einem weiteren zurück. Zu einer Frau machte er hastig eine Bewegung, die so viel besagte wie: husch-husch. Wir setzten uns. Sofort griff Müller nach einer rettenden Büroklammer, die er im Laufe des kurzen Gesprächs durch akribisches Hin- und Herbiegen ihrer angestammten Form beraubte.

Ich zückte ein Notizbuch, das noch unbeschrieben war. Meine erste Notiz war: »Borgward-Werk in Sebaldsbrück. 10:15. Herr Müller, Stellvtr. Finanzen«.

»Sie werden auf Herrn Dr. Neumann heute vergeblich warten. Im Übrigen wird er nicht wiederkommen. Er ist mutmaßlich Opfer eines Verbrechens geworden.«

»Oh …« Mehr fiel Herrn Müller nicht ein. Er beschleunigte nur den Biegerhythmus. Und wiederholte »Oh …«

28

»Ist Herr Neumann oft später gekommen?«

»Nein. Das heißt, in letzter Zeit schon. Aber sonst ist er immer überpünktlich … Ist er tot?«

»So tot wie man nur sein kann … Wie lange arbeitete er bei Borgward?«

»Noch gar nicht so lange. Erst seit zwei Jahren.«

»Sie sind wohl schon länger hier beschäftigt, wie?«

»Ja, 1959 hatte ich fünfundzwanzigjähriges Jubiläum.«

»Hat es Sie gestört, dass Herr Dr. Neumann Ihr Vorgesetzter geworden ist? Ein solch junger Mann?«

»Ich will ehrlich sein … Ich hatte mir eigentlich ausgerechnet, Nachfolger zu werden. Aber man war der Ansicht, Borgward brauche auch in kaufmännischer Hinsicht neuen Schwung. Und Herr Dr. Neumann kam ja gerade von der Universität, war doch Wissenschaftler gewesen bei Professor Gutenberg in Köln. Das war schon was. Da kann unsereins nicht mithalten. Zwar alles von der Pike auf gelernt, aber eben kein Akademiker.«

»Was meinen Sie, warum war er in letzter Zeit nicht mehr pünktlich?«, wollte ich wissen, ehe Schröder seine nächste Frage stellen konnte. Er ließ es großzügig geschehen, nickte sogar kaum merklich beifällig. Aber ich war schon so auf den Mann geeicht, dass ich es merkte.

»Na ja. Sie wissen doch sicherlich um die Schwierigkeiten, in denen wir stecken … Ich meine, in denen die Firma steckt. Den alten Borgward hat es erwischt, die haben den vor die Tür seines eigenen Unternehmens gesetzt.« Müller wurde kurz von seinem Groll übermannt, fing sich allerdings wieder, indem er sich auf die Büroklammer konzentrierte und einen Moment versonnen auf die grüne Schreibtischunterlage starrte, als würde dort ein Werbefilm gezeigt über die glorreichen Tage des Unternehmens. »Herr Dr. Neumann arbeitete an einem Plan. Jedenfalls wiederholte er dies mehrmals. Er beließ es jedoch bei Andeutungen und blieb oft sehr lange, bis in die späte Nacht, im Büro.«

»Wissen Sie etwas über diesen Plan?«

Die Büroklammer zerbrach, er hatte nun noch die Hälfte in der Hand und machte da weiter. »Er ließ sich nicht in die Karten kucken. So war er. Er glaubte vielleicht, noch mehr Karriere machen zu können, noch höher hinauszukommen. Wer weiß.«

»War er so einer?«, fragte Schröder.

»Ja, er war ein Mann, der hoch hinauswollte. Das ist ja nichts Schlechtes.«

»Aber ...«, ergänzte ich dieses Wort, dass danach schrie, genannt zu werden.

»Er konnte schon rücksichtslos sein. Er behandelte mich nicht immer nett ... Vermutlich mache ich mich jetzt zum Verdächtigen, oder?«

Schröder lachte kurz auf, es klang wie ein Bellen. »Na! So schnell bringt man niemanden um, und deshalb ist man auch nicht so schnell verdächtig. Im Gegenteil. Je offener Sie mit uns sprechen, desto weniger fällt der Verdacht auf Sie. Sie meinen also, der Herr Dr. Neumann war ein Karrierist? So einer macht sich nun einmal Feinde. Nur um Sie jedes Verdachts zu entheben: Wo waren Sie heute in der Früh zwischen – sagen wir – vier Uhr und sieben morgens?«

»Zu Hause, bis sechs Uhr im Bett und danach beim Frühstück. Um sieben Uhr bin ich in meinen Wagen gestiegen und hierhergefahren. Ich wohne etwas außerhalb, in Lilienthal. All das kann Ihnen meine Frau bestätigen.«

»Wie war denn sein Verhältnis zu den Kollegen?«

»Wie gesagt, er war unnahbar. Fand, er wäre etwas Besseres. Mit seinem Doktortitel. Er hielt sich von den Kollegen fern. Anfangs hatte er bei dem Direktor, Herrn Borgward, ein Stein im Brett, war sogar öfter in dessen Villa. Dann wurde das Verhältnis getrübt. Wieso, weiß ich nicht. Vermutlich hatte er die Probleme, wie ich auch, schon gesehen. Probleme blendete Herr Borgward lieber aus. Er war ein Visionär, kein Erbsenzähler, wie er uns nannte. Er war hier der unumschränkte Herrscher und ließ sich nicht reinreden. Als dann Herr Dr. Semler kam, scharwenzelte Dr. Neumann bei dem herum, schien sich anzubiedern. Doch dann kam es zu einem heftigen Streit zwischen Semler und Neumann. Das kann Ihnen jeder hier bestätigen.«

»Wann war das?«

»Vorgestern. Ich war gerade im Aufbruch, es war gegen sechs Uhr. Frau Bucherer und Frau Klaas waren dabei. Wir standen auf dem Flur. Semler brüllte. Herr Neumann, der ja ein Leisetreter ist … also war, war nicht zu vernehmen. Die Reaktion auf Neumanns Gegenrede war wieder ein Brüllen. Auch Herr Dr. Semler neigt nicht zu Gefühlsausbrüchen. Desto mehr haben wir uns gewundert.«

»Können Sie sagen, um was es ging?«

»Ich nehme an um die Pläne, von denen Herr Neumann sprach. Er sagte in letzter Zeit, wenn man ihn ansprach: Nicht jetzt, ich arbeite an einem Plan.«

»Wollte er die Firma retten?«, fragte ich.

»Bestimmt. Wer will das nicht? Außer dem Bremer Senat und dem Bürgermeister will das jeder.«

»Und Herr Dr. Semler? Was ist mit dem?«

»Na, das zu beurteilen, überlasse ich Ihnen. Fragen Sie ihn.« Er schob die Einzelteile der Büroklammer mit der rechten Hand vom Tisch in die linke und ließ das Werk seiner Nervosität in den Papierkorb fallen. Gleich darauf nahm er eine neue Klammer.

Wir erhoben uns. »Dann möchten wir mit Herrn Dr. Semler sprechen. Zunächst aber möchten wir uns im Büro von Herrn Neumann umsehen.«

Müller beauftragte eine Dame, die Bucherer hieß, uns in Neumanns Büro zu bringen und einen Termin mit Dr. Semler auszumachen.

Frau Bucherer, eine füllige Dame mütterlichen Typs, um die vierzig Jahre alt, brachte uns zwei Zimmer weiter. Sie schloss die Tür auf. Wir traten nach ihr ein. »Oh …«, machte sie, schreckte beinahe zurück. Das Zimmer war in einem äußerst unordentlichen Zustand.

»Oh, war wohl schon jemand vor uns da«, entfuhr es mir.

»Sieht es hier immer so aus?«, fragte Schröder.

»Nein, natürlich nicht. Im Gegenteil. Herr Neumann ist ein äußerst ordentlicher Mensch, geradezu penibel.« Frau Bucherer war aufgebracht, entweder über die Unterstellung, die sie in Schröders Frage mitschwingen hörte, oder weil sie vom Zustand des Zimmers irritiert war.

»Kann jemand hier eingebrochen sein?« Der Hauptkommissar suchte Tür und Türschloss nach Spuren ab, fand aber nichts.

»Nein. Nur ich habe einen Schlüssel.«

»Wie das?«

»Er hat ihn mir Samstag gegeben.«

»Warum?«

»Weiß nicht. Ich wunderte mich auch.«

»Wann waren Sie zuletzt in diesem Zimmer, Frau Bucherer?«, hakte er nach.

»Das ist schon einige Zeit her. Herr Dr. Neumann arbeitete an einem Plan. Er traute in letzter Zeit niemanden mehr. Deshalb wunderte es mich, dass er mir den Schlüssel überließ. Einmal hatte ich ihn in einer schwachen Stunde angetroffen, und er sagte mir, dass er Herrn Dr. Semler nicht traue. Er schloss wohl deshalb das Zimmer immer ab und ließ niemanden mehr hinein.«

»Glaubten Sie ihm?«

»Wie meinen Sie das?«

»Glauben Sie auch, dass man Herrn Dr. Semler nicht trauen kann?«

»Aber nein! Doch was weiß ich schon?« Frau Bucherer sah sich unwillkürlich um, als höre jemand mit. »Ich kündige Sie bei dem Direktor an.« Sie machte, dass sie fortkam.

Das Zimmer war standesgemäß größer als das von Herrn Müller. Allerdings waren überall DIN-A4-Blätter verstreut im Zimmer, teils mit Zahlenkolonnen gefüllt, teils mit Diagrammen oder handschriftlichen Notizen. Die Blätter bedeckten nicht nur den Schreibtisch fast vollständig, sondern sogar den Fußboden. Akten lagen aufgeschlagen herum. Auf den Akten waren Jahreszahlen hingeschmiert und weitere Ziffern.

»Mannomann«, seufzte Schröder.

»Hoffentlich verbirgt sich in dieser entsetzlichen Sammlung von Hieroglyphen nicht die Lösung unseres Falls«, sagte ich unbedacht.

»Wieso?«, fragte Schröder und sah missbilligend auf mich herunter.

»Ich meine ... wer soll da durchsteigen?«

»Da hatten wir schon schwierigere Fälle. Auf jeden Fall brauchen wir unseren Spürhund.« Er ging zum Schreibtisch, fand das Telefon unter einem der bekritzelten Blätter. »Schröder hier. Wir benötigen Venske mit seiner Truppe in Sebaldsbrück. Er soll sich bei Frau Bucherer melden. Ja, aber dalli, dalli!« Er drehte sich zu mir um. »Die sollen das erst mal alles einsammeln und ordnen. Falls die Hinweise finden, müssen wir uns natürlich damit beschäftigen und tiefer einsteigen. Aber erst mal nicht.«

Schröder sah sich im Zimmer um, nicht besonders akribisch. Nur manchmal hielt er inne, las kurz und legte das Blatt wieder beiseite. Er betrachtete das Foto von Neumanns Frau aufmerksam.

Ich stellte mich ans Fenster, hatte das Gefühl, hier nur etwas falsch machen zu können, und wollte aus der Schusslinie. Zur einen Seite hin standen, wie auf einer Schnur gereiht, Borgward-Autos in verschiedenen Farben. Zur anderen Seite liefen Arbeiter geschäftig herum.

Schröder ruckelte an der Schreibtischschublade, nicht heftig, aber hörbar. »Kommen Sie mal her, Nettelbeck, und öffnen Sie die Schublade.« Er zeigte auf die Schublade, als wäre das nötig, da es sich von selbst verstand, was er meinte. Es verstand sich allerdings nicht von selbst, dass man die Schublade aufbrach, und schon gar nicht, dass ich das machen sollte.

»Na, machen Sie schon.«

»Das wäre Sachbeschädigung, Herr Schröder. Ich denke, wir sollten es nicht tun.«

»Beruhigen Sie sich, Mann. Für gewöhnlich gibt es nur einen Schlüssel und den hat der Tote, der jetzt auf dem Tisch von unserm Doktor liegt. Wir verlieren kostbare Zeit, hier den offiziellen Weg zu gehen.«

Er trat beiseite, überließ mir das Feld und machte sogar eine albern einladende Geste. Ich stellte mich umständlich davor und hatte keine Ahnung, wie man so eine Schublade aufbekam. Das war in keinem meiner Kurse behandelt worden: »So, meine Herren, heute lernen wir, wie wir Schubladen mit Gewalt aufbrechen …« Obwohl andererseits, mehr darüber zu erfahren, wie die andere Seite arbeitete, hätte der Ausbildung gutgetan. Das blieb dann der Praxis vorbehalten. Ich ruckelte an der Schublade, sie bewegte sich, aber nur in genau dem Spiel, das das Schloss zuließ. Schröder reichte mir stumm und gebietend einen Schraubenzieher. Verdammt, wo kam denn der her?

»Habe ich immer dabei«, erläuterte er mir die Frage aus dem Mund nehmend.

»Um besser Schubladen widerrechtlich aufmachen zu können?«

»Genau, Nettelbeck. Nun machen Sie mal.«

Ich schob die Klingenspitze des Schraubenziehers zwischen Tischkante und Schublade, um so die Schublade aushebeln zu können, und war überrascht wie viel Widerstand sie bot.

»Nicht so zart und feinfühlig. Das ist nicht Ihre Mutter oder Ihre Geliebte.« Er nahm mir rüde das Werkzeug aus der Hand und – zack – war die Schublade offen. Den Schraubenzieher steckte er in die Innentasche des Mantels zurück. Was sich wohl noch alles darin verbarg? Die Schublade enthielt den üblichen Bürokram und ein paar Packungen mit Tabletten. Die Tabletten gegen Kopfschmerzen kannte ich, auch die zweite Packung kam mir bekannt vor. Schröder las laut die Inhaltsstoffe vor. Bei dem Wort Ephedrin nickte er.

»Ephedrin. Aufputschmittel. Das ist eine Droge.«

Ich wollte nicht immer blöd dastehen und erläuterte ihm, dass in meiner alten Branche, der Leichtathletik, leistungssteigernde Mittel durchaus nicht unbekannt seien.

Es fanden sich außer dem Foto keine persönlichen Gegenstände im Büro. In diesem Moment kam Frau Bucherer ins Zimmer. »Sie haben Pech, Herr Semler ist soeben weg.«

»Wie? Weg. Was soll das? Haben Sie nicht gesagt, dass die Polizei nach ihm fragt?«

»Er lässt bestellen, dass er direkt ins Präsidium kommt. Er hat aber vorher einen dringenden Termin beim Senator für Finanzen.«

Ich ging schnell zum Fenster: Ein tannengrüner BMW der Oberklasse verließ gerade den Platz. Vermutlich saß Herr Semler darin. BMW? War es nicht Pflicht und Verpflichtung, mit einem Produkt aus dem Hause Borgward zu fahren?

Schröder schloss das Büro wieder ab, reichte den Schlüssel Frau Bucherer, wobei er ihr einschärfte, sie hafte ihm dafür, dass niemand das Zimmer unbefugt betrete und irgendetwas an dem jetzigen Zustand verändere. Erst einem gewissen Kommissar Venske dürfe sie aufmachen. Eingeschüchtert nickte Frau Bucherer.

KAPITEL 4

Jemand hatte die Information durchgestochen! Als wir im Präsidium ankamen, ließ uns Dr. Conrad in sein Zimmer kommen und regte sich auf. Oberstaatsanwalt Conrad war fast so groß wie Schröder, aber nur halb so breit, brettgerade, mit einem schmalen, pferdeähnlichen Kopf. Als er diesen drehte, fiel mir auf, dass die eine Gesichtshälfte seltsam starr wirkte und bewegungslos. Vermutlich eine Kriegsverletzung. Vielleicht ein Schuss in die Wange.

»Bei Radio Bremen berichten sie schon von dem Fall. Wie kann das sein? Die wissen sogar schon, wer getötet worden ist und dass der Tote bei Borgward gearbeitet hat. Die wissen genauso viel wie Sie. Oder wissen Sie schon mehr?« Dass mit den Augen war wohl noch nicht bekannt.

Jeder wusste, dass Conrad und Schröder Duzfreunde waren. Die offizielle, förmliche Anrede galt nur mir, dabei galt ich eigentlich nichts. Ich war bloß Assistent.

Schröder murmelte: »Ist mir doch egal.«

»Ist dir klar, dass das Ganze schnell zum politischen Fall wird? Im Radio wurden Andeutungen gemacht, der Todesfall könnte mit der Borgward-Krise zusammenhängen. Ist dir klar, Ernst, was das bedeutet?«

»Franz, wir haben einen Toten, bestialisch ermordet. Dazu eine hochschwangere Frau, die nun Witwe ist. Mich kümmert die Politik einen Dreck.«

»Du wieder! Du hast auch eine Verantwortung. Auch du bist nicht festgeklebt auf deinem … Ich hätte nicht übel Lust, dir den Fall wegzunehmen, habe auch ehrlich gesagt kurz mit

Tietjen konferiert, ob wir Kleinhans ansetzen können auf den Fall. Leider liegt Kleinhans mit einer schweren Grippe darnieder.« Er hielt kurz inne und bemerkte mich wohl jetzt erst richtig. Er führte weiter aus: »Ich möchte, dass Sie alle Kapazitäten auf den Fall lenken. Ermitteln Sie in alle Richtungen. Wir müssen jeden Verdacht ausräumen, dass es bei diesem Mord um Borgward geht und damit um Politik. Ermitteln Sie in alle Richtungen!«

Seltsame Vorgabe, in alle Richtungen zu ermitteln, nur in die vielversprechendste nicht. Schröder musste dieser Widerspruch auch aufgefallen sein. Vielleicht war es eine Art geheimer Code zwischen den beiden.

»Aha, das Übliche, sagen Sie das doch gleich, Herr Dr. Conrad«, konstatierte Schröder, wies mit dem Kopf grinsend zur Tür und ging, ohne offiziell vom Oberstaatsanwalt entlassen worden zu sein. Kaum waren wir auf dem Flur, in dem es hektisch zuging, sagte Schröder mit Freude in der Stimme: »Jetzt schnappen wir uns erst mal diesen Semler. Oder einen Moment noch ...« Schröder öffnete wieder die Tür des Staatsanwaltes. »Bleiben Sie hier.«

Mir hing der Magen auf halb acht und der Kaffeedurst wurde quälend. Meine Energie schien für diesen Tag verbraucht zu sein. Und jetzt wartete ich darauf, dass die beiden Herren vermutlich irgendetwas auskungelten. Schröders Bass bebte durch die Tür, aber ich konnte kein Wort verstehen. Nach weniger als einer Minute war er wieder draußen. Sein Gesicht war blass und der Mund war schmal. Er wirkte seltsam angeschlagen. Müde und matt. Mir war es schon vorhin aufgefallen, dass er manchmal die Augen schloss, als hätte er zu wenig Schlaf bekommen.

»Ist etwas?«, fragte ich.

»Hat mit dem Fall nichts zu tun. Gehen wir.« Er straffte sich und nahm umso mehr Fahrt auf. Ich trottete Schröder schlafwandlerisch hinterher. Da wir ins Rathaus mussten, gingen wir die wenigen Meter zu Fuß, über die Domsheide, am Dom vorbei. Vor den Arkaden hielten wir. Schröder zeigte dem Pförtner seinen Ausweis und machte auf rabiat. Er hatte die Faxen dicke. Die Auseinandersetzung mit Conrad hing ihm nach. Und was immer die beiden hinter verschlossener Tür besprochen hatten, es war nichts Gutes für Schröder. Jetzt war er auf hundertachtzig. Man konnte die Einlassung des Staatsanwalts auch in dem Sinne verstehen, dass wir nichts unversucht lassen sollten, die Politik reinzuwaschen, selbst wenn es dazu nötig war, gegen eine gewisse Etikette zu verstoßen und zu härteren Bandagen zu greifen. Alles abgedeckt durch das höhere Ziel.

»Der Senator, Herr Nolting-Hauff, ist leider gerade nicht abkömmlich. Er befindet sich in einem Gespräch«, kanzelte uns der Pförtner mit der servilen Überheblichkeit eines Beamten ab.

»Das mag ja sein, aber unser Gespräch, unser Anliegen ist wichtiger. Es geht um Leben und Tod.« Schröder baute sich drohend vor dem Pförtner auf. »Also lassen Sie den Quatsch!« Schröders Fast-zwei-Meter-Präsenz zermalmte den Widerstand des Pförtners.

»Na, also.«

Schröder bahnte sich den Weg in die Wandelhalle, vorbei an Säulen, Gemälden, einer Marmorstatue, dem ganzen hanseatisch kaum gebändigten Prunk. Er stürmte die breite Treppe hinauf, nahm dabei immer zwei Stufen. Oben angekommen, orientierte er sich kurz. Der Pförtner war uns wütend nachgerannt und stellte sich Schröder in den Weg, der wohl in den Senatssaal wollte. Jedenfalls rief der Mann aufgeregt: »Nicht dahin! Die Herrschaften sind im Festsaal.«

Schröder ließ sich tatsächlich eines Besseren belehren, drehte sich auf dem Absatz um und folgte dem voraneilenden Pförtner, der alles daransetzte, vor uns da zu sein. Für Ehrfurcht vor den heiligen Hallen hatte ich keine Zeit, doch als ich in den Saal eintrat, schreckte ich kurz zurück. Mir war die Größe nicht klar gewesen. Außerdem war ich nicht darauf vorbereitet gewesen, auf so viele Menschen zu treffen. Grelles Licht flutete von der strahlenden Kassettendecke.

Zum Pförtner gesellte sich nun ein Saaldiener in Frack mit weißen Handschuhen, der aus dem Boden gekommen zu sein schien. Schröder war schon im Begriff, den Mann mit seinem Arm beiseitezufegen, als eine Stimme ertönte: »Lassen Sie den Herrn durch.«

Im Saal fand eine Art Empfang statt. Kleine Grüppchen von Leuten waren verstreut, unterhielten sich, zusammen ein Dutzend Personen. Darunter auch der Bürgermeister von Bremen, Wilhelm Kaisen. Er war es auch, der den Befehl gegeben hatte, uns hereinzulassen. Schröder ging mit raumgreifenden Schritten auf ihn zu. Ich hinterher. Die polierten Dielen knarzten unter meinen Füßen, unter Schröders Last stöhnten sie.

Kaisen hatte ein Glas Sekt in der Hand, das er einem vorbeikommenden Kellner aufs Tablett stellte. Zu meiner Freude sah ich, dass weitere Diener oder Kellner herumgingen und Schnittchen anboten. Ein Mann trank keinen Sekt, sondern eine Tasse Kaffee. Ja … Kaffee.

»Schröder«, sagte Schröder.

Kaisen begrüßte ihn und sogar mich per Handschlag. Seine volkstümliche Art war sprichwörtlich. Er war gedrungen, aber nicht dick, sondern robust. In der linken Hand qualmte seine Zigarre. Sein Händedruck war kräftig. Ich gab mir alle Mühe, einen entsprechenden Gegendruck in meine Hand zu legen. Man hatte mir schon oft einen schlappen Händedruck nachgesagt. Das war tödlich für einen Bullen. So hatte ich stundenlang am Handlauf eines Treppengeländers einen festen Handgriff geübt.

»Was kann ich für Sie tun, Herr Kommissar?«, fragte Kaisen.

»Ich muss mit Herrn Dr. Semler sprechen …«, antwortete Schröder. Dabei sah er sich um. Er schien den Gesuchten auch gleich entdeckt zu haben. Schröders Organ war laut und durchdringend. Die Gespräche waren in dem Moment verebbt, als wir in den Saal hineingeschneit waren, sodass man sie ohne Zweifel überall vernehmen musste. Ich wusste nicht, wer Dr. Semler war, aber der Mann, der sich vom Senator löste und nun zum Bürgermeister wechselte, musste es sein.

»Ich denke, in dem Fall kann Ihnen geholfen werden. Vielleicht führen Sie, Herr Kommissar, Ihre Befragung bitte an einem passenderen Ort durch als diesem. Hier hören fünfhundert Jahre Geschichte mit.« Er lächelte maliziös, ein kaum merklicher schmaler Strich unter dem grauen Schnurrbart, der seine Abneigung dadurch zeigte, dass er sie verbarg. Fünfhundert Jahre – das klang gut, stimmte aber genau genommen nicht, denn wir befanden uns, so viel wusste ich, im neuen Rathaus, wenn auch nur durch eine Wand vom alten getrennt.

Da und dort flackerte Gelächter auf, was Kaisen sichtlich peinlich war, denn er wollte, so viel war klar, keinesfalls einen Ordnungshüter bei seiner Arbeit behindern. Diese Art von Publicity fehlte ihm noch. Soweit ich wusste, soweit jeder Zeitungsleser wusste, stand Kaisen in diesen Tagen unter erheblichem Druck wegen der Borgward-Affäre, wobei er selbst in jeder öffentlichen Stellungnahme gerade dies bestritt: dass es sich um eine Affäre handelte. Man hatte immerhin den alten Borgward gezwungen, das Unternehmen dem Land Bremen zu überschreiben, anstatt ihm weiterhin Kredite und Bürgschaften zu gewähren.

»Würden Sie dann bitte den berühmten Hauptkommissar begleiten und ihm helfen bei der Kriminalsache, die er aufzuklären hat, Dr. Semler.« Der Ruhm Schröders wegen einer

Sache im Januar war also bis zum Bürgermeister vorgedrungen. Sicherlich ein Grund mehr, ihm entgegenzukommen.

»Selbstverständlich. Ich habe schon erste Informationen bekommen und weiß ungefähr, worum es sich handelt. Ein Borgward-Mitarbeiter ist wohl aus noch ungeklärten Umständen gestorben.« Bevor er ging, sah er vielsagend zum Senator für Finanzen, der ihm zunickte. Sie hatten offensichtlich etwas abgekartet.

Wir gingen zum Präsidium zurück. Semler war selbstverständlich nicht erfreut über unseren Überfall. Es war schon mehr durchgesickert, als uns lieb war, und involvierte Kreise, ob nun Justiz, Politik oder Wirtschaft, waren darauf bedacht, aus diesem Kriminalfall keine weitere Affäre zu machen oder die Probleme aus dem drohenden Borgward-Konkurs weiter zu verschärfen. Deshalb verhielt Semler sich diplomatisch. Er war ein Mann der Macht. Er wirkte im Vergleich zu Kaisen elegant, weltmännisch. Semler trug einen maßgeschneiderten Anzug und einen teuren Kamelhaarmantel, Halbschuhe aus weichem Leder. Als wir auf den Marktplatz traten, schaute er sich um. Er sagte wieder: »Einen Moment, ich muss meinem Chauffeur Bescheid geben.« Erst jetzt bemerkte ich die grüne BMW-Limousine. Semler beugte sich zum Fahrerfenster. Es wurden ein paar Worte gewechselt. Semler kann wieder zurück.

Schließlich langten wir mit unserer Beute im Präsidium an. Da ich Stenografie gelernt hatte, übernahm ich es mitzuschreiben. Das gab bei Schröder einen Pluspunkt. Semler wollte seinen Mantel partout anbehalten, es könne ja nicht so lange dauern. Er fragte, ob er rauchen dürfe, Schröder bejahte und beide zückten ihre Zigarettenschachteln. Semler ließ es sich nicht nehmen, Schröder mit seinem goldfarbenen, mit Initialen versehenen Feuerzeug Feuer zu geben. Nach einem tiefen, beinahe seufzenden Zug an der Zigarette, fragte Schröder: »Wieso sind Sie vorhin weggefahren, obwohl Sie wussten, dass wir Sie sprechen wollten? Mein Kollege, Herr Nettelbeck, hat Sie wegfahren sehen.«

»Ich wusste ja nicht, dass es um einen Todesfall eines unserer Mitarbeiter geht. Ich glaubte, es ginge um Falschparken oder so, um ein Bagatelldelikt.«

»Hatte Frau Bucherer Sie nicht informiert?«

»Nur, dass die Polizei im Haus sei und mich sprechen wolle.«

»Pflegen Sie, falsch zu parken?«

»Nein. Ich parke nicht selbst. Mein Chauffeur parkt. Das mit dem Parken erwähnte ich auch nur als Beispiel, damit Sie eine Vorstellung davon haben, was mir vorschwebte, um welch eine Bagatelle es ging. Ich hatte schließlich eine wichtige Besprechung mit dem Senator. Es geht hier immerhin um Millionenbeträge und um Tausende Arbeitsplätze. Die Lage ist angespannt. Viel hängt auch von meinem Verhältnis zu den hiesigen Behörden und dem Senat ab, der mich nun einmal zum Interimsdirektor berufen hat, um die Firma zu sanieren.« Er steckte die Zigarette in den Mund, öffnete den Mantel, schlug die Beine übereinander und nahm die Zigarette wieder zwischen die Finger.

»Wir sind auch eine Behörde«, stellte Schröder fest.

»Zweifelsohne und eine sehr wichtige«, gab Semler zu. »Was aber genau wollen Sie von mir wissen?«

»Der Mitarbeiter, um den es geht, ist Dr. Thomas Neumann. Er wurde heute Morgen tot aufgefunden. So weit sind die Umstände übrigens geklärt. Wir gehen von einem Gewaltverbrechen aus. Es handelt sich also keineswegs um eine Bagatelle, ein falsches Parken. Aber ich denke, all das wissen Sie schon.«

»Ja, dass es sich um Herrn Neumann handelt, habe ich inzwischen erfahren. Radio Bremen sendet es schon. Das ist schrecklich.« Er drückte die halb gerauchte Zigarette im Aschenbecher aus. »Seine arme Frau. Sie ist schwanger.«

»Sie kennen Herrn Neumann näher?«

»Das wäre zu viel gesagt. Aber ich wusste natürlich von der Schwangerschaft. Wir hatten ein gutes Verhältnis zueinander. Das war nicht leicht. Sie müssen wissen, Herr Neumann war sehr verschlossen. Ein akribischer Mensch, konzentriert auf seine Arbeit, aber in sich gekehrt. Zudem sehr ernsthaft. Ich will nicht sagen, dass er ein Trauerkloß war, aber er wirkte schon so wie einer, der seine Hose mit der Kneifzange anzieht, wenn Sie verstehen, was ich meine. Er hatte seltsamerweise einen guten Draht zu Carl Borgward. Das wollte ich mir zunutze machen. Die Sache war für alle Beteiligten unangenehm. Ich schickte deshalb Herrn Neumann hin, er sollte ihm mal auf den Zahn fühlen. Wer weiß, welches Sperrfeuer aus der Schwachhauser Villa zu erwarten war. Das fehlte mir noch. Ich bin immerhin mit der Abwicklung der Sache vollauf beschäftigt. Quertreibereien gibt es schon genug. Die Politik. Die Presse. Die Gewerkschaft, natürlich die Belegschaft, die ist dem Borgward ja geradezu ergeben. Im gewissen Sinn eine vorbildlich gelungene Sozialpartnerschaft.«

Wenn man den Mann nicht stoppte, würde er weiterschwadronieren. Mir tat schon die Hand weh, weil ich Steno nicht mehr gewohnt war und schon gar nicht so schnell und ohne Pause.

»Soweit wir wissen, ist die gute Beziehung zu Herrn Carl Borgward schon Geschichte. Stimmt das?«

»Möglich, er war nur einmal dort in der Villa. Er kam zu mir und sagte, er würde Borgward nicht ausspionieren. Der sei ein gebrochener Mann, man müsse etwas tun.«

»Und, was sagten Sie?«

»Was ich sagte? Was sagte ich wohl? Ich sagte ihm: Guter Mann, was denken Sie, was ich hier den ganzen Tag tue? Ich versuche, sein Lebenswerk zu retten. Kann man mehr für Borgward tun?«

»Und? Wie nahm es Neumann auf?«

»Er sagte: Wir brauchen einen anderen Plan. Man müsse noch einmal alle Zahlen durchgehen. Er wollte eine Lücke finden. Als wären all die Bilanzen und Gewinn- und Verlustrechnungen Hieroglyphen, die man nur richtig deuten müsse. Borgward ist ein Riesenkonglomerat von Firmen. Der Firmengründer wollte überall mitspielen; leider könnte es sein, dass Borgward bald nirgendwo mehr mitspielt.«

»Hat er sie richtig gedeutet? Ich meine die Zahlen?«

»Was denn? In den Zahlen sind keine Geheimnisse versteckt. Im Gegenteil! Die sind simpel und zeigen die bittere Realität. Das war doch einem Mann wie Neumann klar. Ich bitte Sie, der hat bei Professor Gutenberg in Köln promoviert. Sie verstehen? Noch höher hinaus kommt man im Nachdenken über betriebswirtschaftliche Zusammenhänge nicht. Und dann fängt er damit an, diese Berechnungen vorzunehmen und zu spekulieren und völlig abwegige Theorien zu entwickeln. Der alte Borgward hatte ihm, glaube ich, einen Floh ins Ohr gesetzt. Oder er hatte Mitleid mit dem Alten. Ich weiß nicht.«

»Vorgestern gab es einen Streit zwischen Ihnen und Neumann.«

»Streit? Nein.«

»Es gibt Zeugen, die sagen aus, dass Sie laut wurden.«

»Kann sein. Ich weiß nicht mehr. Neumann hatte wohl wieder diese verrückte Idee vorgebracht; aber Schulden sind Schulden. Der Absatz sinkt. Technische Probleme beim Arabella, das USA-Geschäft funktioniert nicht wie erhofft. Die Kosten steigen und der Schuldenberg wird höher. Zudem hatte Borgward geglaubt, ohne die Unterstützung von Banken auszukommen. So einfach ist das. Ich versuche mein

Bestes, so viel wie möglich von dem Betrieb zu retten. Leider wurden Neumanns Ideen immer konfuser. Er überschritt seine Kompetenzen. Er war wie verwandelt. Er machte die Nächte durch. War völlig überarbeitet, konnte nicht mehr klar denken. Kann sein, dass ich einmal etwas lauter geworden bin, kann sein. Und Sie denken nun, dass ich deswegen Herrn Dr. Neumann umgebracht habe? Lächerlich!«

»Wo waren Sie heute zwischen vier Uhr und sechs in der Früh?«

»Im Parkhotel im Bett.«

»Sie übernachten im Hotel?«

»Ich gedenke nicht, in Bremen Wurzeln zu schlagen, wie gesagt, ich bin eine Art Interimsdirektor.«

»Insolvenzverwalter?«

»Aktuell fühle ich mich als Direktor, der versucht, dem Unternehmen neues Leben einzuhauchen.«

»Haben Sie ein Alibi?«

»Nein, Sie müssen mir glauben. Ich war allein. Nur zum Frühstück, gegen sieben Uhr, bin ich hinuntergegangen in den Frühstücksraum. Wo hat man denn … die Leiche gefunden?«

»Am Dobben. Nicht weit weg, wie? Das schafft man in zehn Minuten.« Schröder grinste.

»Sie vielleicht. Ich bin ein älterer Herr.«

»Für mich, Herr Dr. Semler, sieht es so aus: Sie haben ein Motiv. Herr Neumann hat Sie vielleicht in Verlegenheit gebracht, ob zu Recht oder zu Unrecht sei dahingestellt. Sie haben kein Alibi. Und Sie hätten sogar die Gelegenheit gehabt.«

»Spinnen Sie? Sie konstruieren sich hier etwas zusammen. Ich hätte mich am Nachtportier vorbeischleichen müssen.«

»Sehen Sie, Sie haben alles bedacht. Es gibt nichts Unzuverlässigeres als einen Nachtportier.«

»Was ist das denn für eine Methode? Sie drehen mir das Wort im Mund um. Ich will sofort meinen Anwalt sprechen. Ich sage hier kein Wort mehr.« Semler hatte sich erhoben. »Und ich will den Oberstaatsanwalt Dr. Conrad sprechen. Jetzt. Sofort!«

»Ach, regen Sie sich doch nicht so auf.« Auch Schröder war aufgestanden und ging nun ganz gemächlich auf ihn zu.

Semler wich einen, zwei Schritte zurück. »Protokollieren Sie das alles!«, rief Semler mir zu, die Arme zur Abwehr überkreuz vor dem Gesicht. »Jedes Wort.«

Ich hörte sofort auf zu stenografieren und legte den Bleistift weg.

Schröder türmte sich hoch über Semler und sagte mit freundlich-drohender Stimme: »Sie können gehen. Müssen sich uns aber noch zur Verfügung halten. Wenn Sie also nach München oder sonst wo hinfahren wollen, dann möchte ich das wissen. Auch falls Ihnen noch etwas einfällt. Im Übrigen steht es Ihnen frei, sich zu beschweren. Ich sage Ihnen gleich: Ich sitze am längeren Hebel und kann Ihnen das Leben zur Hölle machen. Was immer Ihr Plan ist mit Borgward, wird dann nicht funktionieren. Verstanden? Also überlegen Sie sich gut, was Sie tun.«

Semlers Mund machte Karpfenmaulbewegungen. Er drehte sich um, blieb stehen, wollte etwas sagen, besann sich anders, öffnete die Tür und verschwand.

»Jetzt geht's in die Kantine. Ich habe Hunger. Kommen Sie, junger Kollege.« Schröder rieb sich die Hände vor Freude.

Ich legte den Stenoblock auf den Schreibtisch. Bevor wir aufbrachen, nahm er den Block, riss die Seiten heraus, die ich mühsam aufgezeichnet hatte, zerfetzte sie und warf die Schnipsel in den Papierkorb. Ich war konsterniert. Wie konnte er so etwas machen?

»Wer interessiert sich schon für seine Lügen.«

»Warum dann der ganze Aufwand?«

»Weil es einschüchtert, wenn da einer mitschreibt. Ich sage Ihnen: Ich mag diesen Scheißtypen nicht.«

KAPITEL 5

In der Kantine wurde Schröder von fast jedem, dem er begegnete, begrüßt. Seit der Verhaftung eines Triebtäters war sein Ruhm ins Unermessliche gestiegen. Das war Anfang des Jahres gewesen. Die Bremer Zeitungen waren voll davon, wie mir mein Vater erzählte. Die Bild-Zeitung berichtete auch überregional, sodass ich in Düsseldorf einigermaßen auf dem Laufenden war, falls man auf dem Laufenden war, wenn man die Bild-Zeitung las.

Auch mich begrüßte man in den ersten Tagen mehr, als meiner Stellung angemessen gewesen wäre, auch mir eilte ein gewisser Ruhm voraus. Viele hatten die Radio-Reportagen gehört. Der Läufer aus Bremen, der es fast bis zu den Olympischen Spielen geschafft hatte. In der Kantine trank ich zwei Tassen Kaffee und aß Erbsensuppe mit Bockwurst. Schröder erhielt eine Extra-Portion, ohne dass er danach verlangt hatte. Der Teller war bis zum Rand gefüllt, und als Schröder sein Tablett zum Tisch balancierte, schwappte etwas Suppe über. Neben der Suppe stand eine Flasche Bier und ein Glas.

»Ich darf das«, sagte er mit dem Blick auf die Flasche, deren Inhalt er vorsichtig in das Glas füllte.

Wir waren die letzten Mitarbeiter. Die anderen hatten entweder schon den Raum verlassen oder verließen ihn im Laufe der nächsten Minuten. Der Lärmpegel wurde leiser, bis das Geschirrklappern aus der Küche übrig blieb, gedämpft, weil durch eine Wand mit einer Durchreiche von uns getrennt.

»Spannend, wie? Ich meine, wie wir noch vor ein paar Stunden nichts von der Existenz dieses Mannes gewusst haben, wie er dann nichts als eine Leiche war und wie er nun schon zu einer Persönlichkeit, zu Thomas Neumann wird ...«

»Klappe halten, Nettelbeck. Kommen Sie mal wieder runter«, belferte Schröder. Er konnte einen wegklatschen wie eine lästige Mücke.

Wir aßen stumm weiter. Die Wurst war dick, saftig und eigensinnig. Man musste achtgeben, dass man nicht abrutschte beim Schneiden und der Saft nicht an den Tellerrand spritzte oder gar zum Gegenüber. Ich aß gewissermaßen verbissen. Schröders schroffe Art tat weh.

Schröder wischte sich den Mund ab, trank das Bier aus. »Sie haben natürlich recht, Nettelbeck. Das ist unsere Arbeit. Wir dringen bis in die tiefste Privatsphäre von Menschen vor. Wir laden uns eine große Verantwortung auf. Erweisen wir uns ihrer würdig! Also, was haben wir?« Er legte die Serviette beiseite und steckte sich eine Zigarette an. Der Qualm waberte in meine Richtung, und ich versuchte, ihn zu ignorieren, konnte nicht umhin, mit der Hand zu wedeln. Das ließ meinen Chef kalt.

»Diese ganze Geschichte mit den Rosen in den Augen ...«

»Nelken«, korrigierte ich.

»Okay, seien wir genau: Nelken. Das passt doch nicht zu einem Mord im Umfeld dieser Borgward-Affäre. Andererseits, was würde schon dazu passen? Es erscheint mir dermaßen, wie soll ich sagen, monströs oder bizarr ... Ich komme zu dem Schluss: Entweder ist diese Nelken-Geschichte bloß ein Ablenkungsmanöver oder wir haben es mit einem perversen Mörder zu tun. Damit kenne ich mich aus, wie Sie wissen. Wie ist Ihre Meinung zum bisherigen Ermittlungsstand?«

Ich fühlte mich geschmeichelt, dass der große Meister, Hauptkommissar Schröder, der sich beinahe unsterblich gemacht hatte durch die Überführung des perversen Jungenmörders, mich, Thomas Nettelbeck, nach meiner Meinung zu dem Fall fragte. Ich war bloß ein Anwärter, seit drei Wochen bei der Kriminalpolizei, und diese überlebensgroße Legende mit der Figur und dem Gesicht eines Schwergewichtsboxers wollte meine Einschätzung wissen. Wie kam ich zu dieser Ehre? »Dass der Tote in einem Borgward lag, kann kein Zufall sein. Der Tod muss damit zu tun haben, also mit Borgward und dem, was sich da momentan abspielt. Die Sache mit den Nelken widerspricht dem natürlich. Das passt nicht zusammen. Ich denke, wir haben noch viel Arbeit vor uns.« Ich wurde rot, weil mir gerade bewusst wurde, mit welchem Eifer ich gesprochen hatte.

»Sehe ich genauso. Wir werden gut zusammenarbeiten. Lassen wir uns jetzt mal schlaumachen von den anderen, bin gespannt, was die Befragungen Am Dobben ergeben haben. Und mal sehen, wie weit man bei der Entzifferung der Blätter gekommen ist.«

Der »War-Room«, wie ihn Schröder bezeichnete – das sollte wohl irgendwie modern klingen (obwohl Schröder nicht den Eindruck machte, auf Modernität Wert zu legen) –, war bloß ein Sitzungszimmer, das für diesen Fall requiriert wurde. Es hatten sich schnell alle eingefunden und saßen am länglichen Tisch. Ich platzierte mich ganz hinten an der Seite, um deutlich zu machen, dass ich bloß Schüler war, während die Protagonisten sich um Schröder scharten, der natürlich am Kopfende stand. Irgendjemand hatte eine Tafel, die auf einem dreibeinigen Gestell angebracht war, hinter Schröder aufstellen lassen. Er gab mir ein Zeichen, dass ich zu ihm kommen solle.

»Nicht so schüchtern, Herr Nettelbeck. Sie dürfen die Tafel holen und dahinten aufstellen, sodass wir alle draufschauen können.« Die Blicke der anderen folgten mir, wie ich zur Tafel ging, das Gestell nahm und es zur anderen Seite trug, gleich neben die Eingangstür. Dabei fiel mir die Kreide von der schmalen Ablage. Ich musste also noch einmal zurück, mich bücken und die Kreide aufheben: ein Fall von unfreiwilliger Komik.

Für die technische Abteilung der Spurensicherung war Kemnich als Vertreter anwesend. Neben ihm saß Kupfer, ein Kriminalobermeister, also nicht höherer Dienst. Kemnich wollte schon ausholen, doch Schröder meinte, erst mal wolle er hören, was der Doktor zu sagen habe. Dr. Hauptmann führte aus, dass der Tote durch einen Lungenschuss gestorben war. Todeszeitpunkt eher vier Uhr dreißig morgens als fünf Uhr. Der Schuss war aus nächster Nähe, er würde sagen, direkt aufgesetzt worden; aber der Schusskanal war schräg, diagonal von rechts nach links. Dies bestätigte auch Kemnich auf die Schmauchspuren verweisend. Er demonstrierte es, indem er sich zum Doktor hinüberbeugte, mit einer angedeuteten Waffe auf die Brust zielte, um die Schussrichtung aufzuzeigen.

»Sehen Sie. Er muss auf dem Beifahrersitz gesessen haben.«

Der Gerichtsmediziner übernahm wieder. Erst nach Eintritt des Todes hätte man ihm die Augen entnommen. Dies ließe sich daraus schließen, dass keinerlei Hämatome oder andere Verletzungen am Körper des Toten gefunden worden seien und wohl niemand sich einmal eben beide Augen ausstechen lasse, ohne sich zu wehren. Es sei zwar Alkohol im Blut gewesen, aber nicht in einem Maße, der eine so tiefgehende Bewusstseinstrübung verursacht hätte, es waren null Komma acht Promille. Da zwischen Schuss und Tod sicherlich ein, zwei Minuten vergingen, musste der Täter seinem Opfer beim Sterben zugesehen haben. Erst dann habe er mit einem Messer sein Werk vollbracht. Es war kein Skalpell oder irgendein feines Gerät, sondern ein normales, aber sehr kleines Messer. Er zeigte etwa zehn Zentimeter mit den Händen an.

»Vermutlich ein Küchenmesser, ein Kartoffelschälmesser. Das reicht auch aus, um Augen aus einem Schädel zu entfernen. Der Täter hat sich sehr viel Mühe gegeben. Es gibt einige Schnitte am Angulus oculi, sogar ein feiner Schnitt über die Wange, aber doch recht sauber, was ebenfalls darauf schließen lässt, dass das Opfer schon tot war und der Täter ohne Gegenwehr arbeiten konnte. Ich kann mir nicht helfen. Es erscheint mir, als ob der Täter dies schon einmal geübt hat. Es liegt darin eine ungeheure Kaltblütigkeit, wenn man bedenkt, dass das mitten Am Dobben geschah. Das war kein spontaner Einfall.«

»Die Rückstellung des Sitzes … wurde die von dem Täter vorgenommen?«, fragte Schröder.

»Nein, nicht«, antwortete Kemnich. »Das ergibt sich wieder aus dem Schusskanal. Neumann musste schon halb gelegen haben. Dadurch konnten dann auch die Blüten nicht aus den Augen fallen. … Von den Augen gibt es keine Spur. Der Mörder muss sie eingesteckt haben. Es finden sich keine Spuren im Tatortumfeld. Natürlich hat der Regen eine Menge Spuren weggewischt.« Kemnich machte absichtliche eine Pause und setzte fort: »Aber ich glaube, wir müssen nicht befürchten, dass Kinder morgen mit den Augen Murmeln spielen.«

Schröder war nicht der Mann, der sich auf Retourkutschenspiele einließ. Er überhörte Kemnichs letzte Bemerkung. »Aha, dann machte Herr Neumann ein kleines Nickerchen in seinem Auto, am frühen Morgen. Warum? Warum fuhr er nicht zu seiner lieben Frau, die immerhin hochschwanger ist? Er muss auf jemanden gewartet haben. Die einzige Erklärung.«

»Er wartete auf seinen Mörder«, schloss Kemnich.

»Nicht gesagt. Ich denke eher, er wartete auf jemanden, der ihm wichtig war und wurde dabei vom Täter überrascht.«

»Dann kannten sich beide vermutlich«, sagte Kupfer. »Sonst hätte er die Person nicht ins Auto gelassen. Und wieso sonst blendet man jemanden?«

»Folter«, schlug Schröder vor. »Aber es gibt wohl keine Spuren von Fesselung, oder? Und wohl auch keine Blutspuren einer anderen Person. Vielleicht gab es einen Kampf?«

Der Doktor verneinte. »Keine Spuren. Auch nur Blutgruppe AB, die eher selten ist. Eindeutig erst erschossen, dann Augen entnommen, muss, wie Sie ja schon festgestellt haben, geschlafen haben. Wurde dann vom Täter überrascht. Böses Erwachen, gewissermaßen. Bloß, warum diese albernen Blumen?«

»Sicher ist«, Schröder übernahm wieder das Wort, »der Mörder wollte, dass man ihn so findet, mit den Blüten in den Augen. Es ist also eine Art Botschaft. So scheint es. Bloß welche? Und warum? Aber was, wenn es nur eine Finte ist? Vielleicht will jemand unbedingt, dass wir dies denken, um vom eigentlichen Motiv abzulenken? Bleiben wir deshalb defensiv und halten uns bitte mit Spekulationen zurück. Letztlich ist es egal, wann der Mann geblendet wurde und ob der Täter seinem Opfer in die Augen geschaut hat. Auf jeden Fall hat er die Augen mitgenommen. Das ist seltsam bei all dem Seltsamen. Aber letztlich dürfen wir uns durch die Grausamkeit nicht irremachen lasse. Sie war nicht das Ziel. Ihn zu töten, war das Ziel.«

»Oder«, gab Dr. Hauptmann zu bedenken, »es handelt sich um ein Ritual. Ein Bestattungsritual. Ich glaube, die Juden legen ihren Toten Tonscherben auf die Augen.«

»Ja, vielleicht, auf die Augen, das stimmt wohl, aber sie löffeln sie nicht aus den Augenhöhlen«, wischte Schröder den Hinweis weg.

Ich konnte nicht anders. Mir fielen die Ausführungen eines Polizeipsychologen ein, der in der Polizeifachschule einen

Vortrag gehalten hatte. Aufgeregt warf ich ein: »Das würde auf jeden Fall die These stärken, dass die beiden sich gekannt haben. Rein psychologisch betrachtet, wollte er diesen intimen Vorgang des Tötens rückgängig machen, indem er dem Ermordeten die Augen genommen hat. So wie ein Kind die Augen schließt und glaubt, nicht gesehen zu werden. Eine Art Atavismus.«

Schröder konnte so lächeln, dass einem das Blut gefror. Mit diesem eisigen Lächeln erwiderte er: »Aha, der junge Herr Nettelbeck will uns beweisen, dass er schwierige Wörter kennt. A-ta-vis-mus. Hilft uns das? Nein! Es könnte eine Trophäe sein, wie wir es häufig bei einer bestimmten Art von Tätern finden. Möglich. Deshalb nimmt er die Augen mit. Oder ein Ritual in Anlehnung eines religiösen Brauchs. Auch möglich. Oder eine verdammte Täuschung! Eine hinterhältige List. Eine Blendung, nur, dass wir die Geblendeten sein sollen! Wie gesagt, meine Herren, defensiv bleiben. Wir halten uns von Spekulationen fern, dafür halten wir uns an die Fakten. Und da fällt auf: Der Vorgang hat ja ziemlich lange gedauert. Wenn man bedenkt, dass dies alles Am Dobben geschah, also an einer doch viel befahrenen Straße, so kann ich mir nicht vorstellen, dass niemand etwas gehört oder gesehen hat.« Er wendet sich an Kupfer, der sofort aufstand und seine Ergebnisse vortrug. Ich schaute derweil zu Schröder. Sollte ich etwas auf die Tafel schreiben? Schröder interessierte sich nicht für mich und die Tafel. Ich kam mir blöd und nutzlos vor, besonders nachdem er mich so abgekanzelt hatte.

»Wir haben in der gesamten Straße in allen Häusern und Wohnungen nachgefragt, auch in den Büros. Es scheint niemand etwas von dem Vorfall mitbekommen zu haben. Es gibt allerdings relativ wenige Anwohner, das meiste sind Firmenbüros, Arztpraxen, Anwaltskanzleien, Geschäfte.«

»Im Trunkenen Schiff auch nicht?«, wollte Schröder wissen.

»Der Laden hatte zu. Der öffnet erst um zwanzig Uhr. Wie die meisten wissen, handelt es sich um ein sehr verschlossenes, verschwiegenes, ja zugeknöpftes Etablissement.«

»Na, so zugeknöpft wird es nicht sein, ich meine nachts«, warf Kemnich feixend ein. Alle lachten.

»Haben Sie denn den Besitzer ausfindig gemacht, Herr Kupfer?«

»Ja, der Laden gehört einem Amerikaner, Simpson, ehemals Major der US-Streitkräfte. Blieb hier hängen. Ist nun Zivilist. Soll ein Schwarzer sein. War aber in seiner Wohnung nicht anzutreffen.«

Schröder seufzte. »Dann müssen wir beide wohl heute Überstunden machen, Herr Nettelbeck, und uns um zwanzig Uhr dort hinbegeben und mit diesem … Simpson sprechen.«

Kemnich holte die Aufnahmen, die Frau Zurbrüggen gemacht hatte, heraus und verteilte sie sorgfältig auf dem Tisch. Während er sprach, zeigte er mit einem kleinen Metallstab auf die Fotos, auf denen bestimmte Stellen mit einem Stift markiert waren. »Also, wir haben natürlich einige Fingerabdrücke gefunden.« Er wies auf die Fotos und ging langatmig ins Detail.

»Ich habe nicht ewig Zeit, kommen Sie auf den Punkt!«, unterbrach ihn der Chef.

»Zwei Abdrücke konnten nicht zugeordnet werden.« Damit schloss Kemnich.

»Na also, geht doch! Herr Kupfer, nehmen Sie bitte von Dr. Semler die Fingerabdrücke. Lassen Sie sich nicht abwimmeln. Hm, von dem Senator Nolting-Dingsbums nehmen Sie auch die Fingerabdrücke. Außerdem stellen Sie mal ein Dossier zusammen über den Herrn Sanierer. Der kommt doch aus München, oder?«

»Wie bitte? Vom Finanzsenator soll ich die Fingerabdrücke nehmen? Mit welcher Begründung?« In der Stimme Kupfers lag gequetschter Protest.

»Möglicherweise geht's hier um Geld, viel Geld, also um Finanzen. Da ist es doch nicht abwegig, den Finanzsenator höflichst zu bitten, sich die Finger schmutzig zu machen.«

Kupfer setzte sich wieder hin. Er bewegte den Hals, als ob es ihm am Kragen kratzte.

»Was wissen wir vom Projektil, Kemnich?«

»Das ist interessant. Es handelt sich um ein Kaliber 9 mm. Vermutlich wurde Herr Neumann mit einer Walther P38 erschossen. Die sind, wie wir alle wissen, noch aus Wehrmachtzeiten nicht registriert im Umlauf. Hatten wir schon öfter Ärger mit. Vielleicht kann das Projektil identifiziert werden. Soll ich zum Bundeskriminalamt fahren?«

»Nein, Kemnich. Die Spesen sparen wir uns. Ich brauche Sie hier. Schicken Sie das Projektil meinetwegen nach Wiesbaden. Ich hege da keine großen Hoffnungen. Wie sieht es aus mit den Kunstblumen? War jemand auf der Osterwiese?«

»Wie denn, Herr Schröder. Seit gestern ist die zu Ende«, sagte Kupfer.

»Okay, dann brauchen wir eine Liste der Schießstände.«

»Schon geschehen«, trumpfte Kupfer auf. »Die Osterwiese ist ja bedeutend kleiner als der Freimarkt …«

»Verschonen Sie uns mit Bremensien. Kupfer!«

»Jedenfalls gibt es zwei Aussteller. Der eine ist in Bremen ansässig. Der andere schon weitergezogen auf einen Rummelplatz in Holland.«

»Und? Was sagt der hiesige Aussteller dazu?«

»Ich habe ihn noch nicht erreicht.«

»Dann wäre das eine gute Aufgabe für unseren schnellen Mann aus der Leichtathletikbranche. Herr Nettelbeck, lassen Sie sich die Adresse von dem Kollegen Kupfer geben und fragen Sie mal nach.«

Ich nutzte die Gelegenheit, angesprochen worden zu sein. »Was soll ich denn nun auf die Tafel schreiben?«

»Sie sollen Wichtiges darauf notieren, Nettelbeck. Wenn Sie nichts notieren, dann haben wir die ganze Zeit über anscheinend nichts Wichtiges gesagt.«

Ich war entgeistert und nicht fähig zu einer Entgegnung. Die anderen sahen peinlich berührt zu Boden. Vielleicht bildete ich mir das auch nur ein. Schröder sah auf die Armbanduhr: »Wo ist denn Venske?«

Als hätte Venske draußen gestanden und nur auf seinen Aufruf gewartet, stürmte er in dieser Sekunde in den War-Room. Ich war froh, weil auf diese Weise die Aufmerksamkeit von mir abgelenkt wurde. Venske war ein schlaksiger Mensch mit krummen Rücken, beinahe einem Buckel. Er trug eine schwarze Hornbrille. Ihm folgte ein älterer, schwerfälliger Mann mit einem Bürowagen zur Verteilung der Büropost. Der Wagen war überbordend beladen mit Aktenordnern, und die kleinen Räder quietschten unter der Last.

»Na, da bin ich mal gespannt.« Schröder setzte sich nun zum ersten Mal hin, an den ihm gebührenden Platz, am Kopfende, und überließ Venske das Feld. Es war fünfzehn Uhr. Der arme Mann hatte gerade einmal ein paar Stunden Zeit gehabt, dieses Aktenchaos, das Neumann hinterlassen hatte, zu sondieren. Zusammen mit seinem Gehilfen wurden die Ordner vom Wagen auf den Tisch verfrachtet. Kemnich raffte schnell die Fotos zusammen. Was sollten wir mit den Ordnern? Es schien mir, als wollte er demonstrieren, um wie viel Arbeit es sich handelte.

»Wir haben die Ordner so weit wie möglich wieder in Ordnung gebracht.« Er zeigte auf den Stapel.

»Und? Was ist dabei herausgekommen?«

»Schwierig. Ich weiß schließlich nicht, wonach wir suchen.«

»Zunächst einmal, um was für Akten handelt es sich?«

»Das sind vor allem Rechnungen und Fakturen. Dann die Monatsabschlüsse, Bilanzen et cetera. Dann kommen dazu die vielen Notizen, Skizzen, Zahlenaufstellungen. Die haben wir in diesem Ordner erst einmal zusammengetragen.« Er wies mit dem Finger auf einen der Ordner. »So weit das zu rekonstruieren ist, chronologisch, und wo nicht, haben wir versucht, ein System zu entdecken. Da sind wir aber noch nicht sehr weit gekommen, ehrlich gesagt. Wir hatten auch nicht allzu viel Zeit.«

»Die Frage stellt sich«, unterbrach ihn Schröder, »ob wir es, wie Semler behauptet, mit einer manischen Verrücktheit zu tun haben oder ob Neumann tatsächlich einen Plan entwickelt hat, um Borgward zu retten. Was meinen Sie?«

»Zum jetzigen Zeitpunkt sehe ich mich außerstande, dies zu beurteilen. Was aber vermutlich von größter Wichtigkeit ist, ist Folgendes.« Er machte eine Kunstpause. »Also, vielleicht liegt das, was wir suchen, nicht in dem, was wir gefunden haben, sondern in dem, was fehlt.«

»Oh, Herr Venske spricht in Rätseln.«

»Es fehlen Belege und Aufstellungen. Möglich, dass er etwas auf der Spur war. Die Frage ist: Wo sind die fehlenden Dokumente? Im Wagen wurde nichts gefunden, oder?«

Kemnich schüttelte den Kopf.

»Haben Sie etwas in dem Haus der Neumanns gefunden?«, fragte Schröder Herrn Kupfer.

»Hm, hatten noch keine Zeit dafür«, antwortete Kupfer schuldbewusst.

»Hatte ich das nicht ausdrücklich angeordnet?«

»Ja, aber uns schien anderes wichtiger. Die Befragungen nahmen viel Zeit in Anspruch.«

»Kupfer, Kupfer. Ich kann nicht erkennen, dass Sie uns viel nützen.«

Kupfers Gesicht wurde nachgerade kupferfarben vor Scham.

»Gute Arbeit, wie immer, Venske. Also schnappen Sie sich zwei, drei Leute und fahren Sie mal raus nach Borgfeld. Vielleicht werden Sie fündig, obwohl ich skeptisch bin. Was, wenn das Motiv in diesen Aufzeichnungen und den fehlenden Dokumenten liegt? Vermutlich hat dann der Täter all das Zeugs an sich genommen. Das rückt Semler wieder ins Zentrum. Deshalb sollten wir auch sein Hotelzimmer durchsuchen lassen. Übernehmen Sie das, Herr Kupfer. Vielleicht ist das eine Aufgabe, die Sie lösen können. Die Fingerabdrücke nicht vergessen. Die vom Senator können Sie sich später holen, der läuft uns nicht weg. Sie können ruhig mit Blaulicht vorfahren. Machen wir diesem Mann mal richtig Feuer unterm Hintern. Das wäre es dann. Also, los an die Arbeit.«

Venske packte die Akten eifrig zurück auf das Wägelchen. Kupfer saß verstört auf seinem Platz. Die Sache schmeckte ihm nicht. Er raunte Kemnich zu: »Das ist doch Wahnsinn. Sollen wir uns benehmen wie die Axt im Walde? Das gibt Ärger.«

Dr. Hauptmann, der fein aus dem Schneider war, pflichtete Kupfer bei: »Ich nehme mal an, Mr. Conrad wird not amused sein.«

KAPITEL 6

Auf dem Korridor gab mir Kupfer die Adresse des Schaustellers, sehr ungehalten und unhöflich. »Ach ja, Sie!« Dann dampfte er ab. Ich hatte das Gefühl, er betrachtete mich als Teil von Schröder, auf den er sauer war. Ich notierte mir die Adresse. Es war in der Nähe, wo ich wohnte. Das passte gut, denn es war nicht weit entfernt vom Präsidium. Mit dem Fahrrad konnte ich in ein paar Minuten da sein. Mit Fahrrad. Genau das war das Problem. Ich hatte mein Fahrrad völlig vergessen! Es stand immer noch Am Dobben. Also erst einmal zum Dobben. Ich rannte die Treppe hinunter.

Eine Stimme rief: »Halt!« Oben am Treppenabsatz stand Schröder. »Wo wollen Sie hin?«

»Zum Schausteller beziehungsweise erst mal mein Fahrrad vom Dobben holen.«

Er kam gemächlich die Treppe herunter. »Vergessen Sie das Fahrrad. Wir nehmen meinen Wagen. Das Fahrrad können Sie später holen. Wir müssen endlich wissen, was es mit diesen Jahrmarktsblumen auf sich hat.«

»Aber …«

»Kein Aber, Nettelbeck. Wichtige Spur. Da lass ich Sie doch nicht allein.«

Wie sich herausstellte, hatte Kupfer einen kardinalen Bock geschossen. Als wir bei der Adresse ankamen, sagte uns die Ehefrau, ihr Mann sei noch auf der Osterwiese und gerade dabei, den Schießstand abzubauen. Zwar war die Osterwiese beendet, der Abbau aber noch im vollen Gange. Der Besitzer hatte auf seinen Mitarbeiter warten müssen.

Wir stellten den Wagen etwas abseits vom Gelände ab, weil mit dem Auto kein Durchkommen war. Als wir den Platz betraten, schob sich uns ein großer Laster entgegen, auf dem der riesige Kopf eines Monsters aus Pappmaschee oder Plastik grinste. Ungefähr die Hälfte der Fahrgeschäfte waren noch nicht abgebaut. Leere Flächen klafften zwischen den Ständen. Die regennassen Karussells glänzten. Überall wuselten Männer herum. Halbstarke, die wohl zum Autoscooter gehörten, hatten die Musik laut aufgedreht: Chuck Berry. Ich war geneigt, mit dem Fuß zu wippen. Ich fragte einen der jungen Männer, der trotz der Kälte nur einen Pullover trug. Sein gegeltes Haar war von Nässe durchtränkt. Er wies uns durch zwei Gänge inmitten des Abbautreibens. Eine Art Stahlrohr, mindesten zehn Meter lang, rotierte uns entgegen, wir mussten uns schnell bücken. Schröder fluchte.

Auch die Schießbude war schon halb abgebaut worden und auf einen Transporter geladen. Ein Mann, der nur einen Arm hatte, reichte ein Schießgewehr hinein, das ein anderer auf der Ladefläche entgegennahm. Der Mann war nicht zu sehen. Doch als wir am Wagen waren und Schröder seine Marke zückte, erkannte ich ihn. Oder genauer: Ich wusste, dass ich ihn heute gesehen hatte, aber mir fiel nicht ein, wo. Der Mann wusste allerdings sofort, mit wem er es zu tun bekam. Er sprang behände vom Wagen, wischte an uns vorbei, kurvte um ein Gestell, das uns die Sicht nahm, und war verschwunden. Schröder sagte trocken: »Jetzt sind Sie am Zuge. Fass ihn, Nettelbeck.« Im selben Moment begann es zu regnen.

Ich bin kein guter Sprinter. Auch die Langstrecke, zehntausend Meter oder gar Marathon – bitte ohne mich. Ich bin ein Mann der mittleren Distanz. Ich besitze nicht die Athletik und Kraft des Sprinters und auch nicht die lederne Zähigkeit und den langen Atem des Langstreckenläufers. Ich hielt mich als Läufer gern in der Mitte auf. Begann mein Rennen auch immer in der Mitte des Pulks, nicht zu schnell, nicht zu langsam. Zum Angriff ging ich erst im letzten Moment über, mobilisierte letzte Reserven für die Aufholjagd und gewann auf diese Weise so manches Rennen.

Der Mann hatte sich vermutlich irgendwo in der Nähe versteckt. Ich trabte, so locker wie möglich, in mittlerer Geschwindigkeit, durch die offen gelassenen Gänge und um die Autos und die abgebauten Teile herum. Arbeiter drehten sich nach mir um. Der Regen wurde heftiger. Wenn der Regen stärker wurde, hatte ich immer das Gefühl, es läge ein Zorn darin, der meinen Gegenzorn aufstachelte. Ich platschte in eine Pfütze hinein. Der Schuh sog sich sofort voll. War der Mann schon weg? Längst über alle Berge? Ich stoppte, legte die flache Hand gegen die Stirn und hielt Ausschau, machte fast eine Dreihundertsechzig-Grad-Drehung.

Da. Da war er.

Er hatte die Nerven verloren und kam hinter einer Bude hervor, der Rest einer Veranstaltung, die Meerschweinchen aus Käfigen entließ und in ein Rennen schickte, bei dem man dann wetten konnte. Nun rannte der Mann, und ich ihm hinterher. Er sprang über eine Barriere. Ich sprang über eine Barriere. Wir mussten uns ducken wegen einer Plane. Er schlug Haken, kurvte herum. Für sein Alter war er noch flott und ausdauernd. Ich hetzte ihn einfach, in der Hoffnung, er würde bald aufgeben. Wir rannten mehrmals fast denselben Parcours. Ich kam immer näher. Mit einem Spurt hätte ich ihn gehabt, aber ich war es gewohnt, in der mittleren Geschwindigkeit zu gewinnen, und der Endspurt war noch nicht an der Reihe. Es war eine Frage der Zeit, bis der Mann mürbe werden würde. Immer näher kam ich heran. Ich hörte schon sein Keuchen. Er hing in den Seilen. Er drehte sich um. Die Zunge hing ihm fast aus dem Mund. Er machte den Eindruck, als hätte er wirklich Angst vor mir. Ich musste nur noch zupacken, streckte den Arm auch schon aus, als mir jemand ein Bein stellte.

Ich klatschte auf den Boden, rutschte über Schlamm, voll in eine Pfütze, der Länge nach, den Kopf instinktiv so weggedreht, dass mein Gesicht nicht in die dreckige Brühe tauchte. Ich schrie auf, so wie damals, als ich die rote Erde küsste, oder besser: die rote Erde mich, und das war eine Art Todeskuss gewesen.

Ein Arbeiter zischte: »Lass unseren Kumpel in Ruhe. Sonst setzt es was!« Ich rappelte mich auf. Hosen und Mantel waren voller Matsch, der kalt durch meine Kleidung drang. Sonst war nichts Schlimmes passiert. Der Mann kam drohend auf mich zu. Der Flüchtige war über alle Berge. Der Angreifer, ein kräftiger Mann in einer Lederjacke drohte mit erhobener Faust. Ich hob ebenfalls die Fäuste, bereit zum Boxkampf. Der Mann aber sank einfach vor mir auf Knie. Hinter ihm stand Schröder, hatte ihm den Arm umgedreht und zog den Arm hoch und höher. Der Mann schrie vor Schmerzen.

Schröder nahm die Personalien des Mannes auf. Er kam aus dem Ruhrgebiet und war Gelegenheitsarbeiter. Schröder drohte mit einer Anzeige wegen Körperverletzung und Behinderung der Justiz. Er fragte: »Was sollen wir nun mit dir machen? He?« Dabei stieß er mit seinem enormen Zeigefinger dem Mann gegen die Wange, als wollte er sie durchbohren. Der vormals starke Mann quietschte.

Der Kerl verteidigte sich, er habe nicht gewusst und so fort. Er tat mir leid. Ich sagte: »Vielleicht können wir auf eine Anzeige verzichten, wenn Sie uns sagen, was Sie über ihn wissen.«

Ach, das sei der Jonny. Mehr wisse er nicht. Der habe mal bei Borgward gearbeitet und sei ein Kommunist. »Vor ein paar Tagen war ich klamm, da hat er mir ausgeholfen mit zwanzig Mark. Feiner Kerl.«

Schröder schnauzte ihn an: »Du bist ein einmalig dämlicher Mensch, weißt du das? Du hast Glück. Heute ist Amnestie. Deppen-Amnestie. Hau bloß ab.«

Der Mann zog Leine. Schröder sah ihm in einer Mischung aus Zorn und Amüsement nach. »Der wird sich seine armselige Habe schnappen und abhauen. Den zu verhaften, lohnt nicht und würde uns nur von wichtigeren Aufgaben abhalten. Verdient hätte er es. Irgendwann erwischt es dieses Gelichter immer.«

Wir setzten uns vorn in den Transporter des Schaustellers. Da Schröder so viel Platz einnahm, blieb ich draußen und steckte nur meinen Kopf so weit hinein, dass ich alles mitbekam.

Der Schausteller war zunächst wütend darüber, dass wir seinen Mitarbeiter verscheucht hatten.

»Mensch, wie soll ich jetzt abbauen? Und wie komme ich nach Hause?« Er zeigte uns überflüssigerweise den leeren linken Ärmel. Dann verrauchte aber sein Ärger, als er kapierte, dass es sinnlos war, besonders als Schröder ihn anschnauzte: »Schenken Sie sich Ihren Zwergenaufstand. Sonst ziehen wir andere Saiten auf.«

Er wisse nur, dass der Mann Jonny hieß. Alle kannten ihn. Er hatte schon letztes Jahr für ihn gearbeitet und für Stunk gesorgt, hetzte die Arbeiter und Hilfskräfte auf. Aber seine Aufgaben in der Bude erledigte er gut. Bekam auch nur den üblichen Lohn, trotzdem schwang er gerne große Reden – nach Feierabend, wohl gemerkt.

»Lassen Sie sich nicht die Papiere zeigen?«, wollte ich wissen.

»Wir sind hier auf dem Jahrmarkt, Mann. Das ist eine Art Zigeunergewerbe. Der arbeitet für mich, und ich zahl ihm am Abend seinen Lohn aus.«

Ich wusste nun wieder, woher ich Jonny kannte: Heute Morgen war er auf dem Borgward-Gelände gewesen und hatte dort die Arbeiter aufgewiegelt. Mir fiel das Bild ein, wie er schalkhaft strampelte, als die Sicherheitsleute ihn abgeführt hatten.

»Und die Nelken? Die kann man bei Ihnen schießen?«

»Nee, keine Nelken. Rosen. Bei mir schießen Sie Rosen. Die Nelken hat der Holländer. Nelken! Die Leute wollen Rosen schießen, keine Nelken. Aber irgendwie hatte der den besseren Platz. War auch so ein Charmebolzen, lockte die Leute mit Sprüchen an. Liegt mir nicht, bin kein Ausrufer. Meinen Schnitt habe ich trotzdem gemacht.«

Schröder griff wegen der Enge umständlich in die Innentasche seines Trenchcoats, holte das Passfoto von Thomas Neumann hervor, das in seinen großen Händen seltsam winzig wirkte. »Kennen Sie diesen Mann, schon mal gesehen?«

Der Schausteller begaffte das Foto, zuckte schließlich mit den Schultern und verneinte. Er reichte es dem Hauptkommissar, der es in seine Manteltasche zurücksteckte.

»Also, der Mann war nicht an Ihrem Stand?«

»Ich habe mir nicht jeden gemerkt.«

»Was meinen Sie, warum ist Jonny vor uns geflüchtet?«

»Keine Ahnung, Herr Kommissar. Vermutlich aber, weil Sie – Entschuldigung – ein Bulle sind. Er mag die Polizei nicht.«

»Warum nicht?«

»Hatte wohl unter Adolf schlechte Erfahrung gemacht.«

»Das war früher. Heute haben wir einen Rechtsstaat.«

»Weiß ich, weiß ich«, wiegelte der Schausteller ab, der nicht in Verdacht geraten wollte, die Demokratie in Zweifel zu ziehen.

»Wissen Sie mehr über den Holländer?« Er steckte die Brieftasche zurück in die Innentasche.

»Wenn Sie den Holländer interviewen wollen, fragen Sie Frau Kramer. Die weiß alles. Die organisiert den Kram.«

Schröder stieg aus. Erst jetzt bemerkte ich, dass es aufgehört hatte zu regnen. Die Sonne brach durch und ließ die Pfützen funkeln. Die Geräusche, die Klänge waren jetzt klarer und hallender. Hämmern, Rufe, Motorenbrummen, Metallgesänge. Und die Stimme Chuck Berrys sang »Johnny B. Goode« als seltsamen Kommentar zu meiner stummen Frage, die ich mir stellte, was dieser Jonny mit der ganzen Sache zu tun hatte.

Schröder begutachtete mich und nahm besonders meine Kleidung in Augenschein. »Ziehen Sie sich mal etwas Neues an. Wir treffen uns heute Abend um zwanzig Uhr vorm Trunkenen Schiff. Um Frau Kramer und den Holländer kümmere ich mich. Ich werde Ihnen Bericht erstatten.«

Wie er es sagte, wirkte er selbst nicht besonders munter, strich sich müde übers Gesicht. Ich war sicher, dass er nicht viel Schlaf gehabt hatte. Er werde Bericht erstatten. Ironie? Ich konnte ihn nicht einschätzen. Und doch lag darin ein Hauch Wahrheit, das wusste ich. Womit hatte ich sein Wohlwollen verdient? War es wegen meiner Geschichte? Die Geschichte des erfolgreichen Mittelstreckenläufers, der kurz vor dem großen Sieg in den roten Staub gefallen war? Jetzt war ich ihm einfach dankbar. Dankbar dafür, dass er mir eine Auszeit gönnte, und dafür, dass er mich für würdig hielt, an seiner Seite mitzuarbeiten. Ich fühlte mich unwohl in den klammen Klamotten und hatte nach dem harten Tag eine Pause nötig, zumal ja in wenigen Stunden die Arbeit weiterging.

Ich holte mein Fahrrad vom Dobben ab. Seltsam, fast nichts mehr deutete darauf hin, dass hier ein Tatort war und dass heute Morgen an dieser Stelle der Alltag durchbrochen worden war durch eine unvorstellbare Tat. Ich stieg auf das

Fahrrad, trat in die Pedale, um zu mir nach Hause in die Neustadt zu fahren – doch auf dem Weg fiel mir ein, dass ich um fünf Uhr bei meinen Eltern in der Kantstraße eingeladen war. Es war schon kurz nach fünf.

Es fing wieder an zu regnen. Ich ließ es stoisch über mich ergehen. Immerhin war es wärmer geworden, oder ich hatte mich an die Kälte gewöhnt. Ich radelte quer über den Marktplatz bis zur großen Weserbrücke. Ein Binnenschiff glitt unter die Brücke hindurch in Richtung Hafen. Als Kind hatte ich mit sehnsuchtsvollem Blick diesen Kähnen nachgestarrt. Wie gern wäre ich mitgefahren, hinaus aus meinem Leben, das mir nie genügte. Und mir fiel ein – inzwischen überquerte ich die Kleine Weserbrücke und wechselte die Straßenseite –, wie ich mit Heiko, meinem besten Freund, entlang der Weser lief, wie wir Steine übers Wasser springen ließen und wie er meine Sehnsucht teilte. »Mensch, Thomas, stell dir vor, wir würden einfach abhauen und auf so einem Kahn anheuern, so nennt man das, wenn man da auf dem Kahn arbeitet. Wir würden in weite Länder reisen, wo kein Krieg ist und wir wären frei.« Seine Worte brachten in mir eine Musik zum Klingen. »Ja«, sagte ich, »das wäre schön.« Aber dann kam wieder einmal Fliegeralarm.

Ich fuhr am Kino vorbei. Es lief, soviel ich aus dem Augenwinkel sah, ein Dr.-Mabuse-Film mit Gert Fröbe. Dann überquerte ich den Buntentorsteinweg und bog in die Kantstraße ein.

KAPITEL 7

Das schwarze Taxi meines Vaters – Mercedes 180 D – stand am Straßenrand direkt vorm Haus. Bald würde mein Vater seine zweite Schicht beginnen. Ich schob mein Fahrrad in den kleinen Vorgarten und lehnte es gegen den Zaun, nahm die paar Stufen zur Haustür mit zwei Sprüngen, stand im Windfang, betätigte die Messingklingel und bekam als Antwort das Kläffen des schwarzen Pudels vom Vermieter, der den oberen Teil des Hauses bewohnte.

Meine Mutter schlurfte in Puschen heran. Im engen Flur mit der Garderobe und dem Spiegel streichelte sie mir den Oberarm zur Begrüßung, während sie mehrmals rief: »Mohrle, nun geb doch endlich Ruh!« Der Hund war davon unbeeindruckt und kläffte weiter. Diese Berührung ihrerseits war das höchste der Gefühle. Wir umarmten uns in der Familie nicht, hatten es nie gelernt, sie nicht, mein Vater nicht, ich nicht, woher auch sollte ich es dann haben.

»Bist ja durchnässt. Geh mal ins Schlafzimmer und zieh dir die nassen Sachen aus. Ich bring dir andere«, rief sie, als sei ich schwerhörig. Gute Idee. Sie, genauso wie mein Vater, verstanden Nähe als eine praktische Sache. Man tat und riet dem anderen, was jetzt gerade das Beste war. Auf diese Weise regelten wir unsere Sachen, praktisch, alles andere war überflüssiger Zierrat, der uns Angst machte. Angst wovor?

Ich zog mich in der Kammer bis auf die Unterhose aus. Tatsächlich war alles durchnässt. Kurz fiel mein Blick auf meinen fast nackten Körper im dreiteiligen Spiegel des Toilettentisches. Ich hatte meinen Körper nie anders gesehen als eine Maschine, die zum Laufen bestimmt war. Jetzt, da ich nicht mehr lief, schien er mir falsch, und ich konnte ihn kaum ertragen.

Sie brachte mir Sachen von früher, die mir immer noch passten. Auch sie schaute schamhaft an mir vorbei.

Mein Vater saß in der kleinen, überheizten Stube am Fenster und paffte seine Zigarre, dichter Rauch hing vor seinem Gesicht und der vergilbten Gardine. Die Hitze tat mir gut. Meine Mutter legte die Klamotten auf den Ofen. Es war für mich gedeckt. Das alte Geschirr: Kuchenteller, Kaffeetasse, Kuchengabel. Auf dem Teller ein Stück zuckriger Butterkuchen. Ich hatte nicht übel Lust, sofort umzukehren und wieder zu gehen. Plötzlich überfiel mich der alte Überdruss: Der stubenenge, in die Wände eingefressene Mief aus Kohl und Kohle, der mich bedrängte, erinnerte mich an meine Jugend und mein altes Leben. Mein Laufen war auch immer ein Davon-Laufen gewesen war. Das Problem war nur: Die Bahnen waren oval, und wie schnell ich auch lief, ich kehrte immer zum Ausgangspunkt zurück. Erst Düsseldorf war eine Befreiung.

Ich setzte mich, gedrängt von meiner kleinen, molligen Mutter, auf das tiefe, durchgescheuerte Sofa und sah auf die Häkeldecke. Mein Vater reichte mir seine Hand. Er trug eine Wolljacke und Pantoffeln. Dies war für ihn der Inbegriff von Gemütlichkeit, dies und der ganze Nippes an den Wänden und in den Schränken und der Vitrine, der von Ausflügen in die Lüneburger Heide, in den Harz und an den romantischen Rhein zeugte, garniert mit einer Italienseligkeit, die in einer bastummantelten Rotweinflasche gipfelte. Seit meiner Rückkehr aus Düsseldorf hatte ich mich bisher nur einmal blicken lassen, für die Übergabe des Wohnungsschlüssels. Mein Vater hatte mir eine kleine, möblierte Wohnung besorgt, sodass ich dort gleich einziehen konnte.

Das Nordmende-Radio spielte leise Musik im Hintergrund: »Schenk mir einen bunten Luftballon«. Danach kam: »Die Liebe ist ein seltsames Spiel«. Wir aßen den Kuchen und tranken Kaffee. Wie es denn so gehe bei der Kripo, fragte mein Vater. Ich erzählte vom Toten im Borgward, natürlich nicht die schrecklichen Details.

»Darüber berichten die schon den ganzen Tag. Hat wohl mit der Borgward-Pleite zu tun, wie?«

»Weiß man nicht. Alles Spekulation. Außerdem soll doch Borgward saniert werden. Der Semler will Borgward retten.«

»Wer's glaubt. Kaisen hett Borgward över den Deister gehen lassen. War eine schwierige Entscheidung. Aber toletzt hat er als Bürgermeister die Verantwortung. Noch mehr Milldschonen verschleudern? För nix un wedder nix? Der Borgward hat sich übernommen. Ist man kein Wirtschaftsprofi, is man bloß ein Ingenieur. Der Dote soll der Finanzchef von Borgward sein. Stimmt das?«

»Darf ich nicht sagen, Vadder. Schweigepflicht.«

»Paul, nun lass doch den Jungen essen. Der verhungert ja sonst. Mensch, bist immer noch so dünn!« Sie tat mir, um meine Magerkeit zu bekämpfen, ein drittes Stück Kuchen auf. Im Gegensatz zu meinem Vater sprach meine Mutter nicht dieses Missingsch aus Hoch- und Plattdeutsch.

»Nachher gibt es dein Lieblingsessen: Gulasch.« Sie strahlte. Es bereitete ihr Freude, mir ein Essen vorzusetzen, das mich freute. Ihre Mutterliebe ging durch den Magen. Ich mühte das dritte Stück Kuchen mit viel Kaffee in die Speiseröhre.

»Jetzt heißt es überall: der Dote im Borgward. Als ob der Borgward schuld wäre. Dabei hat das Auto keine Schuld. Autos sind unschuldig, aber die Menschen nich.«

Da ich dazu nichts sagte, fragte er: »Lööpst du wedder?« Mein Vater paffte einen Ring, den Mund in Richtung Zimmerdecke gereckt.

»Nö, ehrlich gesagt, habe ich da nichts mehr mit zu tun.«

»Trainierst du noch ein bisschen oder hast du die Rennerei ganz aufgegeben?«

»Ganz aufgegeben.«

»Schade, wirklich schade. So ein Pech. Beim Taxiruf sprechen die anderen mich immer auf das Rennen an. Hatten alle mit verfolgt.«

Meine Mutter deckte, während wir uns unterhielten, den Tisch ab. Ihr lag etwas auf dem Herzen, ich spürte das. Ich konnte mir auch denken, worum es ging, aber ich wollte das Thema nicht ansprechen. Würde sie damit herausrücken? Es brodelte in ihr. Ich sah es an ihrem Blick, in der ein Vorwurf lag, aber auch Mitleid. Auch mein Vater bemerkte es. Er erhob sich.

»Lass uns mal nach Meyerdirks gehen, ein Bier trinken.«

»Gute Idee«, murmelte ich, da ich froh war, auf diese Weise wieder rauszukommen aus der Wohnung. Dadurch, dass er den Vorschlag machte, war es ein passabler Abgang. Mein Vater ging zur Küche. »Wir gehen mal um den Pudding.«

»Supen wollt ihr einen.«

»Na. Supen wohl nicht, nur ein Bier trinken, mehr nicht.«

»Willst du nicht mehr fahren heute?«

»Ach, ein Bier, dat geiht«, winkte mein Vater ab. Meine Mutter brachte ihm einen Stuhl aus der Küche, er setzte sich und zog die Schuhe an. Dann nahm er von der Garderobe eine blaue, wollene Jacke und setzte sich die Schirmmütze auf. Meine Sachen waren vom Ofen aber noch nicht gänzlich trocken. Ich zog sie trotzdem an.

An der Tür glaubte ich, alles überstanden zu haben, da kochte es in meiner Mutter hoch: »Wie kannst du das Gisela antun! Das ist nicht nett. Ihr seid verlobt.«

»Verlobt gewesen. Jetzt nicht mehr«, entgegnete ich heftiger, als ich wollte.

»Ach, Erna, lass doch den Jungen in Ruhe. Dat ist seine Sache.«

»Du bist jetzt auch schon achtundzwanzig.«

Der Hund des Vermieters fing an zu bellen. Wir mussten gegen das Bellen anreden. Der Vermieter rief Mohrle zur Ruhe, was den nur noch mehr anstachelte.

»Und Gisela ist jetzt sechsundzwanzig. Die hat zwei Jahre auf dich gewartet. Und du gibst ihr den Laufpass. So etwas tut man nicht, das habe ich dich nicht gelernt.«

Ich war so wütend, ich konnte nicht einmal schmunzeln über ihr falsches Deutsch. Zugleich schämte ich mich, dass ich mich über sie erhob.

»Thomas ist alt genug. Er muss wissen, was er tut. Komm ...« Er zog mich hinaus. Ich hörte noch: »Und Ostern warst du auch nicht da!«

Wir waren draußen, auf dem Trottoir atmete ich tief durch. Es war dunkel geworden, die Luft voller Würze und Frische. Vögel zwitscherten von den tropfnassen Dächern und flatterten nach hinten in das Gewirr aus kleinen Höfen und Gärten. Und dann sah ich sie. Gisela stand im gelben Lichthof der Straßenlaterne. Es war zu spät, um abzuhauen. In ihrem Gesichtsausdruck war so viel Sehnsucht und so viel zarte Hoffnung, die ich gleich zermalmen würde, dass es mir das Herz zusammenkrampfte. Verlegen gab sie mir die Hand. Ich war peinlich berührt von all dem und streifte ihre Hand bloß, eine Geste, die um ihren Mund herum ein Zittern verursachte. Ich sah zu meinem Vater, der noch immer im Hauseingang stand, neben ihm meine Mutter. Die beiden erkannten die Lage. Mein Vater rief mir zu, als wäre ich hundert Meter entfernt: »Thomas, du hast viel zu tun. Wir wollen dich nicht aufhalten. Erna, wir gehen rein.« Meine Mutter stand in der Tür, vom Pudel umbellt. Ich glaubte zu erkennen, dass sie Gisela ein Signal gab, eine

Art Einverständnis und Aufforderung. Hatten die beiden sich abgesprochen?

Es war sieben Uhr. Wenn ich das Treffen mit Schröder verpasste, wäre ich raus aus dem Fall. Ich ging, ohne sie zu beachten, die Kantstraße hoch in Richtung Gastfeldstraße. Sie machte ein paar schnelle Schritte, um mir zu folgen. Schweigend gingen wir nebeneinanderher. Ich schob das Fahrrad. Ich hörte die sieben warnenden Schläge der Kirchturmuhr. Noch eine Stunde. Wir gingen an der Schule vorbei, in die ich eingeschult worden war, bogen ab, nach ein paar Metern waren wir an meinem Haus angelangt. Alle Passanten, denen wir begegneten, nahmen an, wir wären ein Paar. Ein glückliches Paar. Oder ein unglückliches. Jedenfalls ein Paar. Aber ein Paar mit ihr bilden zu müssen, ekelte mich in diesem Augenblick an, selbst wenn wir nur dem Anschein nach eines waren. Ich versuchte, während wir in verbissenem Schweigen nebeneinanderher gingen, die schönen Momente unserer Beziehung wachzurufen. Es war unmöglich.

»Hier wohne ich.« Ich hatte die Hoffnung, sie könnte sich verabschieden, weil sie die Aussichtslosigkeit dieser ganzen Sache einsah, doch sie sagte: »Ich weiß«, unverhohlen zugebend, dass sie mich ausspionierte. Ich schob das Fahrrad durch einen Gang. Hinten auf dem Hof schloss ich es ab. Ein paar Häuser und Höfe weiter war eine Kneipe. Man hörte Musik: »Und der Haifisch, der hat Zähne«. Wir gingen zurück zum Haus, ins Treppenhaus, stiegen hinauf. Ich wohnte unter dem Dach in einer Mansarde. Die Stufen knarrten unter unseren Füßen, stärker, je höher wir kamen. Ich steckte den Schlüssel ins Schloss. Lass sie nicht rein. Stoß sie weg. Ich schloss die Tür auf.

»Hier ist Schluss für dich. Du kommst nicht rein.« Ich blockierte die Wohnungstür. Sie versuchte hineinzugelangen. Ich stieß sie zurück.

Einen Moment war sie von einem inneren Taumel gefangen, dann sagte sie: »Du Schwein, gib mir den Mantel. Ich habe so viel für dich geopfert. Der Mantel war teuer!«

Ich zog den Mantel aus und reichte ihn ihr. Sollte sie ihn wiederhaben, wenn sie nur verschwand! Sie legte sich den Mantel über den Arm und schlich gesenkten Kopfes die Treppe hinab. Aber dann drehte sie sich noch einmal um und sagte: »Du tust mir leid; aber ich werde dich nicht verraten.«

Meine Mansarde bestand aus einem einzigen Raum und einem kleinen Kabinett mit Klosett. Tageslicht kam nur durch zwei kleine Fenster in der Dachschräge. Tauben hatten darauf gekackt. Eine hässliche Lampe, die zur Ausstattung gehörte, malte einen Lichtkreis in die Mitte des Raums. Darunter ein wackliger Tisch, zwei Stühle. Eine Spüle mit Specksteinausguss. Da wusch ich mich. Kalt. Es gab kein warmes Wasser. Immerhin aber einen Gasherd mit zwei Flammen. Den hatte ich bisher noch nicht benutzt, ernährte mich von Brot und Marmelade und seit zwei Wochen hatte ich die Kantine.

Das Bett befand sich an der tiefsten Stelle des Dachs, ich musste beim Aufstehen aufpassen, mir den Kopf nicht an der Dachschräge anzuschlagen. Es war ein schmales Bett mit einer durchgelegenen Matratze. Angeblich hatte hier ein Selbstmörder gewohnt. Ich schlief also auf einer von einem Selbstmörder zermürbten Matratze. Hoffentlich war sein Leben nicht ansteckend. Er hatte sich vom Dach gestürzt, eines Morgens fand man ihn auf dem Pflaster in einer riesigen Blutlache. Sein Kopf geplatzt, das Hirn ausgelaufen.

Ich schloss die Augen. Ich spürte, wie erschöpft ich war. Wenn ich sie nur lieben könnte … wie einfach wäre dann das Leben. Ein Gulaschgeruch zog mir in die Nase, erfüllte das kleine Zimmer, durchwürzt mit geschmorten Zwiebeln und Paprika. Jetzt war meine Mutter auch hier, durch diesen

Geruch. Der Muttergulaschgeruch. Die Müdigkeit. Meine Augenlider waren schwer, fielen hinab. Die kleine Aster in der Brust. Trinke dich satt, kleine Aster. Aber es war keine Aster, es waren Nelken. Rosen. Die Kunden wollen Rosen. Nelken hat der Holländer. Schaum, der über die Lippen quillt. Die Geisterstimme. Wir bringen den Tod in dieses Haus. Der junge Mann. Neumann. Thomas. Heißt wie ich. Was wäre, wenn ich er wäre und er ich? Dann läge er nun statt meiner und ich läge statt seiner. Wäre das ein guter Tausch? Aufgeschnitten im kalten metallenen Licht der Gerichtsmedizin. Brustwolle. Wie gut er aussah. Als ich auf ihr lag in jener Nacht. Ich wollte nur noch weg. Ich nahm einen Zug früher nach Düsseldorf, stahl mich leise davon ins schon warme Morgenlicht, das alles neu machte, ich fühlte mich befreit, floh, floh von ihr. Einmal kam sie mich besuchen. Ich sagte ihr, es sei aus. Sie weinte. Ich gab ihr ein Taschentuch. Sie sagte: Ich will kein Taschentuch, ich will dich. Ich bin jetzt in Düsseldorf. Und wenn du wiederkommst, nach Bremen zurück? Was ist dann? Ich weiß nicht. Ich werde nicht zurückkommen. Ich komme nicht zurück, weil du in Bremen bist, dachte ich, weil meine Eltern in Bremen sind, weil etwas von mir selbst in Bremen ist, all die Erinnerungen, in jeder Straße, im Park, selbst am Fluss und seinen Brücken. Nie wieder kehre ich zurück. Aber wenn, aber wenn? Wer weiß?

Als ich aufwachte war es fast acht Uhr! Mist!

Rasch zog ich mir den Rollkragenpullover über und die leichte Windjacke, die ich mir in Düsseldorf gekauft hatte. Die Schuhe waren noch feucht. Eklig. Was soll's, ich schlüpfte in meine Laufschuhe und verließ die Wohnung, rannte die Treppen hinunter in den Hof, zum Fahrrad. Zuerst bemerkte ich es nicht. Erst als ich mich bückte, um das Schloss aufzuschließen, da fiel es mir auf.

Die Reifen waren platt.

Jemand hatte mir die Reifen zerstochen. Jemand? Das war sie! Abgefeimt! Mir war es recht. Es bedeutete, dass es aus war, dass der Ekel verschwinden würde aus meinem Leben.

KAPITEL 8

Es war fünf nach acht. Ich entschloss mich kurzerhand loszulaufen. Von hier bis zum Dobben waren es ungefähr zweieinhalb Kilometer. Das könnte ich in neun oder zehn Minuten schaffen. Dann wäre ich maximal eine Viertelstunde zu spät. Vielleicht könnte ich Schröder mit einer guten Ausrede besänftigen?

Die ersten Schritte waren unrund, ungewohnt. Ich musste erst ins Laufen kommen. Ich hatte meinen Vater angelogen. In Düsseldorf hatte ich nach und nach wieder trainiert. Auf dem Polizeisportplatz. Man versuchte, mich zu überreden, wieder an Wettkämpfen teilzunehmen. Natürlich wollte man mit mir renommieren. Ich aber ließ mich nicht umstimmen. Ich maß die Zeit nur für mich allein, wollte wissen, wie nah ich an meinen alten Rekord von drei einundvierzig herankommen konnte. Immerhin schaffte ich es während meiner Zeit in Düsseldorf bis zu einer Zeit von knapp vier Minuten. Das genügte mir, um mir zu zeigen, dass ich es könnte, wenn ich wollte. Ich war noch nicht zu alt. Gleichwohl spürte ich mein Knie bis heute bei bestimmten Bewegungen.

Es regnete nicht mehr. Federnd trat ich aufs Pflaster, kam in den Rhythmus, sprang über Pfützen. Über die beiden Bremer Brücken, Domsheide, am Theater vorbei. Es lief gut. Das bedeutete, ich lief von allein. Mein Körper lief, mein Ich lief nur mit, ließ mich tragen, war Passagier. Was meinte Gisela: Ich erzähle nichts? Ich dachte auch an Frau Neumann. Die Geisterstimme. Was wohl die Hausdurchsuchung ergeben hatte? Und die Abnahme der Fingerabdrücke des Senators und Dr. Semlers. Was hatte Thomas Neumann dazu gebracht, sich derart für die Firma einzusetzen? Warum wollte er eine Lösung finden? Hatte ihn das Schicksal des alten Borgward derart gerührt? War das glaubhaft? Oder ging es ihm um Karriere? Dankbarkeit gegenüber dem alten Borgward?

Ich stand vor der Bar Das Trunkene Schiff. Über der Eingangstür hing eine Lampe. Die Tür hatte ein kleines Fenster auf Kopfhöhe in Rautenform. Ich versuchte, die Tür aufzudrücken. Zu. Keine Klingel? Wirklich, ein verschlossenes Etablissement. Das Lachen der anderen im Sitzungsraum. Warum?

Wo war Schröder? War Schröder schon drin? Sicherlich. Schröder war nicht der Mann, der zu spät kam.

Die Tür ging auf. Musik, nicht sehr laut, plätscherte zu mir. Ein Mann versperrte die Sicht und den Eingang. Er war einigermaßen groß, breit, glatzköpfig. Trug einen schwarzen Anzug, eine schwarze Krawatte, ein weißes Hemd.

»Ich kenne Sie nicht. Haben Sie eine Empfehlung?«

»Nein … wieso brauche ich eine Empfehlung?« Eine Intuition sagte mir, meine Polizei-Identität vorerst für mich zu behalten. Ich wollte erst zu Schröder stoßen. Er musste die Befragung durchführen.

»Ja, wenn es so ist … Ich bin ein Freund von Thomas Neumann.«

»Thomas Neumann?« Der Name ließ den Mann kalt; aber hinter ihm drängte sich nun ein anderer heran, der den Namen wiederholte.

»Jojo, lass ihn schon rein. Sieht doch nett aus, der junge Mann.« Er schaute über die breite Schulter des Türstehers, was einen Moment so aussah, als hätte dieser zwei Köpfe, einen dicken und einen schmalen. Was dem einen an Haaren fehlte, das hatte der andere zu viel. Der Türsteher trat beiseite. Ich trieb, ohne dass ich mir einer Bewegung bewusst war, in das Etablissement hinein, ins Halbdunkel und der leicht schaukelnden Musik.

Der Mann reichte mir seine lange, schmale Hand. »Ich heiße Rimbaud.«

Ich ergriff seine, die Hände umschlossen einander. Er hielt sie einen Moment zu lang fest. Das irritierte mich.

»Ich heiße Nettelbeck.«

»Schöner Name. Und wie ist Ihr Vorname?«

Ich stutzte. Was interessierte diesen Menschen, den ich nicht kannte und den ich nicht kennenlernen wollte, mein Vorname? Ich wollte aber auch keinen Ärger, also nannte ich ihn.

»Oh, auch ein Thomas! Sie kennen also Herrn Neumann?«

»Flüchtig. Und Sie? Kennen Sie Thomas Neumann?«

»Nein, gar nicht.« Er lächelte, und ich ahnte, dass er doppeltes Spiel spielte. Natürlich wusste man hier schon, dass Neumann tot war und dass man ihn auf der gegenüberliegenden Straßenseite gefunden hatte. Ich sah mich um. Verdammt! Wo war denn bloß Hauptkommissar Schröder?

»Suchen Sie jemanden? Vielleicht Herrn Neumann?«

»Nein, ich bin das erste Mal hier und schau mich nur um«, wiegelte ich ab. Dann: »Würde ich ihn hier finden können?«

»Ich kenne ihn, wie gesagt, nicht. Es genügt mir, dass Sie ihn kennen, um ihn interessant zu finden … Kommen Sie, Thomas, setzen wir uns.«

Jetzt wäre der Zeitpunkt, dachte ich, meine Marke zu zeigen. Doch ich zögerte. Ich hatte das Gefühl, dieser Mann würde nicht mehr mit mir reden, wenn er wüsste, wer ich war. Und ich hatte eben auch das Gefühl, sofort das Gefühl, dieser Mann konnte etwas wissen. Als hätte er auf mich gewartet. Nicht speziell auf mich. Mich kannte er nicht; aber jemanden wie mich.

Die Bar war in ein Halbdunkel getaucht. Licht kam aus den einzelnen Nischen oder Separees. Dies waren jeweils kleine, abgetrennte Sitzecken, bestehend aus einem Tisch und zwei sich gegenüberliegenden Bänken, die mit rotem Samt bespannt waren. In jeder Nische hing eine Lampe, die einem chinesischen Lampion ähnelte und schummrig-rotes Licht spendete. Die Trennung der Nischen war nicht durchgehend, sondern locker und bestand vor allem in einem schmiedeeisernen, goldlackierten Gitter. Die Mitte des Raums war dagegen leer, eine freie Fläche mit einem metallenen Boden, auf dem sich das Licht auffällig spiegelte.

Rimbaud tippte mich leicht an und führte mich dann in eine dieser Nischen, neben einem kleinen Raum, in dem, wie ich sah, ein Plattenspieler und ein Tonbandgerät standen, die für diese Musik sorgten. Ich vernahm eine tiefe, herzzerreißend traurige, ein wenig brüchige Stimme. Sie sang auf Englisch, und ich verstand nur das Wort »solitude«, was, so viel Englisch beherrschte ich, Einsamkeit bedeutet. Außer uns waren keine Gäste da, wie ich missmutig feststellte. Schröder hatte sich verspätet oder, was wahrscheinlicher war, war schon wieder fort. Er hatte sicherlich schon mit dem Eigentümer, diesem Major, gesprochen. Es traf sich gut, dass ich gleich von diesem Rimbaud vereinnahmt wurde, so würde ich bald mehr wissen. Ich setzte mich. Rimbaud wollte wissen, was ich trinke. Ich sagte Coca-Cola. Mit Rum? Bacardi? Äh … ja, mit Rum.

Nirgendwo war der Inhaber zu sehen. Er war, wie ich wusste, dunkelhäutig und ehemaliger Major.

Rimbaud stand an der Theke und zeigte zwei Finger. Er sprach mit dem Barkeeper, den ich kaum erkennen konnte. Nur so viel, dass er ein blütenweißes Dinnerjacket anhatte. Warum war niemand hier außer mir? Vielleicht war ich zu früh dran? Es war gerade mal halb neun. Ich hatte die Strecke in weniger als zehn Minuten geschafft. Ich hielt unauffällig meine Nase an die Achsel. Ich roch heftig nach Schweiß. Das Unterhemd klebte am Rücken fest.

Rimbaud war wieder da, stellte unsere Longdrinkgläser hin, setzte sich mir gegenüber und prostete mir zu. Er trug einen Siegelring, der sich an seiner knochigen Hand besonders protzig ausnahm.

»Sie spielen falsch«, sagte ich, dabei lächelnd, um deutlich zu machen, dass alles noch Spaß war, aber auch kippen konnte. Ich hoffte, ihn mit dieser Eröffnung zu überrumpeln.

»Wieso?«

»Ihr Name ist nicht Rimbaud. Sie sind kein Franzose.«

»Aber ein Dichter.«

»Dennoch heißen Sie nicht Rimbaud. Sie heißen vermutlich Meier oder Schmidt oder so. Ganz gewöhnlich.«

Rimbaud nahm es locker mit mir auf, ohne auch nur für einen Moment irritiert zu sein. »Ach, Sie sind ja ein kleines, dreistes Bürschlein. Das mag ich. Und Sie spielen nicht falsch? Sie kennen Thomas Neumann gar nicht.«

»Doch, ich kenne ihn.« Mir schien das keine Lüge zu sein, denn ich hatte ihn im Laufe des Tages kennengelernt.

»Dann muss ich Ihnen leider eine traurige Nachricht überbringen. Thomas Neumann ist umgebracht worden.« Das saß! Er erhob sich und ging in den Nebenraum, wo der Plattenspieler stand, als wollte er mich mit dieser Nachricht für einen Moment allein lassen. Wo blieb bloß der Boss? Hatte Schröder gar nicht vor, mich hier zu treffen? War es eine Art Probe? Wenn ja, dann setzte es mich noch mehr unter Druck, etwas herauszufinden.

Es kam schnellere Musik, ein Saxofon und eine Trompete. Dazu ein wildes Schlagzeug. Jazz. Moderner Jazz. Bebop oder Ähnliches.

»Gefällt Ihnen das? Charly und Dizzi.«

»Nicht mein Stil. Ich höre lieber Rock 'n' Roll.«

»Elvis?«

»Ja, klar.«

»Rock 'n' Roll ist doch bloß versimpelter Jazz, ohne dessen Tiefe und Schwärze.«

»Chuck Berry ist schwarz«, konterte ich.

»Die Ausnahme ...«

»Der und Little Richard«, unterbrach ich ihn trotzig.

»Gut, gut ... Dennoch: Wer einmal Jazz gehört und lieben gelernt hat, kann mit diesen Stampfrhythmen, diesem Schnulzenkram nichts anfangen, diesen gekünstelten Posen, bei der das Gemächt herausgestellt wird, lächerlich, der angeblich so sexy wirkende Hüftschwung ist doch alles bloß Pose, keine Substanz, schon gar nicht musikalisch ... Ich kann mit dem ganzen Kommerz, mit seinen Blink-Blink-Kostümen und der pseudofrechen Haartolle nichts anfangen. Da sickert doch die ganze Spießigkeit aus der stinkenden Schmiere.«

Seine Suade entwaffnete mich. Schlagfertigkeit war nicht meine Stärke. Das war etwas für die Sprinter. Außerdem hatte ich keine Lust, über Musik zu diskutieren. Ich war wegen einer anderen Sache hier. Ich sollte eine Befragung durchführen. Diese gehetzten Rhythmen machten mich zudem richtig wuschig. Ich konnte nicht klar denken. Ich beugte mich zu Rimbaud hinüber. Er lieh mir albern sein Ohr und grinste.

»Wo ist denn eigentlich der Inhaber dieser Bar? Der Major?« Ich hatte mir nur den Spitznamen gemerkt. Mir fiel ein, dass ich den Namen auf die Tafel hätte schreiben können. Das wäre es gewesen!

»Wenn schon, dann richtig: Nicht Major, sondern Mäidschoar!« Er sprach es ziemlich gut aus, amerikanisch, nicht englisch, glaube ich. Er hielt mir eine Schachtel Pall Mall hin.

»Ich rauche nicht.«

»Oh, das ist ungewöhnlich. Ich rauche gerne und viel. Zu viel.« Er zündete sich die Zigarette an, der Rauch spiralte durchs rote Licht. »Sind Sie Sportler?«

»Nein, kann man nicht sagen.«

»Aber einen Thomas Nettelbeck ... den Läufer, den kennen Sie?« Er lachte über seinen gelungenen Scherz.

Ertappt! Mir schoss das Blut in den Kopf. »Stimmt. Den kenn ich.«

»Sie hätten auch verneinen können. Sich selbst kennt man für gewöhnlich am wenigsten.« Das sagte er ernst, als spiele er auf sich selbst an.

»Stanzen Sie den Spruch in Holz und verkaufen ihn als Souvenir.« Darauf wusste er keine Antwort oder er wollte nicht antworten. Schade, mir schien die Replik gelungen. Ich war noch immer keinen Schritt weitergekommen. Was, wenn er wusste, dass ich bei der Polizei arbeitete? Vielleicht hatte er mich sogar gesehen, heute Morgen am Fundort der Leiche?

»Sind Sie hierhergelaufen?« Er schnüffelte demonstrativ in meine Richtung, was ich als sehr vulgär empfand. Ich musste aufpassen. So wie er mich ansah, hatte ich kurz ein Gefühl, er seziere mich oder entdecke etwas hinter einer Fassade. Er rauchte sehr affektiert. Hielt die Zigarette wie eine Frau. Jedenfalls hielt er sie so, dass ich statt des Handrückens die Handfläche sehen konnte. Immerhin zog so der Rauch weg von mir. Seine Handgelenke waren auch schmal. Natürlich war mir klar, dass ich hier in einem Etablissement gelandet war, das man Homo-Bar nannte. In Düsseldorf war ich mit ein paar Kollegen eines Nachts unterwegs gewesen – normalerweise hielt ich mich von Gemeinschaftsaktivitäten fern, konnte aber nicht immer Nein sagen – und einer von den Kollegen sagte: Das ist eine Schwulen-Bar. Lasst uns die mal aufmischen. Ich schob Zahnschmerzen vor und verabschiedete mich, die anderen gingen hinein. Ich hörte im Weggehen nur, wie einer zu laut flüsterte: Ist bestimmt selbst so ein Homo. Und ein anderer entgegnete: Der? Niemals. Weißt du denn nicht, dass Thomas ein berühmter Leichtathlet ist. So einer ist kein warmer Bruder.

Aber ich musste auf Rimbauds Frage antworten. »Ja,«, knirschte ich kurz angebunden, wollte aber auch nicht den Maulfaulen abgeben und ergänzte: »Ich muss in Übung bleiben, deshalb laufe ich auch abends durch die Stadt. Ich bin zufällig hier gelandet.« Mir ging langsam die Puste aus in diesem komischen Rennen. »Also, was ist nun mit dem Mäidschor?«

»Der kommt heute nicht.«

»Was ist Ihre Rolle hier?«

»Och, ich bin so etwas wie die Galionsfigur vom Trunkenen Schiff.«

»Arbeiten Sie nicht? Oder ist das Ihre Arbeit? Ich meine, Galionsfigur zu sein?«

»Ich habe Geld. Ich muss nicht arbeiten. Oder lieber so: Ich arbeite, was ich will. Ich schreibe. Ich bin Schriftsteller.«

»Kann man ein Buch von Ihnen kaufen?«

»Nein, um Himmels willen! Ich schreibe nur für Freunde und für mich selbst und für die Nachwelt. Ich werde berühmt sein nach meinem Tod. Nur das ist wahrer Ruhm. Würde ich etwas veröffentlichen und würde ich berühmt werden, so hätte ich das Gefühl, ich hätte den Wein vor seiner Reife genossen.«

»Ja, aber auf die Weise genießen Sie den Wein gar nicht«, konterte ich übellaunig.

»Es kommt ja nicht auf mich an, sondern auf mein Werk.« Er trank einen Schluck.

Mein Glas war noch fast voll. Kleine Bläschen sprühten über dem Glas. Ich trank das Glas fast leer. Mir fiel nichts mehr ein. Meine Geduld war auch zu Ende. Ich musste konkreter und offensiver werden. Ich fragte ihn: »Dieser Todesfall vor Ihrer Tür? Da sind Sie doch bestimmt schon von der Polizei befragt worden, oder?«

»Sie meinen Ihren toten Freund?«

»Ja, Thomas Neumann.«

»Nein, keine Polizei.«

»Wissen Sie denn etwas? Entschuldigen Sie bitte, ich bin einfach neugierig. War immerhin ein guter Bekannter. Haben Sie etwas gesehen? Der soll eine Zeit lang in seinem Wagen gelegen haben, einem Borgward, so ein roter Wagen.«

Als Antwort erhielt ich schallendes Gelächter. Ich bemerkte dabei, trotz meines Ärgers, dass Rimbaud ein paar Goldzähne hatte. Sein Lachen ging in ein Husten über. Er nahm einen Schluck Rum-Cola. In diesem Moment kam eine Frau in die Bar. Ich traute zuerst meinen Augen nicht. Es gab aber keinen Zweifel, zumal sie auf mich zukam. Rimbaud bemerkte meinen Blick und sah sich um. »Sieh an!« Er strahlte.

Frau Zurbrüggen begrüßte Rimbaud mit einem Kuss auf den Mund und setzte sich dann neben ihn. Sie legte ihre Kamera auf den Tisch und steckte sich sofort eine Zigarette an. Ich machte ihr ein Zeichen. Sie verstand nicht. Ich wackelte ungeschickt mit dem Kopf. Sie verstand nicht oder wollte nicht verstehen. Was hatte es zu bedeuten, dass die Polizeifotografin Rimbaud kannte? Und warum reagierte sie nicht auf meine Zeichen?

»Darf ich dir, meine Liebe, diesen netten jungen Mann vorstellen. Thomas Nettelbeck, er ist der berühmte Leichtathlet.« Es begann ihr zu dämmern.

»Ach, ich habe Sie heute Morgen gesehen. Sie sind doch so etwas wie der Aktentaschenträger von Schröder, diesem Ekelpaket … Das bleibt unter uns.« Sie kicherte.

Ich war empört über ihre Indiskretion, sie musste sich doch denken können, dass ich hier war, um Ermittlungen durchzuführen, die sie nun behinderte. Aber ich war auch sauer über ihre Bemerkung über einen verdienten Polizisten. Mit ihrer Beleidigung jedenfalls geriet Rimbaud aus dem Häuschen, und ich war nicht sicher, ob er diese Empörung nur spielte. Auf jeden Fall war dieses Spiel auch ernst.

»Sie sind ja abgefeimt. Schleichen sich hier herein, geben sich als wer-weiß aus und wollen mich, wollen uns ausspionieren.«

»Ich könnte wohl eher beleidigt sein«, entgegnete ich. »Frau Zurbrüggen, Sie als Polizeibeamtin, wie können Sie hier einfach Ermittlungen behindern!«

Nun geriet auch sie außer sich: »Erstens, woher soll ich wissen, dass Sie hier Ermittlungen durchführen, und wieso überhaupt? Und zweitens täuschen Sie sich, ich bin keine Polizeibeamtin. Ich bin freiberufliche Fotografin ...«

»Und eine sehr gute ... ma chère«, flötete Rimbaud dazwischen und gab ihr ein Küsschen auf diese affektierte Weise, in der er auch rauchte. Dann wandte er sich an mich: »Was wollen Sie denn wissen? Ich habe keine Geheimnisse, jedenfalls keine, die die Polizei etwas angingen, andere Geheimnisse habe ich schon, wie du weißt, mon bijou.« Er küsste wieder Frau Zurbrüggen.

Mir wurde es zu bunt. Ich wollte mich nicht vorführen lassen. Ich haute auf den Tisch.

»Oh, ein richtiger Kerl, der junge Nettelbeck«, kommentierte Rimbaud kichernd.

Frau Zurbrüggen wollte einlenken. »Soviel ich weiß, sind Sie so etwas wie ein Lehrling. Schröder hat sie doch bestimmt nicht allein hierhergeschickt. Sie kommen auf eigene Faust. Oder Schröder wird hier auch gleich anrücken, falls er sich hier hereintraut. Er glaubt doch sicher, hier schwul zu werden, wenn er die Luft nur einatmet.«

Ich war fassungslos. Wo war ich hier hineingeraten? Dabei war mir Rimbaud anfangs nicht unsympathisch gewesen. Er sah schon sehr seltsam aus. Sein weißes, blutleeres Gesicht hatte etwas Vampirhaftes, war aber auch sehr ebenmäßig, beinahe schön. Die Lippen waren korallenrot. Sein schwarzes Haar war lang und bedeckte fast die Ohren, nur die Läppchen sahen hervor. Das schmale Oberlippenbärtchen sah aus wie aufgemalt und war es wohl auch. Er trug vollständig schwarze Kleidung, aus der sein mehliges Gesicht seltsam konturlos hervorschien. Seine Stimme wiederum war herb, rauchig, klang etwas belegt, konnte auch die Stimme eine Barsängerin sein. In seinem langen Hals fuhr der spitze Adamsapfel Fahrstuhl. Trotz all dem hatte er ein anziehendes Wesen, er widmete sich einem ganz und gar, und mich hatte er im Handumdrehen eingewickelt mit seinem seltsamen Charme. Er hatte Witz, Humor und konnte gut reden. Sein Alter war nicht einfach zu bestimmen, er war sicherlich älter als dreißig und jünger als vierzig, dazwischen war alles möglich.

»Dann machen wir Nägel mit Köpfen, Herr Unterunterkommissar. Haben Sie schon einen Verdacht?«

»Das geht Sie nichts an.«

»Ich denke, Sie ermitteln in Richtung Borgward, Korrekt? Natürlich ermitteln Sie in diese Richtung. Doch, dies sage ich Ihnen, das ist die falsche Richtung. Ganz falsche Richtung. Und diesem Schröder – trauen Sie dem nicht.«

»Kennen Sie ihn?«

»Nein … natürlich nicht. Aber ich vertraue dem Instinkt meiner lieben Schwester.« Er sah Frau Zurbrüggen an, die als Zeichen ihrer Verbundenheit seine Hand, die unruhig auf dem Tisch klopfte, mit ihrer bedeckte.

»Ach, Sie sind Geschwister.«

»Nein, aber wir fühlen uns wie Geschwister«, stellte Frau Zurbrüggen klar.

Mir wurde das alles zu viel. Es wuchs mir über den Kopf. Ich musste raus. Bloß raus. Was würde ich Schröder morgen sagen? Sollte ich diesen Abend am besten verschweigen? Es war eine Blamage, die besser unerwähnt blieb. Ich stand auf. Glücklicherweise hatte ich meine Windjacke nicht an der Garderobe abgegeben, sondern neben mich gelegt. Ich zwängte mich zwischen Tisch und Bank durch.

»War mir eine Freude, Sie kennengelernt zu haben. Übrigens. Sie haben sich alle Mühe gegeben, mir nichts zu erzählen mit all Ihren Worten, aber eins weiß ich nun doch. Sie kennen Thomas Neumann, und das heißt, er war hier Gast«, sagte ich mit zähneknirschender Höflichkeit. Ich wollte nicht als Spielverderber dastehen.

»Ganz meinerseits, Sie kennengelernt zu haben. Ich bin sicher, dass wir Sie in der nächsten Zeit hier öfter begrüßen werden«, säuselte er zurück. Frau Zurbrüggen zuckte mit den Schultern, als wollte sie sagen, dass sie das alles nichts anginge.

Ich drehte mich um und strebte zum Ausgang. Im Musikzimmer saß ein Mann und sortierte Platten. Die meisten waren Langspielplatten, wenige Singles. Während ich mit Rimbaud beschäftigt war, hatte sich die Bar gefüllt. Ein Paar, zwei Männer, gingen auf die metallene Fläche und begann zu tanzen, bewegten die Hüften wie professionelle Tänzer, zu Jazz-Samba mit Flötenspiel. Ich strebte zur Tür, der Türsteher machte Platz, ließ mich durch, und ich rammte ungeschickt meine Hand gegen die Tür, um sie aufzustoßen. Sie prallte ab. Ging dann wieder auf. Vor mir stand Hauptkommissar Schröder und grinste.

KAPITEL 9

»Oh, Nettelbeck, Sie sind wirklich gekommen!« Er schritt durch die Tür, wogte regelrecht in die Bar hinein, der Türsteher, deutlich kleiner, wurde mit der Schulter zur Seite geschwemmt. Schröder stellte sich vor ihn und hielt ihm die Marke auf Bauchhöhe hin, sodass der unmöglich darauf schauen konnte. Jojo fühlte sich unbehaglich und schnappte nach Luft.

»Jetzt will ich mit dem Inhaber dieses zweifelhaften Etablissements sprechen, mit Mr. Simpson. Do you understand?«

Er sprach lausiges Englisch mit einem Karikatur-Akzent. An mich gewandt: »Was ist das denn für eine Hottentotten-Musik? Grässlich.«

Der Türsteher verschwand und kam sehr schnell anscheinend mit Simpson wieder. Keine Ahnung, wo der hergekommen war. Außerdem hatte Rimbaud mich belogen, was, so im Nachhinein betrachtet, klar war. Ich schielte zur Nische hin. Die war leer. Rimbaud und Frau Zurbrüggen waren fort.

Der Inhaber war körperlich fast eine Kopie von Schröder, beinahe ebenso groß, fast ebenso breit, ebenso einschüchternd. Nur hatte er ein netteres Gesicht, wenn auch mit breiter Boxernase. Die beiden hätten mich in ihrer Mitte locker zerquetschen können. Der Türsteher war beiseitegetreten und hielt sich raus.

»Gestatten, Simpson«, grüßte der Mann in einem grollenden Bass.

»Hauptkommissar Schröder, mein Name.« Er zeigte

artig seine Polizeimarke, und zwar so, dass man sie erkennen konnte. »Und das ist mein Kollege, Herr Nettelbeck.«

»Was kann ich für Sie tun?« Simpson sprach mit einem deutlich amerikanischen Akzent, was mich nicht verwunderte. Es verwunderte nur, wie gut er sprach, denn für gewöhnlich, diese Erfahrung hatte ich mehrfach gemacht, hatten die Sieger nicht den Anspruch Deutsch zu lernen. Irgendein Witzbold hatte eine neue Schallplatte aufgelegt: »Wenn ich die blonde Inge abends nach Hause bringe« von Billy Mo. Zwei Männer sprangen auf die Bühne und parodierten einen Charleston. Sie trugen blonde Perücken und Dirndl. Jubel und Gejohle ertönte. Klatschen.

»Können wir reden, wo es leiser ist?«

»Es ist überall laut.« Simpson zuckte mit den gewaltigen Schultern.

»Werden wir ja sehen.« Schröder löste sich von uns, ging ein paar Schritte durch den Raum, entdeckte das Zimmer mit dem Plattenspieler, verschwand darin, dann brach die Musik mit einem rabiaten Ratsch der Plattennadel über die Vinylrillen ab. Lautes Aufstöhnen und Protestrufe folgten als Antwort. Die beiden Tänzer tänzelten in eine Nische, um aus dem Blickfeld zu verschwinden.

»He, was ist denn los? Wo bleibt die Musik?«

Schröder trat wieder aus dem Zimmer heraus und donnerte so, dass jeder, selbst Taube, es hören musste: »Ich bin Kriminalhauptkommissar Schröder. Ich frage Sie, jeden Einzelnen von Ihnen, hat jemand etwas gesehen in der Nacht von gestern auf heute? Es geht um ein Tötungsdelikt, das unmittelbar vor dieser Bar geschehen ist. Überlegen Sie bitte. Sie sind verpflichtet, der Polizei zu helfen. Die hilft Ihnen auch.« Wieder Proteste. Höhnisches Gelächter. Pfiffe.

»Ich kann auch anders. Wenn Sie Ihren Ton nicht mäßigen und in sich gehen, dann wird das hier zur Razzia, und jede einzelne anwesende Schwuchtel kriegt von mir persönlich den Hintern versohlt!« Er verzierte die Drohung mit einem dreckigen Lachen.

Seine Drohung fiel auf fruchtbaren Boden. Alle hatten vermutlich schon schlechte Erfahrungen mit der Polizei gemacht. Der Paragraf 175 schwebte im Raum wie ein Damoklesschwert, das unbarmherzig jeden Verstoß bestrafen würde. Und Schröder machte den Eindruck, der schlimmste Häscher zu sein. Sie würden alle kuschen, das ahnte ich. Dafür bewunderte ich ihn. Trotz allem. Ja, ich bewunderte Schröder, wie er die Sache anging. Was für ein feiger Stümper war ich. Natürlich war es nicht fein. Aber es galt einem höheren Zweck: Wir hatten einen Fall aufzuklären.

»Nun zu Ihnen, Mr. Simpson.« Er blickte dem Inhaber tief in die Augen, was der schmunzelnd aushielt.

»Kommen Sie mit. Ich habe Ihnen etwas zu sagen«, forderte Simpson freundlich auf. Er ging voran, Schröder hinterher.

»Nettelbeck, Sie halten hier die Stellung, keiner dieser … Gäste macht einen Abgang, klar?«

Ich postierte mich direkt vor die Tür. Überall raunte es und tuschelte es. Ich spürte regelrecht Angst. Sie übertrug sich fast auf mich. Ich dachte: War das wirklich nötig? Schließlich hatten die Leute nichts verbrochen. Ich merkte aber, dass irgendetwas geschah, ich konnte es nicht deuten. Es war ein Hin-und-Her-Trippeln. Heimlichkeiten. Vielleicht sollte ich anfangen, die Personalien aufzunehmen, damit uns keiner entwischte. Dies waren alles potenzielle Zeugen. Ich entschloss mich. Die gespannte Situation zerrte an mir, und ich musste, ich wollte meinem Chef helfen. Ich befahl dem Türsteher niemanden hinaus- oder hereinzulassen. Er nickte finster.

Ich ging zum ersten Tisch. Hier saßen die beiden Tänzer. Verängstigt sahen sie mich an. Sollte die Polizei Bürgern Angst machen? Eigentlich nicht. Wir hatten das Grundgesetz durch-genommen in der Polizeischule. Die Würde des Menschen und so weiter. Was war davon übrig? Nun. Das hier war der Alltag, die wirkliche Welt. »Haben Sie irgendetwas Verdächti-ges gesehen heute zwischen Mitternacht und sieben Uhr mor-gens? Denken Sie nach.« Männer, ganz normale Männer in meinem Alter sahen mich verschüchtert an. Mir war es unan-genehm. Der eine nestelte nervös an einem Bierdeckel, war vermutlich Sachbearbeiter in einer Spedition. Sein Ring am Finger wies ihn als verlobt aus. Der andere, im Dirndl, kratzte sich, um männlicher zu wirken, den Bartschatten, vermutlich Lehrer oder Angestellter einer Krankenkasse.

»Nein, wir waren beide nur bis dreiundzwanzig Uhr hier und sind dann gegangen.« Jetzt hätte sich normalerweise die Frage nach dem Wohin angeschlossen. Mir war es peinlich, danach zu fragen, deshalb unterließ ich es.

»Kennen Sie Thomas Neumann?«

Schröder stand wie gerufen hinter mir. »Hier.« Er gab mir das Passfoto von Neumann. Ich zeigte es den beiden.

»Kann sein, vielleicht, bin nicht sicher.« Der andere schüt-telte den Kopf. Ich ging weiter, Nische um Nische. Es waren dreizehn Gäste da. Zehn in den Nischen und drei an der Theke. Auch der Barkeeper verneinte.

»Wo ist denn Rimbaud hin?«, fragte ich den Barkeeper.

»Der kommt und geht«, war seine nichtssagende Antwort.

»Wie der Regen?«, fragte ich.

»Oder wie der Sonnenschein«, erwiderte er schmunzelnd.

Es musste noch einen anderen Ausgang geben, denn ich hätte bemerkt, wenn Rimbaud durch den normalen Eingang verschwunden wäre. Ich schritt schnell zu den WC. Damen und Herren. Ich lugte nur kurz hinein, schamhaft. Niemand war drin. Der Gang führte weiter zu einer Tür. Schröder fasste an meine Schulter.

»Das können Sie knicken. Hier sagt keiner was. Will keiner gesehen worden sein in so einer Homo-Bar. Mist.« Wir gingen zurück.

»Und Simpson?«

»Der ist auskunftsfreudiger. Erzähle ich gleich. Lassen Sie uns abhauen, sonst werde ich noch schwul.« Er machte ein angewidertes Gesicht, wischte die Hand an der Hose ab. Simpson stand im Hintergrund, riesiger Schattenmann. Verabschiedete uns mit militärischem Gruß.

Wir verließen Das Trunkene Schiff.

»Wo ist denn Ihr Fahrrad? Oder haben Sie ein Taxi genommen?«

»Nein, ich bin gelaufen. Waren Sie verhindert?«

»Nein, ich wollte wissen, wie Sie sich so allein schlagen. Haben Sie noch etwas herausgefunden?«

»Ja, Thomas Neumann war hier.«

»Woher wissen Sie das? Hat doch keiner geredet von den Brüdern.«

»Stimmt; aber vorher hatte ich ein Gespräch mit einem gewissen Rimbaud und dann mit Frau Zurbrüggen.«

»Unserer Frau Zurbrüggen?«

»Genau, die Fotografin.«

»Okay, erzählen Sie. Gehen wir aber zu mir. Ich spendiere einen Wein, einen guten Wein und zeige Ihnen mal meine Gemäldesammlung.«

Seinen Wagen hatte er an Außer der Schleifmühle geparkt. Ich war gespannt, wo er wohnte, hatte nur Bedenken, dass es spät werden würde und ich morgen dann Probleme hätte, aus dem Bett und pünktlich zur Arbeit zu kommen. Aber sein Angebot konnte ich nicht ablehnen.

Im Auto brummte Schröder: »Hätte nicht übel Lust, denen die Sitte auf den Hals zu hetzen.«

Wir fuhren die Schwachhauser Heerstraße hoch. Nach

einiger Zeit bog er links ab, noch vor dem Riensberger Friedhof. Wir fuhren langsam durch eine Straße, in denen, wie in diesem Viertel üblich, schön hergerichtete Häuser standen, teilweise aufwendig restauriert, alle um die Jahrhundertwende erbaut von der wohlhabenden Schicht. Herrschaftshäuser, einige mit Wintergärten aus Glas und Gusseisen. In solche Häuser kam meine Mutter nur, um zu putzen. Kurz vor der Ecke hielt er. Wir stiegen aus. Er zückte den Hausschlüssel, es ging durch die Gartenpforte, ein paar Stufen hinauf. Hier war alles vom Feinsten. Und er wohnte in einem großen Haus, wie ich gleich merkte, allein. Es gab nur eine Klingel aus Messing.

»Tja, so etwas können Sie sich leisten, wenn Sie erst einmal Kriminalhauptkommissar sind, mit dreißig Berufsjahren auf dem Buckel. Haha.«

Wir waren in einem Vestibül. Ein Telefon im Brokatmantel befand sich auf einer Anrichte, daneben ein Stuhl. Anrichte und Stuhl waren eine Antiquität aus dem neunzehnten Jahrhundert, haselnussbraun, ebenso wie der Rahmen des Spiegels. Nicht, dass ich ein Kenner war, aber, dass es hier um alt, aber teuer ging, verstand auch ich. Er legte den Mantel ab und nahm meine Windjacke entgegen.

Schröder rieb sich die Hände, was ein Rascheln erzeugte. Wir schritten über orientalische Teppiche in ein Wohnzimmer mit Schiffsbodenparkett. Auch hier alt, aber teuer. Die Wand zur rechten Seite bedeckte ein bis zur Stuckdecke reichendes Bücherregal, wie in einer Bibliothek. So etwas hatte ich nur einmal gesehen, bei einem Mitschüler vom Hermann-Böse-Gymnasium. Schröder wandte sich auch gleich zum Regal und zog zielsicher ein Buch heraus. Mir fiel auf, dass überall Vasen standen, kleine und größere, schlanke und bauchige. Alle waren leer. Er war wohl kein Blumenliebhaber, aber ein Liebhaber von Vasen. Seltsam.

»Hier, schenke ich Ihnen.« Es war ein Band mit Gedichten.
»Von Rilke. Einem meiner Lieblingsdichter. Ich kann ungefähr dreißig bis vierzig Gedichte von ihm auswendig. Nur von Benn kann ich mehr, vielleicht hundert.« Er tippte mit dem Zeigefinger gegen die Schläfe, die, wie ich erst jetzt bemerkte, grau war. »Schult das Gedächtnis und schärft die Intelligenz. Natürlich nur, wenn Sie nicht bloß auswendig lernen, sondern wenn sie es inwendig verarbeiten, die Nuancen kapieren, den Sinn.«

Er hieß mich, auf dem Sofa Platz zu nehmen. Während er wegging, wohl um den versprochenen edlen Tropfen zu holen, sah ich mich um. Über mir hing ein großes Gemälde, kein röhrender Hirsch, sondern bloß ein Mann auf einem Stuhl, mehr nicht, sachlich, nüchtern, allerdings in unpassenden Farben – grelles Blau und schreiendes Rot – oder vermutlich in passenden. Das war gerade die Kunst. Aber ich war ein Banause. Mir fiel plötzlich etwas ein. Ich erhob mich, ging zum Regal. Die Bücher waren tatsächlich alphabetisch geordnet. Mein Blick ging zum Buchstaben R wie Rimbaud. Nein. Leider hatte er kein Buch von ihm.

Schröder kam zurück und sah mit Freude, dass ich mich für Bücher interessierte. Ich hielt nun den zweiten Gedichtband von Rilke in der Hand, in dem etwas steckte. Ein Brief? Er wäre beinahe herausgefallen. Schröder kam dem Malheur zuvor. Er stellte es sofort wieder ins Regal. »Nicht alles anfassen!« Wieso wollte er, dass ich gerade dieses Buch nicht berührte? Wegen des Briefs?

Wir setzten uns wieder. Er goss mir einen 1930 so-und-so ein. Ich interessiere mich nicht für Wein. Ich trinke, wie mein Vater, Bier und auch das nur selten. Schröder bedauerte, dass der Wein keine Zeit gehabt habe zu atmen, aber er brauche jetzt unbedingt ein Glas. Ich doch sicherlich auch. Er fläzte sich mir gegenüber, so wie heute Morgen auch bei

Frau Neumann. Er öffnete den Hosenknopf und seufzte befriedigt.

»In den eigenen vier Wänden darf man das, sich mal gehen lassen. Sind doch unter uns.« Er nippte, dann schlürfte er genießerisch. Ich war mir nicht sicher, ob ich es als eine besondere Auszeichnung auffassen sollte, dass er sich mir gegenüber so zwanglos gab – oder als Herabsetzung. Vermutlich weder noch. Für einen Moment entwich ihm alle Kraft und er wirkte alt und müde wie ein geschlagener Boxer. Doch er rappelte sich auf.

»Sie haben also herausgefunden, dass unser Thomas Neumann Gast im Trunkenen Schiff war. War er also ein Homosexueller?«

»Das weiß ich nicht.«

»Was sollte ein gesunder Mann dort wollen? Der geht in eine andere Art von Bar, in Gröpelinger Hafenkneipen oder gleich in die Helenenstraße. Obwohl, der Mann war verheiratet und hatte eine wirklich reizende kleine Frau. Diese Menschen tarnen sich. Ihre spezielle Form sexueller Orientierung wird in unserer Gesellschaft bekanntlich nicht besonders geschätzt, sondern abgelehnt, verfolgt und bestraft. Wissen Sie, dass das bei den alten Griechen anders war? Denken Sie nur an Platon, das Gastmahl. Päderastie, wie man das nannte, war gesellschaftsfähig. Wie auch immer. Es war kein Zufall, dass der Wagen gegenüber dem Trunkenen Schiff geparkt worden war. Neumann saß dort drin. Wartete und schlief ein. Das bedeutet keineswegs, dass sein Tod mit seiner speziellen Vorliebe zu tun hat. Aber es bedeutet, dass wir in der Bar Zeugen haben könnten. Leider stoßen wir da auf eine Mauer des Schweigens. Diese Bagage hält zusammen.«

»Was haben Sie denn aus dem Major herausbekommen?«

»Ach!« Schröder überkam eine nachgetragene Wut. »Verdammter Ami! Der machte mir durch die Blume klar, dass er Kontakte hätte. Kontakte zum US-Geheimdienst. Drohte mir eiskalt lächelnd.«

»Was hat der Geheimdienst mit unserem Fall zu tun?«

»Ich hoffe, er hat nichts damit zu tun. Wissen kann man dies nie, denn der Geheimdienst hat die missliche Angewohnheit, geheim zu sein. Allerdings war all das nur eine Drohgebärde. Simpson wollte bloß angeben und drohen. Er wollte damit andeuten, dass er über mächtige Freunde verfügt, die mir Ärger machen könnten.«

»Verstehe ich nicht. Was kann man gegen Sie tun?«

»Irgendetwas finden die doch immer, verstehen Sie? Und wenn die nichts finden, dann dichten die einem was an. Die arbeiten nicht so anständig und ehrlich wie wir. Für die gilt kein Grundgesetz. Das ist eine Siegermacht.«

»Aber davon dürfen wir uns nicht einschüchtern lassen, Herr Schröder!«

»Richtig so, Nettelbeck! Wenn es sein muss, dann sprechen wir mit Mr. President Kennedy persönlich.«

»Vielleicht genügt es, wenn wir erst einmal zum Bürgermeister gehen.«

»Klar doch, jetzt, wo Sie ihn kennengelernt haben. Raffiniertes Aas. Fünfhundert Jahre Geschichte hören mit, höhöhö.« Er imitierte den Bürgermeister ziemlich gut. Ich musste lachen.

Ich wollte das Gespräch wieder konkreter auf den Fall lenken. »Diese Blumen in den Augen. Es ist etwas Persönliches, Intimes. Deshalb halte ich es für wahrscheinlich, dass der Täter aus dem Trunkenen Schiff kommt. Sie wollten mir doch erzählen, was Ihnen diese Jahrmarktfrau gesagt hat.«

»Das läuft über die holländischen Kollegen in Groningen. Deshalb bin ich auch zu spät gekommen. Die haben ihn tatsächlich schnell ausfindig gemacht, einen Erik Smitt. Die Blumen stammen von seiner Schießbude. Aber er erinnert sich nicht an Thomas Neumann. Diesen Holländern ist auch nicht zu trauen.«

»Dennoch. Es verdichtet sich immer mehr der Verdacht, dass es sich um ein Beziehungsdrama handelt zwischen zwei …«

»Homosexuellen?«

»Ja.«

»Was war das denn für einer, mit dem Sie gesprochen haben?«

»Er nennt sich Rimbaud.«

»Nicht schlecht. Der hat Sie verulkt. Rimbaud ist ein französischer Dichter aus dem neunzehnten Jahrhundert und hat ›Das trunkene Schiff‹ geschrieben, nach dem sich das Etablissements benannt hat. Schätze, wir müssen da nachfassen. Was für einen Eindruck hat er auf Sie gemacht?«

»Zuerst ganz nett, aber dann später wurde mir klar, dass er mir Lügen aufgetischt hat. Wir sollten ihn gleich morgen vorladen.«

»Ja, mal sehen. Wissen Sie, wo er wohnt oder wie er richtig heißt?«

»Nein.«

»Wird also schwierig, an ihn heranzukommen. Und Frau Zurbrüggen?«

»Sie ist eine Freundin von Rimbaud.«

»Sehr gut. An sie kommen wir wesentlich leichter heran. Trotz alledem, mein lieber Nettelbeck, bin ich nach wie vor der Auffassung, dass unser Täter im Borgward-Umfeld zu suchen ist. Dieser Neumann hat etwas entdeckt. Das sagen alle. Er hatte zumindest einen Plan, der vielleicht funktioniert hätte. Aber es gibt Leute, die wollen Borgward vom Markt weghaben. Ich weiß nicht genau, welche Leute das sind. Aber das werden wir herausfinden. Nettelbeck, das sind wir Bremen schuldig. Sie sind doch auch in Bremen geboren, oder?«

»Ja, in der Neustadt.«

»Ich bin auch ein alter Bremer. Und mir geht es gegen den Strich, dass jemand versucht, unser großes, bedeutendes Autowerk kaputt zu machen. Dass die Sozis da mitmachen, ist wieder typisch, diese vaterlandslosen Gesellen.« Er trank das Glas aus und sah mich an. Sein Blick, der, vielleicht durch den Wein, etwas verschleiert war, schätzte mich ab. »Nettelbeck, Sie sind nett, das sagt ja schon Ihr Name! Aber seien Sie nicht zu nett. Die Welt ist nicht nett. Wieso sind Sie gestolpert bei dem entscheidenden Rennen, Nettelbeck? Hat da vielleicht einer nachgeholfen? Man stolpert doch nicht einfach so auf einer Aschenbahn. Sie waren in Führung. Was ist da geschehen? Ich habe mich das immer gefragt.«

Schröder traf einen wunden Punkt. Ich war in der Tat noch nie zuvor gestürzt, bei keinem Trainingslauf, bei keinem Wettbewerb, in all den Jahren, die ich lief, niemals war ich gestürzt. Warum also im Moment meines größten Triumphes? Ich wusste keine Antwort.

Er erhob sich. »Es war ein angenehmes Gespräch. Wir sehen uns morgen. Sie können hier schlafen. Es gibt ein zweites Schlafzimmer. Das Zimmer meiner Frau. Das Bett ist frisch bezogen.«

»Wo ist Ihre Frau?«

»Sie ist verstorben, kurz vor Ende des Krieges. Ihr gehörte übrigens all das.« Er machte eine Geste, die auf das Haus verwies. Nun wirkte er endgültig müde, groggy, verbraucht. Er fuhr sich auch mit der Hand über die Augen. Seine Haut wirkte schlaff und grau.

»Ich stehe für gewöhnlich um halb sechs auf.«

Er zeigte mir das Zimmer, das ebenfalls unten war. Er selbst stieg die Treppen hinauf und ließ mich in dem Zimmer zurück. Das Fenster zeigte auf die Straße. Ich überlegte, ob ich nicht doch lieber gehen sollte. Ich würde ein Taxi anhalten. Mein Vater konnte mich auch abholen, wenn ich einem Kollegen Bescheid sagte. Doch mir war unwohl bei dem Gedanken, in meine Mansarde zu gehen. Ich hörte eine Tür oben zuklappen. Er hatte mir nichts von einem Badezimmer gesagt. Ich war auch so müde, dass ich stehend einschlafen konnte. Ich legte mich angezogen ins Bett.

Verschwenderisch goss die Sonne ihr Licht über die Stadt aus. Die Kirchtürme des Doms, der Liebfrauenkirche, der Ansgarii-Kirche funkelten. Auch das dunkle Wasser des Stromes funkelte an den geschärften Seiten kippender Wellen. Wir saßen nebeneinander. Heiko kaute an einem Grashalm. Das machte er gern. Er hatte immer Hunger und der Halm gab ihm die Illusion von Essen. Uns gegenüber, auf der anderen Seite des Flusses, lagen die flachen Kähne. Ein Mann mit nacktem Oberkörper stand an Deck. »Ich habe mit einem Matrosen gesprochen«, sagte Heiko. »War ein Holländer. Wir dürfen mitfahren. Morgen legt er ab, muss noch laden. Dann geht's los. Die haben da genug zu essen. Heringe und Käse und so. Keine Bomben. Das Paradies.«
Ja, ja. Dachte ich.
Da verdunkelte sich der Himmel. Große Insekten entfalteten ihre Flügel und schossen auf die Stadt nieder. Sie brüllten. Wir liefen durch die Straßen. Schwebende Schatten verfolgten uns immer wieder. Wir versteckten uns in Hauseingängen. Immer dieses Gebrüll. Das klang wie eine Explosion. Wo war Heiko? Ich rannte aus dem Eingang auf die Straße, die sich mit einem Mal öffnete, zu einem Krater wurde, in dem ein Feuer loderte. Heiko stürzte hinein. Ich schrie: Heiko, Heiko.

Ich hatte noch nicht lange geschlafen. Ich musste durch ein Geräusch geweckt worden sein. Ich schaute aus dem Fenster. War da jemand? Es war immer noch dunkel. Ich schlich aus dem Zimmer zur Haustür und riss sie auf. Niemand da. Aber ich hörte klackende Schritte auf dem Trottoir, die sich schnell entfernten. Sofort war mein Jagdinstinkt geweckt. Ich hatte glücklicherweise meine Kleidung anbehalten. Ich lief los und sprang die Treppe hinunter. Der Mann war ungefähr fünfzig Meter entfernt. Eine schwarze, schlanke Silhouette, die gerade um die Ecke bog. Ich zögerte, entschloss mich jedoch, ihn weiterzuverfolgen. Als ich auch um die Ecke bog, stieg der Mann gerade in ein Auto. Mit aufbrausendem Motor fuhr es davon. Ich rannte hinterher, aber es entfernte sich zu schnell von mir.

Zurück am Haus, linste ich in den Briefkasten. Konnte es Rimbaud gewesen sein? Ich war mir nicht sicher. Es schien mir zumindest sehr unwahrscheinlich, trotzdem war mir sofort er in den Sinn gekommen. Ich steckte meine Finger in den Schlitz. Kam aber nicht an das Gewünschte heran. Im Haus wurde Licht angemacht. Rasch trat ich hinein und schloss die Tür. Das hatte er gehört.

Schröder kam die Treppe hinunter. Stand dann vor mir, im halb geöffneten Bademantel. »Sind Sie ein Nachtgespenst?« Breites Grinsen aus einem leicht verquollenen Gesicht.

»Nein, ich suche nur die Toilette.«

»Die ist da oben.« Sein Blick sagte mir, dass er mir nicht glaubte.

»Ach so.«

Ich schlüpfte an ihm vorbei, die Treppe hoch und ging ins Badezimmer. Ich lauschte an der Tür. Öffnete sie wieder. Schröder war an der Haustür. War er am Briefkasten?

Wir trafen uns auf der Treppe. »Schlafen Sie gut.« Er zwinkerte mir zu. Das war Ablenkung. Er versuchte, den Brief vor mir zu verbergen.

Ich konnte nicht wieder einschlafen. Was wollte Rimbaud? Was wollte Rimbaud? Was wollte Rimbaud?

Diffuses Licht.

Meine Augen waren offen. Atmen. Jemand atmete über mir. Ich hörte unwillkürlich auf zu atmen und drehte mich um. Ein riesiger Schatten stand über mir, atmete. Verdichtetes Dunkel, aber konturlos verschwommen. Es roch nach Zigaretten.

»Aufstehen, Nettelbeck.« Helles Licht blitzte grell in meinen Augen.

»Waschen Sie sich und kommen Sie zum Frühstück.«

Benommen stand ich auf. Schröders Badezimmer verfügte über eine Dusche. Welch ein Luxus! Ich stellte mich hinein und ließ das Wasser der Brause laufen. Der Duschkopf war in einer fernen Höhe angebracht. Ich stellte das Wasser auf heiß, achtete darauf, dass mein Haar nicht nass wurde, und duschte mindestens zwei Minuten eiskalt. Danach waren meine Lebensgeister geweckt, und ich fühlte mich dem Tag gewachsen.

Ich stand schon auf dem Treppenabsatz, als mir der Brief wieder einfiel. Er hatte ihn vermutlich in der Bademanteltasche verschwinden lassen. Mit ein paar schnellen, lautlosen Schritten war ich in seinem Schlafzimmer, dessen Tür nur angelehnt war. Es roch nach Pfefferminz, gemischt mit kaltem Zigarettengeruch. Der Bademantel hing an der geöffneten Schranktür. Ich atmete tief durch, um mich zu stärken, und fasste in die Taschen. Sie waren leer. Mein Blick ging über das Bett und auf das Nachttischschränkchen. Kein Brief.

In der Küche brutzelten Spiegeleier und Speck. Der Duft von starkem Kaffee erweckte in mir ein Hochgefühl. Schröder stand, nachdem ich eingetreten war, auf. Er bediente mich, schenkte Kaffee ein und lud mir zwei Spiegeleier auf den Teller.

»Sie haben mir Ihre Gemäldesammlung gar nicht gezeigt«, begann ich eine möglichst unverfängliche Konversation.

»Sie interessieren sich tatsächlich für Malerei?«

»Nein, eigentlich nicht. Aber Ihre Sammlung würde ich gerne sehen.«

»Holen wir nach.« Er interessierte sich nicht mehr für das Thema. Wir aßen und tranken.

Warum erzählte ich ihm nicht, was ich gestern Nacht gesehen hatte? Ich war sicher, jemand hatte etwas in den Briefkasten geworfen, und Schröder hatte es gewusst oder vermutet, war zielsicher dort hingegangen und hatte den Brief entnommen. Wenn es Rimbaud war, dann gab es eine Beziehung zwischen den beiden. Aber wieso sollten die beiden sich überhaupt kennen? Das war doch absurd! All diese Fragen drängten sich mir auf. Doch ich hatte nicht den Schneid, ihn darauf anzusprechen. Er schüchterte mich ein. Er musste das Thema ansprechen. Es musste von ihm kommen. Wer war ich denn, verglichen mit ihm?

KAPITEL 10

Der Wetterbericht war günstig für heute. Wir fuhren zunächst zu mir. Schröder wartete im Auto vorm Haus, während ich mich umzog. Dann gingen wir in den War-Room. Schröder fragte mit Blick auf die Tafel: »Ihre Gelegenheit, die gähnende Leere zu füllen.«

Ich nahm die Kreide und schrieb mit Spiegelstrichen getrennt:

- *Das trunkene Schiff*
- *Simpson*
- *Wer ist Rimbaud?*

Er ordnete eine Sitzung für neun Uhr im War-Room an. Man solle sehen, dass man Frau Zurbrüggen auftreibe. Dann gingen wir in die Kantine, tranken Kaffee und er rauchte eine Zigarette. Wieder im Büro bekamen wir Besuch. Es war Tietjen, der Kriminalrat und damit Vorgesetzter von Schröder. Tietjen war um die sechzig Jahre alt, ein bauchiger Träger von silbergrauen Dreiteilern und Hosenträgern. »Es gibt wieder mal Ärger mit Dr. Conrad. Sie wissen, Herr Schröder, ich vertraue Ihnen vollkommen. Sie sind unser bester Mann. Aber bitte vermeiden Sie unnötigen Stunk mit der Staatsanwaltschaft. Man kann sich immer einigen. Die wollen doch auch, dass der Fall geklärt wird.«

Tietjen machte in allem den Eindruck, als hätte er mehr als bloßen Respekt Schröder gegenüber, nämlich Angst vor ihm.

»Aber, Herr Kriminalrat, Sie wissen doch, mit dem Conrad werde ich schon fertig. Keine Sorge, Sie können sich ganz auf mich verlassen, wie immer.«

»Dann ist ja gut.« Tietjen wollte wohl nur diese Bestätigung haben, eine reine Formalie, eine Beruhigungspille. Zufrieden lächelte er und wandte sich leutselig mir zu: »Na, Herr Nettelbeck, schon eingelebt?«

»Ja.«

»Das ist natürlich ein doller Fall für Sie, gleich am Anfang. Herr Schröder ist der beste Mann. Einen besseren Ausbilder können Sie sich nicht wünschen.«

»Ja.« Dachte aber: Er hat Geheimnisse, dieser beste Ausbilder.

Er sah mich an, weil er erwartete, dass ich mehr zu sagen hätte. Nachdem ich schwieg, drehte er sich weg und ging mit einem kurzen Gruß wieder hinaus.

Um neun waren alle pünktlich im War-Room versammelt. Ich postierte mich gleich an die Tafel neben dem Eingang.

»Wo ist Frau Zurbrüggen?«, fragte mein Chef in den Raum.

»Die ist doch nie dabei«, antwortete Kemnich verständnislos.

»Ist ja gar keine Beamtin«, erklärte der Kriminalobermeister Horst Kupfer tapfer, der ein Beamter war, wie er im Buche stand mit seinem gestreiften Oberhemd und dem grünen Pullunder. Fehlten nur noch die aufgenähten Ärmelschoner.

»Ich hatte aber angeordnet, dass sie dabei sein soll.«

Kemnich und Kupfer sahen sich ratlos an.

»Was ist das denn für ein Sauhaufen hier? Unmöglich! Ausdrücklich habe ich nach Frau Zurbrüggen verlangt!«

Einen Moment war Stille. Niemand wagte, etwas zu sagen, weil jedes Wort nur eine Provokation für Schröder gewesen wäre, er starrte uns alle an, ohne irgendjemanden Bestimmten zu meinen. Nur Dr. Hauptmann blieb gelassen. Der war unantastbar und im gewissen Sinn sogar Schröder überstellt, da er dem höheren Dienst angehörte und nicht bloß dem gehobenen. In diese gespannte Stille hinein hörte man meine quietschende Kreide, wie ich etwas auf die Tafel schrieb. Alle blickten zu mir. Ich schrieb mit Spiegelstrich: Frau Zurbrüggen, verdächtig? Seltsamerweise beruhigte dies unseren Chef. Indem der Name auf der Tafel stand, konnte Schröder den Vorfall erst einmal abhaken.

»Okay. Dann berichten Sie, Herr Venske. Was hat die Hausdurchsuchung ergeben?«

Venske erhob sich. Dieses Mal ohne das ganze Brimborium mit hereinfahrenden Lastenfahrzeugen. »Wir haben zu dritt das Haus durchsucht. Frau Neumann war einigermaßen kooperativ. Wir durchsuchten ...«

»Fassen Sie sich kurz, Herr Venske.«

»Also, das, was ich zu finden hoffte, nämlich fehlende Buchhaltungsbelege oder unvollständige Bilanzen und andere Werkzeuge des Rechnungswesens haben wir leider nicht gefunden. Neumann hatte auf einem DIN-A2-Bogen ein gigantisches Geflecht aus innerbetrieblichen Beziehungen aufgemalt, woraus ich schließe, dass möglicherweise Vertuschungen oder Schummeleien in den innerbetrieblichen Abrechnungen stattgefunden haben könnten. Allerdings bedarf es hier weiterer Analysen.«

»Also, Herr Venske, kurz und schlecht: Sie haben nichts. Nichts, was darauf hinweist, dass es Manipulationen gab, denen der Ermordete auf der Spur war.«

»Nein. Ganz im Gegenteil. Sie müssen mich nur ausreden lassen.« Er bückte sich und holte aus seiner Aktentasche etwas hervor. Er legte triumphierend einen Stapel gelber Karten auf den Tisch.

»Was ist das?«, rief Schröder ernstlich verblüfft.

»Das sind Lochkarten!« Wieder dieser triumphale Ton.

»Und? Was sollen die, mal abgesehen davon: Was ist das?«

»Borgward hat vor kurzer Zeit das Rechnungswesen auf EDV umgestellt.«

»EDV?«

»Elektronische Datenverarbeitung. Computer. Rechengehirne. Wir fanden das Manuskript von Herrn Dr. Neumanns Dissertation in seinem Schreibtisch. Es trägt den Titel: ›Die Einführung der Elektronischen Datenverarbeitung im Rechnungswesen bei Industriebetrieben‹. Übrigens mit summa cum laude bewertet.« Venske hatte einen faszinierten Gesichtsausdruck. Er bewunderte Neumann.

»Und was sagen uns nun diese kleinen gelben Karten?«

»Da herrscht Chaos. Durch die Umstellung gibt es nun teilweise Daten im neuen EDV-System, und anderes, noch nicht umgestellt, findet sich in der alten Form. Dieses Chaos macht es schwierig durchzublicken.«

»Aber dafür war doch Neumann selbst zuständig, oder?«

»Ja.«

»Ich verstehe nicht, inwiefern er etwas aufdecken wollte, wofür er selbst zuständig war, Herr Venske. Das ist doch unlogisch!«

»Nein. Nicht, wenn wir davon ausgehen, dass er seine eigenen Manipulationen, die ihm von höherer Stelle aufgetragen wurden, aufdeckte.«

»Interessanter Gedanke. Stimmt.«

»Gerade die Leute, die ein Interesse daran haben, Borgward gegen die Wand zu fahren, hatten auch ein Interesse daran, den Mitwisser, der nicht mehr mitmachen wollte, aus dem Weg zu räumen«, ergänzte Venske.

Ich hatte das ungute Gefühl, Venske begann, sich in etwas hineinzusteigern.

»Okay, dann wird die Spur wieder heiß. Der Hauptverdächtige ist wieder einmal oder immer noch Dr. Semler. Möglicherweise gibt es Hintermänner. Gut gemacht, Herr Venske.«

Venske genoss das Lob und setzte sich. Kupfer, schien mir, schaute ihn neidvoll von der Seite an.

»Was haben die Fingerabdrücke ergeben?«

»Weder die Fingerabdrücke des Senators noch die von Herrn Dr. Semler stimmen mit denen im Wagen überein«, referierte Kemnich.

»Gab's Ärger bei der Abnahme, Herr Kupfer?«

»Ja, natürlich, man verwahrte sich. Der Senator drohte damit, sich zu beschweren, bei höherer Stelle. Ich möchte darauf hinweisen, hier und jetzt, dass ich nur auf Ihr Geheiß hin, Herr Schröder, gehandelt habe.«

»Ach, weinen Sie doch nicht, Kupfer. Der Senator wird sich schön hüten. Was glauben Sie, wie schnell so etwas in der Presse breitgetreten wird und wie schnell es heißt, die Politiker verweigerten sich der Verbrechensaufklärung. Nein, Herr Kupfer. Keine Sorge.«

»Das sagen Sie …«, entgegnete Kupfer in einer Mischung aus Hoffnungslosigkeit und Protest.

»Gibt es Neuigkeiten zu der Waffe? Hat sich Wiesbaden gemeldet?«

»Ja beziehungsweise nein. Also die Waffe ist bisher nicht auffällig geworden«, antwortete Kemnich.

»Wenn Sie sonst nichts haben, was der Aufklärung dient, schildere ich Ihnen, was ich mit der Hilfe unseres jungen Kollegen, Herrn Nettelbeck, herausgefunden habe.«

»Was die Kunstblumen angeht, so steht fest, dass die von einem Schießstand kommen von der Osterwiese. Der Inhaber ist Holländer und wieder zurück in Groningen. Dies bedeutet, der Mörder war auf der Osterwiese. Leider haben wir keinen Hinweis bekommen, wer dieser Mann sein könnte. Die holländischen Behörden, wie immer wenig kooperativ und schlampig, behaupten, nichts aus dem Mann herausbekommen zu haben. Arrogantes Volk, sprachen mit mir, als wäre ich ein Nazi. Natürlich könnten wir selbst hinfahren und den Mann befragen. Allerdings auch wieder nur unter der Ägide der Amtshilfe. Jedenfalls müssten die inzwischen auch das Foto von Herrn Neumann vorliegen haben, und wir warten mal ab. Vielleicht hilft das Foto. Die Frage ist natürlich, ob der Mörder oder womöglich Neumann selbst die Blumen geschossen hat. Lässt sich dazu etwas sagen? Was sagen die Fingerabdrücke?«

»Sind ein paar drauf. Die von dem Opfer auch.«

»Aha … höchst interessant. Dann steckten in seinen Augen die Blumen, die er selbst geschossen hat. Wie kam der Mörder daran?«

In diesem Moment trat eine Mitarbeiterin von Venske herein. Sie beugte sich dicht an das Ohr von Venske und sprach. Dabei übergab sie ihm einen Zettel. Venske dankte. Sie verschwand so lautlos, wie sie gekommen war. Venske lächelte erfreut. »Das könnte höchst interessant sein … In dem Wust von Blättern haben wir eine Telefonnummer gefunden, sogar zweimal, auf verschiedenen Zetteln. Meine Kollegin, Fräulein Gerhard, hat diese Nummer schon überprüft.« Er machte eine rhetorische Pause. »Es ist die Nummer des Weser-Kurier.«

»Vielleicht wollte er eine Anzeige aufgeben?«, fragte Kemnich.

»Ist schon geprüft worden, er hat keine Anzeige aufgegeben«, antwortete Venske wegwischend.

Ich notierte auf die Tafel: »Weser-Kurier«. Schröder nickte mir wohlwollend zu.

»Also, meine Herren, ich will Sie nicht über Gebühr beanspruchen. Sie, Kemnich, suchen weiter nach der Waffe und gehen den Fingerabdrücken nach. Sie, Herr Venske, durchstöbern weiterhin die Unterlagen und diese … äh … Lochkarten. Und Sie, Herr Kupfer, beschatten Dr. Semler.«

Kupfer sprang auf. »Dafür bekommen wir doch keine Genehmigung.«

»Semler ist der Hauptverdächtige in diesem Fall.«

»Sie glauben, der hat Neumann erschossen?« Kupfer wurde rot vor Empörung.

»Ja, könnte sein.«

»Er selbst?«

»Nicht unbedingt. Ein Auftragsmörder.«

»Ein Auftragsmörder, der die Augen aussticht und dann ...« Kupfer machte eine Handbewegung, in die er seine ganze Wut legte.

»Kann alles Teil des Plans sein, gerade um abzulenken. Vielleicht hat er auch jemanden beauftragt, der so eine Art Semiprofi ist und eher improvisieren musste. Und ja, natürlich kann nicht ausgeschlossen werden, dass er es selbst war. Also beschatten wir ihn. Semler ist momentan der Einzige, dem man ein Motiv unterstellen kann. Ich regele das mit der Staatsanwaltschaft. Herr Nettelbeck und ich kümmern uns um den Weser-Kurier, schauen da mal vorbei. Arbeitet Frau Zurbrüggen nicht beim Weser-Kurier?«

»Ja, die ist sehr flexibel. Die arbeitet auch als freiberufliche Fotografin für den WK«, wusste Kemnich.

»Da schlagen wir doch gleich zwei Fliegen mit einer Klappe.« Schröder klatschte freudig mit seinen Tatzen.

Alle erhoben sich. Ich schrieb auf den letzten freien Platz der Tafel: »Jonny«.

Schröder stand neben mir und las: »Jonny.«

»Vielleicht weiß der ja etwas. Vielleicht hat er den Mann am Schießstand gesehen? Wäre doch möglich?«

»Möglich. Aber wir müssen erst mal zum Oberstaatsanwalt Conrad, das heißt: Ich muss dahin. Sie kündigen uns mal beim WK an, beim Chefredakteur, wenn es geht.«

Ich ging in unser Büro. Genau in dem Moment klingelte das Telefon. Ich nahm ab.

»Bucherer«, sagte die Stimme.

»Ja?«

»Spreche ich mit dem jungen Mann von der Polizei, habe mir Ihren Namen nicht gemerkt, dem Assistenten von Kommissar Schröder?«

»Ja, das bin ich, Nettelbeck.«

»Ich möchte mit Herrn Schröder sprechen. Ich habe eine Aussage zu machen.«

»Ich werde den Kriminalhauptkommissar informieren.«

»Ich bin gerade in der Stadt, würde aber ungern aufs Revier kommen.«

»Eine Aussage müssen Sie hier auf dem Revier machen.«

»Vielleicht ist das auch keine richtige Aussage. Trotzdem möchte ich es erzählen.« Ihre Stimme wurde unwillkürlich leiser, als würde sie mir ein Geheimnis anvertrauen.

»Was schlagen Sie vor?«, fragte ich.

»Um zehn Uhr öffnet das Café Knigge. Wir treffen uns da.«

Ich setzte mich auf meinen Schreibtischstuhl, notierte die Verabredung auf einen Zettel und legte ihn auf Schröders Platz. Soviel ich wusste, hatte Schröder darauf bestanden, schon vor Jahren, ein Einzelbüro zu bekommen. Mit dem zweiten Kommissar im Morddezernat, Oberkommissar Kleinhans, hatte er sich nicht verstanden. Kleinhans hatte ich noch nicht kennengelernt, obwohl ich ihm zugeteilt worden war. Kleinhans war krank, Grippe. Damit ich nicht herumsäße, wurde ich nun Schröder zugeteilt. Der ließ sich aber nicht blicken, ignorierte mich. Und dann gestern ließ er mich durch einen Streifenpolizisten aus dem Bett klingeln, damit ich zum Tatort käme.

Das erste Mal, dass ich Schröder begegnete, war auf der Herrentoilette. Er kam heraus, ich wollte hinein. Er versperrte mir die Tür. Ich wusste gleich, dass er es war. Wie man ihn mir geschildert hatte, kam nur er infrage. Er wirkte noch imposanter, als ich ihn mir vorgestellt hatte. Man sagte, er habe im Krieg einmal ein Pferd erschlagen mit seiner rechten Pranke – oder eine Kuh, so genau wusste das niemand. Auf der Suche nach Größe und Mythos wurde man bei ihm schnell fündig. Er eignete sich dazu auf ideale Weise. Und dieser Mythos stand an jenem Tag vor mir und versperrte mir den Eingang. Er grinste mich an. Dieses Grinsen! Beinahe die Karikatur eines Grinsens. Ich wich nicht von meinem Platz. Er stand da wie ein Turm. So sahen wir uns an. Bestimmt eine Minute lang. Und eine Minute kann in solchen Momenten sehr lang sein. Schließlich trat er einen Schritt zurück, wurde schmaler und ließ mich durch.

»Sie sind wohl der neue Kommissaranwärter aus Düsseldorf.«

Ich bejahte.

»Willkommen bei der Bremer Kriminalpolizei. Mein Name ist Schröder.« Er reichte mir die Hand, in der meine Hand zweimal Platz fand. Ich machte mich auf einen Handdrückenwettkampf gefasst, aber nein, er schüttelte meine Hand, freundlich, willkommen heißend, rücksichtsvoll. Sein Verhalten war unberechenbar. Noch in der Güte war er unberechenbar.

Schröder ließ sich Zeit mit Conrad. Nur herumzusitzen, hatte ich keine Lust, deshalb ging ich hinaus. Manchmal brauchte ich einfach Bewegung, so war ich schon immer. Ich kam auf die Buchtstraße. Über mir schwebte der Gebäudeteil, den man die Seufzerbrücke nennt. Ich gedachte, ein paar Schritte zu gehen, nicht allzu weit. Schröder würde nicht so lange fortbleiben, hoffte ich. Auf das Gespräch mit Frau Bucherer war ich gespannt. Was hatte sie zu sagen? Würde sie uns weiterhelfen? Ich ging über den Altenwall zur Kunsthalle. Dahinter befand sich ein kleines Gewässer, das wohl noch zum Stadtgraben gehörte. Da sah ich ihn!

Es war Schröder. Er stand Conrad gegenüber. Direkt am Ufer. Die beiden unterhielten sich. Es war mehr ein Streit. Schröder war wieder in Rage. Was gab es zwischen den beiden, was Schröder so verärgerte? Conrad wiederum wirkte stoisch, wie ein Laternenpfahl, verzog keine Miene, weder die belebte noch die starre Hälfte seines zweigeteilten Gesichts. Ich zuckte zusammen vor Überraschung. Warum waren sie nicht im Gebäude? Schnell verbarg ich mich hinter einem Baum. Warum versteckte ich mich? Ich hatte nichts zu verbergen. Gleichwohl war mir klar, dass Schröder ungern entdeckt worden wäre. Ich lief zurück ins Büro. Sollte ich ihn darauf ansprechen? Ging es um die Genehmigung zur Beschattung? Welche Position vertrat der Oberstaatsanwalt in dieser Angelegenheit?

Schröder kam kurz nach mir ins Büro und las den Zettel. »Bucherer? Diese Buchhalterin?«

»Ja … äh …« Ich nahm Anlauf, um ihm zu sagen, dass ich ihn gerade an der Kunsthalle gesehen hatte – aber ich sprang nicht. Was ging es mich an, wo er sich aufhielt.

»Ja?«

»Kriegen wir die Beschattung genehmigt?«, fragte ich eilfertig.

»Selbstredend, Kollege, selbstredend.« Das klang, als ob er gegen Conrad obsiegt hatte. Hatte er tatsächlich Conrad überzeugt? Oder ihn eingeschüchtert? Und wieso hatten die beiden sich an der Kunsthalle getroffen?

Es war kurz vor zehn. Ich verwies auf die Uhr. »Gehen Sie allein hin. Ich muss noch die Observation vorbereiten und die Leute entsprechend einnorden. Die scheißen sich doch alle in die Hose. Vor allem Kupfer. Eigentlich ein guter Mann. Nur leider ein Feigling.«

Ich ging vom Präsidium zum Café Knigge in die Sögestraße, trat fünf Minuten nach zehn ein. Es waren nur wenige

Gäste da, die ihr Frühstück einnahmen oder einen Kaffee tranken. Ich fand die Dame nicht gleich, denn sie hatte sich in die hinterste Ecke zurückgezogen. Frau Bucherer saß in Rock, Rüschenbluse, Strickjacke und einem Hut, der die Farbe der Strickjacke wiederholte, vor einer Tasse Kaffee und einem Gläschen Likör. Sie sah durch mich hindurch, wohl in der Annahme, hinter mir folgte der Hüne. Ich begrüßte sie höflich, wartete auf eine Aufforderung, die sie, ohne zu zögern, gab, und setzte mich an den Tisch. Sie trug Lippenstift, der eine rote Spur auf dem Tassenrand hinterlassen hatte. »Wo bleibt denn der Kommissar?«

»Der ist verhindert. Aber ich werde mich bemühen, ihn gut zu vertreten.« Das klang sehr defensiv.

Sie überlegte kurz, ob ihre Aussage bei mir gut aufgehoben wäre. »Sie sind noch sehr jung. Ich muss die Aussage nicht machen.«

»Ich sehe jünger aus, als ich bin. Leider. Ich war früher einmal Leichtathlet.«

»Ah!« Ihr Gesicht hellte sich auf. »Sie sind dieser Läufer, der gestürzt ist.«

»Das merken sich die Leute. Dass ich Vizemeister wurde, 1956 und 1958, das merken sich die Leute nicht.« Ich tat gekränkter, als ich wirklich war, um sie so über ein schlechtes Gewissen dazu zu bewegen, ihre Aussage auch mir gegenüber zu machen.

Der Kellner kam. Nun fiel die Entscheidung. Ich sah sie gespannt an. Sie fragte: »Was trinken Sie?«

»Kaffee komplett.«

»Sehr wohl, einen Kaffee komplett.« Der Kellner ging zum nächsten Tisch. Bald würde sich das Café füllen. Mit Rechtsanwälten aus den nahen Kanzleien, Geschäftsleuten, Spediteuren und Schiffsmaklern, mit denen Bremen gepflastert war, Leuten von der Baumwollbörse, eventuell auch Redakteuren vom Weser-Kurier oder den Bremer Nachrichten und mit älteren Damen, die sich zum Kaffeesieren trafen. Die ersten Kuchen- und Tortenstücke wurden aus der gläsernen Kuchentheke genommen und schwebten über die Köpfe zu den Tischen.

Bevor sie zu reden anfing, vergewisserte sie sich, dass niemand mithören konnte. Dann legte sie los: »Es ist ein wenig delikat, was ich Ihnen zu sagen habe. Ich sage es auch nicht, um das Andenken des guten Herrn Dr. Neumann zu beschmutzen. Nein, im Gegenteil. Ich möchte, dass der Täter gefasst wird.«

Frau Bucherer benötigte einen Moment, um sich zu besinnen, die Gedanken zu ordnen. Der Kellner brachte mir den Kaffee komplett mit Kaffeekännchen, Milchkännchen und Zuckerdöschen.

»Also, vor einigen Tagen ging ich auf die Osterwiese. Allein. Die Sache ist so …« Sie nahm die Serviette und faltete sie einmal auseinander und gleich wieder zusammen. Danach konnte sie weitersprechen. »Ich lebe in Scheidung.«

In ihrer dicklichen Hand schnitt ein Ehering tief ein.

»Mein Mann hat mich mit seiner Sekretärin betrogen. Klassisch. Ich hatte Herrn Dr. Neumann davon erzählt, eines Tages, als es mir nicht gut ging. Er war sehr einfühlsam. Gar nicht wie die anderen Chefs. Er erzählte mir, dass seine Frau endlich schwanger geworden sei. Solche Gespräche verbinden. Mir ging es schlecht. Ich fühlte mich einsam, wenn Sie verstehen, was ich meine … Ach, jetzt bestell ich mir doch ein Stück Kuchen.« Sie winkte dem Kellner und orderte Frankfurter Kranz.

»Also … an diesem Abend, es war Samstag, letzten Samstag, schon sehr spät. Ich hatte den Abend zu Hause rumgesessen. Im Fernsehen lief nichts Interessantes. Im Radio war ein Kriminalhörspiel von Durbridge gerade zu Ende. Ich hatte den Abend über eine Flasche Wein leer getrunken und war ein wenig beschwipst, nicht dun, aber doch angeheitert. Mein Mann ist Handelsvertreter in einem Weingroßhandel. Da bin ich einiges gewöhnt. Er kommt auch aus dem Rheinischen. Rheinische Frohnatur.«

Der Kellner stellte den Teller mit dem Kuchen vor sie hin.

»Auf der Osterwiese schlenderte ich so lang, inmitten der herrlichen Lichter. Ich hatte noch ein Bier getrunken und eine Bratwurst gegessen. Und während ich so schlenderte, knabberte ich an gebrannten Mandeln. Ich bin eine Naschkatze. Also: Da sehe ich ihn, Dr. Neumann.« Sie schaute verschwörerisch nach rechts und links, beugte sich etwas über den Tisch und sprach im Flüsterton weiter: »Ich sehe ihn. Er war mit einem jungen Kerl zusammen. Die beiden unterhielten sich, lachten zusammen. Ich konnte nicht anders. Ich war einfach neugierig. Die beiden schienen sich zu kennen. Ich ging ihnen also hinterher. In dem Trubel der Menge sah er mich nicht. Die beiden fuhren mit der Geisterbahn. Ich hätte weggehen können. Aber ich ging nicht. Zu Hause hätte ich mich bloß gegrämt. Dieses hier war interessant. Sie kamen wieder raus, warfen sich Blicke zu. Komisch nicht? Sie gingen weiter, beschwingt. Richtig beschwingt war der Doktor. So kannte ich ihn nicht. Sonst war er immer sehr ernst. Zuletzt meist mürrisch. Sie hielten an einem Schießstand. Der andere Mann schoss, schoss ziemlich gut, zwei Rosen.«

Sie zog den vorgebeugten Oberkörper wieder zurück, nahm ein Stück Kuchen auf die Gabel und aß.

»Rosen. Sind Sie sich sicher? Rosen?«

Sie kaute schnell und schluckte. »Was schießt man sonst in so einer Bude?«

»Zum Beispiel Nelken?«

»Dann waren es eben Nelken. Egal. Dieser Mann schoss zwei davon. Dann steckte er sich eine davon ans Revers und die andere, die steckte er … die steckte er dem Doktor zu und hauchte ihm einen Kuss auf dessen Wange. Stellen Sie sich das vor! Ich war schockiert. Äußerst schockiert!«

Sie hatte sich verausgabt und schob nun den letzten Rest des Kuchens in den Mund, mümmelte.

»Verstehen Sie das?«

Ich zuckte mit den Schultern, fragte dann: »Wie sah dieser Mann aus?« Ich hatte seltsamerweise sofort Rimbaud im Kopf. Sein Bild. Das mehlweiße Gesicht, die schwarzen, langen Haare. Die schwarze Kleidung.

»Das war ein seltsamer Mensch. Wissen Sie, so ein Bettelstudent … ein Bohemien.«

»Was meinen Sie damit? Was muss ich mir unter einem Bohemien vorstellen?«

»Er hatte einen schwarzen Rollkragenpullover an, so ein Spitzbärtchen, ekelhaft. Eine Nickelbrille, wie ein Intellektueller. Schriftsteller oder so. Dazu hatte er eine flache Mütze auf, wie Franzosen oder Spanier sie tragen. Und einen dieser englischen Mäntel an mit einer Kapuze. Wie heißen die?

»Dufflecoat?«

»Ja, Dufflecoat. Manchesterhosen, die Farbe weiß ich nicht mehr.«

»War er groß, klein, schmal, breit?«

»Er war genauso groß wie Herr Neumann.«

»Also eins achtundsiebzig«, ergänzte ich leise.

»Eher schmächtig, aber nicht dünn, schon sportlich.«

»Dunkles Haar?«

»Blond, richtig blond.«

Ich war von dieser Neuigkeit berückt. Sie würde eine neue Wende in den Fall bringen. Und ich hatte die Information erhalten. Völlig überrascht war ich nicht. Dafür stand der Borgward mit dem toten Neumann zu nahe am Trunkenen Schiff. Als ich ins Büro kam, hörte ich laute, aufgeregte Stimmen. In unserem Büro war Schröder umgeben von Kupfer und Tietjen, die auf ihn einredeten.

Kupfer war aufgebracht und sagte laut: »Ich bitte Sie. Herr Dr. Semler ist ein unbescholtener Bürger, eine Koryphäe auf seinem Gebiet. Der Senat hat es sich nicht leicht gemacht. In Dr. Semler haben die genau den richtigen Mann gefunden. Semler steht für Kompetenz und der Ehrbarkeit eines Kaufmanns.«

»Ach Sie, Kupfer. Sie verteidigen ihn doch nur, weil Ihre Parteibrüder von der SPD Nervenflattern kriegen. Stellen Sie sich mal vor, Borgward wäre zu retten gewesen ohne Semler? Das wäre der politische Tod von Herrn Kaisen und den anderen Senatoren, die gemauschelt haben.«

»Aber ich bitte Sie, Herr Schröder. Lassen Sie doch bitte die Kirche im Dorf«, warf sich Tietjen ungewohnt vehement dazwischen.

Ich räusperte mich. Ich hatte die Macht, dem Fall einen ganz anderen Drall zu geben. Wollte aber auch nicht Schröder in die Quere kommen. Also schwieg ich.

»Fakt ist: Der Oberstaatsanwalt hat mir grünes Licht gegeben. Die Beschattung kann beginnen.«

Während ich vor mich hin grübelte und abwog, ob ich die Wende verkünden sollte, verließen die beiden das Zimmer. Sie hatten mich kaum wahrgenommen.

»Feiglinge, Hosenscheißer. SPD-Höflinge. Ja, Höflinge am Kaisen-Hof. Die SPD regiert unumschränkt. Männer mit Rückgrat gibt es hier wenige. Ich werde mich aber nicht daran beteiligen. Wir fangen einen Mörder, Nettelbeck. Wir beide. Was haben Sie Neues mitgebracht? Sie glühen vor Stolz. War wohl richtig ergiebig die Frau Bucherer, wie?«

Ich hätte einen kleinen Einwand gehabt, nämlich den, dass die SPD nicht unumschränkt regierte, sondern sich in einer Koalition mit der FDP befand und auch der Finanzsenator

von der FDP war und somit kein Parteigenosse von Kupfer – aber das hatte mit der Sache letztlich nichts zu tun. Und
außerdem wollte ich endlich die Neuigkeit loswerden, die
ich von Frau Bucherer erfahren hatte.

KAPITEL 11

Wir gingen zu Fuß durch die gute Stube Bremens. Das Schünemann-Gebäude, in dem der Weser-Kurier residierte, lag unweit vom Polizeigebäude. Wir gingen über die Domsheide und den Marktplatz, dann in die Martinistraße.

»Also, was genau hat Frau Bucherer erzählt, bitte kurz und bündig, ohne wichtige Informationen zu unterschlagen.«

Ich fasste das Gespräch so kurz und bündig zusammen, wie es ging.

»Ein Intellektueller also. Künstler vielleicht. Könnte auch ein Schriftsteller sein, jemand aus der schreibenden Zunft.« Er klatschte in die Hände, was er gelegentlich tat, wenn er sich diebisch freute. »Ein Journalist vielleicht.«

»Stimmt, daran hatte ich nicht gedacht. Was, wenn der Mann, den wir suchen, beim Weser-Kurier beschäftigt ist? Das wäre gut.«

»Eben, Nettelbeck, eben.«

»Aber spricht diese neue Lage nicht gegen Dr. Semler als Verdächtigen?«

»Keineswegs, junger Kollege. Vielleicht hat sich diese Type an Neumann rangemacht im Auftrag von Semler. Journalisten können auch kriminell sein.«

Nach wenigen Minuten waren wir da, betraten das Gebäude mit seinen diversen Schaltern, an denen man Anzeigen aufgeben konnte. Wir gingen hoch in den dritten Stock, über einen grünen Teppichbelag an den Büros vorbei, in dem Redakteure geschäftig an ihren Texten feilten oder in denen lauthals Diskussionen stattfanden über Sport oder Politik. Der Chefredakteur kam uns entgegen, ein mittelalter Mann in einem braunen Anzug mit Einstecktuch. Er führte uns in sein Büro. Wieder einmal saßen wir einem mehr oder weniger auskunftswilligen Menschen gegenüber. In seinem Arbeitszimmer türmten sich Manuskripte, auch Bücher, die Verlage ihm, wie er uns gleich mitteilte, als Rezensionsexemplare zukommen ließen. Falls wir Interesse hätten, er könne uns ein Werk von Siegfried Lenz anbieten: ›Brot und Spiele‹. Wir verneinten, wir wollten keine Rezensionsexemplare haben.

»Es geht um den Toten im Borgward«, unterbrach ihn Schröder ungeduldig. »Er hat vermutlich beim Weser-Kurier kurz vor seinem Tod angerufen. Wir fanden diese Telefonnummer in seinen Unterlagen. Wir fragen uns natürlich, wen er hier kontaktiert hat. Ist Ihnen etwas bekannt?«

»Nein, nicht, dass ich wüsste. Wir haben eine Menge Redakteure.«

»Wir haben glücklicherweise eine Beschreibung des Mannes. Herr Nettelbeck, wären Sie bitte so freundlich?«

Ich nahm meinen Block zur Hand und las vor, was ich mir notiert hatte: »Mann zwischen zwanzig und dreißig, ca. eins achtundsiebzig groß, schlank, Ziegenbart, blond, trägt Dufflecoat und Baskenmütze. Sagt Ihnen das etwas?«

»Natürlich. Das ist Hans Kauder, unser Wirtschaftsredakteur. Hat gerade sein Volontariat bestanden und schon ein paar interessante Artikel geschrieben. Ist nur leider unzuverlässig und arrogant.«

Wir hätten jubeln können. Wir hatten endlich einen Fortschritt im Fall gemacht. Schröder wirkte selbst von der Seite ungeheuer entspannt und grinste, als er kurz zu mir blickte, um mir zu bestätigen, dass er ebenfalls von einem Fortschritt ausging.

»Ist er momentan im Büro?«

»Keine Ahnung. Ich rufe mal die Wirtschaftsredaktion an.« Er wählte drei Ziffern.

»Ist Herr Kauder zugegen? Ich muss ihn mal sprechen.« Er hörte die Antwort und legte auf. »Nein, in seiner Redaktion ist er nicht.«

»In der Kantine vielleicht?«, riet ich.

»Wir haben keine Kantine.« Wieder wählte er eine Nummer. »Ist Herr Kauder bei Ihnen im Archiv? Nein?«

Er wollte schon auflegen, da fragte Schröder: »Frau Zurbrüggen suchen wir ebenfalls als Zeugin. Wo können wir sie finden?« Der Chefredakteur gab die Frage gleich weiter.

»Frau Zurbrüggen ist gerade oben im Bildarchiv. Woher wissen Sie denn, dass die beiden zusammenwohnen?«

»Wussten wir nicht. Wir möchten zuerst in das Büro von Herrn Kauder.« Schröder erhob sich ohne Eile, während ich mich kaum zügeln konnte.

Der Chefredakteur nannte die Etage. Das Telefon klingelte und seltsamerweise meinte ich sofort, es gelte uns. Richtig. Der Chefredakteur sagte: »Halt, warten Sie noch.«

Wir drehten uns um.

»Herr Kauder war gestern auch nicht in der Redaktion. Hat sich nicht einmal abgemeldet. Er macht wirklich, was er will. Bisher hatte er zumindest Ausreden, selbst die, so scheint es, sind ihm nun zu viel. Sie können ihm sagen, wenn Sie ihn treffen, er ist gekündigt.«

»Wissen Sie, woran er gearbeitet hat?«, fragte Schröder.

»Ja, an dem Borgward-Fall. Nur, wo ist da der Fall? Das habe ich ihn gefragt. Jetzt, nach dem Toten, das ist etwas anderes. Aber wir sind eine seriöse Zeitung und kein Revolverblatt.«

Das Wirtschaftsressort bestand aus zwei Zimmern. Eine Frau beugte sich über einen Apparat, einen Ticker, und riss ein Telex ab. Vermutlich neueste Nachrichten oder Börsenkurse von Reuters. Es war aber das falsche Büro. Im Bürozimmer daneben waren nur zwei Plätze. Auch hier saß eine Frau. Sie begrüßte uns, zeigte uns den Schreibtisch von Kauder.

»Wann haben Sie Herrn Kauder zuletzt gesehen?«, fiel Schröder mit der Tür ins Haus.

»Am Samstag.«

»Haben Sie mitbekommen, dass er Besuch bekommen hatte?«

»Nein, nicht am Samstag.«

»Und davor?«

»Nein, nur Frau Zurbrüggen, die kam öfters vorbei. Die beiden gingen gemeinsam in die Mittagspause, hinüber in die Obernstraße, in ein Café oder zum Bratwurstglöckl.«

»Sie sind Redakteurin?«

»Thiel ist mein Name. Ja, da staunen Sie, wie? Ich bin nicht bloß die Tippse. Ich bin die stellvertretende Ressortchefin.«

»Was wissen Sie über Herrn Kauder? Hatte er Andeutungen gemacht hinsichtlich einer Geschichte über Borgward?«

»Andeutungen? Das waren fette Schlagzeilen! Er glaubte, dass da irgendetwas nicht mit rechten Dingen zuging.«

»Glauben Sie das auch?«, fragte ich.

»Mag sein. Aber ich bin kein Journalist, der begierig ist auf einen Knüller. Wir sind hier nicht beim ›Spiegel‹. Das habe ich ihm auch gesagt. Aber er sieht sich als Spiegel-Journalist.«

»Wir würden dann gerne einmal seinen Schreibtisch auf Hinweise prüfen, die uns helfen können.«

Wir widmeten uns eine Weile lang seinem Schreibtisch, während die Redakteurin auf einer Schreibmaschine tippte, unterbrochen von Nachdenkpausen. Kauders Schreibtisch war übersät von Kaffeeflecken und Aschekrümeln. Sein Papierkorb war allerdings leer.

»Werden die Schreibtische nicht sauber gemacht?«, fragte ich als Sohn einer Putzfrau.

Frau Thiel antwortete: »Natürlich. Nur, Hans, also Herr Kauder, hat sich dagegen gewehrt. Ich habe mehrmals bei unserem Chefredakteur interveniert und sogar damit gedroht, falls Kauders Bakterienarmee auf meinen Schreibtisch übergreifen sollte, seinen Schreibtisch höchstpersönlich freizuschaufeln und zu desinfizieren. Hat aber alles nicht gewirkt.«

Wir fanden wenig Brauchbares. Immerhin einen Artikel von ihm, in dem es um Borgward ging. Notizen, die unverständlich waren oder ins Nirwana führten. Eine Postkarte aus Paris: »Liebe Grüße aus der Stadt der Liebe, au revoir Tristesse. Nächte voller Fluidum, ich denke an dich. Kuss, Kuss, Kuss! Iris«

»Iris?«

»Ich glaube, Frau Zurbrüggen heißt Iris«, erklärte Schröder.

»Wo ist denn die Schreibmaschine von Herrn Kauder?«, fragte Schröder und schaute demonstrativ umher. Die Redakteurin wies mit dem Kopf zu einem kleinen Tisch am Ende des Zimmers.

»Herr Kauder hat sich richtig breitgemacht und auch den kleinen Tisch in Beschlag genommen.« Sie wäre vermutlich über einen Weggang ihres Kollegen nicht sehr traurig.

Es war das gleiche Modell wie jenes von Frau Thiel. Darin war ein Blatt Papier eingespannt. Ich drehte an der Walze. Das Blatt war beschrieben, allerdings nur mit wenigen Zeilen. Wir lasen gleichzeitig. Schröder erfasste den Text schneller als ich. Es war eine Art Notiz.

»Das erste Treffen mit meinem Informanten, ›Mr. Borgward‹, verlief vielversprechend. Wenn auch nur die Hälfte stimmt, haben wir einen handfesten Skandal. Dies ist eine Story, nach der jeder Journalist lechzt. Ich bekomme sie von ihm auf dem Tablett serviert. Allerdings gibt es noch Lücken in seiner Beweisführung, auch überzeugt mich sein Plan nicht zur Gänze. Das muss alles astrein und sauber belegt sein, habe ich ihm gesagt. Er versprach, die Lücken zu füllen. Wir wollen uns morgen treffen. Ich bin gespannt.«

Wir gingen wieder, nahmen nur die Postkarte und das beschriebene Blatt mit und suchten das Archiv auf. Ich lief schon wie ein junger Hund voran. Schröder stapfte hinterher.

»Wer sind Sie? Was tun Sie hier?«, fragte ein älterer Mann mit Halbglatze und künstlicher Lederhand. Er atmete auffallend schwer.

»Ich bin von der Polizei. Ich suche jemanden. Und zwar diese Dame.« Ich zeigte durch die Tür zum Nebenraum, wo Frau Zurbrüggen nun nicht mehr zu sehen war. Ich drängte mich an dem Mann vorbei und war bald durch die Tür. Dort empfing mich eine mittelalte Frau mit Dutt in einem karierten Kostüm.

»Wo ist denn Frau Zurbrüggen?«

»War plötzlich ganz schnell weg.«

Ich öffnete eine Tür, die zum Flur führte, und vor mir stand Frau Zurbrüggen, hinter ihr, übermächtig, Schröder, der sie wieder eingefangen hatte.

»Sie wollten doch nicht türmen, oder?«

»Wie kommen Sie darauf?«

»Wir müssen mit Ihnen sprechen. Vor allem wegen Hans Kauder, den sie gut zu kennen scheinen.«

»Ja, Hans ist ein guter Freund, wir wohnen momentan zusammen.«

»Aha, Sie sind nicht verlobt?«

»Was geht Sie das an! Ich bin verheiratet.«

»Mit wem?«

»Denken Sie bloß mal: mit Herrn Zurbrüggen!«

»Eins zu null für Sie. Wir würden dann gerne mit Ihnen zusammen in Ihre gemeinsame Wohnung fahren.«

Wir warteten, während Schröder den Wagen holte. Ich ging mit Frau Zurbrüggen ins Bildarchiv zurück.

»Sie sind ja recht schnell verschwunden. Wie in Luft aufgelöst. Simsalabim. Sie und Rimbaud.« Sie reagierte nicht. »Ich hoffe, es geht ihm gut.«

Sie blieb stur. Sie sah demonstrativ hinaus. Man konnte über die Weser schauen bis zum Hafen. Man hörte Stimmen aus dem anderen Zimmer, dem Wort-Archiv. Ein gut gelaunter Mann sagte: »Hört mal! Kennt ihr den schon? Borgward geht zwar nicht pleite, muss aber den Namen ändern.« Er machte eine Pause. Niemand antwortete auf die Frage, dann fügte er kichernd hinzu: »Sie heißen jetzt Mordward.« Der Erfolg des Witzes war nur mäßig. Ich sah zu Frau Zurbrüggen. Sie verdrehte die Augen wegen des geschmacklosen Wortspiels. Das brach das Eis zwischen uns. Ich versuchte es erneut. »Kennen Sie sich schon lange?«

»Ja, sehr lange.« Sie drehte mir ihr Gesicht zu. Sie erinnerte mich ein wenig an Jean Seberg, die in dem Film »Außer Atem« mitgespielt, einen Film, den ich mir in Düsseldorf angesehen hatte.

»Haben Sie Rimbauds Adresse? Ich würde ihm gerne mal einen Besuch abstatten. Oder wohnt er auch mit Ihnen zusammen, mit Ihnen und Herrn Kauder?«

»Nein, Rimbaud wohnt dem Himmel sehr nahe.«

»Das ist bildlich gemeint, oder?«

»Beides.«

»Gibt es da eine Adresse? Von wegen Luftpost?«

»Sie sind ja ein Witzbold. Mir hat er gesagt, Sie seien ein Langweiler.«

»So gut kennen wir uns nicht. Er und ich.«

»Würden Sie ihn gerne kennenlernen?«

»Ich würde gerne mit ihm sprechen, über Thomas und über Hans.« Das Telefon klingelte.

»Ist für Sie.« Die Frau mit Dutt reichte mir den Hörer.

»Kommen Sie runter, ich stehe vorm Eingang.«

Wir fuhren ins Altstadtviertel Sielwall. Schröder hatte gleich, nachdem Frau Zurbrüggen auf dem Rücksitz eingestiegen war, gepoltert: »Ihnen ist klar, dass Sie Ihre Tätigkeit bei der Polizei los sind? Wir werden Sie nicht mehr einsetzen. Aus. Finito!«

Sie antwortete schulterzuckend: »Habe ich nicht nötig.«

Wir hielten in der Grundstraße, kleines Haus, zweistöckig. Sie schloss auf, wir gingen hinein.

»Brauchen Sie nicht einen Durchsuchungsbefehl?« Das fiel ihr spät ein.

»Nein, wir durchsuchen ja nichts, sondern befragen Sie nur.«

Die Wohnung hatte drei Zimmer, eine Küche, ein Badezimmer mit Badewanne. Von der Küche aus konnte man in den Hof sehen. Ihr Zimmer lag nach vorn. Breites Bett. Auf dem Nachttisch zwei Bücher: das einer französischen Autorin; das zweite lag unter dem ersten, ein rotes Taschenbuch. Sah nach Krimi aus der Goldmann-Reihe aus. Die las ich auch.

»Dürfen wir trotzdem einmal einen Blick in die Räumlichkeiten werfen, Frau Zurbrüggen?«

»Tun Sie sich keinen Zwang an, aber ich sage Ihnen: Er ist nicht hier.«

Sein Zimmer: kein Bett, stattdessen eine Matratze direkt auf dem Fußboden, ohne Überdecke, im zerwühlten, beinahe schlafwarmen Zustand. Bücherregal zusammengezimmert aus Apfelsinenkisten oder so. Ein Turm aus alten Spiegel-Ausgaben. Ein Heft der Satirezeitschrift Pardon, aufgeschlagen. Ein Tisch, darauf ein Stapel Schallplatten, alles Langspielplatten. Das Zimmer machte einen ärmlichen Eindruck für einen Redakteur des WK.

Das dritte Zimmer sollten wir nicht betreten. Das sei ihr Fotolabor. Schröder öffnete dennoch die Tür, warf nur einen kurzen Blick hinein, schloss die Tür wieder, öffnete die Tür erneut, ging hinein und kam mit mehreren größeren Fotos wieder heraus.

Wir nahmen in der Küche Platz. Ein kleiner Tisch, schmucklos, drei Stühle, keine Tischdecke. Alles, was ich an fraulicher Häuslichkeit kannte, fehlte hier. Sie setzte Kaffeewasser auf, dabei steckte sie sich eine Zigarette in ihren Mundwinkel. Rauch zog haarscharf an ihrem rechten Auge vorbei. Auch Schröder zündete sich eine Zigarette an. Sie hatte offensichtlich die oppositionelle Haltung aufgegeben, denn sie hatte Schröder gewähren lassen, als er in ihr Fotolabor eingedrungen war. Nun lagen die Fotos auf dem Tisch. Es waren übliche Schwarz-Weiß-Fotos, aber großformatig. Ich plierte hinüber. Der Mann auf dem Foto war leicht bekleidet. Sie nahm sie an sich, tat sie in eine Mappe, um sie zu schützen. Dabei setzte sie sich an den Tisch.

»Sie mögen Herrn Kauder, wie?«

»Ja, er ist ein Freund. Sonst würden wir auch nicht zusammenwohnen.«

Ich hatte meinen Schreibblock herausgeholt und den Stift parat, notierte aber zunächst nichts.

»Er ist wohl so eine Art Modell für Sie.« Schröder wies mit dem Kopf auf die Mappe mit den Fotos, die sie nah an sich herangezogen hatte.

»Er ist sehr fotogen. Nein, fotogen ist zu platt, um es zu beschreiben. Manche Menschen haben so eine Aura. Hans gehört zu diesen Menschen.«

»Wenn Sie uns ein weniger freizügiges Foto geben könnten, wäre ich Ihnen dankbar, mit weniger Aura sozusagen.« Er schmunzelte maliziös.

»Steht er unter Verdacht?«

»Möglich«, brummte Schröder.

»Wie kommen Sie auf ihn?«

»Darüber kann ich Ihnen keine Auskunft geben. Wichtig ist nur, dass wir ihn schnell finden. Und Sie haben keine Ahnung, wo er sich aufhält?«

»Nein.«

»Verschwindet er öfters? Wann haben Sie ihn zuletzt gesehen?«

»Am Sonntagnachmittag. Da hat er die Wohnung verlassen.«

Der Wasserkessel pfiff. Sie erhob sich und goss das Wasser in eine Kaffeekanne und stellte sie auf den Tisch. Wie ich diesen Duft liebte! Wir warteten darauf, dass der Kaffee sich setzte.

»Also haben Sie Herrn Kauder am Sonntagnachmittag zuletzt gesehen«, stellte Schröder fest. Ich schrieb mit. »Wo wollte er hin?«

»Er wollte sich mit jemandem treffen.«

»Zufällig mit Thomas Neumann?«

»Das hat er mir nicht gesagt.«

»Sie kannten also Thomas Neumann nicht? Herr Kauder hat ihn nicht hierhergebracht?«

»Ja. Er sprach bloß von jemandem, der bei Borgward arbeitet und eine Schweinerei aufgedeckt hätte. Hans ist, was seine Quellen betrifft, sehr diskret. Das respektiere ich.«

»Was sagt Ihr Mann, Herr Zurbrüggen dazu, dass Sie mit einem anderen Mann zusammenleben?«

»Herr Zurbrüggen ist sehr tolerant und alles andere als ein Spießer.«

»Wo ist denn Ihr Mann momentan?«

»Ich schätze in Algier. Kann aber auch Tunis sein, oder er ist zurück in Venedig.«

»Er kommt wohl viel rum. Beneidenswert. Was ist er von Beruf?«

»Er ist Maler.«

»Was wissen Sie über einen Mann namens Rimbaud?«

»Er ist sehr geheimnisvoll.«

»Aha. Und wo können wir ihn sprechen?«

»Das gehört zu seinen Geheimnissen.«

Sie goss den Kaffee durch ein Sieb in Schröders Tasse. Ich hielt meine Tasse hin und sie schenkte auch mir ein. Sie versuchte, unbeeindruckt zu wirken, konnte aber ihre Nervosität nicht völlig verbergen.

»Sie wissen also nicht, wo Rimbaud wohnt?«

»Nein. Er ist ein wenig wie ein Geist.« Sie sagte es so, als wäre da etwas Wahres dran und nicht bloß eine Redensart.

»Sie wissen aber doch, wie er wirklich heißt, ihr Gespenst? Rimbaud! Ich bitte Sie, wie abgeschmackt. Er wird wohl kein Urenkel des Dichters sein, der das Gedicht ›Das trunkene Schiff‹ verfasst hat.«

»Da wäre ich nicht so sicher.«

»Wie meinen Sie das?«

»Ich wäre nicht so sicher, dass er nicht der Urenkel des Dichters Rimbaud ist.«

Schröder drehte sich als Antwort zu ihr hin. Blitzschnell schnappte er ihre Hand, umschloss sie mit seiner Pranke, hielt sie fest. Ihre Hand war verschlungen von seiner. Ihr Arm zuckte instinktiv. An ihrem Gesichtsausdruck erkannte ich, dass sie Schmerzen hatte, wenn sie es auch gut zu unterdrücken verstand. Sie versuchte nicht, sich zu befreien, sondern den Schmerz auszuhalten. Er sah ihr in die Augen, sie nahm den Blickkampf an. Ihre Augen funkelten angriffslustig. Seine Hand, so vermutete ich, verstärkte den Druck, ich konnte es nicht erkennen, denn die Hand blieb ruhig, träge, satt vom Fraß. Er verzog keine Miene. Doch ihre Mundwinkel zuckten. Sie biss sich auf die Zähne.

»Wenn ich das Gefühl habe, dass mich jemand verscheißern will, dann kann ich ungemütlich werden. Und ich habe gerade das Gefühl, Sie wollen mich verscheißern. Jeder Mann, den Sie kennen, ist angeblich unauffindbar. Das nehme ich Ihnen nicht ab.«

Er steigerte weiter den Druck. Ich befürchtete, ich müsste jeden Moment das Knacken ihrer Handknöchel hören. Sie atmete schwer, hielt aber weiterhin seinem Blick stand, doch das Gesicht war verzerrt und der Mund zusammengekniffen. Die Augen weiteten sich gegen ihren Widerstand, kämpften gegen Tränen an.

Ich musste etwas unternehmen. Schröder beachtete mich gar nicht, es interessierte ihn überhaupt nicht, dass er in mir einen Zeugen hatte, der möglicherweise eine Anschuldigung wegen seiner Handgreiflichkeit bestätigen konnte. Und ich würde im Zweifel gegen ihn aussagen. Allein um ihm und mir diese Unannehmlichkeiten zu ersparen und natürlich auch um Frau Zurbrüggen zu helfen, suchte ich nach einer Lösung und hatte einen Geistesblitz. Ich langte mit meinem Arm nach vorn, quer über den kleinen Tisch, stieß dabei gegen die volle Tasse Kaffee, deren Inhalt in einem kurzen, heißen Schwall über Schröders mächtigen Handrücken schwappte.

»Oh …Verzeihung«, stotterte ich.

Der Kaffee hatte sich über den Handrücken verteilt und rann über den Tisch. Schröder hatte nicht gezuckt. Frau Zurbrüggens Gesicht entspannte sich sofort. Er musste den Druck gelockert haben. Er ließ nun auch ihre Hand los. Mit dem wölfischen Schröder-Grinsen sah er mich an. Ich sprang auf, holte ein Geschirrtuch und tupfte seine Hand ab, dann wischte ich die Lache vom Tisch.

Frau Zurbrüggen sagte nur: »Lassen Sie, Herr Nettelbeck. Das kann ich wegwischen.«

Schröder erhob sich, reckte sich, türmte sich auf. Mir schien, er reiche bis zur Decke. »Ich hätte dann gerne das

Foto.« Er holte ein Taschentuch aus einer Manteltasche und wischte sich den Rest Kaffee von der Hand. Frau Zurbrüggen ging hinaus in ihr Zimmer und kam mit einem kleineren Foto wieder. Sie gab es mir. Ich steckte es, ohne es mir anzuschauen, in die Tasche. Wir verließen die Wohnung, sagten kein Wort. Zuerst ging Schröder durch die Tür. Dann ich. Schröder war schon auf dem Weg zum Auto, ich warf ihr noch einen Blick zu. Sie machte ein kaum merkliches Zeichen. Ich trat an sie heran und sie flüsterte mir zu: »Heute um neun in der Lila Eule.«

»He, Nettelbeck!«, rief Schröder ungehalten. Er saß schon am Steuer, ich eilte zum Auto und setzte mich hinein.

»Was hat sie Ihnen denn zugeflüstert?«

»Nichts für Sie Schmeichelhaftes, Herr Schröder.«

»Ihre Tölpelhaftigkeit wird Sie noch einmal teuer zu stehen kommen, Nettelbeck. Für dieses Mal sehe ich davon ab«, raunzte er mich an, während der Wagen losfuhr.

KAPITEL 12

Die Stimmung zwischen uns war arktisch. Ich fühlte mich unwohl, aber was hätte ich machen sollen? Es war nicht meine Art, Probleme anzusprechen, stattdessen versuchte ich, neues Vertrauen zu gewinnen, denn es half alles nichts. Er war mein Chef. Was hatte er sich dabei gedacht? Es war Körperverletzung! Wir hatten in der Polizeischule anderes gelernt: Bürger in Uniform und Grundgesetz. Respekt gegenüber dem Bürger. Alles sollte anders sein als zu der unsäglichen Zeit. Schröder schien aus der Zeit gefallen. Oder ich war einfach naiv und wusste nicht, wie die polizeiliche Wirklichkeit war, rau und notfalls grenzüberschreitend.

Wir gingen ins Büro. Ich schlug vor, auch um das Schweigen zu brechen, eine Art Status festzuhalten. Wo standen wir? Schröder akzeptierte den Vorschlag mürrisch. Er war seltsam in sich gekehrt. Hatte er ein schlechtes Gewissen? Nein, es passte nicht zu ihm. Eher war er auf mich sauer, wollte mich durch Schweigsamkeit bestrafen.

Auf dem Flur begegneten wir Frau Neumann. Sie kam gerade aus der Gerichtsmedizin, die in der Straße Am Schwarzen Meer in einem hochherrschaftlichen Gründerzeitbau geradezu residierte. Man hatte die junge Frau von dort mit dem Taxi hierhergeschickt, damit sie die Identität ihres Mannes zu Protokoll gäbe. Das war zwar nur eine Formalie, musste dennoch durchgeführt werden. Sie war natürlich erschüttert. Ihre Augen verweint. Sie hatte noch das zerknüllte Taschentuch in der Hand. Sie kam ohne Widerwillen mit uns ins Büro, denn sie hatte noch etwas zu sagen, wie sie uns leise bedeutete.

Schröder raffte seine ganze Fürsorglichkeit zusammen und bot ihr seinen Stuhl an, der der bequemste war, den man im ganzen Gebäude finden konnte. Er drückte ihr sein Mitgefühl aus. Ich kam gar nicht dazu, etwas zu sagen, obwohl ihr Blick ein- oder zweimal mich streifte und mich an das Versprechen gemahnte, wie mir schien. Jenes Versprechen, das ich vielleicht gegeben hatte.

Schröder hielt Sicherheitsabstand, da er um seine einschüchternde Präsenz wusste. Er verzichtete sogar darauf zu rauchen, was sie auch bemerkte, da er die Schachtel nach einem kurzen Zögern wieder auf den Tisch legte.

»Rauchen Sie ruhig. Es stört mich nicht. Dadurch wird mein Mann auch nicht wieder lebendig.«

Also steckte er sich eine an. »Was möchten Sie uns sagen?«

Sie knetete ihr zerknülltes Taschentuch, sah noch einmal zu mir herüber. Ich nickte ihr aufmunternd zu und stenografierte mit. Dieses Mal war es einfach, da sie langsam und stockend sprach – nicht im Zeitraffer wie Semler.

»Am Sonntag, am Nachmittag hat er das Haus verlassen. Er sagte, er würde noch einmal ins Büro müssen. Das war nicht der erste Sonntag, den er wegfuhr. Wir stritten uns ...«

Frau Neumann wurde kurz von einer Schmerzwelle erfasst, schluchzte, fasste sich wieder. »Er hatte einen Aktenkoffer dabei. Nicht die Aktentasche, sondern einen Koffer, der abschließbar ist, schwarz. Er hatte ihn einige Tage zuvor gekauft. Ich sah ihn aus dem Haus gehen mit diesem Aktenkoffer. Ich schaute aus dem Fenster zur Garage hin. Er legte den Koffer in den Kofferraum. Das Geräusch des Kofferraums, ich meine, das Klappen, das Zuklappen ist das Letzte, was ich gehört habe. Das Telefon klingelte und ich ging in den Flur. Es war nur ein kurzes Gespräch. Als ich zur Tür eilte, um ihn zum Abschied zu umarmen, da war er schon weg. Das war das letzte Mal, dass ich ihn gesehen habe ...

Und dann dieses unbarmherzige Klappen der Hecklappe. Es war wie ein Fallbeil.«

»Hm.« Schröder kratzte sich am Kinn. »Im Auto war kein Koffer. Wollte er ihn jemandem übergeben?«

»Wem denn?«

»Wir haben Informationen, dass Ihr Mann sich mit einem Journalisten getroffen hat. Einem gewissen Hans Kauder. Sagt Ihnen der Name etwas?«

»Nein, nie gehört.« Sie hatte, ohne zu zögern, geantwortet, und mir schien es auffällig, unnatürlich. Würde man nicht normalerweise einen Moment lang überlegen, ehe man eine solche Aussage traf?

»Sie sind sich sicher, ganz sicher, nie etwas von Hans Kauder gehört zu haben oder davon, dass Ihr Mann sich treffen wollte?« Ich zeigte ihr das Foto von Hans Kauder, das mir Frau Zurbrüggen gegeben hatte. Sie schüttelte den Kopf.

»Nein! Nie gesehen. Mein Mann wollte ins Büro.« Sie sprach wieder mit diesem Widerwillen, den ich an ihr schon einmal bemerkt hatte.

»Er ist aber nicht ins Büro gefahren. Er hat sich vermutlich mit diesem Journalisten getroffen. Und dieser Mann hat vermutlich den Aktenkoffer.« Schröder beobachtete sie genau, ließ eine Pause, damit die Worte sich in ihr setzen konnten. »Hat Ihr Mann noch etwas gesagt? Denken Sie nach. Lassen Sie sich Zeit.«

Sie dachte tatsächlich nach, senkte den Kopf. »Er sagte, er hätte einen Weg gefunden.«

»Einen Weg? Was für einen Weg?«

»Zur Rettung von Borgward natürlich.«

»Er hat gesagt, wie er Borgward retten wollte?«

»Nein. Nur, dass er einen Weg wüsste.«

»Sie haben uns sehr geholfen, Frau Neumann.«

Sie erhob sich und ging ein wenig watschelnd zur Tür.

»Ich lasse Ihnen ein Taxi kommen.« Schröder telefonierte kurz. »Herr Nettelbeck bringt Sie hinunter. Ich wünsche Ihnen alles Gute und drücke für die Geburt die Daumen.« Er nahm sie in seinen Schatten, der nicht nur drohend wirkte, sondern auch schützend, beinahe behütend. So hatte ich Gelegenheit, die beiden Gesichter von Schröder binnen einer kurzen Zeitspanne beobachten zu können. Er war ein Rätsel.

Ich ging mit ihr hinunter. Kurz bevor wir an der Ausgangstür waren, sagte sie zu mir: »Herr Nettelbeck, was ich gestern gesagt habe, das müssen Sie nicht ernst nehmen. Ich war außer mir.«

Ich öffnete die Tür. Das Taxi fuhr gerade vor. Sie stieg ein, ohne sich umzudrehen. Einerseits war ich froh darüber, dass sie mich einer Verpflichtung enthob, deren Erfüllung ich nicht in Händen hatte; andererseits erschien es mir aber auch wie der Entzug eines Privilegs. In diesem zwiespältigen Gefühl ging ich wieder ins Büro.

Schröders durchdringender Bass vibrierte bis auf den Flur. Nur zögernd öffnete ich die Tür. Er war gerade dabei, sich Kupfer vorzuknöpfen.

»Das ist unerhört! Das klären wir nun!« Er telefonierte. »Schröder am Apparat, kommen Sie bitte in mein Büro. Wir müssen etwas klären. Danke!« Dann machte er einen zweiten Anruf: »Hauptkommissar Schröder hier. Ja, Dr. Conrad bitte. Aha. Sagen Sie ihm bitte, er möge die Güte haben und sich über die Seufzerbrücke bemühen, in mein Büro. Danke!«

Niemand sagte etwas. Wir warteten. Das Schweigen konnte man in Scheiben schneiden. Es war mir unangenehm. Hatte Kupfer Probleme mit der Beschattung von Semler? Als Erster kam Tietjen ins Büro, sichtlich angefasst und nervös. Er schob seinen Bauch ins Büro und sagte: »Was ist denn schon wieder!«

»Wir warten noch auf Dr. Conrad.«

»Ihnen ist schon klar, dass ich auch andere Termine habe?«
Tietjen wollte nicht ohne Gegenwehr vom Untergebenen
herzitiert werden.

»Ja, durchaus. Aber der Tote im Borgward hat doch wohl
momentan höchste Priorität, oder?«, konterte Schröder.

»Natürlich.« Tietjen knickte sofort ein.

Conrad hatte sich beeilt, er musste quasi über die Seufzerbrücke gerannt sein, denn er erschien wenig später, außer
Atem. »Was gibt es schon wieder?«

»Haben wir grünes Licht für die Beschattung von Herrn
Dr. Semler, Herr Dr. Conrad?«

»Ja, ein richterlicher Beschluss wurde erstellt.«

»Warum also, Herr Kupfer, glauben Sie, eigenmächtig meinem Befehl zuwider handeln zu dürfen?«

Kupfer, den die geballte höhergestellte judikative und exe-
kutive Gewalt einschüchterte, stammelte. »Ich wollte noch
abwarten, bis ich das Schriftstück gesehen habe.«

»Sie glauben mir also nicht?«

»Doch … Es ist nur, ich hatte zufällig ein Gespräch mit
dem Senator Nolting-Hauff.«

»Immer diese Zufälle! Ich sage Ihnen, Kupfer. Wenn Sie
das nächste Mal einem Zufall begegnen, machen Sie einen
großen Bogen drumherum. Wo ereignete sich denn dieser
Zufall?«

»Auf dem Flur. Ich kam aus meinem Büro. Er ging vorbei.«

»Was hat der Senator hier zu suchen?«

»Er wollte sich nach dem Stand der Untersuchung erkun-
digen, schließlich geht es auch um einen politischen Aspekt,
er würde dauernd gefragt werden, von Journalisten, verun-
sicherten Mitarbeiter und so weiter.«

»Und da nimmt sich Herr Nolting-Hauff einfach mal die
Freiheit heraus, Sie, das schwächste Glied in der Kette, aus-
zuquetschen.«

»Na, wie reden Sie denn?«, protestierte Kupfer etwas halb-
herzig.

»So wie man mit Ihnen reden muss, Herr Kupfer. Was
haben Sie ihm gesagt?«

»Nicht viel.«

»Haben Sie von der Beschattung gesprochen?«

»Nun ja …«

»Also ja.« Schröder haute mit seiner Faust auf den Tisch.
Alle zuckten zusammen bis auf Conrad, der beinahe amüsiert der Sache zuschaute, sofern man ein Gefühl wie Amüsement bei ihm überhaupt feststelle konnte aufgrund der
Starrheit seines Gesichts.

»Das ist in der Tat ein schweres Vergehen, Herr Kupfer!
Wie konnten Sie?«, bemerkte Kriminalrat Tietjen fassungslos.

»Sag ich Ihnen: Angst vor hohen Tieren«, antwortete
Schröder für Kupfer.

Kupfer verteidigte sich nur schwach. »Der Senator
meinte … Ach, ich weiß ja auch, dass das ein Fehler war,
aber der Mann ist immerhin Senator. Senator! Er meinte, ich
solle mir die Genehmigung zeigen lassen. So ginge es nicht.
Deshalb habe ich dann erst mal nichts gemacht, bis Sie wieder im Büro sind.«

»Wir haben wertvolle Zeit verloren. Was ist denn, wenn
der Herr Senator seinen Spezi, Dr. Semler, warnt? Dann ist
alles umsonst!« Schröder brüllte diesen letzten Satz. Mir ging
es durch Mark und Bein. »Herr Tietjen, leider muss ich auf
die weitere Mitarbeit von Herrn Kupfer verzichten.«

»Das verstehe ich«, stimmte Tietjen zu. »Herr Kupfer, Sie
kommen mit in mein Büro.«

»Ist dann alles geklärt?«, fragte Dr. Conrad.

»Ja …«, zischte Schröder scharf in Richtung des Ober-
staatsanwalts, der nicht einmal mit der Wimper zuckte. Ich
fragte mich wieder, was wohl zwischen den beiden vorge-

fallen war. Da tobte ein untergründiger Kampf zwischen den beiden.

»Herr Tietjen, schicken Sie mir bitte einmal Herrn Gräber herein. Der hat doch schon Observationen durchgeführt. Der kann uns unterstützen.«

Als alle fort waren, packte mich wieder diese Hochachtung, diese Bewunderung, die ich meinem Chef gegenüber empfand. Wie er die Dinge in die Hand nahm, wie er die formale Hierarchie umkippte und sich selbst an die Spitze setzte, das nötigte mir allen Respekt ab, zumal ich ihm recht gab. Ich musste ihm etwas sagen. »Ich bin froh und dankbar, mit Ihnen zusammenarbeiten zu dürfen«, brachte ich räuspernd heraus, mehr war nicht drin.

»Dann benehmen Sie sich beim nächsten Mal auch so«, brummte er wieder im bärbeißigen Schröder-Ton, aber so, dass man unwillkürlich erleichtert war, seine Gunst nicht vollständig verspielt zu haben.

Vielleicht hatte er recht, vielleicht hatte ich die Situation in der Küche von Frau Zurbrüggen falsch gedeutet? Allerdings dachte ich wieder an den nächtlichen Vorgang … War Rimbaud ein Erpresser? Hatte ich ihn denn wirklich gesehen? Oder dachte ich einfach gern an ihn? Welchen Grund gab es, dass wir nicht alles daransetzten, Rimbaud endlich zu befragen? Vielleicht, weil er ein Informant war? Und spielte Conrad darin eine Rolle? Wenn ja, welche? Und was wiederum hatte all das mit dem Toten im Borgward zu tun?

Herr Gräber kam herein. Der Mann war klein und dünn, etwa meine Gewichtsklasse, hatte auffallend abstehende Ohren. Der Kommissar und er kannten sich gut. Sie duzten sich sogar. Ich hatte ihn schon in der Kantine gesehen. Schröder musste nicht viel reden. Gräber verstand. Er nahm den Befehl entgegen und marschierte los. Er sollte die Observation bis zum Abend machen und sich per Funk melden, falls etwas Interessantes passierte, ansonsten jede Stunde Bericht erstatten. Gegen neunzehn Uhr würden wir dann übernehmen. Bald darauf meldete er sich, und Schröder sprach in sein Funkgerät, das er aus einer Schublade geholt hatte. Gräber war am Werk in Sebaldsbrück angekommen. Er solle sich melden, sobald Semler das Werk verließ.

Wir gingen in der Kantine essen. Wir nahmen, wie gestern, das Mahl in schweigendem Einvernehmen ein. Danach steckte sich Schröder wieder eine Zigarette an, ich holte mir einen Schokoriegel. Kaffee hatte ich heute schon genug getrunken. Kaum saß ich, da führte Schröder auch schon aus. »Nehmen wir an: Herr Neumann weiß einen Weg hinaus aus dem Borgward-Labyrinth wie ein antiker Held. Aber es gibt böse Mächte, die wollen nicht, dass der Weg aus dem Labyrinth bekannt wird. Diese Lösung ist die Büchse der Pandora in einem Aktenkoffer. Der Held schafft es nicht, sie allein zu öffnen. Er holt sich Hilfe. Einen Mann des Wortes.«

Ich übernahm: »Sie treffen sich am Nachmittag, das sagen sowohl Frau Zurbrüggen als auch Frau Neumann aus. Es findet eine Kofferübergabe statt. Doch was geschieht dann? Schlagen die bösen Mächte zu? Sollten wir nicht eine Hausdurchsuchung anordnen von Kauders Wohnung?« Diese letzte Frage stellte ich, um meinem Chef zu signalisieren, dass ich auf seiner Seite war.

Schröder schüttelte den Kopf. »Nein. Wir werden vermutlich haufenweise Fingerabdrücke von Neumann finden. Das sehe ich als gesichert an. Kann man immer noch machen, später. Und den Aktenkoffer werden wir da nicht finden.« Er nahm einen tiefen Zug an der Zigarette und starrte nach oben. Dann führte er weiter aus: »Bis zum Mord sind es aber noch zwölf Stunden. Was hat Neumann gemacht in der Zeit?«

»Kauder hat den Koffer. Aber wieso wird dann Neumann umgebracht, wenn es um den Koffer geht?«

»Vielleicht musste Kauder, um an den Koffer zu kommen, den Mann umbringen.«

»Aber die waren doch ein Liebespaar. Kauder hat Neumann die Blumen geschenkt. Kauder ist auf der Flucht mit dem Koffer. Jetzt nach dem Tod seines Freundes ist er eher mögliches Opfer als Täter.«

»Das könnte stimmen … Wenn das Sanierungskonzept der Ausweg aus dem Labyrinth ist und die Beweise dafür in dem Koffer sind, dann kann Venske jedenfalls seine Arbeit erst mal einstellen. Ich werde als Erstes mit ihm sprechen. Wir brauchen Kauder … Aber warum hat der Mörder sein Opfer geblendet? Ich denke immerzu daran.«

»Weil er den Blick seiner Schuld austilgen will.«

»Gut ausgedrückt: den Blick seiner Schuld. Aber Sie übersehen etwas: Der Blick war auch Macht. Der Täter entledigte sich der Macht seines Opfers. Nur sein eigener Blick sollte gelten: Sehen, aber nicht gesehen werden! Indem er ihm die Augen nahm, übernahm er dessen Macht.«

Ich war verblüfft über seine Entgegnung und konnte nichts erwidern. Aber irgendwie hatte ich das Gefühl, dass Schröder etwas wusste, das er mir verheimlichte. Rimbaud …

Wir gingen zu Venske. Venske raufte sich die Haare. Ganz untypisch für ihn. »Stellen Sie sich vor«, begrüßte er uns, »so ein dämlicher Operator hat doch die Lochkartenstapel fallen gelassen. Jetzt müssen wir erst mal alles wieder sortieren lassen.«

Schröder entgegnete: »Gute Neuigkeiten. Sie können Ihre Bemühungen einstellen. Wir verfolgen eine andere Spur.«

»Was? Wie? Wir sind nahe dran! Ich bin sicher, wir finden etwas. Neumann war auf dem richtigen Weg. Es gibt eine Rettung für Borgward.«

»Mag sein, Herr Venske. Mag sein. Aber wir gehen nun davon aus, dass sich das Sanierungskonzept in einem Koffer befindet. Diesen Koffer vermuten wir bei dem Journalisten vom WK – die Spur haben wir Ihnen zu verdanken, Herr Venske. Aber uns interessiert letztlich nur der Mord, nicht die Finanzlage von Borgward.«

»Und? Was sollen wir tun?«

»Erst mal die Füße stillhalten. Oder Sie sagen mir, wo der Aktenkoffer ist?«

Wir verließen einen konsternierten Venske. Wir waren kaum wieder im Büro, als das Funkgerät knatterte. Es war Gräber. Dr. Semlers BMW verließ das Werksgelände und fuhr in Richtung Innenstadt.

»Achten Sie darauf, ob er sich mit einem jungen Mann trifft. Hat einen Spitzbart … ja so einen Drosselbart wie in dem Märchenbuch. So einen«, sagte ich über den Tisch hinweg und hoffte, dass Gräber mich verstand.

Schröder wandte sich mir zu: »Geben Sie mir mal das Foto.« Ich reichte es ihm, indem ich es nur an den Kanten hielt.

Schröder rief Kemnich an, der sofort auf der Matte stand.

»Untersuchen Sie mal dieses Foto auf Fingerabdrücke und vergleichen Sie diese mit den nicht zugeordneten am Borgward. Sollte mich wundern, wenn wir keinen Treffer bekommen.« Er reichte ihm das Foto weiter. Kemnich steckte es in eine Plastikhülle.

Die nächsten Stunden warteten wir auf das Ergebnis der Untersuchung der Fingerabdrücke und darauf, dass Gräber sich meldete. Es war seltsam ereignisarm. Ich dachte darüber nach, wie schnell Dr. Conrad vom Gerichtsgebäude ins Polizeigebäude geeilt war. Bloß auf eine Anfrage Schröders hin. Was für eine Macht hatte Schröder? Wieder fiel mir der nächtliche Besuch ein. Ich hatte deutlich einen Brief gesehen, den er zu verbergen suchte. Möglich, dass er ihn dabeihatte. Im Bademantel war er nicht mehr. Die Chance war gering. Aber mein Hunger nach Gewissheit brauchte Nahrung.

Als Schröder aus dem Büro gegangen war, nutzte ich meine Chance. Er hatte sein Jackett über einen Stuhl gehängt, was er immer machte, wenn er das WC aufsuchte. Das Jackett war von einschüchternder Größe, etwas ausgebeult vom nachlässigen Tragen, aber aus gutem Tuch mit seiden schillerndem Innenfutter. Ich suchte hektisch in allen Taschen. Ich fühlte nur, ohne etwas zu entnehmen: eine Schachtel Zigaretten, ein Feuerzeug, eine Pinzette, ein kleines Notizbüchlein. In der Innenbrusttasche steckte seine Brieftasche, die ich schon kannte, und ein dünnes Heftchen, vermutlich ein Gedichtband aus dem Reclam-Verlag. Ich getraute mich nicht, die Brieftasche hervorzuholen. Es kam mir wie ein Sakrileg vor, gleichzeitig nestelten meine Hände ungerührt weiter in den Taschen, kamen erneut zur Brieftasche. Mein Blick fiel auf den Kragen des Jacketts und ich bemerkte weiße Hautschuppen. Seltsamerweise war es genau diese Beobachtung, die es mir unmöglich machte, die Brieftasche hervorzuklauben. Es kam mir plötzlich wie Verrat vor. Unschlüssig blieb ich vor dem Schreibtisch stehen – da riss Schröder die Tür auf. Ich zuckte zusammen.

Ich stand neben seinem Arbeitsplatz, schuldbewusst, und hatte keine Erklärung parat. Wie ich erst jetzt bemerkte, hing sein Riesen-Jackett schief über der Lehne. Hatte ich das getan? Ein Zittern durchlief mich. Ich war unfähig, irgendetwas zu sagen. Schröder interessierte sich glücklicherweise nicht dafür, ging an mir vorbei wie an einem Möbelstück. Er griff sich das Jackett.

»Ich bin im Archiv, falls jemand nach mir fragt.«

Was wollte er im Archiv? Und wieso weihte er mich nicht ein? Sollte ich ihm nachgehen? Ich war nervös und hätte eine Zigarette geraucht – wenn ich Raucher gewesen wäre. Schließlich ging ich über die »Seufzerbrücke« ins Gerichtsgebäude. Unsere Seufzerbrücke ähnelte der berühmteren am

Canale Grande, sie war ein verbindender Gebäudeteil, der über der Buchtstraße schwebte und einen Übergang darstellte vom Gerichtsgebäude in das Polizeigebäude. Der Ausdruck »Seufzerbrücke« war nicht nur aufgrund der architektonischen Ähnlichkeit legitimiert, sondern auch weil der Weg vom Gericht über die Brücke ins Untersuchungsgefängnis führte, das im Untergeschoss unseres Polizeigebäudes untergebracht war. So mancher Beschuldigte mochte geseufzt haben.

Ich hatte die Brücke gerade überquert, als ich die Stimme Schröders hörte. »Nettelbeck!« Er stand auf der anderen Seite. »Herkommen!«

Ich drehte sofort um. Wollte er nun doch auf die verfängliche Situation zu sprechen kommen, in der er mich vorhin erwischt hatte, oder hatte er etwas im Archiv gefunden, was unseren Fall betraf?

»Semler trifft sich mit jemandem im Hotel Columbus. Jetzt wird es ernst. Wir müssen los. Sputen Sie sich. Ich denke, Sie waren mal deutscher Meister im Rennen. Also los. Hopp, hopp.«

Zwar war ich bloß Vizemeister, aber na ja.

Gräber erwartete uns vor dem Hotel Columbus, das sich gegenüber dem Bahnhofsgebäude befand. Es hatte, soviel ich wusste, nicht den Luxus und den Ruf des Parkhotels, war aber angesehen und hatte den Vorteil der Lage, nämlich im Zentrum zu sein. Es überragte deutlich das Bahnhofsgebäude mit seiner altehrwürdigen Backsteinfassade. Gräber hatte bereits an der Rezeption Erkundigungen eingezogen und erfahren, dass Dr. Semler im ersten Stockwerk war, Zimmer hundertdrei, bei einem gewissen Max Kowalski. Semlers Wagen parkte an der Seite vom Überseemuseum. Laut Gräber hatte Semler den Wagen selbst gefahren.

Schröder reichte Gräber seinen Autoschlüssel; im Gegenzug nahm er dessen entgegen. Schröder bedankte sich und schickte den Kriminalobermeister in seinen verdienten Feierabend. Den Rest würden wir erledigen. Gräber übergab mir sein Funkgerät. Der Wagen von Gräber, ein VW-Käfer, war unauffälliger als der Borgward von Schröder, den Semler möglicherweise schon gesehen hatte und dem Kriminalkommissar zuordnen konnte, was die Beschattung konterkarieren würde. Den Abgang von Gräber fand ich leichtsinnig. Wir konnten jeden Mann gebrauchen. Allerdings war Schröder der Boss, ich zudem völlig unerfahren und ohne jede Kenntnis eventueller Hintergründe. Also hielt ich einmal wieder den Mund.

Ich war gespannt, was als Nächstes passieren würde. So stellte ich mir kriminalistische Arbeit vor! Detektiv-Spielen! Gleich darauf kam Semler wieder aus dem Hotel. Wir hatten uns rechtzeitig um die Ecke verdrückt. Schröder folgte in gemessenem Abstand. Ich sollte mich um den Mann im Hotel kümmern. Ich wurde schnell unruhig und ging hinein, musste die Initiative ergreifen.

An der Rezeption wies ich mich als Polizist aus. Der Portier sagte: »Noch einer von Ihrer Sorte.«

»Können Sie mir diesen Max Kowalski beschreiben?«

»Ja, mittelgroß, mittelalt, Halbglatze, grobes Gesicht. Trägt einen dunkelblauen Popeline-Mantel. Meine Statur.« Der Portier besaß eine Plauze, die ihn zu einem gewissen Abstand zum Tresen nötigte.

»Seit wann ist er schon im Hotel?«

»Schon länger, warten Sie.« Er blätterte in einem großen Buch, nachdem er sich die Finger angefeuchtet hatte. »Seit letzten Dienstag.«

»Wie lange will er bleiben?«

»Er reist morgen ab, hat schon bezahlt.«

»Wann hat er bezahlt?«

»Eben, also, vor einer Stunde ungefähr.«

»Wo ist er jetzt?«

»In seinem Zimmer.«

»Danke.«

In mir schwirrten die Gedanken wild umher. Kowalski musste nicht bis morgen bleiben. Er konnte jeden Moment herunterkommen und einfach abreisen, ohne sich an der Rezeption abmelden zu müssen. Nur zu dumm, dass Schröder nicht hier war. Ich musste mich in eine ruhige Ecke zurückziehen, von der aus ich zugleich die Rezeption im Auge behielt und selbst nicht gesehen werden konnte. Ich ging an Tischen und Sesseln vorbei und auf eine der beiden Telefonzellen zu. Eine war frei, die andere defekt. Von hier aus sah ich einigermaßen die Rezeption und den Fahrstuhl ein. Ich holte mein Funkgerät aus der Jackentasche und sprach hinein. »Herr Schröder, ich brauche Sie hier. Es steht zu vermuten, dass Kowalski heute noch abreist. Wir sollten ihn in jedem Fall aufsuchen. Die Zeit drängt.« Sphärisches Rauschen, elektrisches Knacken, aber keine Antwort. Ich wiederholte meine Durchsage mehrmals. Keine Antwort. Ich hatte das Gefühl, ins All zu sprechen, und erntete dessen unbarmherzig-kaltes Schweigen. Ich entschied mich, auf eigene Faust zu handeln, und nahm den Aufzug in den ersten Stock. Was, wenn genau in diesem Moment Kowalski durchs Treppenhaus hinunterging? Die Chancen standen fifty-fifty. Nach der Beschreibung, die mir der Portier gegeben hatte, vermutete ich, dass Kowalski eher der Fahrstuhl-Typ war, zumal er nicht wissen konnte, dass die Polizei sich für ihn interessierte.

Raus aus dem Fahrstuhl. Den Flur entlang. Die Zimmernummern nahmen in die linke Richtung ab. Hundertsechs, hundertfünf, hundertvier, hundertdrei. Ich klopfte gegen die Tür und hielt gleichzeitig mein Ohr daran. Ich klopfte erneut. Ich wollte nicht sprechen, denn solange Kowalski nur mein

Klopfen hörte, konnte ich auch jemand vom Personal sein; sobald ich sprach, musste ich meine Identität preisgeben und würde ihn damit warnen. Ich horchte und hatte das Gefühl, dass auch er horchte. Es kam mir vor, als hätten wir beide unser Ohr an der gleichen Stelle platziert, nur auf verschiedenen Seiten. Unangenehme Vorstellung. Nochmals hämmerte ich an die Tür. Mir taten die Knöchel weh. Was für einen Wumms Schröder dahinter legen würde! Der hätte die Tür längst weggerammt!

Ein seltsamer Geruch kroch auf den Flur. Brandgeruch. Es roch angekokelt. Legte Kowalski etwa ein Feuer? Wenn ja, warum? Was war mit dem Mann los?

Ich kam aus meiner Deckung, klopfte noch einmal, etwas sachter, rief aber: »Herr Kowalski, ich weiß, dass Sie da sind. Ich bin Kommissar Nettelbeck und möchte mit Ihnen sprechen. Bitte öffnen Sie.«

Ich hörte ein krächzendes Husten. Der Geruch wurde stärker. Wollte er die Bude abfackeln? Mist. Ich zog meine Waffe, zögerte, zählte innerlich bis zehn, so viel Zeit wollte ich ihm und mir geben, entsicherte meine Waffe, trat sicherheitshalber ein paar Schritte zurück und war kurz davor, den Abzug zu drücken, um das Schloss aufzuschießen – da öffnete sich die Tür einen Spalt. Sie ging nach innen auf. Vorsichtig vergrößerte ich den Spalt mit der einen Hand, mit der anderen hielt ich meine Waffe auf das Hotelzimmer gerichtet in Erwartung eines heimtückischen Angriffs.

Aus einem geöffneten Koffer qualmten Rauchwolken. Darin war ein brennender Papierhaufen, den ich nicht sehen konnte, denn der Aktenkofferdeckel verstellte mir die Sicht. Das meiste war sicher schon verkohlt. Das Fenster war geöffnet. Der Rauch zog immerhin ab. Papierfetzen stieben in der Luft herum und trudelten zu Boden. Ich stieß mit dem Pistolenlauf gegen den Koffer. Der Koffer schnappte zu.

KAPITEL 13

Nun zu Kowalski. Der sah mich entsetzt an. Als wäre ich
Satan persönlich. Doch das ergab keinen Sinn. Er meinte
nicht mich. Er sah an mir vorbei. Ich interessierte ihn gar
nicht. Ich drehte mich um. Da war aber niemand. Schnelle
Rückwendung. Pistole nach unten. Dann bemüht samtig:
»Ich will doch bloß mit Ihnen reden.«

Kowalskis panischer Blick suchte noch immer jemanden
hinter mir.

»Herr Kowalski, beruhigen Sie sich. Ich bin von der Polizei und habe nur ein paar harmlose Fragen«, sagte ich und
schaute dabei verzweifelt auf den Koffer. Ich hatte noch nicht
zu Ende gesprochen, da war Kowalski schon an mir vorbeige-
schrammt, hatte mich kurz gerempelt. Ich hielt mich gerade
so noch auf den Beinen, stieß dabei mit der Hand gegen
ein Tonbandgerät. Ich schrie in mein Funkgerät: »Kowalski
flüchtet. Wo bleiben Sie, Herr Schröder?«

Antwort von Schröder: »Bin schon auf dem Weg, parke
direkt vor dem Hotel. Keine Panik.«

Ich schrie wieder: »Ich nehme die Verfolgung auf.«

Wenn Kowalski so dumm sein sollte, nach unten zu verschwinden, gab es eine gute Chance, dass er Schröder in die
Arme lief. Ich hoffte, Kowalski wäre dumm. Schröder würde
ihn nicht entwischen lassen. Im anderen Fall war er nach
oben getürmt – wie weit es nach oben ging, war mir nicht
genau klar. Um den Fahrstuhl zu nehmen, hatte er keine Zeit
gehabt. Also spurtete ich geradewegs zum Treppenhaus, vorbei an Hotelgästen, die aufgeschreckt in ihren Zimmertüren

oder auf dem Flur standen und mir zusahen, wie ich vorbei-
rannte. Mittlerweile heulte der Feueralarm.

Im Treppenhaus hielt ich an. Ich hörte Schritte. Seine
Schritte. So ein Pech. Er war also nicht so dumm, nach unten
zu fliehen. Er war aber auch nicht sehr schnell. Ich hörte ihn
keuchen und den langsamen Tritt seiner Schritte auf den Stufen. Er musste schließlich seinen beträchtlichen Bierbauch
mitschleppen. Ich verharrte, gestört von einem Mann im
Unterhemd, der zu mir in das Treppenhaus spähte. Ich bedeutete ihm, leise zu sein, hielt die Waffe in seine Richtung. Sofort
ließ er die Tür los, die sich mit einem Klappen schloss, das
sich als Hall im Treppenhausschacht hinaufschwang. Ich
verhielt mich still, um mitzubekommen, wann Kowalski das
Treppenhaus wieder verließ. Noch keuchte er, wenn auch
nicht mehr so laut.

Jetzt war es verschwunden. Lauschte nun auch er? Wartete er darauf, dass die Luft rein war? Ich schlich die Treppe
hinauf, zunächst in einem Kompromiss aus Geschwindigkeit und Lautstärke. Da ich ihn aber längere Zeit nicht mehr
gehört hatte, ging ich davon aus, dass er das Treppenhaus verlassen hatte. Ich musste mich also sputen und verzichtete auf
alle Vorsicht. Während ich weiter hochrannte, immer zwei,
drei Stufen nehmend, sprach ich ins Funkgerät: »Bin gleich
oben im obersten Stockwerk. Bleiben Sie unten.« Schröder
antwortete nicht.

Oben angekommen, war ich schon im Begriff, das Treppenhaus zu verlassen, da bemerkte ich eine Luke. Es war eine
halbe Treppe, die an dieser Stelle endete. Die Luke war nicht
ganz verschlossen. Sie war aus Metall. Ich stemmte sie hoch
und klappte sie auf. Wind fuhr mir ins Gesicht.

Ich stand auf dem Dach des Hotels. Das Dach war durch
keine Balustrade oder Ähnliches gesichert, was in mir sofort
einen Schwindel auslöste, ich musste wegschauen und besah

mir den Boden, gebeugt, die Arme auf die Knie gestützt, wieder lauschend. Das Flattern des Windes war zu hören, aber auch der Verkehr von unten wurde als eine Art Rauschen hochgetragen.

Das Dach erstreckte sich über mehrere Häuser. Einzig ein paar Backsteinschornsteine versperrten die Sicht. Hinter einem dieser hatte sich Kowalski bestimmt versteckt. Ich begann unwillkürlich, wie ich es gewohnt war, zu traben. Ich umkreiste den ersten Schornstein, da war niemand, dann ging ich zum zweiten, auch niemand, schließlich zum dritten und letzten, hier musste er sein.

Doch auch hier war er nicht, vermutlich hatte er sich mit mir bewegt, sodass er immer in Deckung blieb. Das Spiel konnte eine Weile dauern. Er sah mich, ich ihn aber nicht. Sollte ich Schröder anfordern?

Es war ein schneller Schatten, der plötzlich aus dem Nichts auftauchte. Der Schatten wurde länger, ich tauchte selbst hinein, ein Schmerz brandete in meinem Kopf, durchschoss in einem Rückstoß von dort hinab bis in die Brust.

Weg.

Das sphärische Rauschen des Funkgeräts.

Schritte.

Verzerrte Stimme.

Schritte.

Ich rappelte mich auf, durch eine Art Stromstoß geweckt. Stand plötzlich wieder und lief umher, benommen. Der flatternde Wind, die Geräusche vom Platz, bunte Lichter wie in einer fremden Welt. Dann blieb ich stehen. Schröder.

Schröder, unverkennbar Schröder, stand breitrückig am Rande des Daches und schaute hinunter. Ich setzte mich in Bewegung. Er hatte einen Gegenstand in der Hand: eine Kamera.

»Er war schon gesprungen«, sagte er, ohne sich zu mir

umzudrehen, fast zu sich selbst oder einem imaginären Publikum.

Ich hielt mich, jede Distanz vergessend, an Schröders Schulter fest und schaute hinab. Ich musste mich seiner leibhaftigen Gegenwart vergewissern und zugleich gegen meine Höhenangst ankämpfen. Vor dem Eingang des Hotels lag ein verkrümmter Körper, derart verrenkt, dass man ihn nicht für einen Menschen halten würde, wüsste man es nicht. Ich wusste es aber. Es war Kowalski.

Schröder trat ein paar Schritte zurück, nahm mich mit. Dann entströmte seinen Lippen ein Gedicht. Ich verstand nicht alles, nur einige Wörter hakten sich in mein Gedächtnis: »Da steht der Tod, ein bläulicher Absud ... in einer Tasse ohne Untersatz. ... Ganz gut ... erkennt man noch den Bruch des Henkels ...«

Der Wind nahm Schröders Worte, der das ganze Gedicht, wie mir schien, ohne Erbarmen rezitierte. Ein seltsamer Klang poetischer Worte, ein rhythmisches Fließen – und zutiefst makaber. Der Wind riss die Worte aus Schröders Lippen und schaffte sie weg. Doch dieses Bild, dieses Bild einer Tasse, die auf den Boden zerschellte, verwandelte sich in einen menschlichen Körper, der nun tief unten lag, dreißig Meter unter mir, und einen Namen hatte: Kowalski. Es versammelte sich schnell eine Menge um den Toten, entsetzt und fasziniert von all dem Blut und Menschenmatsch. Dann sah ich nichts mehr.

Für einige Zeit war ich weggetreten. In diesen Minuten musste mich Schröder hinuntergebracht haben. Ich fand mich wieder in der Lobby, liegend zwischen zwei Sesseln, die zusammengestellt worden waren, nur für mich. Es wimmelte von Polizisten und Hotelpersonal. Schröder sprach mit Kriminalrat Tietjen und Oberstaatsanwalt Conrad. Ich musste wohl länger bewusstlos gewesen sein. Dr. Hauptmann kam zu mir. Er stellte seine Arzttasche neben sich und untersuchte mich. Fand aber außer einer großen Beule an meinem Kopf nichts.

»Sie haben vermutlich keine Gehirnerschütterung. Glück gehabt. Bei dem Schlag. Wie fühlen Sie sich?«

»Weiß nicht. War ich bewusstlos?«

»Ich denke nicht. Eine kleine Absenz, die aber nicht vom Schlag herrührt, sondern von dem Schock, den Sie erlitten haben. Nehmen Sie die.« Er reichte mir eine Tablette und ein Glas Wasser, das er vermutlich vom Personal bekommen hatte.

Schröder bemerkte, dass ich wieder ansprechbar war und kam zu mir. Ich setzte mich auf, er ordnete die Sessel neu und setzte sich neben mich. Er hielt eine Flasche Bier in der Hand, trank sie in einem Zug aus. »Das brauchte ich.«

»Ist Herr Kowalski wirklich gesprungen?«

»Sieht so aus. Als ich hochkam aufs Dach, da war er schon unten. Ich hätte es nicht bemerkt, wenn nicht an der Stelle, von der er gesprungen ist, eine Kamera gelegen hätte. Dann kamen Sie, ich hatte Sie gar nicht gesehen. Sie waren wohl hinter einem der Schornsteine. Haben Sie etwas gesehen? Was war passiert?«

»Ich bin ihm nachgerannt, das Treppenhaus hoch. Aufs Dach, bin mehrmals um die Schornsteine herumgelaufen, habe ihn aber nicht zu fassen gekriegt und dann – hat's mich erwischt. Ein Schlag gegen den Kopf. Als ich erwachte, habe ich Sie gesehen. Sie rezitierten ein seltsames Gedicht.«

»Ja, ›Der Tod‹, von Rilke.«

»Warum?«

»Warum, was?«

»Warum rezitieren Sie ein Gedicht in dieser Situation?«

»Was hätte ich sonst machen sollen? Der Mann war tot. Ihm war nicht mehr zu helfen. Genau das drückt für mich das Gedicht aus.«

»Wie beginnt das Gedicht?«

»›Da steht der Tod, ein bläulicher Absud in einer Tasse ohne Untersatz.‹«

»Was bedeutet das?«

»Es bedeutet, dass jemand Selbstmord begangen hat.«

»Glauben Sie wirklich, Kowalski ist von selbst gesprungen?«

»Was sonst? Ein Unfall?«

»Nein … ich weiß auch nicht.« Jeder Gedanke, den ich denken wollte, war absurd und stürzte in einen Abgrund. Nichts passte zusammen. Vielleicht hatte ich doch eine Gehirnerschütterung. Erschüttert war etwas in mir. Ich sah auf die Uhr. Es war acht. Ich erinnerte mich an die Verabredung mit Frau Zurbrüggen.

»Haben Sie noch einen Termin?«

»Nein … ich wollte nur wissen, wie viel Zeit vergangen ist. Ich war wohl mindestens eine Stunde lang weg, wie?«

»Ja, kommt hin. Sie waren aber nicht weg, jedenfalls nicht bewusstlos. Sie waren in einer Art Starre. Hauptmann nannte es eine Absenz. Sie haben sich jedenfalls gut geschlagen.«

»Warum hatten Sie Herrn Gräber weggeschickt?«

»Gräber hatte mich darum gebeten. Seine Frau ist krank. War wohl ein Fehler, sehe ich ein. Aber, Sie müssen zugeben, das, was geschehen ist, war nicht vorherzusehen, und ich befürchte, auch Gräber hätte es nicht verhindert.«

»Doch, wenn wir zusammen ins Zimmer hundertdrei gegangen wären. Kowalski hätte dann nicht fliehen können.«

»Kann sein, kann auch nicht sein. Das sind Spekulationen. Was wäre wenn? Ja, was? Grübeln Sie nicht darüber nach. Ich habe Ihre Leistung jedenfalls gegenüber dem Kriminalrat hervorgehoben.« Und als ob der Kriminalrat Tietjen nur darauf gewartet hätte, winkte er mir zu, als ich zu ihm hinübersah.

»Sie haben sich Ihren Feierabend jedenfalls redlich verdient. Soll ich Sie nach Hause fahren? Die Kollegen kommen ohne mich aus. Morgen werden wir uns Semler schnappen und das Hotelzimmer eingehend untersuchen. Kowalskis Auto ist schon beim Kollegen Reinhard.«

Ich wollte nur noch weg, nach Hause, auch weg von Schröder. Ich brauchte wieder meinen Moment der Besinnung, der Ruhe, so wie beim Rennen, da hielt ich Abstand, mittlere Distanz, auch zu mir selbst, momentan war ich mir einerseits zu nahe und andererseits war ein Teil von mir Lichtjahre weit weg.

»Nein danke, ich gehe nach Hause. Ich brauche einen Moment für mich allein.«

»Klar doch. Bis morgen.«

»Ja, bis morgen.«

Ich musste an Tietjen vorbei, der mich anhielt, mir auf die Schulter klopfte und aufmunternd zunickte. Dr. Conrad, der Oberstaatsanwalt, drehte mir den beweglicheren Teil seines Gesichts zu, brachte aber nur ein halbes Lächeln zustande. Viele trugen bleibende Verletzungen aus dem Krieg mit sich herum. Diese war sehr bizarr. Er sagte ein paar Worte, die ich kaum wahrnahm. Ich nickte nur. Dann verließ ich endlich das Hotel und ging um den Kreideumriss herum, in dessen Zentrum die Blutlache noch nicht getrocknet war. Ich glaubte, das Blut zu riechen.

KAPITEL 14

Ich ging einfach quer über den Bahnhofsplatz, immer weiter, verlor mich in einer Straße und fand mich wieder an der Contrescarpe, wo ich anhielt, mich umsah; für einen Moment wurde mir bewusst, dass ich völlig neben mir stand. Ich musste innehalten. Ich setzte mich auf eine nahe gelegene Bank am Park, schloss die Augen. Ein Fehler. Mein Schädel brummte. Hirngespenster betraten die Bühne: Heikos Hand, die aus dem Schutt herausragte. Eine zerbrochene Tasse, die in Zeitlupe zu Boden stürzte und sich in Kowalski verwandelte.

Um mich zu fangen, schaute ich auf die Armbanduhr, betrachtete den Zeiger, wie er zuckend von Sekunde zu Sekunde sprang. Jede Sekunde ein Stück Leben – weniger. Es war halb neun. Am meisten fürchtete ich mich davor, nach Hause zu gehen. Allein zu sein. In der Dunkelheit. Im Bett eines Selbstmörders. Auch er eine zerbrochene Tasse.

Lila Eule. Die Lila Eule war nicht weit weg. Ich kannte den Schuppen. Dort trafen sich die Blues- und Jazzfreunde, Künstler, Studenten. Natürlich auch Leute wie Hans Kauder, Hipster, Beatniks. Vielleicht würde ich Hans Kauder hier sehen. Ich hielt es plötzlich für möglich, dass Frau Zurbrüggen uns zusammenbringen könnte. Weshalb sie Schröder dabei herausbaben wollte, war nach dem Vorfall am Küchentisch nur allzu verständlich.

Ich raffte mich auf, streckte mich, machte ein paar Lockerungsübungen und marschierte dann los. Die Tablette wirkte. Der Schmerz ließ nach. Es war ein Dienstag. Die Straßen waren leer. Der Fernseher griff immer mehr um sich, und in vielen Haushalten flimmerte das kalte Auge hinter den Gardinen, wenn auch noch lange nicht in allen; aber selbst meine Eltern wollten sich ein Fernsehgerät zulegen. Da und dort stieg Rauch aus einem Schornstein; denn es war schon wieder kalt. Ich fror, da ich nur mein Jackett anhatte. Ich vermisste meinen Mantel. Die Lila Eule lag an einer Straßenecke, hinter Am Steintor gelegen. Der Jazzschuppen ähnelte dem Trunkenen Schiff. Hier gab es nicht einmal ein Sichtfenster in der Tür, dafür konnte man sie öffnen. Ein Schwall aus Lärm und Qualm überfiel mich. Gleich am Eingang war eine Kasse. Dahinter eine junge Frau.

»Eine Person?«

»Ja ... Was wird denn gespielt?« Sie nannte amerikanische Musikernamen, die mir nichts sagten. Ich zahlte und nahm die steile Metalltreppe hinab, kam auf eine Plattform, eine weitere Treppe führte bis ganz nach unten. Man hatte das Gefühl, in eine Höhle hinabzusteigen. Immerhin war es angenehm warm. Im ersten Raum befand sich eine lange Theke, an der einige Leute saßen, zumeist in Paaren, die sich unterhielten. Im zweiten Raum standen Stühle aufgereiht wie im Theater und dahinter war ein Bühnenpodest, auf dem Instrumente auf ihren Einsatz warteten: ein Schlagzeug, ein angelehnter Kontrabass, Mikrofonständer, Ständer mit Notenblättern. Die Bühne war leer, nur wenige Stühle waren besetzt, oft von einzelnen Leuten, alles Twens, sogar sehr junge Leute, die vielleicht noch nicht volljährig waren.

Schummrige Beleuchtung und Zigarettenqualm diktierten die Atmosphäre. Sie winkte mir zu. Sie saß am Ende der Theke in ein Halbdunkel getaucht. Frau Zurbrüggen gehörte hier zu den älteren Gästen. Sie hatte mir einen Platz freigehalten und wies mich an, mich neben sie zu setzen. Ich saß kaum, da bestellte sie für mich auch ein Glas trockenen Rotwein. Von Kauder war nichts zu sehen.

»Schön, dass Sie hierhergefunden haben, Herr Nettelbeck.«

Warum so freundlich? Ich wurde gleich misstrauisch. Wir tranken, ohne anzustoßen, was ich auch als unangemessen empfunden hätte. Ihr blonder Pony lag über der Stirn. Sie hatte ein rundes, leicht pausbäckiges Gesicht. Sie war völlig ungeschminkt, lippenstiftlos, auch kein Rouge. Vielleicht brauchte sie dies nicht, weil sie über eine Attraktivität verfügte, die nur im natürlichen Zustand zur Geltung kam. Ich war gespannt, was sie mir sagen würde, und ließ die Geschichte aus dem Hotel hinter mir.

»Ich mag Sie«, sagte sie. Das war unverblümt, und ich wurde sofort nervös. »Nicht, was Sie denken, ich mag Sie einfach als Mensch.« Ich entspannte mich wieder. »Sie sind ehrlich und versuchen, ein guter Polizist zu sein. Ich kenne Ihre Geschichte, habe ein bisschen recherchiert. Es gibt ein Foto von Ihnen. Nicht direkt vom Sturz, aber von dem Moment danach. Dieses Foto, leider nicht von mir, hat mich gerührt.«

»Dann waren Sie meinetwegen im Archiv?«

»Exakt.«

»Wie kommt es, dass Sie für die Polizei arbeiten?«

»Das lief über Kemnich, er hatte Fotos gesehen von einem anderen Fall. Er meinte, ich hätte ein Talent für Tatortfotos, und da aktuell die Stelle vakant ist, kontaktiert man mich manchmal, so wie gestern.«

»Und Herrn Neumann kennen Sie wirklich nicht?«

»Ich kenne ihn wirklich nicht, aber ich weiß, dass Hans ihn getroffen hat, mindestens zweimal. Zuletzt wollte er ihn am Sonntag treffen. Da muss etwas schiefgegangen sein.« Sie wurde nervös und unsicher. »Ich glaube, ihm ist etwas zugestoßen.«

Darum ging es also. Sie hatte uns angelogen. In Wirklichkeit war sie in Sorge. »Wie kommen Sie darauf?«

»Es ist absolut nicht seine Art, einfach zu verschwinden und mir nicht Bescheid zu geben.«

»Hat er denn irgendetwas gesagt? Wo wollte er sich treffen? Und mit wem?«

»Nein, in dieser Hinsicht habe ich heute Vormittag alles gesagt. Ich weiß wirklich nichts, außer dass Hans ein wenig verliebt war. Eben in diesen Informanten. Das habe ich deutlich gespürt, allerdings ist er mit seinen Gefühlen recht freigiebig.«

»Haben Sie bei ihm eine Kunstblume gesehen, so eine, wie man sie an einem Schießstand bekommt? … Was sage ich! Sie selbst haben den Toten ja fotografiert.«

Während wir sprachen, kamen unentwegt Leute die Treppe herunter und besetzten die Stühle vor der Bühne.

»Nein, habe ich nicht gesehen. Ich weiß aber, dass er gerne am Schießstand war auf der Osterwiese und dem Freimarkt. Überhaupt mag er Rummelplätze. Und er hatte öfter solche Blumen, aber in den letzten Tagen hab ich keine gesehen.«

»Wir wissen, dass er eine Blume Neumann gegeben hat, die andere hat er für sich behalten. Wieso fanden wir dann beide bei Neumann?«

»Sagen Sie es mir. Sie sind der Polizist.«

»Ihnen ist klar, dass Hans Kauder einer der Hauptverdächtigen ist? Die Blumen sind von ihm. Verstehen Sie? Die hat der Mörder bewusst platziert. Und wer sollte es denn gewesen sein, wenn nicht derjenige, der etwas damit verbindet: Ihr Hans Kauder.«

»Ich weiß es doch nicht!«, rief sie aus, so laut, dass sich einige Leute nach uns umdrehten.

Die Musiker kamen auf die Bühne, zunächst der Schlagzeuger und der Bassist. Der Schlagzeuger probierte einige

Rhythmen. Auch der Bassist hatte sein Instrument aufgenommen und machte ein paar schnelle Läufe. Nun kam der Saxofonist dazu.

»Wir sollten gehen. Wollen Sie?«, fragte ich.

»Ja, es ist wohl besser.«

Sie zahlte, auch für mich, holte von der Garderobe ihren Anorak, und wir stiegen die Treppen hinauf, während uns saumselige Jazzfans entgegenkamen und die Musik zu spielen begann. Eine schmeichelnde Bluesballade.

Sie gab die Richtung vor. Es war egal, wohin. Unser Gespräch war ohnehin informell. Wir gingen zum Osterdeich. Die Frische und der Geruch der Weser waren mir Heimat. Der Rhein hatte mir nie die Weser ersetzen können. Das Wasser der Weser sprach zu mir, die Wellen erzählten mir seufzend Geschichten, meine Geschichten, von mir, meinen Leuten.

Wir blieben stehen, unsere Wege trennten sich hier. Ich fragte aber noch: »Ich muss auf Rimbaud zu sprechen kommen. In welchem Verhältnis stehen Rimbaud und Hans Kauder?«

»Die waren einmal ein Paar. Ist schon länger her. Aber sie ähneln sich darin, verschlossen zu sein. Zwei verschlossene Austern. Das konnte nicht gut gehen.«

»Könnte Eifersucht im Spiel sein? Ich frage wegen der Blumen.«

»Rimbaud? Eifersüchtig? Nein. Niemals. Aber wer weiß …« Sie brach den Satz ab, vermutlich um einen unbedachten Gedanken nicht leichtfertig auszusprechen.

»Was meinen Sie?«

Sie druckste herum. Es fiel ihr schwer, mit der Sprache herauszurücken. Bisher hatte ich das Gefühl gehabt, sie sei ehrlich und offen. Nun wollte sie mir etwas verheimlichen. Es hatte keinen Sinn, in sie zu dringen oder ihr zu drohen.

Je länger sie laut schwieg, desto wichtiger erschien mir die Information, die sie mir vorenthielt.

»Herr Neumann hat eine Ehefrau, Eifersucht könnte auch bei ihr ein Motiv sein.«

»Daran habe ich noch nicht gedacht. Sie wusste von alledem nichts. Sie wusste auch nicht und weiß es bis jetzt nicht, dass Ihr Mann ... Sie wissen schon, was ich meine.«

»Homosexuell ist. Schwul?«

»Ja.« Man konnte über diese Menschen nicht sprechen, ohne sie zu denunzieren. Es gab keine Worte, die neutral klangen, auch der medizinische Begriff klang alles andere als neutral, hatte den Chloroformgestank des Paragrafen 175 an sich.

»Seien Sie sich da nicht so sicher. Was Frauen von Ihren Männern wissen, ist manchmal mehr, als der Anschein vermuten lässt, besonders wenn es um Homosexualität geht. Eine Frau spürt, ob ihr Mann sich zum anderen Geschlecht hinzugezogen fühlt. Auf Dauer kann niemand seine Sexualität verleugnen.«

»Das wäre ein neuer interessanter Aspekt. Ich werde wohl darüber mit meinem Chef sprechen müssen. Ich kann nicht umhin.«

»Fühlen Sie sich frei.«

»Was wissen Sie über Dr. Semler? Hat Herr Kauder mit Ihnen über ihn gesprochen?«

»Nein. Nur das Übliche. Er hielt ihn, wie ich auch, für einen Totsanierer. Ich kenne mich da nicht aus und habe mich auch nicht dafür interessiert.«

Wir reichten uns die Hände. Ihr Griff war kräftig. Schröder hätte ihr fast, ohne mit der Wimper zu zucken, diese Hand zu Brei zerdrückt, wie eine gekochte Kartoffel. Ich war nur wenige Schritte gegangen und sann noch über das Gespräch nach. Auch darüber, dass sie in einem Punkt etwas verschwiegen hatte. Da kam sie zurück und holte mich ein. Ich blieb stehen. »Es gibt noch etwas, das ich Ihnen sagen muss.«

Ich nickte, als wüsste ich es und verstünde auch ihre Zurückhaltung.

»Hans hatte Angst. Verfluchte Angst.«

»Wegen der Borgward-Sache?«

»Nein.« Sie schüttelte heftig mit dem Kopf. »Nein. Es war etwas anderes. Es hatte mit Rimbaud zu tun.«

»Er hatte Angst vor Rimbaud?«

»Nein, natürlich nicht; aber mit einer Sache, die Rimbaud betraf. Es hängt mit früher zusammen.«

»Früher? Wann?«

»In der Nazizeit. Mehr weiß ich nicht.«

»Und wieso betraf dies Hans Kauder?«

»Er sollte etwas für ihn tun.«

»Was?«

»Ich weiß es doch nicht!« Sie rief es wieder aus, in die Nacht hinein und trat sogar mit dem Fuß auf. »So, nun habe ich es gesagt.« Sie drehte sich herum und eilte davon, zurück in die Nacht hinein.

Ich überquerte die Brücken und machte noch einen Umweg. Ich konnte mit ihrer Aussage nichts anfangen, hatte aber sofort den Eindruck, dass ihre Worte wichtig waren, dem Fall vielleicht sogar eine weitere Wendung gaben. Die Spur führte zu Rimbaud. Dem mysteriösen Rimbaud. Es war ein Unding, dass wir noch immer nicht wussten, wie er hieß und wo er wohnte. Vielleicht hatte er Neumann getötet. Aber was hatte die Nazizeit damit zu tun? Und was hatten Rimbaud und Schröder miteinander zu tun? Kannten sie sich? Schröder verheimlichte mir etwas. Ich traute mich nicht, diesen Gedanken weiterzudenken.

Ich ging entlang der Piepe, einem winzigen See vor dem Rotes Kreuz Krankenhaus. Der Mond beschien den See. Am

Ende kam man zum Deich, der entlang des Nebenarms der Weser führte. Hier hatte ich oft mit Heiko, meinem Freund, gespielt. An der Böschung. Mein Vater war als Soldat in Russland. Meine Mutter war irgendwo putzen. Ich war viel allein, ohne Geschwister. Heiko war auch Einzelkind. Er besuchte eine Volksschule, wohnte aber gegenüber. Er war größer und kräftiger als ich und auch ein Jahr älter. Er war mutig und ein Frechdachs. Er überlebte den Krieg nicht.

Und das war meine Schuld.

Ich wandte mich herum, um endlich nach Hause zu gehen. Nun war ich bereit. Doch dazu kam es nicht. Hinter einem Baum stand jemand, trat hervor. Er hatte eine Pistole in der Hand, eine Walther P38. Die war auf mich gerichtet. Er machte keinen Spaß, war wütend und sicherlich zu allem bereit. Er befahl mir mitzukommen. Ich hätte es auf einen Kampf ankommen lassen können, hätte mich wehren und meine Dienstpistole ziehen können. Aber ich war zu müde, ich war zu deprimiert, ich fühlte mich von allen guten Geistern verlassen – sollte mich nun ein böser Geist holen?

Er schubste mich entlang der Böschung. Nach ungefähr zwanzig Metern ahnte ich bereits, wohin er mich bringen würde. Er befahl, ich gehorchte. Ich öffnete die rostige Stahltür, kam in den lichtlosen Vorraum. Der Mann hatte eine Taschenlampe dabei. Die Pistole in der einen, die Taschenlampe in der anderen Hand, befahl er mir, mich niederzuknien. Er drückte mir den Lauf in den Nacken. Sollte es so enden?

KAPITEL 15

»Wie fühlt sich das an?«

»Es kitzelt ein wenig«, sagte ich.

»Kopf hoch. Los!«, schnauzte er, darum bemüht, mir den Schneid abzukaufen. »Mund auf.« Ich öffnete den Mund. Er schob mir den Lauf der Pistole in den Mund. »Und? Wie fühlt sich das an? Kitzelt das auch?«

Ich schüttelte den Kopf, wobei der Lauf aus meinem Mund glitt. Er versetzte mir einen gemäßigten Stoß mit der Waffe gegen die Stirn und ich fiel um, blieb liegen. Ich hätte einschlafen können, so müde war ich. Ich hätte auch lachen können. Der Mann war kein Profi. Er war lächerlich. Er war ein Witz. Wir waren beide Witzfiguren, die glaubten, sie wären wichtig.

»Ich könnte dich jetzt fertigmachen!«, zischte er.

»Sie sind ein Hanswurst. Ich habe Sie gesehen, gestern bei Borgward und auf der Osterwiese.«

»Nun gut, ich mag in Ihren Augen ein Hanswurst sein, aber ich habe die Waffe und damit die Macht. Ich kann Sie erledigen, hier und jetzt.«

Als Antwort verschluckte ich ein Lachen, erhob mich und trat ihm gegen die Hand. Seine Pistole flog weg und schlitterte über den Boden des kleinen Bunkers. In der Zeit zog ich meine Pistole, und gerade als er seine Waffe aufheben wollte, rief ich: »Hände hoch, Jonny. Und zwar schnell.«

Vor Überraschung wie gelähmt hielt er inne, seine Hand schwebte über der Waffe, alles wiederum im Schein seiner Taschenlampe, während ich im Dunkel war und auf ihn zielte. Diesen Moment nutzte ich aus und trat seine Waffe weg, die gegen die rostige Eingangstür rutschte. »Eine Bewegung und ich schieße. Du weißt, ich bin ein fieses Bullenschwein. Ich tu so etwas.«

»Mist«, rief er aus, wie einer, der eine Niete bei der Osterwiese gezogen hatte und der wusste, dass er verloren hatte, weil er immer verlor und dennoch nicht davon lassen konnte, Lose zu ziehen. Ich hatte fast Mitleid mit ihm. Ich spazierte an ihm vorbei, nahm ihm im Vorbeigehen die Taschenlampe aus der Hand, kaum Gegenwehr seinerseits, und bückte mich nach der Pistole. Jetzt hatte ich zwei, steckte seine ein, stockte einen Moment und steckte auch meine ein.

»Schluss mit dem Quatsch!«, brüllte ich, erschrak mich fast selbst vor dem Widerhall der dicken Bunkermauern. Ich kannte diesen Bunker. Es war mehr eine Art Unterstand, hineingebaut in den Deich, bestehend aus einem Vorraum, in dem wir uns noch befanden, und einen zweiten Raum hinter einem Scherengitter, das normalerweise abgeschlossen war, nun aber offen stand.

»Ich will doch gar nichts von Ihnen, Jonny!« Ich versuchte, den Mann zu beruhigen, der mich voller Hader ansah und schwieg.

»Ich will bloß wissen, warum Sie gestern verduftet sind?«

»Weshalb wohl!« Er sagte es, als müsste es mir klar sein und als wäre meine Frage eine Gemeinheit.

»Ich weiß es wirklich nicht.«

»Sind Sie so naiv?«

»Wieso soll ich naiv sein?«

»Sie wissen also nicht, dass Sie mit einem Monster zusammenarbeiten? Wer's glaubt!«

Ich befahl ihm, in den zweiten Raum zu gehen. Darin lagen eine Luftmatratze und ein Schlafsack, außerdem eine angebrochene Flasche Weißwein, ein halbes Weißbrot und ein Stück Salami. Ich befahl ihm, sich an die Wand zu stellen.

»Hände an die Wand.«

»Woll'n Se mich jetzt kaltmachen?«

»Quatsch!« Ich klopfte ihm die Beine ab, griff in die Tasche seiner Lederjacke und zog ein Bündel Geldscheine heraus. »Sieh mal an.«

Es waren lauter Fünfzig-Mark-Scheine. Mindestens zehn davon. »Scheint ja lukrativ sein, Ihre Arbeit auf der Osterwiese.«

»Geben Sie mir mein Geld wieder. Ich bin Ihnen keine Rechenschaft schuldig.«

Er hatte recht. Andererseits hatte man ihn offensichtlich für etwas bezahlt. Für einen Mord an Neumann vielleicht? Um aus ihm etwas herauszubekommen, durfte ich nicht mit der Tür ins Haus fallen. Ich gab ihm das Geld zurück. Er strahlte in die Dunkelheit.

»Sie wohnen hier?«

»Ja, zurzeit und so lange, bis meine Villa in Schwachhausen hergerichtet ist.«

»Wohl eher, bis Sie eine Gefängniszelle beziehen können.«

»Haha!« Er hatte sich einigermaßen wieder gefasst und trank einen Schluck aus der Flasche. Wir wussten beide, dass wir von dem anderen nichts zu befürchten hatten. Er überlegte kurz und reichte mir die Flasche. Ich bin nicht der Typ, der mit anderen aus derselben Flasche trinkt. Wein schon gar nicht. Ich schüttelte mit dem Kopf. Jonny riss ein Stück von dem trockenen Weißbrot ab und biss herzhaft in die Salami. Kaute laut und schmatzte. Aber hier ging es nicht um Manieren. Es ging um eine unerhörte Behauptung, der ich auf den Grund gehen musste. Ich fühlte mich wieder wacher als vorhin.

»Mit wem arbeite ich denn Ihrer Meinung zusammen?« Ich versuchte, streng zu sein.

»Na, mit dem Kommissar.«

»Schröder, Sie sprechen von Schröder?«

»Von wem sonst?«

»Sie werfen mit bösartigen Unterstellungen um sich. Was meinen Sie damit? Ich denke, kein Mensch ist ein Monster.«

»Dann kennen Sie die Menschen nicht.«

»Nun gut, jedenfalls gehört Schröder nicht dazu. Er mag aufbrausend sein, streng, rau, kantig, vierschrötig zuweilen, wenn Sie wollen; aber er ist gerecht.«

»Sie haben also keine Ahnung, wem Sie dienen?«

»Ich diene dem Staat, der Bundesrepublik Deutschland«, sagte ich mit Emphase. Ich glaubte an dieses neue Gebilde, das aus den Ruinen, die wir der Naziherrschaft unter Hitler zu verdanken hatten, auferstanden war. Ein Rechtsstaat. Diesem wollte ich dienen.

Er hatte zu Ende gegessen und rülpste. Dann setzte er sich auf seine Luftmatratze. »Wollen Sie stehen? Falls nicht, neben mir ist noch ein Plätzchen frei.«

In gebührendem Abstand setzte ich mich ihm gegenüber auf den nackten, kalten Boden. Ich fror wieder. Mir fehlte mein Mantel. Giselas Mantel. Jonny warf mir seinen Schlafsack rüber. Der Reißverschluss war aufgezogen, sodass er als Decke dienen konnte. Ich legte ihn mir vorsichtig über die Schulter, darauf gefasst, von einem Gestank eingehüllt zu werden. Aber es roch nicht, nur ein wenig so, wie Schlafsäcke eben riechen. Mir wurde jedenfalls wärmer.

»Ich glaube, Sie sind ein netter Mensch«, sagte er gönnerhaft.

Das hatte ich heute schon mal gehört. Bald würde ich selbst daran glauben, dass es so war. Ein netter Mensch. Kein Monster. Schröder war in seinen Augen ein Monster.

»Woher haben Sie das Geld?«

»Meine Sache! Das ist nicht das Thema. Hier geht es um historische Gerechtigkeit! Um Ihren Kommissar.«

»Woher kennen Sie denn den Kommissar?«

»Von früher.«

Ich hatte die Taschenlampe zwischen uns gestellt, sodass jeder den anderen sehen konnte. »Hat der Kommissar Sie mal eingebuchtet?« Das wäre eine Erklärung. Hatte ihn vielleicht dabei hart angefasst, zuzutrauen wäre es Schröder.

»Ja. Musste damals über die Seufzerbrücke. Kennen Sie die Seufzerbrücke?«

»Klar, kennt jeder, der im Polizeigebäude Am Wall arbeitet.«

»Die meine ich nicht.«

»Gibt es eine andere?«

»Wissen Sie, wo die Gestapo … residierte?«

»Nein.«

»Nachdem die Nazis die Macht ergriffen hatten und die Gestapo installiert worden war, wurde das Gebäude Am Wall 199 zur Zentrale der Gestapo. Mich hatten die Faschisten 1937 einkassiert. Vorher war ich ihnen immer wieder entwischt. Aber 1937 war es so weit. Man hatte mich festgenommen und dann der Politischen Polizei überstellt, das hieß über die Seufzerbrücke. Und wer hat mich in Empfang genommen? Ihr Kommissar Schröder. Hatte damals eine andere Rangbezeichnung, der Kerl. Diese Visage, unverkennbar. Was sagten Sie über ihn? Rau, vierschrötig? Aber gerecht? Er hat mich direkt in den Keller geführt, wo es einen Verhörraum gab, schallisoliert wegen der Schreie. Er hat mir eine Rippe gebrochen. Das Nasenbein … Sehen Sie, sehen Sie.« Er nahm die Taschenlampe und hielt die Nase in den Lichtschein. »Boxernase. Aber ich war kein Boxer, ich war Gast im Hause Schröder.«

Er nahm einen kräftigen Schluck aus der Weinflasche. Ich glaubte kein Wort. Es musste sich um eine Verwechslung handeln. Ihn trog die Erinnerung, sie spielte ihm einen Streich.

Außerdem hatte er keine richtige Boxernase. Auch das war eingebildet.

»Aber wenn es stimmt, was Sie sagen, dann wäre Schröder doch nicht mehr in den regulären Dienst übernommen worden nach dem Krieg.«

»Sind doch alle wieder übernommen worden, ein paar von ihnen, ja, die wurden alibimäßig verurteilt, kamen aber auch bald wieder raus, selbst der Gestapochef von Bremen wurde von Kaisen, diesem Verbrecher, rehabilitiert. Man sagt, die seien ja noch human gewesen verglichen mit der SA und SS. Dabei haben die auch zusammengespielt. Alles eine Soße.«

»Das mag sein. Aber alles nur Behauptung. Sie haben keinen Beweis. Bedenken Sie, Sie können irren. Wir alle können irren. Gerade das machen doch die Prinzipien des Rechtsstaats aus.«

»Blabla!« Sein Gesicht verzerrte sich. Er nahm noch einen Schluck. Die Flasche war leer. Er warf sie weg. Sie rollte über den Betonboden. »Sie haben nicht zufällig Alkohol dabei?«

»Nein«, sagte ich kurz angebunden und erhob mich, ließ den Schlafsack fallen. Ich wollte diesem Mann nicht mehr zuhören.

»Es ist mir egal, ob Sie mir glauben oder nicht. Denn was ich Ihnen bisher erzählt habe, ist nur die Vorspeise, das Vorspiel … der Hauptgang kommt noch. Der Clou!«

Als Geste des guten Willens gab ich ihm die Waffe zurück. Er nahm die Pistole an sich und steckte sie in die Tasche.

»Hören Sie, Jonny. Ich bin müde, hatte einen harten Tag, einen sehr harten Tag. Ich habe einen über den Schädel bekommen.« Die Wunde am Kopf begann zu pochen. »Ich vergesse die Sache, diesen kleinen Überfall. Ich weiß nun, weshalb Sie weggelaufen sind. Sie glaubten, in Hauptkommissar Schröder einen Gestapomitarbeiter zu erkennen, der Sie verhört hat.«

»Der hat mich nicht verhört. Der wollte nichts wissen, der wollte mich nur foltern. Ein Sadist ist das. Schröder ist ein hundsgemeiner Sadist, der wahre Kriminelle. Ein Schwein.« Jonny war von der Matratze aufgesprungen und lief nun durch den Raum, verschwand in einer dunklen Ecke, kam wieder, verschwand, wie ein Pendel. Dabei rief er immer wieder aus: »Ein Schwein!« Er blieb vor mir stehen, drohend, aber auf eine verzweifelte, bemitleidenswerte Art.

»Er hat ein Messer genommen und mir gedroht, die Augen auszustechen, sagte er. Ich steche dir die Augen aus. So einer ist Ihr Schröder.«

»Wenn er es war, was ich noch immer nicht glaube, dann war das eine Drohung, bloß eine Drohung.«

»Sie finden für alles eine Rechtfertigung, wie?«

Die Müdigkeit hatte mich wieder in ihren Krallen, ich konnte dem Mann kaum noch zuhören. Ich war erledigt, vollkommen am Ende. Ich musste gehen. Ich näherte mich auch schon dem Ausgang dieses grässlichen Bunkers, doch Jonny warf sich zwischen mich und dem Gitterdurchgang, versperrte mir mit ausgebreiteten Armen den Weg. Speichel rann ihm aus einem Mundwinkel. »Wollen Sie denn nicht hören, was der Clou ist?«

»Nein, mir reicht es.«

»Ihr Kriminalhauptkommissar Schröder, den Sie offensichtlich so bewundern und dessen Handeln Sie rechtfertigen, bis sich Ihr Gehirn verbiegt, dieser Mann ist der Mann ohne Gesicht.«

Ich hatte irgendeine Pointe erwartet, irgendetwas Konkretes. Irgendein Faktum. Schröder ging bei Hitler ein und aus, hatte an einem Erschießungskommando teilgenommen, gewiss etwas Schreckliches, doch nicht, dass er der »Mann ohne Gesicht« sei. Das klang nach Edgar Wallace. Seine Anschuldigung rief in mir vollkommenes Unverständnis und Ratlosigkeit hervor, was wiederum Jonny einen Schlag versetzte. Er geriet außer sich. Er stand vor mir, reichte mir nur bis zur Nasenspitze, war schmaler als ich, sein Adamsapfel hing herunter, er hatte Tränensäcke unter den Augen, er riss den Mund weit auf und schrie: »Sie Ignorant! Daran krankt dieses Land. An all den Ignoranten, die zur Tagesordnung übergegangen sind nach dem Krieg. Und wir, wir Geschundenen, auf die spuckt man, über uns läuft man hinweg und tritt man wieder und wieder mit Füßen, damit wir endlich krepieren und Ruhe geben. Ihr Schröder ist der Mann ohne Gesicht, und dieser Mann ist ein Monster, ein wahres Monster!«

»Mensch, beruhigen Sie sich!« Ich hielt ihn an den Schultern und schüttelte ihn. »Woher wollen Sie das wissen?«

»Ein Vögelchen hat es mir gezwitschert!« Seine Stimme wurde plötzlich leiser, geheimnisvoll und beinahe geisterhaft.

»Wer hat es Ihnen gesagt?« Auch ich sprach gedämpft.

»Ein Geist hat es mir gesagt. Kam und verschwand, hab nur seine Stimme gehört. Aber er hat es herausgefunden. Und ich sagte ihm: Ja, du hast recht. Schröder ist es, der muss es sein! Er zeigte mir auch das Foto, diesen … diesen Ausschnitt.«

»Ist da jemand?« Eine Stimme vor dem Eingang.

Jonny glotzte mich mit offenem Mund an. Ich signalisierte ihm durch eine Geste, leise zu sein, und ging zum Eingang. Die Tür war nur angelehnt, ich schob sie langsam auf. »Ja, ich bin hier.«

»Was machen Sie da?« Es war ein Streifenpolizist. Er leuchtete mir mit seiner Taschenlampe ins Gesicht. Die andere Hand war an der Pistolentasche. »Es ist verboten, den Bunker zu betreten.«

»Das weiß ich, bin selbst Polizist.« Ich griff in meine Innentasche, um meine Marke zu zeigen. Der Polizist schnappte meine Hand und hielt sie fest. »Kommen Sie erst einmal heraus.«

Ich zwängte mich durch den Spalt. Hob die Hände in die Höhe, um ihm keinen Anlass zu geben, einen Fehler zu begehen. Dabei redete ich weiter in ruhigem Ton: »Ich bin Kommissaranwärter Nettelbeck und arbeite mit Hauptkommissar Schröder am Fall des Toten im Borgward.«

»Ach, jetzt erkenne ich Sie. Ich hatte Sie gestern Morgen aus dem Bett klingeln müssen.«

»Ja, der bin ich. Ich wohne in der Gastfeldstraße.«

»Darf ich fragen, was Sie hier nachts machen?«

»Ich verfolge eine Spur; aber das war eine falsche Fährte. Im Bunker ist niemand. Begleiten Sie mich noch ein Stückchen, Herr …?«

»Günter. Gerne. Ist ein bisschen unheimlich am Deich und dann noch dieser Bunker.«

Wir gingen die Piepe entlang und bogen in die Lehnstedter Straße ein. An der Kornstraße verabschiedete er sich, nachdem er vergeblich versucht hatte, mich über den Fall auszufragen.

Zu Hause schleppte ich mich die Treppe hinauf. Vor meiner Wohnung lag ein alter Bekannter: mein Mantel. Ein Seidenschal, edel und hauchfein, in nachtblau, lugte aus dem Ärmel. Als ich den Schal auseinanderfaltete, fiel ein Zettel heraus. Ich hob ihn auf. Ehe ich ihn las, ging ich in die Wohnung und setzte mich aufs Bett des Selbstmörders.

»Lieber Thomas. Es tut mir unsäglich leid, wie ich mich gestern benommen habe. Du kannst nichts dafür. Man kann Liebe nicht erzwingen. Ich wünsche dir, dass du dein Glück findest. Ich werde noch ein paar Tränen vergießen und dann das Angebot des Arztes annehmen, von dem ich dir schon einmal erzählt habe. Den Schal habe ich bereits vor Wochen gekauft als Heimkehr-Geschenk. Auch wenn du nun nicht zu mir zurückkehrst, gehört er dir. Trage ihn und denk an mich im Guten. Alles Liebe, Gisela.«

Ich zog mich aus, ließ meine Sachen achtlos auf den Boden fallen, fiel ins Bett und schlief sofort ein. Irgendwann wachte ich kurz auf und glaubte, jemanden im Zimmer zu sehen, an dem Spülbecken, den Rücken mir zugewandt, und als ich ihn ansprach, drehte er sich um.

Er hatte kein Gesicht.

TEIL 2

DER MANN OHNE GESICHT

KAPITEL 16

Um acht Uhr erwachte ich, rollte mich routiniert aus dem Bett, schlurfte zum Gasherd, setzte Wasser auf, schaltete das Kofferradio an:

Babysitter-Boogie.

Persil bleibt Persil.

Weiße Rosen aus Athen.

Greife lieber zur HB.

Marina, Marina, Marina, du bist doch die Schönste der Welt.

Gönn dir auch was Gutes. Trink Ronning-Kaffee. Immer wieder Ronning-Kaffee.

Ich wusch mich ausgiebig bis zum schrillen Crescendo der Kesselpfeife, pulverte rasch einen Esslöffel Instantkaffee in meine Tasse, verbrannte mich beim Abziehen der hysterischen Pfeife, sah, wie das heiße Wasser sich gierig auf die Kaffeekörner stürzte, fügte Dosenmilch unter Schüttelbewegungen hinzu – verdammt, da kam wieder mal nichts raus, weil die Löcher verstopft waren. Dann endlich schlürfte ich den heißen Kaffee.

Ich reinigte meinen Anzug, der durch das gestrige Jonny-Abenteuer arg gelitten hatte, zog den Mantel über, fand den nachtblauen Seidenschal und band ihn mir um. Blick in den Spiegel. Chic. Apart. Er stand mir.

Ich nahm die Pistole und Taschenlampe mit, ratterte die Treppe hinunter und stand um acht Uhr fünfundzwanzig auf dem Trottoir der Gastfeldstraße, bereit für einen neuen Tag. Hurra, es schien sogar die Sonne!

Die nächste Telefonzelle war meine. Ich ließ mich entschuldigen, käme aber vor zehn Uhr ins Präsidium. Schröder war auch nicht im Büro, sagte man mir. Dann marschierte ich zur Kleinen Weser, hin zum Bunkerunterstand. Ich öffnete die Tür, sehr weit, sodass Licht hineinfiel, schaltete die Taschenlampe ein und tastete mit dem Lichtkegel den zweiten Raum ab. Luftmatratze und Schlafsack waren weg, nur die Weinflasche lag noch da. Ich blickte mich noch einmal in dem düsteren Raum um, sah für einen kurzen Moment nicht die Gegenwart, sondern in die Vergangenheit. In den dicken Betonwänden hatten sich die stumme Angst und die panischen Schreie eingebrannt.

Jonny war ausgeflogen. Konnte ich ihm nicht verdenken. Ich stutzte. Ein paar Meter vom Eingang entfernt, nahe der Grasnarbe, lag ein Stein. Es sah aus, als wäre er bewusst dort hingelegt worden. Ich nahm ihn auf, darunter lag ein kleiner Zettel mit einer Botschaft in krakeliger Sütterlinschrift: »Auf dem Weg nach Holland. Schnapp ihn dir!«

Mit dem zeitlichen Abstand und einer Schlafphase dazwischen erschien mir die Begegnung mit Jonny wie erfunden oder wie eine absurde Episode in einem Theaterstück. Das Erlebnis rückte in den Bereich des Fantastischen. Die Aprilsonne lachte mir ins Gesicht. Ich gab mir Mühe zurückzulachen; aber schon hatten mich wieder die trüben Gedanken im Griff.

Wohlig standen die Bäume in einer Reihe am Ufer und wärmten sich. Über die Brücke fuhren Autos, darunter viele Borgwards, fuhren alle durchs deutsche Wirtschaftswunder voller Optimismus. Die Hochglanzbroschüren, die bei Borgward auslagen, zeugten davon: Stolze Herren und Damen mit Chic strebten der Zukunft entgegen, selbstredend in einem Borgward. In der Vahr entstand eine moderne Hochhaussiedlung mit Badewanne, Zentralheizung und Balkon für jedermann. Ja, auch ich wollte dazu-gehören, nicht zu diesem Jonny und seinen Fantasien und Phantomen aus der Vergangenheit. Was war das für eine Geschichte von einem Geist, der mit ihm gesprochen hatte? Und dieser Geist hatte echte Scheine dabei? Zehn echte Fünfziger. Ein sehr materialistischer Geist! Nun gut, es mochte sein, dass er mit der Gestapo Ärger bekommen hatte. Und? Schließlich trollte er zwei Jahrzehnte später immer noch durch diese Stadt und verkaufte Schauergeschichten an Trottel. Wir hatten die böse Geschichte aufgearbeitet oder waren doch zumindest mittendrin. Und ich, Thomas Nettelbeck, musste einen Fall aufklären. Meine Frage war: Wer hat den Mann im Borgward ermordet? Und nicht: Wer ist der Mann ohne Gesicht? Dabei unterstand ich der Lei-tung von Kriminalhauptkommissar Schröder, einem rup-pigen Mann mit Totschläger-Fresse, einem menschlichen Bulldozer, der Gefühle und Menschen platt walzte, wenn es ihm in den Kram passte, während seine Lippen ein Füll-horn an Poesie ausgossen. Und es war ein verdammtes Pri-vileg, mit ihm zusammenarbeiten zu dürfen.

Und dann fiel mir Wolf ein. Wolfram Schuster. Und der war gar nicht so wie Schröder. Der war das Gegenteil von ihm. Vielleicht fiel er mir deshalb ein.

Wolf war mein Trainer gewesen bis zuletzt, also bis zu mei-nem Sturz. Obwohl er bloß dem kleinen Club im Bunten-tor angehörte. Ich hatte ihn nicht ersetzt, auch als andere es mir rieten. Nein, ich war ihm treu geblieben, so wie auch dem kleinen Verein. Wolf hatte mal Geschichte studiert in Tübingen oder Göttingen. Vielleicht konnte er mir helfen. Ich wusste, dass er die Trainingsläufe früh ansetzte. Den-noch hatte ich Zeit, meinen knurrenden Magen zu beruhi-gen. Beim nächsten Bäcker kaufte ich mir drei krosse Bröt-chen und verschlang sie trocken.

Der Platz lag sonnenbeschienen vor mir. So mochte ich es. In mir meldete sich mein Läuferherz, es wollte Auslauf wie ein junges Fohlen. Wolf stand am Rande des Platzes, zwei Läufer trabten um das Oval. Er trug einen Trainingsanzug und hatte die Stoppuhr in der Hand. Seine Stimme scholl über den Platz. Er war überrascht, mich zu sehen. Seit dem Unfall waren wir uns kaum noch über den Weg gelaufen, und seit ich in Düsseldorf war gar nicht mehr.

»Wieder im Lande, freut mich.« Er reichte mir die Hand. »Seit wann bist du zurück?«

»Noch nicht lange.«

»Arbeitest du jetzt bei der Kripo?«

»Ja.«

»Bist du zufrieden?«

»Ja. Und du piesackst immer noch junge, hoffnungsvolle Talente?«

»Ja. Aber so ein Talent wie dich gibt es nur einmal.«

»Zu viel der Ehre.«

»Nein, auf der mittleren Distanz warst du unschlagbar, du hättest eine Medaille bei Olympia gewinnen können. Das war dir vorherbestimmt. Die tausendfünfhundert Meter, die waren dir ins Blut geschrieben, sind dir noch immer ins Blut geschrieben. Du bist noch keine dreißig Jahre alt. Noch ist es nicht zu spät. Hast du trainiert?«

»Nein.«

»Das glaube ich dir nicht, Thomas.«

»Du hast recht. Konnte in Düsseldorf verdeckt trainieren, nicht offiziell.«

»Und?« Es war klar, was er wissen wollte, die magische Zahl.

»Unter vier.«

»Genauer bitte.«

»Drei neunundfünfzig.«

»Darauf lässt sich aufbauen. Du findest mich hier, das weißt du.«

Er war gealtert, Anfang vierzig, hager, Läuferfigur, immer noch, hohe Wangenknochen, kleine dunkle Augen, Bartschatten, tiefe Falten zwischen Nasenflügel und Mundwinkel, wie zwei Klammern, und erste graue Haare an den hohen Schläfen.

»Du willst, wie ich vermute, nicht laufen.«

»Nein, ich habe eine Frage, eine geschichtliche Frage. Du warst doch Geschichtslehrer.«

»Ja, aber bloß Assessor, bin nie Beamter geworden, lag mir nicht zu unterrichten.«

»Mich hast du unterrichtet.«

»Du warst motiviert. Aber die Schüler heutzutage sind nicht motiviert. Geschichte interessiert sie nicht. Was willst du wissen?«

Ich überlegte einen Moment, meine Schuhspitze tippte in den roten Schotterbelag. Dieses Gefühl, das Knirschen unter den Sohlen. Wenn der Zug in Fahrt kam und losratterte und der Geist sich vom Körper löste, ihm die Kontrolle übergab und ich nur noch Mitreisender war, fasziniert von meinem eigenen rhythmischen Stampfen.

»Sag schon, um was geht es?« Gleich darauf rief er etwas einem Jungen zu, der uns mit verzerrtem Gesicht passierte.

»Was weißt du über die Gestapo in Bremen?«

»Gestapo, Geheime Staatspolizei. In Bremen wurde die zentralpolitische Behörde schnell zur Gestapo umfunktioniert. Die bezogen das Haus Am Wall 199. Die Leitung hatte ein gewisser Erwin Schulz. Kennst du den Namen?«

Ich verneinte. Fragte aber: »Und sagt dir die Seufzerbrücke etwas?«

»So nannte man die Verbindung zwischen den beiden Häusern Am Wall. All das bildet den riesigen Gebäudekomplex von Polizei und Gerichtswesen. Es gibt, wie du vermutlich weißt, einige dieser Brücken, die wohl der Seufzerbrücke in Venedig architektonisch nachempfunden worden sind. Also, dieser Erwin Schulz wurde Gestapochef in Bremen. Er hatte eine einschlägige Vergangenheit von Freikorps und NSDAP-Mitgliedschaft, kletterte die Leiter des Grauens hoch, ging später nach Österreich, wurde ein hohes Tier in der Hierarchie, SS und so, wütete wie Dschingis Khan in den besetzten Gebieten.«

»Und nach dem Krieg. Haben die Alliierten ihn nicht weggesperrt oder zum Tode verurteilt?«

»Soweit ich weiß, stellte er sich den Amis. Man wies ihm Exekutionen nach, weiß nicht, wo genau, wohl in Polen oder der Tschechoslowakei, kam mit einer Haftstrafe davon.«

»Was passierte dann?«

»Dann passierte etwas Seltsames. Kaisen, selbst Naziopfer, und andere Sozis setzten sich für diesen Mann ein. So kam er früher raus, ich glaube schon so um 1953 oder 1954. Bekam seine Dienstbezüge und lebt wohl bis heute ein schönes Leben.«

»Er lebt noch?«

»Natürlich, diese Leute, die anderen den Tod bringen, leben länger. Er lebt noch in Schwachhausen als nun unbescholtener Mann. So viel zur Vergangenheitsbewältigung!« Mein ehemaliger Trainer machte eine bittere Miene, als wollte er ausspucken. »Aber all das will ja niemand hören.«

Völlig aus der Puste rettete sich einer der beiden Läufer ins Ziel, er hielt sich die Seiten und saugte nach Luft. Wolf hatte vergessen, die Stoppuhr rechtzeitig zu drücken. »Gute Zeit«, sagte er.

»Oh, toll!« Der Läufer war begeistert. Auch der zweite trudelte ein, im gleichen Alter. Ihn stoppte Wolf mit der zweiten Uhr, sagte ihm die Zeit. Auch dieser Läufer war zufrieden. Sie verließen den Platz, stießen sich spielerisch an, lachten.

»Was weißt du über den Mann ohne Gesicht?«

Wolf bückte sich hinunter zu seiner Sporttasche und legte die Uhren hinein, kam hoch und sah mich erstaunt an. »Heute willst du es aber wissen.«

»Gibt es ihn?«

»Wenn man das wüsste! Ist mehr ein Gerücht, eine Sage.«

»Was weiß man von ihm?«

»Ist das ein Verhör, Thomas, oder muss ich sagen: Herr Kommissar?« Er lachte.

»Noch bin ich bloß Anwärter. Es ist kein Verhör.«

»Was soll man über Gerüchte sagen? Besser nichts.«

»Aber irgendetwas ist doch dran an so einem Gerücht, oder?«

»Das weiß ich eben nicht. Richtig ist, die Nazis, die SS, die SA, die Gestapo haben gewütet ab 33. Sie machten das Rote Haus, die ehemalige KPD-Zentrale hier in der Neustadt, zu ihrer Folterstätte. Benannten es um in Gosselhaus.«

»Gosselhaus? Sagt mir nichts.«

»Die Nazis hatten dieses untrügliche Gespür für Symbole. Allein das Hakenkreuz. Und dieses Runenhafte. Wie sie mit aller Brutalität die Macht übernahmen und wie geschickt sie dabei vorgingen. Binnen kürzester Frist hatten sie die Gewerkschaften übernommen. Das Rote Haus der KPD wurde ihnen quasi vom Senat übergeben. Statt der roten Fahnen hingen dann Hakenkreuzfahnen aus den Fenstern. Und unten im Keller wurden die ehemaligen Bewohner gefoltert. Und das Haus hieß jetzt nach einem sogenannten Blutzeugen, einem SA-Mann namens Gossel, der Anfang der Dreißigerjahre ermordet wurde. So ehrten Sie einen Märtyrer.«

»Und da gab es auch einen Mann ohne Gesicht?«

»Nein, nicht im Gosselhaus.«

»In der Gestapozentrale Am Wall?«

»Nein, da auch nicht.«

»Alles nur ein Gerücht?«

»Ja.«

»Was hat der Mann denn angestellt, und wieso hatte er kein Gesicht?«

»Es soll ein weiteres Haus gegeben haben. Das sogenannte graue Haus, vermutlich in Gröpelingen. Auch mit einem Folterkeller. Und in diesem Folterkeller wütete einer. Sein Gesicht verbarg er mit einer Kapuze oder so. Vielleicht so eine Henkerkapuze; andere sagen, er hätte eine Maske getragen. Diese Maske war weiß und ohne spezifische Gesichtsmerkmale, nur zwei Schlitze für die Augen und ein Loch zum Atmen. Er soll schrecklich anzusehen gewesen sein. Und er soll auf eine Weise gefoltert haben, die alles denkbare Maß überschritt.«

»Glaubst du diesem Gerücht?«

»Nein. Aber es wird irgendetwas gegeben haben, das die Fantasie entzündete. Ich würde es eher massenpsychologisch deuten.«

»Wie meinst du das?«

»Dieser Terror, den die Nazis über unsere Stadt von heute auf morgen gebracht haben, erzeugte eine namenlose Angst. Diese Angst suchte sich eine Gestalt, die es fassbar machte, ohne fassbar zu sein: ein Mann ohne Gesicht, der ein Monster ist.«

Ich war seltsamerweise beruhigt durch Wolfs Erzählung. Es wies die Behauptung von Jonny in das Reich der Legende. Es war nicht einfach Humbug, sondern ein erklärbarer psychologischer Vorgang. Ich war erleichtert. Die Vorstellung von Schröder als Folterer in Naziuniform war derart grässlich, dass ich nach jedem Strohhalm greifen wollte, um sie sofort wieder wegzuwischen. Nun hatte ich einen solchen

Strohhalm, der sogar mehr war, er war eine Barke, mit der ich sicheren Boden erreichen konnte.

»Jetzt musst du mir auch ein paar Fragen gestatten, Thomas.« Wir gingen nun, ohne uns verständigt zu haben, vom Platz und zu den Umkleidekabinen.

»Ja, frage ruhig.«

»Haben deine Fragen mit dem Fall zu tun, an dem du arbeitest, dem Toten im Borgward?«

»Woher weißt du das?«

»Du stellst ja schon wieder Fragen und beantwortest nichts! Du bist wohl bereits ein guter Polizist, wie?« Er lachte erneut. Ich mochte es, wenn er lachte. »Was du tust, spricht sich hier in der Neustadt schnell rum, Thomas. Bedenke, du bist eine bekannte Persönlichkeit. Also, nun antworte.«

»Nein, hat es nicht. Ich traf nur einen älteren Mann, klein und seltsam. Nennt sich Jonny, und der erzählte mir so ein Zeugs.«

»Jonny, du meinst *den* Jonny? Der gehörte in der Weimarer Republik einer Anarchisten-Gruppe an.«

»Vermutlich ja.«

»Und? Wie kommt ihr voran im Fall Borgward?«

»Ist komplizierter, als man denkt.«

»Mit Borgward ist es aus. Das sagen alle. Keiner hegt da noch Hoffnung.«

»Ja, schade. War wohl eine gute Firma.«

»Die Borgward-Krise ist mehr, sie ist nicht nur die Pleite eines renommierten Unternehmens, sie ist eine ruinöse Schramme im glänzenden Lack dieser neuen Republik, die ganz auf Wirtschaft und auf Wohlstand setzt. Und wer möchte schon einen Kratzer im Lack seines Autos haben, das er gerade für viel Geld und womöglich auf Pump gekauft hat? Wir müssen immer höher, weiter, schneller. Deshalb haben wir Sportler, auch die Athleten, eine Vorbildfunktion und signalisieren allen: Wir sind wieder wer! Deshalb trifft uns die Krise so hart. Sie zeigt eine drohende Niederlage. Gerade die Borgward-Modelle stehen für etwas Besonderes: für Chic und Eleganz, die sich auch der Otto Normalverbraucher leisten kann.«

Es war Zeit, tschüss zu sagen. Ich musste mich sputen. Wir schüttelten uns wieder die Hände. Ich drehte mich um, um zu gehen. Er sagte mir in den Rücken hinein:»Überlege es dir. Du kannst es noch schaffen. Du bist es dir schuldig … und uns. Und der Neustadt.«

Ich winkte ab und ging.

KAPITEL 17

Schröder war schon im Büro, als ich ankam. Ich hatte ein mulmiges Gefühl. Nach dem Gespräch mit Wolf noch mehr, denn die Beruhigung durch Wolfs Auskunft war nur auf der Verstandesebene angekommen, nicht aber in meinem Bauch, in dem die Zweifel rumorten. Schröder begrüßte mich mit größter Freundlichkeit. Meine Alarmglocken läuteten. Er sah munter aus und eigenartig sauber, als hätte er sich stundenlang geschrubbt, selbst sein Schmiss glänzte.

»Unser Held!«, rief er aus. War das wieder einmal ironisch? Schließlich hatte ich den Tod eines wichtigen Zeugen nicht verhindert, vielleicht sogar beschleunigt. »Wir gehen gleich wieder. Ich bringe Sie während der Fahrt auf den Stand. Wir inspizieren das Hotelzimmer.«

Sein Wagen parkte direkt vor Am Wall. Auch der Wagen war gewaschen worden und glänzte sauber.

»Was macht der Kopf?«

»Alles gut.«

»Schön ... Zunächst das Beste. Wir haben Dr. Semler erst einmal einkassiert. Der sitzt im Verhörraum und wartet. Hat schon Terz gemacht. Soll erst mal schmoren. Gut durch mag ich sie am liebsten, können ruhig ein bisschen verbrannt sein«, plauderte er launig.

Mir wurde nur noch mulmiger zumute, weil ich plötzlich Probleme hatte, seine bildreiche Sprache nicht wörtlich zu nehmen: der Mann ohne Gesicht.

»Dann die Fingerabdrücke. Wir haben einen Treffer. Hans Kauders Fingerabdrücke befinden sich an der Autotür, auf dem Beifahrersitz und an der Armatur. Damit ist klar, die beiden kannten sich und Thomas Neumann war der Informant von Hans Kauder. Jetzt müssen wir den Burschen nur noch aufspüren. Ein Taxifahrer hat sich auf unseren Aufruf im Radio gemeldet. Er hat Kauder vom Trunkenen Schiff nach Gröpelingen gefahren, leider verliert sich da seine Spur.«

Ich war nahe daran, ihm von meinem Gespräch mit Frau Zurbrüggen zu berichten und ihrer Vermutung, Frau Neumann könnte etwas von dem Verhältnis ihres Ehemanns mitbekommen haben, biss mir aber auf die Lippen. Vorerst wollte ich alle meine Informationen zurückhalten und abwarten.

»Und noch einen Fingerabdruck konnten wir zuordnen. Raten Sie mal?«

»Kowalski.«

»Richtig. Kowalski war in Neumanns Auto.«

Wir parkten wieder direkt vor dem Hotel. Der Eingang war noch immer abgesperrt, die Blutlache weggeschrubbt. Die Stelle sah nun fast so sauber aus wie Schröders Narbe. Wir hatten kaum die Lobby betreten, als uns ein aufgelöster Herr mittleren Alters in einem seltsamen Frack und mit Fliege entgegenkam und sich beklagte: »Wann heben Sie denn endlich die Sperre auf! Gestern hieß es, wir könnten heute wieder aufmachen. Ich musste schon einige Reservierungen wieder wegschicken. Der Ruf meines Hauses ist sowieso schon in Mitleidenschaft gezogen.«

Schröder hatte Verständnis und beruhigte den Mann, indem er ihm in Aussicht stellte, dass nach einer weiteren Untersuchung des Zimmers hundertdrei das Hotel wieder freigegeben werden würde. Der Hotelier war erleichtert und versprach uns jedwede Unterstützung. Wir sollten uns direkt an ihn wenden, er bleibe hier in der Lobby und warte auf Anweisungen. Mit Freude hörte ich, dass er einen Kellner anwies, uns Kaffee hinaufzubringen. Wir fuhren in die erste Etage. Schröder brach das Siegel an der Tür. Der Brandgeruch war immer noch deutlich zu vernehmen. Die Asche war entfernt worden. Der gekokelte Aktenkoffer war ebenfalls fort.

»Es sind tatsächlich noch eine Menge Schnipsel lesbar. Man verbrennt Papier nicht so leicht. Ergibt aber trotzdem nur einen Buchstabensalat. Wahrscheinlich kann Venske noch einiges rekonstruieren, er ist bereits mit Akribie dabei. Auf dem Aktenkoffer waren Fingerabdrücke vom Toten, also von Thomas Neumann, auch von seiner Frau. Außerdem von – tadam – Hans Kauder. Und natürlich von Max Kowalski. Leider nicht von Semler. Aber die Fingerabdrücke von Kowalski und die Tatsache, dass er den Koffer hatte, sprechen eine eindeutige Sprache.«

Ich war beeindruckt, was man alles während der Nacht und den paar Morgenstunden herausgefunden hatte.

»Leider war in der Kamera kein Film.«

»Das ist ungewöhnlich«, bemerkte ich überflüssigerweise.

»Kommen wir zu Max Kowalski. Wer war er? Was wollte er?« Während Schröder seinen Vortrag hielt, ging er im Zimmer umher, ich folgte ihm. Mal zog er eine Gardine beiseite, mal schaute er unter den Teppich oder dem Bett, redete aber immer weiter.

Nachdem er diskret geklopft hatte, kam der Kellner mit einem Tablett ins Zimmer und stellte es auf den Tisch. Er goss den Kaffee in eine Tasse, bis Schröder knurrte: »Raus!« Der Kellner zog sich zurück und murmelte nur: »Hoffe, es ist alles zu Ihrer Zufriedenheit.« Ich machte meine Tasse voll und trank, während Schröder weitersprach.

»Max Kowalski, Jahrgang 1918. Von Beruf ... Detektiv, Inhaber der Detektei Argus. Nicht sehr originell. Keine Angestellten, eher so einer von der schmierigen Sorte.« Schröder öffnete den Kleiderschrank. Dort hing noch ein weißes Hemd mit schmutzigem Kragen. Wollte Kowalski nicht abreisen? Wir gingen weiter ins Badezimmer. Auf der Toilette lag ein Unterhemd. Anscheinend hatte ich Kowalski beim Packen überrascht, der daraufhin das kleine Autodafé veranstaltet hatte und geflohen war.

»Kein Bremer, sondern Berliner. Kombiniere: Er sollte im Auftrag von Semler jemanden beschatten, wenn nicht Schlimmeres, damit haben wir Semler, deshalb sitzt der auch im Verhörraum und schmort.«

»Was ich nicht verstehe, ist, warum nimmt er eine leere Kamera mit, legt sie ab und springt vom Dach? Das ist doch irrational«, warf ich ein.

»In der Tat. Den Film, so glaube ich, hatte er schon Semler übergeben, deshalb war die Kamera leer. Als Sie, Herr Nettelbeck, ihn aufstöberten, floh er, hatte wohl die Kamera in der Hand oder umgehängt. Und als er sprang, wollte er sie nicht kaputt machen. Sie war ihm eben wichtig. Das mag eine irrationale Laune gewesen sein, aber so sind wir Menschen.«

»Kann sein. Dennoch versteh ich nicht, wieso er springt. Das ist mir völlig unverständlich.«

Schröder rezitierte als Antwort: »*Was sind denn das für Wesen, die man zuletzt wegschrecken muss mit Gift?*«

»Das ist doch keine Antwort!«, protestierte ich. Ich konnte seine Gedichte-Aufsagerei nicht mehr hören und verstand auch nichts davon, nur so viel, dass sie uns nicht weiterbrachte.

»Haben Sie eine bessere als Rilke? Außer dieser Antwort, dass Max Kowalski ein wenig seine Kompetenz als Detektiv überschritten hat, denn es steht zu vermuten, dass der Gute einen Mord begangen hat, den Mord an Thomas Neumann. Es sind seine Fingerabdrücke im Auto, und er hat den Koffer. Konfrontiert mit dem Hüter des Gesetzes in der Gestalt des wackeren, pistolenschwenkenden Herrn Nettelbeck sah er eine trübe Zukunft vor sich und beendete diese durch einen Sprung in den Tod. Fragt sich bloß, ob Semler der Hintermann ist.«

»Selbstmord aus Angst vorm Sterben?«, wandte ich irritiert ein.

»Kommt vor.« Schröder war unerschütterlich.

Mein Blick fiel auf das Tonbandgerät, das auf dem Boden stand. »Haben Sie das Band schon abgehört?«

»Nein.«

»Warum nicht?«

»Es fehlt eine Kleinigkeit: das Tonband.«

»Das ist doch zum Verrücktwerden!«, rief ich aus.

Wir gingen wieder ins Badezimmer, holten den Koffer und durchsuchten die einzelnen Kleidungsstücke. Fanden nichts Brauchbares. Ein Necessaire, eine Kulturtasche mit elektrischem Rasierapparat, Zahnbürste, Zahnpasta.

»Was hatte Herr Kowalski denn bei sich?«

»Ein Schlüsselbund. Berliner Kollegen durchsuchen seine Wohnung. Vielleicht findet sich da etwas. Ein Notizbuch mit Telefonnummern, die von Semler ist dabei. Eine Geldbörse mit ungefähr vierzig Mark. Zigaretten der Marke Juno. Eine Brieftasche mit Ausweis und Führerschein. Das Foto einer Frau. Wie würde unser Doktor sagen: That's it.«

»Aber das Band muss ja irgendwo sein.«

»Wir beantragen eine Durchsuchung des Hotelzimmers und der Büroräumlichkeiten von Dr. Semler. Vermutlich hat er es, wie auch den Film.«

Wir inspizierten noch einmal das Zimmer von oben bis unten, sahen in der Lampenschale nach, öffneten mithilfe eines Schraubenziehers den Abfluss des Spülbeckens und der Dusche – nichts.

»Dann wollen wir mal.« Damit schloss Schröder das Kapitel. Es schien so, als hätte Semler einen Detektiv beauftragt, der

Neumann beschatten sollte. Am Ende hatte dieser Mann ihn umgebracht, entweder weil er direkt einen Auftrag bekommen hatte, oder weil er glaubte, auf diese Weise einen Vorteil zu erlangen. Alles andere musste man aus Semler herausholen. Dennoch: Die Selbstmordthese überzeugte mich nicht.

Im Präsidium gingen wir gleich in den Verhörraum. Dr. Semler beschwerte sich sofort großspurig. Zu seiner Verteidigung war bereits eine Honoratioren-Abordnung eingetroffen, mit der sich Kriminalrat Tietjen abmühte. Er machte das sehr geschickt, indem er alle auf die Rückkehr Schröders vertröstete. Zwei Anwälte standen Dr. Semler zur Seite. Und der Senator für Finanzen bestand darauf, Akteneinsicht zu bekommen, da mögliche Interessenkonflikte zu befürchten seien. Welcher Art diese Konflikte waren, sagte er nicht, meinte aber wohl, dass schützenswerte Interessen des Senats und damit des Bremer Staates vorliegen. Ein Journalist und ein Fotograf von der Bild-Zeitung hatten sich heimlich Zugang verschafft, wurden aber rechtzeitig erwischt und hatten das Gebäude wieder verlassen müssen. Ein weiterer Anwalt, der aus München soeben eingeflogen worden war, wurde von Semler wie ein guter alter Freund begrüßt, was er wohl auch war. Sie duzten sich. Damit waren die beiden Bremer Anwälte abgemeldet. Zum Hohn hieß der Neue auch noch Bremer, Dr. Bremer.

Schröder bahnte sich seinen Weg durch dieses Durcheinander, brachte seine ganze körperliche Überlegenheit ins Spiel, blockte ab und hatte binnen einer Minute alle des Raumes verwiesen, nur Dr. Semler, Bremer und ich waren verblieben. Er bat Dr. Semler, wieder Platz zu nehmen, bot ihm eine von seinen Zigaretten an, was dieser jedoch ablehnte. In diesem Moment kam Kupfer herein. Aha, war der wieder wohlgelitten? Schröder neigte sich vor, und Kupfer flüsterte ihm etwas ins Ohr.

Schröder begann das Verhör, indem er seine Bärentatzen auf den Tisch legte. Das wirkte sofort einschüchternd, obwohl er nichts weiter tat als etwas, das bei normal-dimensionierten Menschen harmlos war. Er markierte sein Revier.

»Interessant, was ich da soeben mitgeteilt bekommen habe von meinem Kollegen, Herr Semler. Man hat bei Herrn Kowalski ein Streichholzheftchen gefunden vom Hotel Kempinski in Westberlin. Was glauben Sie wohl? Werden wir Ihren Namen im Gästebuch des Hotels finden, sagen wir innerhalb der letzten zwei bis vier Wochen? Wird der Portier Sie und Kowalski identifizieren?«

Dr. Bremer, der Rechtsanwalt, mischte sich sofort ein: »Das bestreitet mein Mandant ja gar nicht! Im Übrigen möchte Herr Dr. Semler eine Aussage machen.«

Schröder ließ sofort eine Stenografin kommen. Wir warteten. Die Dame trat zusammen mit Kupfer ein, der Schröder wieder etwas ins Ohr flüsterte. Schröder sagte daraufhin: »Tatsächlich! Neuigkeiten, Herr Dr. Semler. Der Portier bestätigt, Sie und Kowalski gesehen zu haben. Von Kowalski hält der gute Mann wohl nicht viel …«

Semler und Bremer reagierten darauf nicht überrascht. Sie hatten sich ihre Taktik längst zurechtgelegt. Semler wollte die Sache schnell hinter sich bringen. Aus einer Aktentasche zog er ein maschinenbeschriebenes Blatt hervor und begann, es vorzulesen. Schröder saß lässig zurückgelehnt, schloss sogar manchmal die Augen, als schläfere ihn die ganze Sache ein.

»Als bestallter Konkursverwalter der Firma Borgward bin ich mir der Verantwortung und der ungeheuren Schwierigkeit der Aufgabe vollkommen bewusst. Es geht immerhin um viele Tausend Arbeitsplätze plus der Arbeitsplätze von Zulieferern, die durch den Konkurs ebenfalls in Gefahr sind. Darüber hinaus wird eine ganze Region ins Mark getroffen, selbst Bremen, das zu den besonders prosperierenden

Regionen des Landes zählt, dürfte einen solchen Aderlass nicht ohne Weiteres wegstecken. Hinzu kommt die politische Dimension, die alle Anwesenden kennen. Aus diesem Grund gibt es einen beständigen Austausch mit den beiden Senatoren für Finanzen und Wirtschaft und natürlich auch mit dem Bürgermeister, Herrn Kaisen, dessen Borgward-Entscheidung ich respektiere. Damit habe ich Ihnen ein wenig das Umfeld skizziert, innerhalb dessen ich agieren muss. Leider sprechen die Kennzahlen eine deutliche Sprache. Ich kann den Konkurs nicht verhindern, wenn der Senat entscheidet, keine weiteren Geldspritzen in das Unternehmen zu injizieren.«

Schröder schnaufte, sah auf die Uhr und antwortete: »Wenn Sie Ihre Aussage bitte so raffen könnten, dass ich es zum Fünf-Uhr-Tee beim britischen Gesandten Galsworthy in dessen Villa Kunterbunt schaffe, dann wäre ich Ihnen sehr verbunden.« Mit Blick auf die Stenografin: »Das schreiben Sie nicht mit.« Sie hatte es schon mitgeschrieben und strich es durch. Sie war extrem schnell. Viel schneller als ich.

»Insbesondere der ehemalige Eigentümer, Herr Carl Borgward, machte mir Schwierigkeiten, indem er behauptete, man wolle seine Firma aus dem Wege räumen. Natürlich ist dieser Mann nicht mehr sehr glaubwürdig. Nun habe ich ... hatte ich einen Mitarbeiter, Herrn Dr. Neumann, der noch Beziehungen zu Herrn Borgward besaß, dort zu Besuch war und seitdem von der fixen Idee besessen war, ja *besessen*, das ist das richtige Wort, man könne Borgward retten und einen Konkurs abwenden. Es ergaben sich folglich Konflikte mit diesem Mann. Ich machte ihm ein Angebot, eine gut dotierte Stelle bei BMW. Wie Sie wissen, bin ich dort im Aufsichtsrat. Ein solches Angebot hatte ich auch anderen gemacht, insbesondere Ingenieuren und Technikern. Einige haben es schon angenommen.«

»Sie bluten damit Borgward aus«, warf ich ein.

»Aber Borgward ist doch nicht mehr zu retten! Durch die Absage der Bremer Regierung für weitere Kredite ist hier Schicht im Schacht.«

»Vor Kurzem klangen Sie noch anders«, warf ich wieder ein. Doch Semler ignorierte mich.

»Herr Neumann war jedenfalls erbost über mein Ansinnen. Er wurde ausfällig, warf mir Machenschaften vor und drohte schließlich damit, an die Presse zu gehen. All das konnte die zügige Abwicklung gefährden, insbesondere konnte es die Politik und Herrn Kaisen in Schwierigkeiten bringen. Ich besprach mich also mit Herrn Nolting-Hauff, dem Finanzsenator. Dieser erkannte auch die Gefahr, die von diesem Mann ausging. Er schlug mir vor, einen Detektiv zu beauftragen.«

»Sie wollen damit sagen, unser Finanzsenator hatte diese Idee?« Schröder konnte seine Überraschung nicht verbergen.

»Sicher, das wird er natürlich bestreiten. Ich hätte auch nicht darauf eingehen müssen. Die Verantwortung dafür trage ich. Es ist schließlich nicht verboten, einen Detektiv zu beauftragen.« Semlers Anwalt nickte.

»Herr Dr. Neumann war im Begriff, der Firma zu schaden. Da ist es legitim, Gegenmaßnahmen zu ergreifen«, ergänzte der Anwalt.

»Einer Firma, der Sie den Todesstoß geben. Lächerlich«, rief ich dazwischen. Ich konnte mich nicht zügeln, zu dreist verdrehte er die Tatsachen, zumal er nun offen von einer zügigen Abwicklung sprach, während er gestern noch von einer Sanierung gefaselt hatte. Ich kam richtig in Fahrt, aber Schröder blickte mich böse an.

»Ich wandte mich an die Detektei Argus in Berlin.«

»Keine mit einem guten Leumund«, unterbrach ihn Schröder.

»Das war mir nicht klar. Ich wollte eine kleine Detektei, um die Sache auf niedrigem Niveau und auch die Kosten gering zu halten.«

»Wer hat das denn bezahlt?«

»Das bezahlte ich aus der sprichwörtlichen Portokasse meines eigenen Büros in München. Ich fuhr also nach Berlin über die Ostertage mit meiner Frau und meinem Sohn, traf Herrn Kowalski, der einen guten Eindruck auf mich machte, und engagierte ihn.«

»Was war denn genau die Aufgabe, die Sie Herrn Kowalski erteilten?«

»Er sollte einfach ein Auge auf Herrn Neumann haben. Ich wollte wissen, was der so trieb.«

»Und dann hatten Sie beziehungsweise Herr Kowalski etwas gegen Neumann gefunden: seinen Besuch im Trunkenen Schiff, einer Homosexuellen-Bar«, sagte ich.

»Davon wusste ich nichts.«

»Aber hatte Kowalski Ihnen nicht davon berichtet und davon, dass Neumann einen Journalisten traf, Herrn Kauder?«

»Nein! Nichts. Der Mann wand sich bloß. Er fand nichts heraus, buchstäblich nichts. Nicht einmal die Fotos wollte er mir geben. Zuerst hatte er stolz davon gesprochen. Und plötzlich wollte er sie mir nicht mehr aushändigen. Er war vollkommen unfähig. Ein Versager. Und nach dem tragischen Tod von Herrn Neumann wollte er mich erpressen. Wir hatten abgemacht, dass ich ihm den zweiten Teil der ausgemachten Summe nach erfolgreicher Arbeit geben würde. Nur, es gab keinen Erfolg. Er missverstand den Tod des Herrn Neumann als Erfolg. Darum ging es im Zimmer hundertdrei!«

»Wollen Sie damit sagen, Herr Kowalski hat Ihnen gestanden, den Mord begangen zu haben?«

»Nicht direkt, so dämlich war selbst Kowalski nicht. Aber

er bestand darauf, dass es sein Verdienst sei, dass die Probleme gelöst waren. Was sollte ich denn annehmen?«

»Sie hätten sofort hier aufschlagen und uns davon berichten müssen!«, sagte Schröder scharf.

»Sie sind gut! Nachdem der Mann vom Dach gesprungen war? In dieser aufgeheizten Situation? Ich wartete ab, besprach mich mit Herrn Dr. Bremer, der mir riet, erst einmal abzuwarten. Und dann wurde ich aufs Revier gebracht.«

»Wir haben einen Haufen verkohlter Blätter gefunden, aus denen sich aber noch etwas rekonstruieren lässt. Was wissen Sie über diese Akten?«

»Ja, Kowalski war an einen Koffer gekommen, angeblich. Den wollte er mir zusätzlich verkaufen. Neumann war tot, was immer er glaubte, herausgefunden zu haben, und wie immer sein Sanierungskonzept ausgesehen haben mag, es war alles nichts wert. Das habe ich Kowalski erklärt, der fast zu heulen begann. Ich sagte ihm, nur wenn Sie die Blätter verbrennen, bekommen Sie fünfhundert Mark. Inzwischen hatte ich ihm auch die zweite Hälfte versprochen, da ich keinen Ärger haben wollte, obwohl ich es nicht einsah.«

»Was ist mit der Kamera? Er hat doch Fotos gemacht?«

»Wie ich schon sagte. Er hat sie mir nicht gegeben.«

»Haben Sie das Tonbandgerät bemerkt?«, fragte ich. Das Tonbandgerät ließ mich nicht los.

»Ach, sein Tonbandgerät! Schon bei unserer ersten Begegnung versuchte er, damit anzugeben. Wollte alles mündlich protokollieren. Mir dann das Band mit Schleifchen drumherum schenken. Er tat so, als würde er auf dem Niveau des FBI arbeiten. Dummkopf.«

»Sie haben das Band mit Schleifchen nicht bekommen?«

»Nein. Wäre auch nichts Gescheites drauf gewesen.«

Das war der letzte Satz dieser Aussage. Die Stenografin wurde angewiesen, die Aussage mit Maschine zu tippen. Dr.

Semler würde sie unterschreiben. Er hatte seinen Kopf aus der Schlinge gezogen. Was blieb übrig? Behinderung der Behörden bei der Untersuchung eines Kriminalfalls? Alles Lappalien, die man zudem so oder so auslegen konnte. Und unser Hauptverdächtiger für die Tat? Noch hatten wir nichts als Vermutungen, keinen Beweis. Er schob alles auf Kowalski, der leider keine Aussage mehr machen konnte.

Schröder verabschiedete sich über die Seufzerbrücke in Richtung Gerichtsgebäude, wollte mit dem Oberstaatsanwalt Conrad reden. Zu diesen Gesprächen nahm er mich nicht mit. Dies ging vermutlich von Conrad aus, der mich nicht mochte. Dabei hätte ich mich gern mit ihm unterhalten. Über Schröder. Über meinen Verdacht. Über die Sache mit Rimbaud. Der Streit zwischen den beiden ließ mich hoffen, dass Conrad auf meiner Seite sein würde. Tietjen traute ich nichts zu. Conrad war ein anderes Kaliber. Ich war in einer verzwickten Situation. Ich war gerade einmal ein paar Tage bei der Kripo, steckte schon in einem Dilemma und war drauf und dran, mir ins Knie zu schießen. Was sollte ich tun? Wer würde mir glauben? Würde ich mir selbst glauben? Schröder ein Gestapoverbrecher? Schröder der Mörder von Kowalski? Schröder, der … Mörder von … wem denn alles? Nein, ich würde mir selbst nicht glauben, und dennoch kreisten diese Gedanken unentwegt in meinem Gehirn. Es war eine Qual.

Als Schröder zurückkam, gab es wieder eine Zusammenkunft im War-Room, dieses Mal recht kurz. Ich postierte mich an der Tafel, die noch nicht abgewischt worden war und auf der immer noch der Name Jonny stand. Ich wischte ihn schnell weg.

»Haben wir Fingerabdrücke von Semler am oder im Wagen von Kowalski gefunden?«

Kemnich verneinte.

»Ich hätte meine Nase drauf verwetten können! Haben Sie weitere Papiere gefunden?« Er fragte in die Runde.

»Nein, leider nein.«

»Dann hat dieser Kowalski die Papiere tatsächlich verbrannt. Haben Sie einen Film gefunden? Wir gehen davon aus, dass Kowalski ihm einen Film übergeben hat, vielleicht mit kompromittierenden Fotos von Thomas Neumann.«

»Nein, keine Fotos, keinen Film.«

»Kowalski hat ein Tonbandgerät. Ist ein Tonband aufgetaucht, im Hotelzimmer von Semler oder in seinem Büro?«, fragte ich Gräber, der verneinte.

Schröder nahm die Idee auf. »Suchen Sie nach dem Tonband. Bitte noch mal alles gründlich durchwühlen. Auch sein Auto. Befragen Sie Mitarbeiter, ob die eine Kamera gesehen haben oder ein Tonband.«

Er stand auf, klatschte ermutigend in die Hände und ging, ich lief ihm hinterher. Er machte große Schritte. Er drehte sich um: »Ich brauche Sie gerade nicht, Nettelbeck.«

Ich sah, wie er nach unten ging, vermutlich ins Archiv.

KAPITEL 18

Wir saßen in seinem Büro, das durch eine Glasscheibe von dem Labor getrennt war. Darin liefen geschäftig Leute in Weiß herum. Parallel zum dem Toten im Borgward gab es noch andere Fälle, die untersucht wurden. Kemnich war ausgebildeter Ingenieur und trug ebenfalls einen weißen Kittel. Eine Wand hing voller Tatortfotos. Auf Kemnichs Schreibtisch stand ein kleiner Kaktus, daneben Bücher über technische Geräte, diverse Werkzeuge, wie einen Schraubenschlüssel und eine Zange. An der anderen Wand hing ein Kalender von Borgward. Er war ein Borgward-Liebhaber und fuhr selbst einen.

»Die funktioniert noch, wurde aber beschädigt. Ist wohl hingefallen«, erklärte er mir zur Kamera.

»Aber Schröder sagte mir, er glaube, Kowalski hätte die Kamera niedergelegt vor dem Sprung, um sie nicht zu beschädigen. Vorher hat er mir eine mit der Kamera verpasst. Deshalb ist sie beschädigt.«

»Ich habe keine auffälligen Spuren entdeckt. Müssten Haarspuren dran sein oder Blut, nichts dergleichen. Das spricht dagegen – auszuschließen ist es nicht.«

»Trotzdem, mir leuchtet diese Hypothese nicht ein. Wieso sollte der Mann sich umbringen? Erst mir einen Schädel hauen und dann springen?«

»Das mit dem Schädel, das wissen wir nicht … Ich bin bloß Techniker. Aber wenn Schröder das so sieht, dann ist es erst mal so. Möchten Sie einen Tee?«

»Ja, gern.« Eigentlich bin ich kein Teefreund, aber der Tee

diente dazu, das Gespräch zu legitimieren. Kemnich hatte einen Tauchsieder. Er ging ins Labor zum Wasserhahn, füllte das Gerät, kam wieder und schloss ihn an.

»Haben Sie eigentlich Fingerabdrücke an den Kunstblumen gefunden?«

»Viel war nicht mehr zu rekonstruieren. Es waren auch Ihre drauf. Und die vom Toten. Seltsamerweise nicht von Kauder. Aber so ein Rest war noch da, war nicht viel mit anzufangen. Man müsste schon konkret wissen, womit ich sie vergleichen sollte, dann könnte man eine Aussage machen.«

Das Wasser kochte. Er stellte zwei Becher nebeneinander, legte je einen Teebeutel hinein und goss das Wasser auf. Er reichte mir den dampfenden Becher.

»Wissen Sie etwas über Gerüchte bezüglich der Vergangenheit von Schröder?« Mir war klar, dass diese Frage dazu führen konnte, dass mich Kemnich hinauskomplementierte oder, was wahrscheinlicher war, hochkantig hinausschmiss. Doch er tat nichts dergleichen. Ich rechnete: Kemnich war ungefähr fünfunddreißig Jahre alt, somit Jahrgang 1926. Er war demnach nicht verwickelt in die Nazizeit.

»Haben Sie denn Gerüchte gehört?«

»Ehrlich gesagt ja.«

»Von wem?«

»Gerüchte eben. Die schwirren so allgemein in der Luft.«

»So etwas höre ich auch, auch über Schröder. Ich gebe aber nichts darauf.«

»Sie meinen, daran ist nichts?«

»Kann sein, kann nicht sein. Schauen Sie, Schröder war im besten Karrierealter als die Nazis an die Macht kamen. Er war bei der Polizei. Es gab Umstrukturierungen. Die Gestapo zog nebenan ein.«

»War Schröder bei der Gestapo?«

»Dann wäre der doch nicht mehr im Dienst! Soweit ich weiß, ist er von Dr. Conrad protegiert worden nach dem Krieg. Conrad hat einen astreinen Leumund und hat wohl für Schröder gebürgt, der in etwas verwickelt war, von dem ich nicht weiß, was es war. Es kam schließlich ein Freibrief von Carl Krämer höchst selbst.«

»Carl Krämer?«

»Mensch, das war doch der Kriminaldirektor damals. Einwandfreier Mann. Der hält heute noch Vorträge über die Geschichte der Bremer Kriminalpolizei. Sehr interessant, sagt man. Auf jeden Fall hat alles seine Richtigkeit – und außerdem: Was nützt es, die Geschichte immer wieder aufzurühren? Wir sind Weltmeister! Wir können wieder erhobenen Hauptes durch die Welt gehen.«

Mir wurde klar, dass ich bei Kemnich auf Granit biss. Vielleicht hatte er recht und alles hatte seine Richtigkeit. Und Leute wie Jonny suchten nur nach einem Haar in der Suppe. Wir tranken den Tee. Ich betrachtete den Borgward-Kalender. Dann fiel mir etwas ein. »Wenn ich Ihnen konkret sage, welchen Fingerabdruck Sie untersuchen sollen, dann könnten Sie den auf den Blumen identifizieren?«

»Ja, vielleicht. Sicher ist es nicht.«

»Wir haben doch die Fingerabdrücke von Frau Neumann. Haben Sie die schon untersucht?«

»Ja, auf dem Auto waren die natürlich.«

»Aber auch auf den Blumen?«

Kemnich wäre fast die Tasse aus der Hand gefallen, so absurd und überraschend erschien ihm meine Idee, dennoch war er sofort Feuer und Flamme. Er war sicherlich auch froh, das Gespräch über Gerüchte beenden zu können.

Kemnich rief Reinhard, den Spezialisten für Fingerabdrücke. Er sollte die Fingerabdrücke vergleichen. Mit den Proben setzte er sich ans Doppel-Mikroskop, justierte das

Gerät und winkte uns kurz darauf heran. Ich durfte zuerst schauen. Dabei behinderte mich der nachtblaue Seidenschal, den ich die ganze Zeit um den Hals gebunden hatte. Irgendwie glaubte ich, dieser Schal würde mir Glück bringen oder mich beschützen, da er von Gisela unter so schmerzhaften Umständen zu mir gekommen war. Ich legte ihn beiseite. Er war aalglatt, sodass er vom Tisch auf den Boden schlängelte. Ich hatte gerade Wichtigeres zu tun, als ihn aufzuheben.

Vergrößert durchs Mikroskop sah ich zwei Fingerabdrücke, die identisch sein konnten. Der eine war nur rudimentär vorhanden, wohingegen der andere ein sehr schön ausgebildetes Muster der Kapillarleisten aufwies. Diese in ihrer Ausgeprägtheit so unterschiedlichen Fingerabdrücke getraute ich mich nicht zu beurteilen.

»Ich bin nicht sicher«, sagte ich achselzuckend.

Kemnich überließ seinem Kollegen Reinhard die Expertise.

»Hohe Wahrscheinlichkeit, würde ich sagen.«

Als ich das Labor verließ, kam mir Reinhard nachgerannt. Ich hatte meinen Schal auf dem Boden vergessen. Ich steckte ihn in die Manteltasche. Plötzlich kam es mir nicht angebracht vor, einen seidenen Schal bei der Arbeit zu tragen. Er spielte ein wenig ins Halbseidene.

Ich musste Schröder unbedingt verständigen. Er war noch nicht wieder zurück in seinem Büro. Er war also bestimmt noch im Archiv oder bei Conrad. Ich entschied mich für Conrad, weil, wenn er nicht dort wäre, ich vielleicht Gelegenheit bekäme, mit ihm über Schröder zu reden.

Es herrschte Betrieb auf den Gängen, die von Bohnerwachs glänzten. Boten schoben Wägelchen durch die Korridore. Überall klapperten Schreibmaschinen und quietschten Sohlen. Ich hielt mein Ohr an die Tür. Wieder war die Stimme Schröders sehr laut, wie vor ein paar Tagen, aber ich konnte kein Wort verstehen. Eine Frau im Kostüm stand plötzlich neben mir und fragte mich, ob sie mir helfen könne. Ich zeigte meine Marke, sagte, ich warte auf meinen Chef, Hauptkommissar Schröder. Die Frau ging weiter. Mir war es jetzt egal. Ich musste wissen, worüber sie redeten. Ich öffnete die Tür und hörte, wie Schröder zischte: »Ich glaube dir kein Wort. Du hast mich reingelegt.« In dem Moment, wo Schröder mich sah, verstummte er, begriff nicht, weshalb ich plötzlich in der Tür stand, und schrie dann: »Was fällt Ihnen ein, Nettelbeck. Hauen Sie ab.«

Conrad blieb dagegen völlig ruhig und betrachtete mich mit seiner seltsam-starren Gesichtshälfte, wie man ein Insekt betrachtet, kurz bevor man es präpariert und in eine Alkohollösung legt. Die eine Gesichtshälfte kräuselte leicht die Lippen.

»Entschuldigung, Herr Schröder, aber es ist wichtig. Es gibt Fingerabdrücke auf einer der beiden Kunstblumen.«

»Von wem?«

»Von Frau Neumann.«

KAPITEL 19

Der Bungalow kam mir noch kahler, leerer, trostloser vor. Zwei Tage waren erst vergangen, seit wir das erste Mal vor der Tür dieses Hauses standen. Und es erschien mir, als seien wir eine Ewigkeit durchs Labyrinth geirrt, um am Ende wieder an den Anfang zu gelangen.

Ich erinnerte mich sofort wieder an die Stimme der Frau des Hauses und wie ich ihr versprechen sollte, den Mörder zu finden. Und gestern hatte sie alles wieder zurückgenommen! Weshalb? Aus Vernunftgründen? Weil sie eingesehen hatte, dass es nicht in meiner Macht lag? Oder weil sie wollte, dass ich den ganzen Vorgang vergaß, weil es ihr inzwischen unangenehm war? Weil nämlich sie selbst die Täterin war? Ich hoffte, sie wäre unschuldig. Doch wir befanden uns zum zweiten Mal hier, weil sie plötzlich zur Hauptverdächtigen geworden war. Schröder warf eine angerauchte Zigarette achtlos weg. Ich klingelte. Wir warteten. Sie öffnete nicht. Ich hörte nun aber deutlich ein Geräusch aus dem Inneren. Schröder hatte es auch gehört. Ich wollte nochmals klingeln, aber Schröder schüttelte den Kopf. Er gab Zeichen, wir schalteten auf Stummfilm.

Wir schlichen um das Haus, Schröder voran. Ich wusste nicht, was er über die Situation dachte – Stummfilm –, aber ich vermutete jemandem im Haus, der sich darin zu schaffen machte oder der gar Frau Neumann bedrohte.

Wir kamen auf die Rückseite. Das breite Wohnzimmerfenster zeigte auf die halbfertige Terrasse und die Pferdekoppel. Frieden lag auf der Koppel und eine Friedhofsruhe lag auf dem kahlen Garten. Ich hörte ein dumpfes Poltern. Ich wandte mich zum Fenster. Die zugezogenen Vorhänge versperrten die Sicht. Es war mindestens eine Person im Wohnzimmer. Der Vorhang reichte mit seinen Volants aber nicht über die gesamte Fensterhöhe, sondern ließ zum Boden hin einen Spalt. Ich ging auf die Knie und spähte unten durch. Was ich sah, versetzte mir einen Schlag. Ich stöhnte auf.

Schröder, für den es bedeutend schwieriger war, unter den Vorhang zu plieren, blickte mich seltsam ahnungsvoll an. Das Poltern hatte er auch vernommen. Etwas war umgefallen. Ich sah mich um, rannte aufgeschreckt ein paar Schritte hierhin, rannte dahin, fand endlich das Passende.

Ich nahm einen handgroßen Stein und warf ihn mit aller Kraft gegen das Fenster. Ich hatte gehofft, dass durch meinen Wurf, die Scheibe zerbersten würde, aber nichts dergleichen geschah, es war nur ein Loch in der Scheibe entstanden in der Größe eines Straußeneis. Ich schrie: »Die erhängt sich gerade.« Was ich gesehen hatte: einen umgekippten Stuhl und strampelnde Füße in Nylonstrümpfen, die in der Luft hingen.

Schröder trat unendlich gelassen zwei Schritte zurück, zog den Trenchcoat aus, wickelte ihn sich um den Arm, hielt ihn sich vors Gesicht, beugte sich vor, wurde zu einem Rammbock, rannte los und warf sich gegen die Scheibe, mindestens hundertzwanzig Kilo durchbrachen das Glas. Ein Ball aus Scherben explodierte. Schröders massiger Körper knallte auf den Fußboden, von Scherben umgeben und gespickt mit scharfen Splittern. Er rappelte sich auf, während ich mich durch die scharf gezackte Silhouette schlängelte, die mein Chef in die Scheibe gerammt hatte. Frau Neumann hing zuckend, dickbauchig und feuerrot im Gesicht an einem weißen Kabel, das wiederum an einem Haken festgemacht war. Ihre Hand im Todeskampf schlug gegen den gläsernen Lampenschirm, der ebenfalls an diesem Haken hing. Daneben lag der umgekippte Küchenstuhl. Schröder stand bereits unter ihr, hob sie hoch und hielt sie. »Machen Sie schon, Nettelbeck.«

Ich nahm den Stuhl, stellte ihn auf, stellte mich darauf und versuchte, das Kabel abzumachen, was nicht gelang. Es war durch das Gewicht der Frau festgezurrt worden. Was tun? Ich sprang vom Stuhl, rannte in die Küche, um ein Messer zu holen, riss eine Schublade auf, fand darin aber keine geeigneten Messer. Verdammt! Ich griff wahllos hinein, schnappte irgendetwas, lief kopflos zurück ins Wohnzimmer und hörte einen Schuss. Putz und Steine spritzten von der Decke und schlugen gegen ihren Kopf und rieselten auf Schröder Jackett. Das Kabel hing schlaff von ihrem Hals herunter. Schröder ließ die Waffe auf den Boden poltern, um beide Hände frei zu haben. Er legte die Frau aufs Sofa. Ich dachte nur: Oh, mein Gott, das Kind! Dann besann ich mich und rief den Krankenwagen.

Schröder beugte sich über sie und machte Wiederbelebungsversuche, schlug manchmal mit der flachen Hand gegen ihre Wange und machte Mund-zu-Mund-Beatmung.

Ich lief hektisch im Zimmer umher. Auf dem Küchentisch lag ein Briefumschlag, ohne Beschriftung. Daneben ihre Ohrringe, eine Kette, der Ehering und ein zweiter Ring.

»Können Sie mich hören, Frau Neumann?«, fragte er deutlich artikulierend, dabei fast zärtlich.

Sie sagte nichts, aber ihr Blick sprach wohl mit ihm. Jedenfalls sagte er: »Das ist gut.« Er nickte beifällig.

Sie wurde in das St.-Josef-Stift-Krankenhaus gefahren. Die Sanitäter hatten Schröder die Hand desinfiziert und verbunden. Er hatte eine Schnittwunde davongetragen. Außerdem eine Verletzung am Ohr. Dort klebte ein Pflaster, das fast die ganze Ohrmuschel verdeckte. Er hatte Glück, nichts musste genäht werden. Wir fuhren dem Krankenwagen hinterher.

Schröder hatte den Brief, der auf dem Küchentisch lag, wie selbstverständlich an sich genommen.

Im Krankenhaus warteten wir auf das Ergebnis der Untersuchung. Schröder hatte währenddessen den Brief geöffnet, gelesen und reichte ihn mir nun. Eine Krankenschwester wandte sich an ihn, sie wolle ihn neu verbinden und sicherheitshalber noch einmal schauen, ob nicht eine Arterie betroffen sei oder die Wunde doch genäht werden müsse. Er folgte ihr.

Schwer lag mir der Brief in der Hand. Es waren vier Seiten, beidseitig beschrieben, in einer schönen, harmonischen Schrift, mit einem Füllfederhalter. War es das Geständnis? Gern hätte ich den Fall aufgeklärt, aber nicht um den Preis, diese junge Frau verhaften zu müssen. Falls sie die Mörderin ihres Mannes war … was musste da geschehen sein, damit sie solch eine Tat ausgeführt hatte? »Er ist sehr fleißig und nimmt seinen Beruf sehr ernst«, hatte sie gesagt. Da schwang so viel Stolz mit. Wie konnte sie dann zu solch einer Tat fähig sein? Und wie verzweifelt war sie, dass sie sich und das Kind in ihrem Bauch töten wollte? Und warum hatte sie von mir verlangt, den Täter zu finden, wenn sie selbst es war? Verdrängung? Abspaltung? Ich hatte einen Psychologiekurs in Düsseldorf besucht. Da ging es um so etwas. Aber der brachte mich nun auch nicht viel weiter.

Ich las also den Brief.

Er hatte keine Anrede. Sie hatte nur Datum und Uhrzeit angegeben. Sie hatte den Brief eine Stunde vor unserer Ankunft geschrieben. Dann hatte sie das schreckliche Werk vollbracht. Wäre Schröder nicht gewesen …

Vor drei Tagen ist mein Mann gestorben.
Man fand ihn tot in seinem Auto. Nun ist aus meinem
geliebten Ehemann Thomas eine Schlagzeile gewor-

den: »Der Tote im Borgward«. Ich habe ihn identifizieren müssen im Leichenschauhaus. Der Ort ist nicht so gruselig, wie man denken sollte, nein, neutral, wie ein Krankenhaus, nur dass die Patienten ihre Krankheit überstanden haben – für immer.

Der Mörder hat Thomas die Augen genommen. Sie haben ihm künstliche eingesetzt. Puppenaugen. Das war wie eine weitere Verstümmelung. Die Polizisten, die ihn gefunden und untersucht haben, kennen seine Augen nicht. Dabei sind doch die Augen das Fenster zur Seele, sagt man. Ich stelle mir vor, dass seine arme Seele nun aus den Augen schaut, irgendwo in der Gosse, auf einer Müllhalde, in einem Schmuckkästchen, in einem Einweckglas, immer neue Orte oder Behältnisse fallen mir ein, und immer schrecklichere. Dunkle Verliese, in denen die Augen, zum Sehen erkoren, nichts mehr sehen können. Ich schreie, schreie, schreie.

Ich sah ihn zuletzt, wie er in seinen Wagen stieg, in seinen Borgward. Ich musste zum Telefon. Als ich zurückkehrte, war er fort. Zuvor hatten wir uns gestritten. Böse gestritten, gestritten wie nie zuvor.

Einige Tage zuvor war ein Mann zu uns nach Hause gekommen. Er hieß Kowalski. Er behauptete, ein Freund meines Mannes zu sein. Ich wusste gleich, dass das gelogen war. Es war ein windiger Typ, nicht der Umgang meines Mannes. Dann, ich war schon dabei, die Tür wieder zu schließen, behauptete er, Thomas wäre in Gefahr und er, Kowalski, wollte ihm helfen. Auch ich, seine Frau, könne ihm helfen. Ich war verunsichert, er sagte, er sei Detektiv, zeigte mir seinen Ausweis, seine Detektei hieß Argus. Das konnte man auch fälschen. Dann drohte er, es sei schlimm um Thomas bestellt. Schließlich ließ ich ihn herein.

Dieser Mensch erzählte mir frei heraus, dass er für Dr. Semler arbeitet. Er sagte, dass er ihn nicht mag und deshalb zu mir gekommen ist. Er hätte gewisse Fotos gemacht. So was macht eben ein Detektiv: gewisse Fotos. Das wissen Sie doch, gnädige Frau, oder? So sprach er. Er könne mir die Fotos zeigen. Er hätte sie dabei. Er holte einen Umschlag aus seiner Jackentasche. Er öffnete den Umschlag und fragte, ob ich die Fotos sehen wollte.

Ich sagte: Ja, ich will sie sehen.

Er würde sie mir nicht nur zeigen, sondern auch übergeben mit den Negativen, wenn ich ihm zweitausend Mark geben würde. So viel wollte ihm Dr. Semler zahlen. Aber er würde sie lieber mir geben, weil Semler ein Schwein sei. Er legte mir eins der Fotos auf den Tisch. Es zeigte meinen Thomas zusammen mit einem anderen, sehr jungen Mann, am Schießstand der Osterwiese. Auf einem zweiten Foto überreichte der Mann meinem Thomas eine Rose oder so, jedenfalls eine Kunstblume. Auf einem anderen küssten sie sich.

»Es gibt noch mehr Fotos. Wollen Sie die kaufen? Sonst bekommt sie der Semler, das Schwein. Wollen Sie das?«

»Nein!«, rief ich. »Aber wo soll ich zweitausend Mark herbekommen? Ich verfüge nicht einmal über ein Konto.«

»Wo bleibt die weibliche List?«

»Ich habe ein paar wertvolle Schmuckstücke. Die könnte ich versetzen.«

»Sehen Sie! Das klingt gut.«

Am Samstag wollte er sich melden. Die beiden Fotos ließ er da. Am Samstag wandte ich mich an jeman-

den, der meinen Schmuck abkaufte. Ein Bekannter, der mir einen Gefallen schuldig war. Er gab mir zweitausendfünfhundert Mark.

Am Samstag kam Thomas nicht nach Hause, erst am Sonntagmorgen, er legte sich hin und schlief. Im Handschuhfach seines Autos fand ich die Blumen, es waren zwei Nelken. Ich nahm sie an mich.

Erst am Nachmittag stand er auf. Ich hielt ihn auf, als er wegwollte. Erzählte von dem Detektiv und den Fotos. Er glaubte mir nicht, dass Semler damit zu tun hatte, sondern glaubte, dass ich den Detektiv beauftragt hätte. Ich zeigte ihm die Fotos. Und dann zeigte ich ihm die Blumen. Und Thomas wurde wütend und sagte, er wolle sich trennen. Ich weinte, ich dachte an unser Kind, und er sagte, er wolle das Kind gar nicht. Und ich sagte ihm, diese ganze Sache mit Borgward mache er nur, um nicht bei mir zu sein, bei mir und dem Kind in meinem Bauch. Er nahm mir die Blumen weg und stieg ins Auto. Ich wartete auf Thomas' Rückkehr. Doch er kam nicht, kam nicht mehr und wird niemals mehr kommen. Dann kam dieser Detektiv gestern. Er war ziemlich verstört und hatte offensichtlich Angst. Er händigte mir die Fotos aus und die Negative. Wollte kein Geld mehr. Ich vernichtete alles. Jetzt bin ich so unglücklich, dass ich mir die Haut abziehen könnte, nur um den Schmerz meines Unglücks durch einen weniger schmerzhaften Schmerz zu ersetzen. Aber das geht nicht.

Ich will nicht mehr leben. Man mag mich egoistisch nennen. Es tut mir leid, aber ich kann nicht anders. In eine Welt, die voller Schmerz ist, will ich kein Kind gebären.

Als ich den Brief zu Ende gelesen hatte, spürte ich, dass ich Tränen in den Augen hatte. Ich wischte sie schnell weg, weil Schröder zurückkam. Kurz darauf trafen auch Tietjen und Conrad ein. Tietjen war überraschenderweise entspannt und guter Laune. Er gratulierte und schauspielerte dann eine traurige Miene, die künstlicher war als die Zähne von Clark Gable. Auch Conrad rang seinem halbstarren Pferdegesicht eine Bitterleichenmiene ab, musste sich dazu nicht anstrengen, denn die trug er meistens. Mich widerte es an. Auch als Tietjen mir zur Rettung der guten Frau auf die Schulter klopfte. Schröder hatte schnell seinen Anteil minimiert und meinen maximiert. Warum tat er es? Es war nicht die Situation, in der man sich kleinlich darüber stritt, wer einen Selbstmord weniger verhindert hatte. Tietjen sah die gute Presse, und auch Conrad fand, dass der behördliche Apparat als Ganzes davon profitieren würde. Schröder war die Sache so unangenehm wie mir.

Kurz darauf erschien eine Ärztin. Frau Neumann werde schon sehr bald wiederhergestellt sein. Durch unser schnelles Eingreifen sei das Gehirn wohl nur kurz ohne Sauerstoff gewesen. Und auch das Kind sei unbeschadet, soweit man das beurteilen könne. Die Herztöne und die Lage des Kindes seien einwandfrei.

Schröder und ich stiegen in den Wagen und fuhren zu ihm nach Hause. Er brauche eine Pause und etwas Abstand, nuschelte er. Er nahm selbstverständlich an, dass ich mit zu ihm ginge, und ich war willenlos und froh, dass er bestimmte.

Wir gingen ins Wohnzimmer. Schröder stellte sich an einen Teewagen, auf dem es nur harte Getränke gab. Er goss sich einen Whisky ein. Ich verneinte. Mir brachte er einen Limettensaft aus der Küche. So etwas hatte ich noch nie getrunken. Mit dem zweiten Drink fläzte er sich in gewohnter Manier in den Sessel, schloss die Augen, erzeugte eine Stille – ja, es war so, dass er Stille erzeugen konnte. Dann, als eine gewisse

Sammlung vollzogen war, rezitierte er einmal wieder. Ich verstand den Anfang: »Kann keine Trauer sein. Zu fern, zu weit ...« Nicht die Worte interessierten mich, sondern das, was die Worte mit ihm machten. Ich sah, wie etwas über sein Gesicht huschte, eine Art Glück, das darin lag, über diese Worte zu verfügen, sie parat zu haben, teilzuhaben am Geist dieses Gottfried Benn. Denn das Gedicht war von Benn, er war so gütig, es mir anschließend mitzuteilen. Ich beneidete ihn um diese Fähigkeit, weil ich wie die meisten Menschen immerzu nur meinen eigenen stümperhaften Gedanken zuhören muss in immer denselben abgenutzten Worten und Sentenzen. Wiederkäuer meiner unentrinnbaren Mittelmäßigkeit.

Das Telefon unterbrach seine Gedichtrezitation. Es klingelte seltsam dringlich. Schröder ignorierte es. Das Telefon klingelte weiter. Schließlich schien er zu Ende rezitiert zu haben, erhob sich und schlurfte zum Telefon.

»Ja? Aha ... so ... 1951? Hm. Danke, Ja, das hilft mir weiter, Frau Siebert.«

Nachdenklich kam er zurück.

»Etwas Wichtiges?« Ich wusste, dass Frau Siebert im Polizeiarchiv arbeitete. Man hatte mich an den ersten Tagen einmal hingeführt.

»Vielleicht, bin nicht sicher.«

Ich wartete einen Moment, ob er weitersprechen wollte, mit etwas herausrückte. Er hatte Geheimnisse vor mir. Er war im Archiv gewesen, ohne mir den Grund zu nennen. Nun also eine Antwort. Etwas, das vor zehn Jahren passiert war. 1951.

Anstatt ihn darauf weiter anzusprechen, sinnierte ich: »Jedenfalls verstehe ich nun, weshalb Thomas Neumann so besessen davon war, Borgward zu retten. Es ging ihm nicht darum. Er flüchtete aus seiner Lebenssituation. Dort wollte er eine Lösung finden, die er für sein Leben nicht fand.«

Er reagierte nicht.

Ich fuhr fort: »Jedenfalls können wir Frau Neumann als Täterin streichen.«

»Man hat schon Pferde vor der Apotheke kotzen sehen, mein guter Herr Nettelbeck.«

Was war das für eine Antwort? Hatte es etwas mit der Information zu tun, die er aus dem Archiv bekommen hatte? Er nahm einen großen Schluck und war plötzlich wie versunken in Erinnerungen oder in Gedanken. Er beachtete mich gar nicht. Diese Missachtung missfiel mir. Warum erzählte er mir nichts? Misstraute er mir? Mir wurde übel.

»Mir ist übel«, hörte ich mich sagen und es klang wie eine fremde Stimme. Ich erhob mich, mir war tatsächlich schwindlig. Taumelte zur Seite. Vielleicht war das alles zu viel für mich. Frau Neumanns Selbstmord und der ganze Fall des Toten im Borgward.

»Ein Glas Wasser?« Schröder beachtete mich wieder.

»Nein … ich geh nach Hause. Wir sehen uns morgen. Für heute habe ich genug«, stammelte ich.

Schröder begleitete mich zur Tür. »Ich kann Ihnen ein Taxi rufen?«

»Nein … ich muss nur ein wenig an die frische Luft«, brachte ich mit Mühe heraus.

Ich hörte, wie sich die Tür schloss, ging ein paar Schritte und hielt mich dabei an einem Zaun fest. Atmete tief ein. Hinter der Gardine fühlte ich Schröders Schatten. Bloß weg hier.

Die Luft tat mir gut. Nach ein paar Metern wurde alles besser. Ich dachte daran, wie es wäre, wieder zu laufen. Alles hinzuwerfen! Wieder zu laufen! Wolf würde mich unterstützen. Ich dachte an seine Worte: »Du bist es dir schuldig und uns.« Vielleicht hatte er recht. War ich für den Beruf des Kommissars geeignet? Oder lag es an Schröder? Ich befürchtete, er hielt mich zum Narren. Was, wenn alles bloß eine Komödie war, die er mir vorspielte? Mit seinem ganzen Benn, seinem dämlichen Rilke und seinen Geheimnissen? Was sollte das? Da unternahm eine junge, schwangere Frau einen Selbstmordversuch. Er rettete sie, ohne zu zögern und unter Gefahr einer eigenen schwerwiegenden Verletzung. Und dann? Dann rezitierte er ein Gedicht übers Sterben, falls ich es richtig begriffen hatte. Ach … ich wollte nicht an ihn denken. Ich ging in Richtung Innenstadt, ohne es geplant zu haben. Wohin sollte ich sonst hingehen? Der Mann ohne Gesicht. Schröder? Der Mann ohne Gesicht. Nein. Nicht er, nicht Schröder. Unmöglich! Ich stellte mir jemanden vor, dem das Gesicht wegradiert worden war, und der sich mit einem Messer auf mich zubewegte. Hinter dieser Leere war kein Schröder. Das passte nicht!

Das Tonband. Wo war es? Kowalski bekam durch den Abschiedsbrief von Frau Neumann zum ersten Mal so etwas wie Kontur. Er mag eine üble Kanalratte gewesen sein, aber die Fotos hatte er ihr geschenkt und nicht Semler gegeben. Er hatte Mitleid mit ihr. Durch Neumanns Tod waren die Fotos natürlich wertlos geworden. Wo war Hans Kauder? Hatte er in einem Streit Thomas getötet? Was für ein Streit sollte das gewesen sein? Oder hatte Rimbaud etwas mit der Sache zu tun? Wieso schnappte sich Schröder diesen Rimbaud nicht? Er hielt sich diesbezüglich zurück. Und noch immer wusste ich nicht, was Rimbaud am Haus von Schröder gewollt hatte – falls er es denn gewesen war. Unser Täter war ein Phantom, das immer neue Gestalten annahm: zuerst Dr. Semler, dann Kauder, Kowalski, Frau Neumann. Semler und Frau Neumann konnten wir nun ausschließen. Kauder blieb im Spiel. Man hatte Aufrufe gestartet, ihn zu finden. Er war wie vom Erdboden verschluckt. Zuletzt hatte ein Taxifahrer ihn in Gröpelingen abgesetzt. Blieb noch Kowalski.

Was wusste Max Kowalski? Er war Neumann immer auf den Fersen gewesen. Dann musste er den Mord beobachtet haben, wenn er es selbst nicht gewesen war. Wen hatte er außer Frau Neumann erpresst? Und wenn er jemanden erpresst hatte, dann hatte dieser jemand ein Motiv, ihn umzubringen. Als ich gestern in das Hotelzimmer gekommen war, da hatte er mich entsetzt angeschaut, aber er hatte nicht mich gemeint. Nein! Nicht mich. Er hatte an mir vorbeigesehen. Hinter mir musste jemand aufgetaucht sein. Schröder? Als ich mich umdreht hatte, war da niemand. Aber ich hatte jemanden in meinem Rücken gespürt. Wenn es Schröder war, dann konnte er auch früher auf dem Hoteldach gewesen sein. Auf meine Funksprüche hatte er nicht reagiert. Er verfolgte seinen eigenen Plan.

Warum floh Kowalski aufs Dach? Diese Frage hatte ich mir bisher nicht gestellt. Er floh in eine Falle. Was, wenn er dort oben etwas verstecken wollte? Zum Beispiel das Tonband. Aber ich hatte kein Tonband gesehen, als er an mir vorbeilief. Nun gut, ich war abgelenkt durch das Feuer im Koffer. Oder aber … Ja, das konnte es sein. Das musste es sein! Ich hüpfte ein paar Schritte vor Freude. Ich hatte vielleicht das Rätsel gelöst. Eines von vielen, gewiss, dennoch …

Meine Frage lautete nun: Was, wenn er es schon versteckt hatte! Was, wenn er hochlief, um etwas zu holen! Das ergab Sinn. Er wollte nicht Selbstmord begehen. Er wollte nichts verstecken. Nein. Er wollte etwas holen! Er wollte das Tonband holen. Das Tonband mit dem Schleifchen drumherum, wie es Semler spöttisch genannt hatte. Und sein Mörder, das war nun klar, wollte es haben.

Ich sputete mich, ging über den Stern zum Bahnhof, durch die Unterführung, deren Urin-Parfüm einem die Sinne nahm, und kam auf den Bahnhofvorplatz, auf dem reger Feierabendverkehr herrschte. Das Hotel war wieder in Betrieb. An der

Rezeption war derselbe Portier wie gestern. Er erkannte mich auch. Ich fragte ihn, ob ich noch einmal aufs Dach dürfte.

»Wir sind froh, dass die Polizei aus dem Haus ist. Daher kann ich es Ihnen nicht gestatten.«

»Dann werde ich mit einer Hundertschaft wiederkommen. Dafür müssten wir das Hotel allerdings wieder sperren lassen«, entgegnete ich mit unterdrücktem Zorn.

»Haben Sie denn etwas bei der Polizei zu sagen?« Er maß mich abschätzig. »Wo ist Ihr Chef?«

Ich hielt ihm meine Marke unter die Nase. Vielleicht half das. »Probieren wir es aus, ob ich etwas zu sagen habe.«

Er stutzte, das hatte er nicht erwartet. Er überlegte, war aber nicht eingeschüchtert, nur leicht verunsichert. Ein Gast kam und nahm die Schlüssel in Empfang.

»Es geht ganz schnell. Ich muss nur kurz eine Sache auf dem Dach prüfen. Wir wollen beide keine Scherereien. Aber wenn Sie mich zwingen … Ich komme direkt im Auftrag von Hauptkommissar Schröder. Der ist gerade richtig mies gelaunt.«

»Na, schön. Aber schnell. Unbefugte haben da nichts zu suchen.« Er reichte mir einen Schlüssel für die Luke, die Kowalski vermutlich mit einem Dietrich geöffnet hatte, was umso mehr dafürsprach, dass er nicht etwas verstecken, sondern im Gegenteil etwas holen wollte.

Ich nahm das Treppenhaus. Spurtete die Treppen hinauf. Öffnete die Dachluke und sofort fuhr mir der Wind wieder ins Gesicht. Es war noch hell. Wolken zogen schnell über den Himmel. Ich ging zu dem Schornstein, wo ich niedergeschlagen worden war. Hatte Kowalski das Tonband hier hineingeworfen? Wie war der Durchmesser von solch einem Tonband? Ich wusste es nicht genau. Vielleicht fünfzehn Zentimeter. Ich ging einmal herum. Nein, er würde ja nicht wieder herankommen ans Band, wenn er es in den Schornstein geworfen hätte. Ich ging zum nächsten Schornstein, dieser war, wie die anderen, von einer kleinen Mauer aus Ziegelsteinen umgeben. Es lag ein Zigarettenstummel der Marke Juno dicht neben der Mauer. Hatte nicht Schröder die Marke Juno erwähnt? Übrigens schlampige Arbeit der Spurensicherung. Ich sah mir jeden einzelnen Ziegelstein an. Sonst gab es auf diesem Dach nichts Verwertbares. An der untersten Reihe ragte fingernagelbreit ein Ziegelstein heraus. Er war lose und vom Mörtel befreit, sodass alle vier Seiten eine Ritze aufwiesen anstatt einer Fuge. Die Breite des Ziegels, so schätzte ich, würde reichen, um ein Tonband durch die Lücke zu schieben. Der Vorsprung war zu schmal, als dass ich ihn mit den Fingern packen konnte. Sollte ich den Stein kaputtschießen? Nein, den Ärger, der daraufhin folgen würde, wollte ich mir ersparen, zumal diese Sache geheim bleiben musste. Ich traute Schröder nicht mehr, das Misstrauen hatte sich bereits ausgebreitet, wie ein schnell wirkendes Gift.

Ich stand mitten auf dem Dach, umweht vom Wind, der stärker geworden war. Vielleicht fand ich etwas, das mir helfen konnte, einen Gegenstand …

Ich ging nun noch einmal gegen Schwindel und Höhenangst ankämpfend am Rand des Dachs entlang. Ein Impuls sagte mir, ich müsste in der Dachrinne suchen. Nicht dort, wo Kowalski gesprungen oder gestürzt war, da war die Spurensicherung schon am Werk gewesen, sondern auf der anderen Seite. Eine bösartige Böe versuchte, mich hinunterzustoßen. Mir zu Füßen lag die Spielzeugwelt mit ihren Autos, Straßenbahnen, Fahrrädern und Fußgängern; aber der Schein trog, ein falscher Schritt und ich würde zu Matsch werden. Ich traute mich noch einen Schritt näher an den Abgrund, dann kam mir die Erleuchtung! Was war ich für ein Dummkopf!

Als ich mich vor den Mauerstein kniete, wusste ich, was ich zu tun hatte. Ich versuchte ihn nicht herauszuziehen, nein, ich schob ihn hinein, presste ihn in den Hohlraum, den er verbarg. Der Stein gab nach, bis er in den Hohlraum hinunterfiel. Nun griff ich durch die schmale Öffnung, schob den Stein weiter hinein und bekam einen Gegenstand zu fassen.

Das Tonband befand sich in einer billigen Papiertüte aus dem Obstladen. Wieso hatte Kowalski es hier versteckt und wann? Wieso hatte er kein Schließfach am Bahnhof genommen? Andererseits: So dumm war dieses Versteck nicht, denn er konnte auf diese Weise immer schnell darauf zugreifen und es war sicher. Ich steckte das Band in meine rechte Manteltasche, ging hinunter, grüßte den Portier und legte den Schlüssel auf den Tresen.

KAPITEL 20

Ich machte mich auf den Weg in die Neustadt, mein Viertel, wo ich hoffte, Wolf zu treffen. Er hatte möglicherweise etwas herausgefunden. Das Haus war aus sandfarbenem Klinker und eines der wenigen neuen Häuser in dieser Straße. Ich klingelte und ein Summer ließ mich die Tür öffnen. Er wohnte gleich im ersten Stock. Mein Ex-Trainer empfing mich nur leicht bekleidet. Seine Verlobte huschte halb nackt im Hintergrund von links nach rechts und war verschwunden. Er zog sich schnell eine Hose über und ein Hemd. Wir gingen auf den Balkon. »Und? Hast du schon was herausgefunden?«, kam es überfallartig aus meinem Mund.

»Du hast es aber eilig. Willst du etwas trinken? Ein Bier oder einen Tee?« Er lachte, aber es war eine Abwehr.

»Hast du eine Cola?«

»Leider nein.«

»Dann gar nichts. Also hast du Informationen?«

»Nein. Ein Kumpel von mir, der so ein bisschen Regionalgeschichte betreibt, weiß auch nur von Gerüchten. ›Der Mann ohne Gesicht‹. ›Das graue Haus‹. Vermutlich in Gröpelingen, in der Nähe des Hafens. Der Mann soll jedenfalls Polizist gewesen sein. Das ist das Perfide.«

»Kommissar?«

»Weiß niemand. Oder die, die es wussten, leben nicht mehr. Aber mein Kumpel erzählte mir noch ein Detail: Er soll seinen Opfern die Augen ausgestochen haben. Ist das nicht grässlich? Und nach allem, was man so hört, wurden dem

Mann im Borgward auch die Augen ausgestochen. Bist du deshalb so scharf auf die Informationen?«

Ich musste mich an der Brüstung festhalten, um nicht einzuknicken. Das konnte kein Zufall sein. Selbst Wolf erkannte die Zusammenhänge. Ich versuchte, Haltung zu bewahren. Die Dämmerung war in die Gärten der Hinterhöfe gesickert. Einzelne Lichter schimmerten. Ich kannte diese Stimmung. Ein Lachen von irgendwo. Ich klammerte mich kurz an dieses Lachen, wollte damit fortschweben, fort, bloß fort von hier. Aber die Stimme meines Trainers unterbrach meinen Fluchtversuch.

»Ist doch wirklich gruselig. Scheint dich mitzunehmen. Willst du dich setzen?« Wolf umfasste meinen Oberarm und zog mich ins Haus. Wie war das möglich? Mein völliges Unverständnis war wie eine schwarze Wand, die sich vor mir aufbaute. Ich hatte Angst ungebremst dagegenzuprallen.

Ich saß.

Ich hatte einen Becher Tee in der Hand. Der Becher war heiß, und ich hätte ihn fallen gelassen. Wolf reagierte blitzschnell. Seine Verlobte steckte den Kopf durch die Türöffnung. Sie hatte einen Bademantel an und ein Handtuch um den Kopf gewickelt. »Kann ich helfen?«

»Nein, alles gut, Birgit.«

»Wirklich?« Sie war nicht überzeugt.

»Ja. Thomas bleibt nicht lange.«

Ihr Kopf verschwand.

»Sie ist Psychologin.«

»Hast du ein Tonbandgerät?«, fragte ich.

»Nein. Wozu brauchst du das?«

»Nicht so wichtig.« Ich erhob mich, um zu gehen.

»Bleib noch einen Moment.« Er berührte meine Schulter und drückte mich sanft. »Ich möchte dich etwas fragen, was ich mich heute Morgen nicht getraut habe … Damals,

als du gestürzt bist, beziehungsweise danach, als du von den Sanitätern vom Platz getragen wurdest, da hielt ich deine Hand. Du warst völlig durcheinander. Du sagtest immer einen Namen: Heiko. Heiko, hast du gesagt. Heiko war da und wollte nicht, dass ich gewinne. Ich verstand es nicht. Was meintest du?«

Mir war es neu. Ich konnte mich tatsächlich nicht erinnern. Schon vor dem Sturz war ich in einen Schacht gefallen, der einer Bewusstlosigkeit glich.

»Wer ist Heiko?«

»Das war ... ein ... Freund. In meiner Kindheit. Er ist im Krieg gestorben.«

»Wieso wollte er nicht, dass du gewinnst?«

»Weiß nicht.« Mir stockte der Atem, meine Gedanken verwirrten sich. Es war mir alles unangenehm. Wolf war mir unangenehm. Was fragte er? Mit welchem Recht? Ich sagte: »Lass mich. Ich muss gehen.«

»Tu dir keinen Zwang an. Aber ich habe gerade das Gefühl, dass es dir schlecht geht und dass der Polizeidienst dir nicht guttut.«

Das war genau das, was ich auch vorhin gedacht hatte, aber nun, da es von Wolf kam, glaubte ich es nicht und empfand es als anmaßend von ihm. Was wusste er denn?

Ich ging zur Tür. Er folgte mir. Ich öffnete, er sagte: »Du darfst gewinnen wie jeder andere.«

Ich steckte meine Hand in die Manteltasche und fühlte das Tonband. Es war aus. Aus mit dem Laufen. Ich würde nie wieder Wettkämpfe bestreiten. Meine Karriere war am Ende. Ich brauchte das Laufen auch nicht. Ich wollte Polizist sein. »Ich brauche das Laufen nicht«, sagte ich. »Aber du, du scheinst es zu brauchen ... Mein Laufen.«

Die Tür ging zu, und ich bereute schon, was ich gesagt hatte, aber meine Beine trugen mich die Treppe hinunter.

Wieder auf der Straße ging ich zurück in Richtung der Brücken. Ich wollte jenseits der Neustadt sein. Sollte ich nun doch noch ins Präsidium gehen? Bald war ich Am Wall. Ich konnte Kemnich bitten, mir eines seiner Tonbandgeräte zu geben – und was dann? Nein, zuerst musste ich mir Gewissheit verschaffen über den Inhalt des Bandes. Bloß wo? Wo konnte ich hin? Mir wurde plötzlich klar, wie wenig Leute ich in der Stadt kannte, in der ich fast mein ganzes Leben verbracht hatte. Das Trunkene Schiff fiel mir ein. Dort hatte ich ein Tonbandgerät gesehen, in diesem Zimmer, aus dem die Musik kam. Sollte ich wieder dorthin gehen? Vielleicht traf ich Rimbaud? Ich würde ihn fragen, ob er es war, der etwas in Schröders Briefkasten geworfen hatte. Es war erst kurz vor sieben. Zu früh. Auf einmal fiel mir ein, wohin ich gehen musste.

Sie öffnete. Schon vor der Tür hatte ich Jazzmusik gehört. Iris Zurbrüggen trug ein Kleid, nicht wie bisher eine Hose. Es war ein dunkelblaues Abendkleid aus Samt, eng anliegend, das ihre Figur betonte, ihre weiblichen Reize hervorhob und den weichen Schwung ihrer Oberarme. Sie hatte ein Glas Rotwein in der Hand. Alles sah nach einem abendlichen Dinner aus, und es duftete auch danach. Roastbeef.

Die Überraschung war gelungen. Sie lud mich nicht in die Wohnung ein, sondern versperrte mir geradezu den Eintritt.

»Entschuldigen Sie meinen unangekündigten Besuch, aber ich muss mit Ihnen sprechen.«

Sie trat beiseite, nur widerwillig einladend.

»Ich störe wohl sehr?«

»Nein, eigentlich nicht.«

»Ich dachte, Sie hätten Besuch.«

»Besuch, den ich nun vor Ihnen verstecke? Vielleicht steckt er ja im Kleiderschrank oder in der Dusche?« Sie verzog keine Miene.

»Nein, so meinte ich es nicht. Es riecht nur so lecker, und Sie sind entsprechend gekleidet.«

»Sie haben es erraten. Ich hatte ein Dinner geplant, aber das Dinner kommt nicht zustande.«

»Das tut mir leid.«

»Ich hatte mich darauf eingestellt. Es ist eine Frau, um es gleich zu sagen, eine richtige Dame, sie ist verheiratet mit einem Hamburger Reeder. Sie hat abgesagt. Migräne. Das nehme ich ihr übel. Soll sie die Wahrheit sagen, aber keine Migräne vorschieben.«

Der Küchentisch war für zwei Personen gedeckt. Ein dreiarmiger Kerzenständer mit drei lila Kerzen, Weinflasche, geschliffene Gläser, zwei Teller aus gutem Porzellan, Silberbesteck in perfekten Parallelen.

»Setzen Sie sich, Herr Kommissar Nettelbeck. Haben Sie außer schlechten Nachrichten auch guten Hunger mitgebracht?«

Sie war heute geschminkt. Ich roch pudrigen Talk. Ein Duft, der mir von Gisela vertraut war. Ich setzte mich auf den Platz, der für eine Dame aus Hamburg reserviert worden war. Wir aßen beide ohne Appetit. Sie trank viel Wein.

»Neuigkeiten von Hans?« Sie steckte sich eine Filterzigarette an und bot mir eine an. Ich lehnte dankend ab.

»Nein, leider nicht. Er ist immer noch spurlos verschwunden. Ihr Tipp, den Sie mir gestern gegeben hatten wegen Frau Neumann, war hilfreich – sie wusste in der Tat mehr, fast alles. Sie wollte Selbstmord begehen. Wir haben ihr Leben gerettet. Im gewissen Sinne hat Frau Neumann auch Ihnen ihr Leben zu verdanken.«

»Das ist entsetzlich …« Sie starrte einen Moment auf den Tisch, es war kein leerer Blick. Sie überlegte. »Genau genommen … dürfen wir uns nichts darauf einbilden, die Frau gerettet zu haben, denn wenn sie sich das Leben nehmen wollte, dann haben wir ihr etwas genommen: ihre Freiheit.«

»Sie meinen, ich hätte ihren Wunsch respektieren und dem Selbstmord zusehen sollen?«

»Damit fängt es schon an. Man kann sich nicht selbst ermorden. Das ist juristisch ein Unding. Moralisch erst recht.«

Ich entgegnete: »Ich bin sicher, wir haben richtig gehandelt, als wir Frau Neumann retteten.«

»Ich will Ihnen nicht widersprechen. Vielleicht tat sie es aus einer momentanen Verzweiflung heraus und sie wird sich bald freuen, dass sie von Ihnen gerettet wurde.«

Wir setzten uns auf ein kleines Sofa, saßen dicht nebeneinander. Ich rückte nun endlich mit meinem Anliegen heraus. »Ich habe ein Tonband gefunden. Haben Sie ein Tonbandgerät?«

»Nein, leider nicht. Im TS gibt es ein Tonbandgerät.«

»TS?«

»Wir kürzen Das Trunkene Schiff so ab. TS.« Sie sah auf die Uhr. »Es macht bald auf. Wir können hingehen. Ich begleite Sie, wenn Sie wollen.«

»Ja, sehr gerne. Meinen Sie, wir treffen Rimbaud wieder?«

»Der hat es Ihnen angetan, wie?« Sie sah mich herausfordernd an.

»Ja, er ist sehr eigenartig. Was wissen Sie über ihn?«

»Ich weiß sehr viel. Ich kenne seine ganze Geschichte.«

»Seine Geschichte?«

»Ja, aber Rimbauds Geschichte darf nur Rimbaud erzählen.«

»Ich würde diese Geschichte zu gern hören.«

»Nein, Sie würden sie nicht gerne hören. Niemand möchte diese Geschichte gerne hören. Aber man muss sie hören!«

»Das klingt ja wieder sehr geheimnisvoll. Immer wenn es um Rimbaud geht, werden Sie geheimnisvoll.«

»Rimbaud ist geheimnisvoll.«

»Mein Chef glaubt, er könnte Neumann getötet haben, er oder Ihr Hans.«

»Hans ist tot.«

»Das wissen wir nicht.«

»Doch, sonst hätte er sich längst gemeldet.«

»Wir hätten doch die Leiche gefunden.«

»Vielleicht treibt er die Weser hinunter … Mist! Mist! … Ich sehe ihn im Wasser treiben. Oder erschossen. Vielleicht hat man auch ihm die Augen ausgestochen. Was hat er gewusst? Was hat dieser Neumann gewusst? Dass man sie deswegen umbringt? Und was bedeutet diese Geschichte, die ich Ihnen erzählt habe, dass Hans Angst hatte wegen einer Sache aus der Vergangenheit?«

»Warum fragen Sie Rimbaud nicht?«

»Er hat sich mir in den letzten Tagen entzogen. Das respektiere ich. Verflucht. Ich könnte heulen!«

Sie sprang auf und sank gleich wieder auf den Teppich. Sie saß seltsam malerisch, wie hingegossen, nur ihr Kopf schien zu schwer zu sein für den Hals, war abgeknickt, das Kinn auf die Brust. Sie flüsterte: »Wenn ich wenigstens weinen könnte. Aber ich habe es längst verlernt. Schon lange kann ich nicht mehr weinen.«

Ich wollte sie trösten, doch ich konnte nicht, traute mich nicht, hatte es nie gelernt. So saßen wir beide eine lange Zeit hilflos in uns selbst, während leise Jazzmusik im Hintergrund lief. Nur um etwas zu sagen, weil ich die Stille nicht aushalten konnte, sagte ich: »Wir wissen doch gar nicht, was mit Herrn Kauder ist. Man muss doch nicht das Schlimmste annehmen. Vielleicht versteckt er sich, weil er den Täter kennt.«

Diese nichtssagenden Worte erweckten sie aus ihrer Lethargie. Sie richtete ihren Kopf auf und die Schultern wie eine Papierblume im Wasser. »Wenn der Täter nicht Frau Neumann ist und nicht Rimbaud und nicht Hans und nicht aus dem Borgward-Umfeld kommt, wer soll es dann sein?«

»Wir haben einen Mann im Verdacht, der gestern vom Hotel Columbus gesprungen ist. Er ist Detektiv, und es kann sein, er hat seinen Auftrag missverstanden. Er kommt aus dem Borgward-Umfeld. Es muss mit Borgward zu tun haben.«

»Aber, Herr Nettelbeck, das beweist doch das Gegenteil von dem, was Sie annehmen. Hans hat vermutlich den Mord gesehen, und der Detektiv hat auch ihn ermordet. Das wäre logisch.«

»So schnell wird nicht gemordet.«

»In Deutschland wurde vor ein paar Jahren sehr schnell und sehr viel gemordet!«

»Das können Sie nicht vergleichen.« Ihr Verweis auf die NS-Zeit rief bei mir wieder den Gedanken an den Mann ohne Gesicht hervor. Schröder ohne Gesicht, ein Messer in der Hand. Er hatte ein hässliches Gesicht. Manche nannten ihn »die Bulldogge«. Es war also möglich, dass er sein Gesicht verborgen hatte. Hatte er am Ende gar Thomas Neumann getötet? Die Absurdität konnte immer weiter gesteigert werden. Die Musik mit ihren treibenden, wilden Rhythmen war wie die Filmmusik zu meinen inneren Bildern. Und wenn er der Täter war, war ich dann das nächste Opfer? Was bedeutete der Streit zwischen ihm und Conrad? Hatte Conrad schon einen Verdacht und setzte ihn unter Druck? Welche Rolle spielte Rimbaud?

»Was ist mit Ihnen los? Habe ich Sie ins Grübeln gebracht?«

Sollte ich ihr von meinem Verdacht erzählen? Nein, das ginge zu weit mit den Vertraulichkeiten. »Vielleicht finden wir die Lösung auf diesem Band.« Ich ging zum Mantel und holte es aus meiner Manteltasche. Ich hielt es ihr hin. »Das habe ich im Hotel gefunden. Kowalski hatte es versteckt. Vielleicht ist darauf die Beichte?«

»Dann müssen Sie mir gestatten, es auch zu hören, lassen Sie uns aufbrechen. Wenn wir jetzt gehen, kommen wir gerade um acht Uhr an.«

»Ich weiß nicht …«

»Wieso gehen Sie nicht ins Polizeipräsidium? Dort wird es wohl Tonbandgeräte geben.« Sie war gekränkt.

»Ich möchte es mir erst mal allein anhören.«

»Warum?«

Ich konnte es ihr nicht sagen. Mein Verdacht war zu monströs. Wenn ich mit ihr darüber spräche, würde er in die Welt gesetzt werden und als Monster durch die Welt wüten. Solange er in meinem Kopf blieb, spukte er eben nur in mir und war in mir gefangen. Ein Mann ohne Gesicht, ein Schatten am Ende eines Ganges, und ich, ich kam ihm immer näher. Ich spürte es und hatte Angst. Angst, dass es ein großes Erwachen gäbe. »Das müssen Sie doch verstehen, es könnte Details enthalten, die Hans Kauder belasten. In diesem Fall … Sie als die Freundin von ihm … Sie verstehen?«

»Sie trauen mir nicht?«

»Doch, aber das geht wirklich nicht. Los brechen wir auf.«

Sie insistierte nicht. Sie zog sich einen Mantel über das Kleid und streifte sich Pumps über die Füße. Wir gingen die Grundstraße hinunter bis zum Sielwall und bogen Am Dobben ein, waren aber nun genau am anderen Ende dieser Straße, die wir noch hinaufgehen mussten. Wir sprachen nicht viel. Junge Leute fuhren lärmend mit ihren Mopeds durch die Straßen. Aus einer Straßenbahn in Richtung Sebaldsbrück stiegen graue Wesen aus, Aktentaschen unterm Arm, den Hut tief im Gesicht. Es erschien mir nicht so, als erwarteten sie viel von diesem Abend, dieser Nacht. Ich hingegen erwartete alles! Ich war bis zum Zerreißen gespannt. Insgeheim betete ich, dass sich auf dem Band kein weiteres Verdachtsmoment gegen meinen Chef befand. Aus einer Eckkneipe drang die Musik einer Jukebox zu uns: »Muss i denn« von Elvis Presley. Ich hatte wieder das Gefühl, beobachtet zu werden. Ich blieb stehen und drehte mich schnell um. Frau Zurbrüggen betrachtete mich amüsiert.

»Was machen Sie denn da?«

»War nur ein Test, nichts weiter.« Ich hatte niemanden gesehen. Zwar war weiter hinten ein Mann, der gerade um eine Ecke bog, aber der war alt und bewegte sich langsam mit einem Stock voran. Das Gefühl, beobachtet zu werden, blieb dennoch.

Endlich waren wir angekommen. Es war zwei Minuten nach acht. Sie klopfte an die Tür mit einem Code, wie mir schien. Die Tür ging auf. Der glatzköpfige Mann namens Jojo machte auf.

»Hallo, Iris. Du bist aber früh dran heute«, begrüßte er sie überraschend herzlich. Sie gaben sich gespielte Küsschen.

Es war noch leer. Umso besser. Es wurde wieder das Lied von der Solitude gespielt. Ich hörte einen Moment, blieb stehen, gebannt von der Musik, lauschte dem Klang der Frauenstimme. Ich mochte es, wie die Stimme das Wort »Solitude« sang. Es erschien mir, die einzig angemessene Form zu sein.

Iris ging kurz weg, kam mit dem Inhaber wieder, dem Major. Er gab mir freundlich seine große Hand. »Selbstverständlich dürfen Sie unser Tonbandgerät benutzen. Kennen Sie sich damit aus?«, fragte er.

»Nein«, musste ich zugeben. Daran hatte ich gar nicht gedacht.

»Ich aber«, schmunzelte er. »Ich helfe Ihnen.« Er ging voran.

Das Lied klang gerade aus, als wir in den kleinen Raum hineinkamen. Der Barkeeper im weißen Dinnerjacket, der eine andere Schallplatte auflegen wollte, wurde vom Major wieder zurück an die Bar geschickt, ohne eine Erklärung, aber die brauchte er wohl nicht. Er streckte die Hand aus. Ich zog das Tonband aus der Manteltasche und reicht es ihm. Er spulte es per Knopfdruck auf, bis die zweite Spule leer war, entnahm die volle Spule, tauschte sie gegen mein Tonband aus und drückte auf einen anderen Knopf. Das Band begann, sich zu drehen. Er drückte wieder. Das Band blieb stehen. Er zeigte mir die verschiedenen Knöpfe. »Passen Sie auf. Diesen Knopf nicht drücken! Das ist der Aufnahmeknopf, damit würden Sie alles löschen. Aber der funktioniert nur, wenn Sie gleichzeitig den anderen Knopf drücken. Kapiert?«

Ich behauptete: »Ja.«

»Am besten Sie benutzen die Kopfhörer.« Der Major steckte ein Kabel in eine Buchse und hielt mir die Kopfhörer hin. Ich setzte sie mir auf. Der Effekt war enorm. Sofort stoppten die Geräusche aus dem Nebenraum. Der Druck auf den Ohren war allerdings im ersten Moment unangenehm. Der Major sagte etwas, was ich nicht verstand. Er drückte einen Knopf am Gerät und in den künstlichen Muscheln um meine Ohren entstand ein Rauschen. Es war ein wenig so, wie wenn man das Ohr an eine Muschel hielt.

»Auf diese Weise bleiben Sie ungestört«, sagte er nun in lautem Tonfall. Ich nahm unwillkürlich die Kopfhörer wieder ab.

»Wie lange spielt so ein Band?«, fragte ich.

»Weiß nicht, ich denke, höchsten eine Dreiviertelstunde. Wollen Sie denn alles anhören?«

»Ja.«

Er schaute auf die Uhr. »Okay, viel Erfolg!«

Er ging und schloss die Tür hinter sich. Gleich darauf kam der Barkeeper zurück und legte eine Platte auf. Ich setzte mir die Kopfhörer wieder auf. Aufgeregt drückte ich den Knopf für das Abhören der Aufnahme. Nichts als Rauschen, das manchmal wie ein Rascheln klang. Sollte ich vorspulen? Nein, dazu kannte ich mich zu wenig mit der Technik aus, und ich wollte keinesfalls den Major noch einmal bitten, mir zu helfen. Ich musste warten, musste das Schweigen Kowalskis aushalten, denn ich spürte, dass er schon anwesend war, nur noch nicht sprach, von mir getrennt durch Raum, Zeit und Tod, und doch war er da. Dessen war ich sicher, als ein paar andere Geräusche dazukamen, die von irgendwelchen Hantierungen herrührten. Kowalski und ich waren miteinander verbunden. Und nach einer Minute hörte ich endlich seine Stimme. Ein Toter sprach zu mir. Er sprach mir direkt ins Ohr hinein, und ich glaubte, mich mit ihm in einem Raum zu befinden. Er sprach mit Berliner Dialekt, nicht übertrieben, aber doch merklich, und einem leichten Lispeln.

»Ach so ... Test, Test, Test.«

KAPITEL 21

Aufzeichnungen Max Kowalski:

Take eins
Ach so ... Test, Test, Test.

Take zwei, 4. April, 18:25
Bin in diesem komischen Nest im Norden. Bremen.
Wie ick det hasse, über die Grenze zu müssen. Sonst
mach ick mir immer Notizen. Det Problem is: Ick
kann meine eijene Schrift nicht immer lesen. So nun
Schluss mit Berlinern. Das Gerät hat mir ein Kollege
geliehen. Meint, das sei profihaft.

Take drei, 4. April, 18:30
Soll einen Mann namens Thomas Neumann beschat-
ten. Habe ihn verfolgt, vom Borgward-Werk nach
Hause. Wohnt draußen, außerhalb. Bussi-Bussi mit
seiner Ehegattin.

Take vier, 6. April, 11:00
Gestern am frühen Nachmittag und dann noch mal
in der Nacht am Haus gewesen. Es ist ein Bungalow.
Steril. Geruchlos. Der Garten? Es gibt nichts Trostlo-
seres als einen leeren Garten. Ich dachte an ein Grab.
Seine liebende Gattin ist schwanger.
Eben mit Semler getroffen. Er war enttäuscht, dass
ich bisher nichts gefunden habe. Wieso habe ich das

dumpfe Gefühl, ich soll etwas Bestimmtes finden?
Warum sagt er mir nicht klipp und klar, was ich fin-
den soll? Natürlich weil er, wenn ich es finde, seine
Hände in Unschuld waschen kann.

Take fünf, 6. April, 23:15
Nach Aufenthalt im Hotel am frühen Nachmittag
wieder zum Werk. Neumann verfolgt. Vom Werk
ging es nach Hause. Er war nicht lange dort, fuhr
wieder weg. Kam mit einem Aktenkoffer heraus. Ich
hinterher. Fuhr in die Stadt bis nahe der Weser, hielt
vor einem Zeitungsgebäude. Weser-Kurier. Wartete.
Es kam dann ein Mann heraus, der setzte sich zu ihm
in den Wagen. Sie fuhren in den Bürgerpark.
Sie setzten sich auf eine Parkbank an einem klei-
nen künstlichen See mit Fontäne, direkt vor dem
Parkhotel. Redeten ununterbrochen. Hauptsächlich
Neumann. Er kramte in dem Aktenkoffer, holte aber
nichts heraus, sondern schützte seine Dokumente mit
dem aufgeklappten Deckel. Ich stand hinter einem
Baum. Sie gingen dann ins Hotel hinein. Ich hinter-
her. Geht alles auf Spesen. Bestellte mir ein Stück
Torte und Kaffee, danach einen Asbach Uralt. Die
beiden redeten wieder ununterbrochen, jetzt aber
mehr im Dialog. Der Koffer stand am Stuhl von
Neumann. Vielleicht hat der was geklaut, wichtige
Dokumente?
Der andere ist so ein komischer Typ. Trägt einen Spitz-
bart. Ist noch sehr jung, jünger als Neumann. Arbei-
tet bestimmt als Journalist. Die haben da eine Story
am Laufen, klar. Und ich soll verhindern, dass die
erscheint. Bloß wie? Hab mir gedacht, am besten isses,
ick klau den Aktenkoffer. Ich wartete also auf eine

Gelegenheit. Die kam, als Neumann aufsteht, um zum WC zu gehen. Ich steh auch auf, tripple unauffällig in die Nähe des Tisches. Ein Feueralarm, irgendeine Ablenkung und ich hätte eine Chance gehabt. Der andere ist aber ein misstrauischer Kerl, sieht sich um, als ob er beobachtet wird. Wieso immer dieses Misstrauen? Was ist das für eine Welt! Als ob an jedem Tisch ein Spitzbube säße. Dann zog er den Aktenkoffer zu sich, hielt ihn geradezu umklammert, bis Neumann wiederkam. Chance verpasst.

Der Journalist ging zurück zum Pressehaus, dem Weser-Kurier.

Im Hotel rauche ich. Bekomme Hunger. Runter auf den Platz. Vorm Bahnhof steht eine Würstchenbude. Zwei mit Senf. Wieder zurück: Der zieht da eine Nummer ab. Borgward steckt in der Klemme. Der Semler ist so eine Art Leichenbestatter für das Unternehmen, wenn ich das richtig verstehe. Der Neumann will aber nicht, dass Borgward stirbt, oder er hat was spitzgekriegt und weiß was, was nicht koscher ist. Deshalb der Journalist. Meine Aufgabe? Herausfinden, was der weiß. Gibt allmählich ein Bild.

Ich fahre später noch mal zum Haus. Vielleicht kann ich an den Aktenkoffer kommen. Ein geöffnetes Fenster würde mir reichen. Jetzt erst mal eine Minute aufs Ohr hauen.

Take sechs,7. April, zwei Uhr morgens
Ich also wieder zum Haus. Nichts mit Koffer! Die Terrasse ist halb angefangen, große Waschbetonplatten deuten an, was kommen soll. Ich schaute durch ein großes Panoramafenster. Jemand kam und zog die Vorhänge beiseite. Ich klatschte mich auf den Boden.

Der Mann stand grübelnd am Fenster und blickte hinaus in die Nacht, in seinen trostlosen Garten.
Was hat den guten Herrn Neumann bewogen, so eine Nummer abzuziehen mit Presse und Brimborium? Irgendwie glaube ich nicht, dass der seine Frau liebt. Wieso? Weil wenn er seine Frau liebt, dann würde er diese seltsame Sache nicht abziehen. Er würde sich um seine schwangere Frau kümmern und nicht darum, Borgward oder Semler oder wen auch immer fertigzumachen und einen Journalisten einzuschalten. Und? Was mache ich dabei? Ich hocke jetzt vor diesem dämlichen Gerät und spreche mit ihm, als hätte ich keine Freunde … habe ich ja auch nicht! Und einen Drink habe ich auch nicht.

Take sieben, 7. April, 23:30
Todmüde schon wieder zur Stelle! Kam gerade rechtzeitig. Neumann fuhr erst um neun ins Büro. Ich traf mich mit Semler. Er kam allein, ohne Chauffeur, wie letztes Mal. Parkte hinter mir, stieg aus, ich sollte ihm nachfahren. Fünfhundert Meter entfernt hielt er auf einem Parkplatz. Ich stieg zu ihm ins Auto, sollte aber wegen Fingerabdrücke aufpassen, hielt mir die Tür auf. Ich erzählte, was ich beobachtet hatte und wie meine Schlussfolgerungen daraus lauten. Das haute ihn nicht um, im Gegenteil, schien noch erfreut zu sein. »Am liebsten würde ich den Kerl gleich hochgehen lassen. Den Koffer, den brauchen wir. Besorgen Sie ihn. Wie heißt der Journalist?«
»Äh, finde ich raus.«
Kleenes Dankeschön wäre anjenehm. Aber nich bei dem Herrn. Egal. Am Nachmittag kam Neumann raus aus dem Werk und fuhr wieder bis zum Weser-

Kurier. Der andere wartete schon vor dem Pressehaus und stieg ein. Sie hielten in der Grundstraße. Ich zur Haustür: Der junge Mann heißt Hans Kauder. Die beiden schienen recht ausgelassen zu sein. Und Neumanns Frau? Tja, so ist das.

Es war schon dunkel, als sie herauskamen. Sie nahmen keinen Wagen, hatten wohl getrunken. Sie fuhren mit der Tram zum Bahnhof. Ick hinterher. Die Kamera baumelte vor der Brust. Spielte Tourist. Die gingen auf diese Kirmes. An einem Schießstand machte der Journalist auf großen Macker. Schoss zwei Blumen, so Ansteckblumen. Klack, klack, klack. Eine schenkt er Neumann und – küsst ihn heimlich! Klack! Ich drücke den Auslöser mit Blitz, fällt hier im Getümmel und dem ganzen Lichterrausch nicht auf.

In dem Moment dämmert es mir!

Die Sache kriegt Kontur: Das soll ich herausfinden. Damit haben wir ihn in der Hand. Ein Hundertfünfundsiebziger! Mir persönlich egal. Soll jeder, wie er will. Mir bringt das zweitausend Märker ein, und ich kann endlich dieses Provinznest verlassen.

Aber zurück zum Geschehen: Die beiden turtelten sich durch den Rummel. Die beiden landeten in einer Bar namens Das Trunkene Schiff, nicht weit weg vom Bahnhof. Ist so eine ... na ja, so eine eben. Ich gehe zur Grundstraße und sehe, ob ich in die Wohnung komme. Der hat den Artikel bestimmt mit nach Hause genommen. Doch als ich sondierte, wie ich da hineinkomme in die Wohnung, erschien eine Frau in der Tür, burschikos in Hosen und blaffte mich an. Ich solle verschwinden. Er wohnt also nicht allein. Unprofessionell! Da stand ein zweiter Name. Zurbrüggen. Ich fuhr zum Hotel. Jetzt, im Zimmer werde ich unruhig.

Gleich morgen die Fotos entwickeln lassen. Semler erst mal nichts sagen. Ich brauche ein Versteck. Warum? Ich traue dem Semler nicht. Das ist nicht bloß der Semler. Mit dem werde ich fertig. Dahinter stecken größere Mächte. Auch mein Tonband könnte ein Versteck gut gebrauchen. Aber im Zimmer ist kein gutes Versteck. Hatte mal bei einer anderen Geschichte, eine wichtige Sache auf einem Dach versteckt. Da kommt keiner drauf!

Take acht, 8. April, 19:45
Ich habe die Fotos entwickeln lassen. Gleich darauf der Frau des Hauses einen Besuch abgestattet. Hab ihr Dampf unter dem Hintern gemacht. Die spurt. Soll übers Wochenende Geld beschaffen, bis Montag warte ich. Sobald ich ihre zweitausend habe, gehe ich zu Semler und lasse die Bombe platzen. Dann kann ich nochmals zweitausend kassieren.

Take neun, 8. April, 23:50
Habe gepennt. Rauche. Trinke. Spreche. Sehe mich im Fenster gespiegelt. Frage mich: Wer bin ich? Das kalte Neonlicht vom Bahnhofsplatz durchschneidet mein Zimmer. Was tue ich eigentlich hier? Hier, in Bremen. Soll helfen, einen guten Kerl fertigzumachen? Was gehen die mich alle an? Nichts. Ich bin hier fehl am Platz. Prost!

Take zehn, 9. April, Mitternacht
Ich bin verloren!
VERLOREN! Scheiße.
Jetzt bloß nicht zusammenbrechen! In was bin ich da hineingeraten? Es ist die Hölle. Ich bin im Hotel-

zimmer, fühle mich wie eine Maus in einem Loch und davor sitzt der Kater. Ich weiß nicht, wo ich anfangen soll. Wie ist das alles passiert?

Take elf, 10. April, ein Uhr morgens
Also … ganz ruhig. Den Tag über an die Fersen von Neumann geheftet. Neumann war nur kurz zu Hause. Hatte das Ehepaar Streit? Er hatte wieder den Aktenkoffer dabei, legte ihn auf den Rücksitz. Sie kam heraus, kam ihm nach, umschlang seinen Hals, hängte sich geradezu an seinen Hals. Möglich, dass sie weinte. Er wies sie ab, drehte sich mitleidlos um. Das Telefon klingelte, man hörte es durch die offene Haustür schrillen. Sie zurück. Er stieg ein. Ein winziges Zögern, ein Moment des Schwankens. Dann saß er hinter dem Steuer. Neumann ist ein Mann, der gern hinter dem Steuer sitzt. Er fuhr los, aus dem Grundstück heraus, bog nach links auf den Lehester Deich. Ich fuhr ihm in meinem Ford nach. So weit war alles gut. Nur für Frau Neumann natürlich nicht.
Die beiden trafen sich bei Hans Kauder in der Grundstraße. Durchs Fenster konnte ich sehen, wie Neumann Kauder den Aktenkoffer überreichte – vermutlich ergänzt durch fehlendes Material, das Kauder wegen der Beweiskräftigkeit noch verlangte. Umarmung. Kuss.

Take zwölf, 10. April, zwei Uhr morgens
Gegen einundzwanzig Uhr kamen sie aus dem Haus. Neumann fuhr vermutlich nach Hause. Ich blieb Kauder auf den Fersen, weil der den Koffer hatte. Kauder ging zu Fuß mit dem Koffer – ich hätte ihn überfallen können, aber der junge Mann wirkte

nicht wie jemand, der den Koffer ohne Gegenwehr rausrückt, und man bezahlt mich nicht dafür, die Wange hinzuhalten. Wie erwartet, landet Kauder in dieser, sprechen wir es aus: Homo-Bar. Die ist für mich tabu. Da geh ich nicht rein. Obwohl ... war schon mal im Kleist-Kasino in Berlin, damals auch wegen einer Beschattung. Also los. Keine Klingel, aber ein kleines Guckfenster. Dann tritt ein kastenförmiger Glatzenmann heraus. Ob ich eine Empfehlung hätte.

Ich: Ja.

Er: Von wem?

Ich: Neumann. Thomas Neumann.

Er: Kenn ich nicht.

Ich: Kennen Sie den? Ich zeige ihm das Porträt von diesem Kaufmann auf dem Fünfzigmarkschein.

Er: Nein, wer ist das?

Ich: Ihrer, wenn Sie mich reinlassen.

Er schnappte den Schein, steckt ihn ein und ich ging rein durch die geöffnete Tür. Alles gedämpft. Leise Musik. Bossa nova oder so. Rotes Licht. Ich bestellte ein Bier. Schaute mich um. Wo ist Kauder? Ah, da! Unterhält sich mit einer Frau. Sieh mal an. Die Zurbrüggen. Den Koffer hat er fest im Griff. Dann kommt ein Mann dazu. Ganz in Schwarz, wie in Trauer, schlank, fast dünn, größer als Kauder, längliches Gesicht, wie eine Träne kurz vor dem Fall. Haare auch schwarz, fast bis über die Ohren, macht wohl auf Frau. Schwarze Ringe unter den Augen. Mein Gott ist der trübselig. Wenn der durch einen blühenden Garten geht, werden die Blätter welk.

Jetzt wurde es interessant. Die Frau kam zu mir, also zur Bar, erkannte mich nicht wieder. Bestellte drei trockene Martini. Der Mann in Schwarz beschimpfte Kauder. Kauder setzte sich zur Wehr. Das ist fast ein Angriff, und Kauder wehrte sich mit dem Koffer, den er vor sich hielt, nicht direkt vors Gesicht, aber so schützend vor den Körper. Auf jeden Fall hatte er Respekt vor dem Mann in Schwarz.

Der Barkeeper sagte zur Zurbrüggen: »Wieder mal Streit?«

Zurbrüggen drehte sich um, zuckte mit den Schultern, um die Bedeutungslosigkeit des Ganzen anzuzeigen. »Rimbaud steht momentan ziemlich unter Druck. Keine Ahnung wieso.«

Der Barkeeper: »Rimbaud steht meistens unter Druck.«

Der Mann in Schwarz heißt also Rimbaud, wohl Franzose.

Ihr Blick streifte mich wie eine Feder, aber mit dem spitzen Kiel. Das pikte. Rimbaud kippte seinen Drink in einem Zug runter. Er drehte sich dann weg, die Hände vor der Brust, beinahe theatralisch. Aha, eine Diva. Kauder wirkte zerknirscht. Er sprach auf Rimbaud ein. Zurbrüggen ging weg, in einen kleinen Raum. Rimbaud drehte sich um. Kauder schien froh zu sein. Er gab Rimbaud den Aktenkoffer. Kuss-Kuss. Kauder machte die Biege. Ich Depp! Hatte noch nicht bezahlt. Ich legte einen Zehner auf den Tresen. Was für eine Verschwendung!

Ich stieg in den Wagen. Kauder winkte ein Taxi heran. Ich folgte ihm. Es ging durch eine Gegend, die ich noch nicht kenne. Aber in Hafennähe. Kauder stieg aus dem Taxi. Ich hielt an. Er bog in eine Nebenstraße. An der Ecke eine Hafenkneipe: Zum goldenen Anker. Zwei Betrunkene torkelten heraus. Ich *folgte Kauder. Alles alte Häuser. Sieht aus, wie nach dem Krieg oder wie in Ostdeutschland. Viele sind nicht bewohnt. Ich vorbei und sehe gerade noch, wie Kauder ein Haus betrat.*

Und jetzt hätte ich fahren sollen. Wieder zurück, wieder ins Hotel oder besser ins Trunkene Schiff. Aber nein! Ich Blödmann bleib vor der Tür des Hauses stehen. Es war fast am Ende dieser eher kurzen Straße. Es sah unbewohnt aus, grau, armselig, bestimmt voller Ratten, aber keine Kriegsschäden, sondern bloß verwahrlost. Das Haus daneben auch. Keine gute Aura. Dann begann es zu regnen. Vor dem Haus: Kleiner Vorgarten mit rissigen Gehwegplatten, ein Fest für Disteln und Löwenzahn. Der Zaun halb umgekippt. Kellerfenster, seltsamerweise mit dickem Stahlgitter. Dann zwei Etagen. Also vermutlich drei Wohnungen. Oben Dachstuhl mit einer Luke. Machte Licht aus und wartete. Überlegte. Dachte nach. Was wollte Kauder in dem Haus? Hatte es etwas mit Borgward zu tun? Traf er einen weiteren Informanten? Vermutlich. Was hatte dieser Rimbaud damit zu tun? Wollte der ihn abhalten hierherzufahren? Nein. Er wollte, dass der hierherfährt. Das waren so meine Gedanken in dem Moment. Da sehe ich, nur ganz kurz, einen großen Mann das Haus betreten. Trägt einen Trenchcoat und einen Hut. Hab den nicht wirklich gesehen, weil es in dieser Straße keine Beleuchtung gibt. Außerdem der Regen, der meine Frontscheibe blind macht. Weggehen oder bleiben? Der Aktenkoffer wartet im Trunkenen Schiff bloß auf mich. Leichte Beute.

Ich blieb, weil mich das jetzt riesig interessierte. Was machen die da in diesem dunklen Haus? Fünfzehn

Minuten später kam der große Mann wieder raus.
Wieder sah ich nichts! Husch, ist der weg! Soll ich
hinterher? Nein, musste bei Kauder bleiben.
Warum, warum, denke ich jetzt, bin ich nicht abge-
hauen!
(Längere Pause, man hört nur schweres Atmen).
Wo war ich stehen geblieben? Also … Kauder ist noch
drin. Der wird auch gleich rauskommen. Ich betrachte
einen bescheuerten fetten Regentropfen, wie der träge
die Scheibe hinabkriecht. Wenn der unten ist, steig
ich aus. Doch ich kann nicht still sitzen. Da ist was
im Busch. Ich steig aus, bewaffnet mit einer Taschen-
lampe, sehe mich um, gehe über die Straße. Ich öffne
das quietschende Gartentürchen, gehe drei Schritte,
stehe vor der Haustür, drücke die Klinke runter.
Offen. Warum nicht verschlossen? Warum nur ist
diese verdammte Tür offen? Wenn die zu gewesen
wäre, dann würde ich jetzt nicht hier sitzen und
schlottern.
Was half es? Ich trat ins dunkle Haus ein. Der Moder-
geruch wehte mich an. Ich war wie fremdgelenkt
und ging langsam die knarrenden Stufen hinab in
den Keller, durch Vorhänge aus Spinnennetzen, die
meine Vorgänger noch nicht zerrissen hatten. Warum
ging ich in den Keller? Ich glaubte, dieser Kauder
braucht Hilfe. Ich will diesem Kerl helfen. Vollkom-
men bescheuert.
Es gibt einen Flur mit mehreren Kellerräumen. Drei
nach vorne und drei nach hinten zum Hof. Ich leuch-
tete in eines der Zimmer, in dem umgekippte Möbel
lagen. Die Fenster sind nicht nur stahlbewehrt, son-
dern das Glas ist auch mehrere Zentimeter dick, Pan-
zerglas, und nicht nur das. Es gibt Stahlplatten, die

man vor das Fenster schieben kann. Auch die Türen zu zwei der Räume sind aus Stahl. Ich rief mit verzagter Stimme: Herr Kauder, sind Sie da?

Niemand antwortete. Meine Taschenlampe zerrte zwei Eisenringe ins Licht. Folter. Ich bin in eine Folterkammer geraten. Für einen Moment zuckten Bilder aus dem Mittelalter durch mein Hirn. Ich hätte wegrennen sollen. Aber ich kann nicht. Ich bin wie gebannt. Ich gehe weiter. Stoße die letzte Tür auf und da hängt er.

Kauder baumelte von der Decke. Einen Riemen oder Gürtel um den Hals. Sein Gesicht zerschrammt. Kauder hing aufgeknüpft an einem Haken. Ich taumelte wie in Zeitlupe nach hinten, ruderte mit den Armen, um nicht hinzufallen. Mir fiel die Taschenlampe auf den Boden. Ich ließ sie liegen und rannte weiter. Bloß weg hier. Die Treppe hoch, raus aus dem Haus, ins Auto, Gas geben und weg, weg. Aber ich kam die Treppe nicht hoch, denn der Weg war mir versperrt. Er richtete seinen Lampenstrahl auf mich. Der Mann stand zwei Stufen höher, und er ist ein Koloss.

Take dreizehn, 10. April, 3:30
Bin eben das Treppenhaus hochgegangen, bis ganz nach oben. Dort ist eine Luke, die verschlossen ist. Natürlich nicht für mich. Ich habe die mit einem Dietrich geöffnet und bin aufs Dach gestiegen. Stand hoch auf dem Hoteldach. Gut, dass ich immer zwei Taschenlampen dabeihabe. Die eine liegt in diesem Geisterhaus. Ich fand einen lockeren Ziegelstein in der Ummauerung des alten Schornsteins. Ich kratzte mit meinem Schweizer Taschenmesser den restlichen Mörtel raus. Dahinter ist ein Hohlraum, der auf dem

Boden endet. Und genau da kann man schön etwas verstecken. Ich platzierte den Ziegel wieder an seinem ursprünglichen Platz und rauchte eine Zigarette. Habe jetzt das Gefühl, wieder was im Griff zu haben und ziemlich schlau zu sein. Aber noch ist es nicht so weit. Noch muss ich sprechen, sprechen auf dieses Band. Sobald ich alles gesagt habe, verstecke ich es, bis ich eine Biege mache. Doch ohne das Geld haue ich hier nicht ab.

Also weiter. Wie war das? Okay, Kauder ist tot. Der große Mann im Trenchcoat steht über mir auf der Treppe. Das ist der Mörder Kauders. Ganz klar. Bald schon würde auch ich an einem Haken baumeln, dachte ich, falls man das Denken nennen kann. Ich konnte nicht sehen, ob an dessen Hose nun der Gürtel fehlt. Ich sah eigentlich fast nichts. Alles verschwommen. Ich war einer Ohnmacht nah. Der Mann kam eine Stufe herunter. Oben im Treppenhaus fiel etwas zu Boden. Wir hörten es beide. Hatte er einen Komplizen? Jedenfalls drehte sich das Tier im Trenchcoat um und rannte die Treppe wieder hinauf. Ich wartete ungefähr zehn Sekunden, dann schlich ich hinterher. Im Treppenhaus war es nun ruhig, geradezu totenstill. Die Haustür war frei. Wo war das Ungetüm? In einer der verlassenen Wohnungen? Ich bemühte mich, keinen Laut von mir zu geben, und schlich weiter, regelrecht auf Zehenspitzen. Drückte die Haustür auf. Da war niemand. Jetzt höre ich ein Poltern. Jemand fiel die Treppe hinunter. Ich machte, dass ich fortkam. Ich schaffte es zum Auto. Lasse den Motor an. Stottern. Zündung. Stottern. Ich werde nervös. Das Ungetüm erscheint in der Haustür, jedenfalls ein enorm breiter Schatten mit Hut. Der Mann tritt auf die Straße.

Ja, es ist das Ungetüm. Groß, Trenchcoat und Hut. Stottern. Ich ducke mich, denn er weiß ja nicht, dass ich im Auto sitze. Mein Atem spielt verrückt. Mein Herz droht zu zerspringen. Scheiß drauf! Ich versuche es erneut. Der Motor röchelt und springt an. Ich trete aufs Gaspedal und brause los.

So, das war meine Geschichte. Und nun verstecke ich das Band! Oder soll ich noch mal los? Zur Bar? Die ist bestimmt noch auf.

Take vierzehn, 10. April, sechs Uhr morgens
Also, ich bin noch mal hin zur Bar. Was soll ich noch sagen? Ich bin seltsam ruhig. Vermutlich der Schock. Was habe ich nur getan?

Es war schon vier oder fünf Uhr. Kurzer Fußweg. Vielleicht käme ich noch an den Koffer. Der Borgward von Neumann stand am Straßenrand. Ich postierte mich geschickt in einem Hauseingang neben der Bar, wobei mir mein Dietrich behilflich war, und übersah die Straße. Ich wartete auf den Koffer. Neumann kam just aus der Bar. Und dann –

KAPITEL 22

Etwas Schweres fiel auf meine Schulter. Ich zuckte zusammen, noch ganz gefangen in Kowalskis Erzählung. Ich musste mich erst orientieren. Wo war ich? Ich dachte tatsächlich für einen Moment, Neumann vor mir zu sehen, wie er in seinen Wagen einstieg. Es hatte also einen Zeugen gegeben: Kowalski. Oder war es so, wie Schröder vermutete? Kowalski hatte Neumann getötet. Schließlich wollte er ihm den Koffer abnehmen und schließlich hatte er den Koffer auch bekommen.

Aber ich war in dem Musikraum. Und hinter mir ragte Schröder auf. Grinste sein Schröder-Grinsen, das noch fieser wirkte, wenn es so breit war, dass eine kleine Zahnlücke zwischen den hinteren Backenzähnen sichtbar wurde. Ich drückte auf die Stopp-Taste und nahm den Kopfhörer ab. Ertappt.

»Sieh an! Herr Kommissaranwärter Nettelbeck. Kombiniere: Sie haben das Tonband gefunden. Dann mal her damit.« Er machte eine Handbewegung. Ich konnte es ihm auf keinen Fall geben. Er würde es verschwinden lassen. In diesem Moment kam Rimbaud herein. An der Tür hinter ihm stand Iris Zurbrüggen.

Rimbaud stellte sich nah an Schröder heran, etwas, das ich bisher selten gesehen hatte bei Leuten, die ihn kannten, bei Fremden nie. Man versuchte instinktiv, Schröder auf Distanz zu halten, das war ein Reflex. Rimbaud erfasste diesen Umstand sofort und handelte gerade dem Instinkt entgegen. Rimbaud war zwar überdurchschnittlich groß, brachte aber kaum fünfundsechzig Kilo auf die Waage und war damit halb so schwer wie Schröder und natürlich immer noch deutlich kleiner. Jedenfalls musste sich Schröder mit ihm befassen, da er in dessen physisches Hoheitsgebiet eingedrungen war.

Das gab mir wiederum die Möglichkeit, mich ebenfalls hinzustellen und das Tonbandgerät zu schützen.

»Sieh an, die Herren von der Kripo in meiner Diskothek. Willkommen! Habe ich es mit Jazzfreunden zu tun? Ja, bestimmt. Ich möchte Ihnen gerne meine Plattensammlung zeigen. Darunter sind …«

»Was sind Sie denn für ein Kasper?«, unterbrach Schröder Rimbauds aufgesetzte Rede.

»Ich bin Rimbaud.«

»Rimbaud ist tot, und zwar vor genau siebzig Jahren in Marseille gestorben. Und Sie sind …« Er brach ab, als müsste er sich auf die Zunge beißen. Er wusste, wer Rimbaud war. Wusste er es schon die ganze Zeit über? An mich gewandt sagte er: »Nettelbeck, pfriemeln Sie schon mal das Tonband aus dem Gerät.«

Rimbaud trat nun doch einen Schritt zurück. Er sagte: »Sie schüchtern Ihren jungen Kollegen ein. Was sagt denn Herr Nettelbeck dazu?« Mir schien es, als ob auch Rimbaud Schröder kannte. Was geschah da gerade zwischen den beiden?

Rimbaud bewegte sich nun wie eine Schlange, die einem mächtigen Gegner besiegen musste und um ihn herumtanzte.

»Ihr affiges Gehabe können Sie sich schenken, Herr Rimbaud. Es gibt sicherlich Akten über Sie.«

»Falls Sie mich verhaften wollen. Ich werde nicht mit Ihnen gehen. Ich mache diesen Fehler nicht. Ich gehe nie mit der Polizei, damals nicht und heute nicht.«

»Damals?« Diese Aussage irritierte Schröder tatsächlich. »Los, wo bleibt das Band?« Er hatte mich nicht vergessen.

»Sie wissen doch, damals, als Sie bei der Gestapo waren.«
Rimbaud war von einem zum anderen Moment wie verwandelt. Er schrie diesen Satz heraus. Damit hatte er seine Selbstbeherrschung aufgegeben. Und er wiederholte den Satz, voller Anklage.

Schröder trat auf ihn zu, bedeckte ihn mit seiner physischen Präsenz, und kurz bevor seine Pranke den Hals von Rimbaud umfassen konnte, trat plötzlich ein zweiter Mann auf. Er hatte die Traube aus Gästen und Iris Zurbrüggen, die sich im Hintergrund gebildet hatte, durchschritten. Der Major drückte den Arm von Schröder weg – Rimbaud glitt schlangengleich zur Seite.

»Aber Herr Hauptkommissar, wer wird sich denn an Schwächeren ver… ver… Wie heißt das noch mal?«

Von hinten rief jemand: »Vergreifen.«

Der Major: »Vergreifen.«

Schröder war so perplex, dass er aus Verlegenheit zu mir sah, als ob er meine Unterstützung benötigen würde. Ich war eingeschüchtert von all dem und hatte immer noch nicht das Tonband aus dem Gerät genommen. Auch deshalb, weil mir nicht klar war, wie das ging. Ich befürchtete, es zu beschädigen.

»Eine hässliche Narbe haben Sie da, Herr Kommissar. Nicht symmetrisch, richtig hässlich. Wieso müssen sich die deutschen Studenten freiwillig verstümmeln? Nennt sich Elite! Ich würde Ihnen gerne noch eine zweite Narbe verpassen auf der linken Seite wegen der Symmetrie.«

Schröder blickte den Major kalt an. »Wissen Sie was, Mister Major. Ich sehe mal davon ab, dass Sie ein Amerikaner sind und trotz Ihres albernen Titels, den Sie hier immer noch spazieren führen, in diesem Land nichts zu sagen haben, sondern bloß ein Arschloch sind, das eine Transenbar führt. Ich könnte Ihnen eine verpassen. Als Andenken aus good old

Germany. Ein Gruß vom Corps Saxonia – aber ...«, er griff blitzschnell unter den Mantel und holte seine Dienstwaffe heraus, »... ich habe es eilig.«

Ein Raunen ging durch den Raum, wie im Theater bei einer schockierenden Szene.

Nun war der Major verdutzt, klappte den Mund zu und riss ihn wieder auf, um einen Orkan aus Lachen freizulassen. Dann sagte er zu den anderen, die nun ein Publikum bildeten: »I like this guy, really!«

Schröder wandte sich wieder an mich: »Also, wo bleibt das Band?«

Ich zögerte. Er stieß mich beiseite und entnahm die beiden Spulen. Er stopfte sie sich in die Manteltasche.

»Wir gehen, Nettelbeck.«

Ich schüttelte den Kopf, brachte keinen Ton heraus.

»Sie wollen nicht?«

Ich schüttelte noch einmal den Kopf.

Rimbaud funkte dazwischen: »Verstehen Sie nicht, Herr Kommissar? Ihr Nettelbeck will nicht mitkommen. Der bleibt lieber bei uns.«

Im Hintergrund war ein beifälliges Jauchzen zu hören.

»Letzte Chance, Nettelbeck. Kann sich noch alles zum Guten wenden.«

Er sagte dies in einem sanften Ton, der desto sanfter wirkte, da er umso seltener so sprach. Alles wirkte bei ihm groß, so auch diese Sanftheit. Er sah mich an, erst eindringlich, dann verständnislos. Dann schaute er in die Runde. Sein Blick blieb bei Rimbaud hängen. Er starrte ihn an, als sähe er ihn das erste Mal, das erste Mal richtig. Mir war es, als würde ein Zucken über sein Gesicht laufen, sehr fein, beinahe subkutan. Und tatsächlich sagte er: »Mir ist gerade etwas klar geworden ... Wir müssen Vertrauen zueinander haben. Ich brauche Sie mehr denn je.«

In mir war aber nun eine große Wut. Sie stieg in mir hoch. Es war eine verzweifelte Wut. Ich weiß nicht, woher sie kam, sie hatte sich wohl angestaut, mein Leben lang und türmte sich nun in mir auf. Vertrauen? Er sprach von Vertrauen? Das war infam. Das war der Gipfel an Hinterhältigkeit. Zugleich war mir klar, dass ich gerade einen großen Fehler beging. Anstatt der Spur zu folgen, die sein Blick gelegt hatte, als dieser über Rimbaud glitt, spürte ich nur diese große, sinnlose Wut, die mich blind machte für Nuancen.

Schröder atmete ein paar Mal schnaubend. Dann wandte er sich ab. Ich senkte den Kopf, sah nicht, wie er den Raum verließ. Es schien mir, als ob er noch einmal, ein letztes Mal stehen blieb, in der Hoffnung, ich könnte mich doch noch anders entscheiden. Sein Schritt war schwer, schwerer als sonst.

Rimbaud kam näher, wischte mir tröstend über den Arm. »Komm, wir trinken was!«

»Gute Idee. Trinken wir was!«, rief der Major aus. »Eine Runde geht auf mich!« Jubel setzte ein. Die Leute verteilten sich wieder, nahmen Platz oder gingen direkt zur Theke. Den vielen unterschiedlichen Stimmen im Raum war deutlich die Erleichterung anzumerken. Sogar die Musik war nun heiterer als sonst.

Rimbaud, Iris und ich gingen zur Theke. Wir setzten uns, wo der Tresen einen kleinen Bogen machte. Der Barkeeper war vollauf damit beschäftigt, die Korngläser zu füllen, die auf Kosten des Hauses gingen. Der Major brachte uns drei Cocktails.

»Du hast dich richtig entschieden« sagte Rimbaud. »Schröder ist ein Schwein. Glaub mir, ein dreckiges Schwein.«

Ich erwog kurz, ihm zu erzählen, was auf dem Band war. Dieses Band gab Rimbaud recht. Aber ich durfte nichts erzählen, noch war ich Beamter, noch war ich Polizist, wenn ich auch damit rechnen musste, dass Schröder mich fertig-machen würde und meine Tage im Dezernat gezählt waren. Was würde Schröder mit dem Band anstellen? Er musste es vernichten. Natürlich war er das Ungetüm, von dem Kowalski sprach. Iris Zurbrüggen unterbrach meine Gedanken.

»Warum wollten Sie Ihrem Chef das Tonband nicht raus-rücken? Was ist denn da drauf? Wurde Ihre Befürchtung bestätigt?«, fragte sie.

Bevor ich antworten konnte, prosteten wir uns erst ein-mal zu. »Nein, nichts Besonderes. Bringt uns nicht weiter«, log ich.

»Warum sind Sie dann nicht mit Ihrem Chef mitgegan-gen?«

»Warum? Warum?«, wiederholte nun auch Rimbaud. »Das ist doch offensichtlich, Schätzchen. Er hat uns eben lieb!«

Iris Zurbrüggen war nicht davon überzeugt. »Sie verheim-lichen uns etwas.« Ihr Finger spielte mit einem Schirmchen, das aus ihrem Glas ragte.

»Und ihr? Ihr verheimlicht mir auch etwas.« Ich hatte unwillkürlich die vertrauliche Anrede gewählt.

»Ein Du! Großartig! Dann wollen wir Brüderschaft trin-ken und uns das Du anbieten«, rief Rimbaud begeistert. Wir stießen an, deuteten Küsschen an, nannten unsere Namen.

»Wie bist du zur Polizei gekommen, Thomas?«, fragte Iris.

»Gleich nach der Schule bin ich zur Polizei gegangen, mitt-lerer Dienst. Wachtmeister und so. Wurde bald entdeckt als Lauftalent und vom Dienst befreit, lief dann nur noch.«

»Wie bist du zur Kripo gekommen?«

»Nach meinem Sturz bei einem Rennen lag ich meh-rere Wochen im Krankenhaus. Das Aufbautraining begann, aber ich hatte den Spaß am Laufen verloren. Ich sagte, ich könnte nicht mehr an meine Leistungen anknüpfen. Man hatte Verständnis. Irgendwelche Leute, die mir helfen wollten wegen meiner besonderen Leistungen, die ich für die Polizei erbracht hatte und wohl auch für Bremen, schlugen mir vor, nach Düsseldorf zu gehen zu einer speziellen Polizei-Akademie. Ich wollte sowieso weg aus Bremen und so akzeptierte ich. Vor einem Monat fing ich bei der Kripo an. Und meine Karriere ist wohl schon beendet, wie es aussieht. Das wird mir Schröder nicht verzeihen. Der wird mich fertigmachen.«

»Der hat schon viele fertiggemacht«, zischte Rimbaud.

»Das klingt, als ob du ihn kennst«, sagte ich.

»Nicht ihn speziell. Aber die sind doch alle gleich.«

Der Major schob ihnen einen weiteren Cocktail zu. Ich war im Verzug und sog kräftig am Strohhalm. Auf meinem war eine rote Kirsche. Sie schwebte scheinbar über der Flüssigkeit.

»Iss die Kirsche, das ist das Beste«, forderte mich Rimbaud auf. Die Kirsche lag auf der zuckrig-schneeigen Oberfläche des Drinks. In der Kirsche steckte wiederum ein gelber Stick aus Plastik. Ich hielt sie ins Licht, als prüfte ich eine besondere Kostbarkeit, einen Diamanten oder eine wertvolle Briefmarke.

»Was soll das sein?«

»Sie enthält eine ganze Welt voller Überraschungen.«

Ich besah mir wieder die Kirsche. Sie war dunkel und trocken, an einer Stelle leicht eingedrückt. Es war eine normale Kirsche, keine Tollkirsche, hoffte ich. Ich schob sie vorsichtig in den Mund und trank einen Schluck. Die Mischung aus süßem Zucker, süßsaurer Kirsche und bitterem Wodka veranstaltete ein Wetterleuchten in meiner Mundhöhle.

»Gut?« Rimbaud beäugte mich gespannt.

»Ja, sehr gut.« In meinem Kopf begann es, bunt zu kreiseln. Nicht unangenehm. Rimbauds Hand mit zartblauen Venen schwebte über die Theke vor mein Gesicht, als sollte ich sie küssen, aber sie streifte nur meine Wange.

Als ich ausgetrunken hatte, sagte Rimbaud. »Ich breche auf. Du kommst doch mit, Thomas, oder?« Er stand vom Hocker auf und streckte sich etwas. Iris erhob sich ebenfalls. »Ich gehe auch nach Hause. Vielleicht ist Hans zurückgekehrt.«

Dieser Satz gab mir einen Stich. Rimbaud und ich sahen uns an. Uns war beiden klar, dass sie vergeblich warten würde. Ich wusste es, denn ich hatte gerade das Band abgehört – aber woher wusste es Rimbaud? Na ja, er hatte seinen Freund Hans Kauder genötigt, nach Gröpelingen zu fahren, wenn es stimmte, was Kowalski erzählt hatte. Da Kauder nicht zurückgekehrt war, zählte er zwei und zwei zusammen. Und Schröder wusste es auch, denn er hatte Kauder umgebracht. Selbst Iris wusste es. Sie hatte es mir gegenüber vermutet. Doch die Hoffnung stirbt zuletzt.

Wir verabschiedeten uns von ihr. Ich folgte Rimbaud wie selbstverständlich. Wir durchquerten den Raum, wo Paare eng umschlungen tanzten. Lale Anderson sang: »Ein Schiff wird kommen«. Ich spürte die Blicke. An den Tischen wurde getuschelt. Wir kamen zur Toilette. Was sollten wir hier? Mir klopfte das Herz so stark, dass es wehtat.

Rimbaud ging aber weiter und kam an eine Tür. Es war eine Vorratskammer. Wir durchquerten auch diese Kammer, die voller aufgestapelter Kartons und Dosen war. Er schob einige Kartons, die bis fast zur Decke reichten, beiseite und forderte mich auf zu helfen: »Kuck nicht so dumm, pack mit an.« Ich half eilfertig, obwohl es mir schwerfiel, das Gleichgewicht zu halten. Ich war betrunken oder in einer anderen Art von Rausch. Die Kirsche …

Wir legten eine Tür frei. Rimbaud schloss sie auf. Wir gingen hindurch und kamen in einen Treppenaufgang, sehr schmal, sehr provisorisch, schnell hingezimmert. Die Treppe war nicht bloß schmal, sondern auch steil. Ich hätte mich gern festgehalten, es gab aber keinen Handlauf. So hielt ich mich unwillkürlich an Rimbauds Jackett fest, der es geschehen ließ. Schließlich betraten wir eine Wohnung. Sie musste im Nebenhaus liegen. Dies war das Haus, in dem Kowalski zuletzt war und von dem aus er Neumann beobachtet hatte. Was hatte Kowalski gesehen? Hatte er den Mord gesehen? Und musste er deshalb sterben? Schröder war sicherlich schon dabei, das Tonband zu vernichten, während Iris vergeblich auf Hans Kauder wartete.

KAPITEL 23

Die Wohnung nahm die gesamte Etage ein, wie ich später fest-stellte. Wie viele Zimmer es waren, konnte ich nicht abschät-zen. Wir bogen in einen Korridor und waren dann in einem recht großen Atelierzimmer. Es war dunkel, nur hinten am Bett war eine Nachttischlampe an. Die Decke bestand zu einer Hälfte aus Stein, zur anderen aus Glas, sodass man den Nachthimmel sehen konnte. Es war ein enormes Bau-werk. Die Glasdecke war nicht flach, sondern bildete eine Pyramide oder eine Art Zelt, ein Zelt aus Glas. Der Teil der Decke war entfernt worden und die Pyramide stieß durchs Hausdach hindurch spitz hinauf. Rimbaud musste über ziem-liche finanzielle Mittel verfügen.

Kleine persische Teppiche lagen wie zufällig verstreut neben- und teilweise übereinander. Das Bett bildete das Zen-trum. Ein breites Doppelbett aus Messing. Darüber spannte sich das Glaszelt mit dem Sternenhimmel. Iris hatte gesagt, Rimbaud wohne dem Himmel sehr nahe. Das war also gemeint. An der Wand hing ein Gemälde mit einem Engel, der Posaune spielte. Auf dem Bett lagen Bücher, wild ver-streut. Ich las einen Titel: »Auf der Suche nach der verlore-nen Zeit«. Ein zweites, kleineres Zentrum bildete der Schreib-tisch oder Zeichentisch, eine Platte, die auf zwei Holzböcken ruhte. Auf dem Schreibtisch lag ein Wirrwarr aus handschrift-lich beschriebenen Blättern und Fotos. Ich trat nicht so nahe heran, dass ich Details erkennen konnte.

Außer einer Ottomane, an die ein Gemälde mit der bemal-ten Vorderseite lehnte, war das Zimmer leer. Allerdings war ein Teil des Raumes durch einen Vorhang abgetrennt. Diesen Vorhang zog Rimbaud nun zur Seite. Rimbaud zog sich nackt aus und einen seidenen Morgenmantel über, ganz schwarz, nur die Bordüren an den Ärmeln waren rot verziert. Er warf seine Perücke auf einen Toilettentisch, in dessen dreigeteiltem Spiegel sich das ganze Zimmer wiederfand, inklusive mir und dem nun glatzköpfigen Rimbaud. Alles verschwand wieder, als er den Vorhang zuzog.

Noch war es möglich zu gehen. Aber wohin? Zu Hause würden mich die Phantome Schröders in den Wahnsinn treiben. Mit Gisela war es aus, meine Eltern blieben mir fremd. Wolf hatte ich vor den Kopf gestoßen. Wohin sollte ich gehen? Und warum nicht hierbleiben? Bei Rimbaud. Hiersein war schön. »Solitude« erklang. Rimbaud wusste offensichtlich, was mir gefiel. Der Alkohol oder eine andere Droge, eine, die in der Kirsche gewesen war, ließ mich die Welt anders sehen. Ich driftete ab, gewann Abstand. Es war angenehm hier. Mit Rimbaud. Hatte ich nicht ein Recht darauf? Ich hatte soeben den Anker gelichtet und fuhr aus dem Hafen ohne Ziel.

Ich lag in seinem Bett. Diesem breiten Messingbett. Ich schämte mich meiner Nacktheit und deckte mich mit einer seidenen Überdecke zu. Er lächelte nachsichtig. Dann sprach er, sprach von Jazz und der Lage der schwarzen Jazzmusiker. Es interessierte mich nicht. Trotzdem hörte ich ihm gerne zu, lauschte nur dem Klang seiner Stimme. Sah ihn an. Er hatte sehr feine Gesichtszüge, in der sich Männliches und Feminines mischte, Verletzlichkeit und Entschlossenheit. Er war wie ein Mensch aus einer anderen Welt. In seinen Augen war eine Tiefe, die einen hinabziehen konnte. Ich wusste nicht, wo ich landen würde, aber genau das war es, was ich wollte, vielleicht, vielleicht wollte ich hinabgezogen werden.

»Iris sagte, du hättest eine interessante Geschichte zu erzählen. Eine, die nur du erzählen darfst.«

»Sagte sie interessant?«

»Nein. Wohl nicht … eine Geschichte, die niemand hören will, aber die man hören muss.«

»Das klingt schon besser. Aber gedulde dich noch einen Moment, Thomas. Jetzt ist erst mal das Trunkene Schiff dran.«

Ich lag flach auf dem Rücken im Bett unter dem Schutz der Seidendecke, die ich bis unters Kinn gezogen hatte, den Blick in den Sternenhimmel gerichtet. Da hinauszuschauen, war ein seltsames Gefühl. Ich vergaß, wo ich war, verlor die Orientierung, fand mich im Nirgendwo wieder. Ich hatte das Gefühl, mein Geist stieg auf, durchs Dach hinaus in den Nachthimmel. Rimbauds Stimme begleitete mich. Er rezitierte, sang es fast:

Hinab glitt ich die Flüsse, von träger Flut getragen,
da fühlte ich: es zogen die Treidler mich nicht mehr.
…

Während er sang, dieses lange Gedicht, war ich selbst das Schiff, das trunkene Schiff, und statt des Meeres war ich im Weltall. Ich hörte seinen Atem. Und ich hörte mein Atmen. Er war über mir und fragte, ob ich will. Und ich sagte: Ich weiß nicht. Dann bist du noch nicht so weit, flüsterte er. Und ich sagte: Ich weiß nicht, vielleicht doch, aber ich habe Angst, große Angst. Du musst keine Angst haben, flüsterte er. Aber … Die Seidendecke glitt von mir und fiel.

KAPITEL 24

Es waren Tage vergangen.

In diesem Bett. Mit Rimbaud. Und doch war es nur eine Stunde oder weniger. Wir lehnten an Kissenbergen, die Rimbaud hinter unseren Rücken drapiert hatte. Wir tranken Coca-Cola, um wach zu bleiben.

Da sagte Rimbaud: »Jetzt muss ich dir meine Geschichte erzählen. Willst du immer noch?« Und ich nickte bloß.

Während Rimbaud seine Geschichte erzählte, wurde mir nach und nach klar, dass deren Ende oder besser ihr Fluchtpunkt sich mit meiner Geschichte, in die ich seit so vielen Jahren verstrickt war, kreuzte. Und das erschien mir geradezu schicksalhaft, beinahe mystisch.

»Ich werde dir nun eine Geschichte erzählen. Beinahe ein Märchen, ein böses Märchen. Wir wohnten in einem schönen, großen Haus in einer Hafenstadt im Norden Deutschlands. Mein Vater war Fotograf und drehte kleine Filme mit einer Schmalfilmkamera. Er war erfolgreicher Eigentümer einer Werbefirma, die Aufträge und Kampagnen ausführte für Hapag-Lloyd, Lufthansa und Borgward. Meine Mutter gab gerne Gesellschaften. Sie besaß Esprit, rauchte Zigaretten aus einer langen Zigarettenspitze und gelegentlich Haschisch.

Meine Mutter liebte die Poesie. Sie brachte mir viele Gedichte bei. Mein Vater lehrte mich die Fotografie und ich assistierte bei seinen Schmalfilmen, die er nicht nur gewerblich drehte, sondern auch für private Zwecke. So lebten wir doch einigermaßen glücklich, bis die Nazis kamen. Meine Mutter war Jüdin. Aber mein Vater hatte Einfluss und schaffte es, dass wir unbehelligt blieben. Doch mit den Gesellschaften war es vorbei. Die Gefahr war groß, dass die Rassenschande, wie die Nazis es nannten, herauskommen würde, wenn sie sich allzu sehr exponierte. Und diejenigen, die eingeweiht waren, wären ohnehin nicht mehr gekommen. So blieb sie nur noch zu Hause und hoffte, der Spuk möge vorübergehen. Doch er ging nicht vorüber, sondern wurde schlimmer, immer schlimmer.

Im ersten Kriegsjahr war ich zwölf Jahre alt. Es war Oktober und ein Wagen fuhr vor. Ich sah es aus meinem Fenster. Ein Mann stieg aus, sah hoch zu unseren Fenstern. Schnell verbarg ich mich. Er trug einen ledernen Gestapomantel. Ich wusste, er würde zu uns kommen, weil ich Unheil gewohnt war.

Ich lief schnell in die Küche, in der meine Mutter am Herd stand – sie, die zuvor behauptete, nicht kochen zu können, hatte zunehmend die Pflichten einer Hausfrau übernommen, weil wir kein Personal mehr beschäftigten, auch aus Kostengründen, denn die Geschäfte begannen, schlechter zu gehen.

Ich sagte ihr, es käme ein Mann in Uniform hoch zu uns. Sie wischte sich die Hände an der Schürze ab, richtete im Spiegel ihr Haar, das perfekt saß, und machte sich innerlich gefasst auf alles, was da kommen sollte. Es klingelte. Sie ging zur Tür. Der Mann kam herein. Die beiden kannten sich. Der Mann war noch jung, ein sehr großer Mann, breitschultrig und mit einem enormen Kopf. Er hatte, wie viele Offiziere, eine Narbe auf der Wange, einen Schmiss. Er war überraschenderweise freundlich, und meine Mutter war erleichtert. Ich hatte mich zunächst in mein Zimmer zurückgezogen, war dann aber heimlich wieder hervorgekommen und belauschte die beiden, die im Wohnzimmer saßen. Sie rauchten. Meine Mutter hatte dem Gestapomann einen Kognak eingeschenkt.

Der Mann war früher ein Besucher ihrer Gesellschaften gewesen. Er war, wie ich aus dem Gespräch erfuhr, wie meine Mutter ein Liebhaber der Poesie. Alles hatte bislang den Anschein einer harmlosen Plauderei, jedenfalls für meine Mutter. Für ihn wohl nicht. Diese Leute führten immer etwas im Schilde. Sie sprachen über Gottfried Benn, der ein bekennender Nazianhänger war, zumindest anfangs, und nun überlegten die beiden, was er wohl aktuell mache. Benn hatte immer als Arzt weitergearbeitet und so kamen die beiden überein, dass er wohl auch jetzt als Arzt tätig war. Es blieb offen, ob der Mann wusste, dass meine Mutter alles andere als ein Nazi war. Er selbst kehrte, soweit ich das beurteilen konnte, seine Gesinnung nicht hervor, sondern war an einem gesitteten Gespräch über Lyrik interessiert, obgleich er andererseits nicht verhehlte, ein Vertreter des Regimes zu sein. Es muss schlimm für meine Mutter gewesen sein, da sie nicht einschätzen konnte, was er wirklich wollte.

Sie war entsprechend angespannt, vermutlich sogar voller Angst, ließ sich aber nichts anmerken, sondern plauderte wie früher. Der Mann genoss es augenscheinlich, machte ihr Komplimente. Schließlich wollte er wissen, wann mein Vater am besten zu treffen sei. Meine Mutter gab ihm Auskunft. Schließlich bedankte er sich für die Gastfreundschaft und die angenehme Gesellschaft, behauchte ihr die Fingerspitzen wie ein Kavalier alter Schule und verließ die Wohnung.

Meine Mutter zitterte. Als ich ins Zimmer kam, verkrampfte sie sich, um das Zittern zu unterdrücken, und ging zurück in die Küche.

Einige Tage später kam mein Vater zu mir. Es war schon Abend. Ich machte Hausaufgaben. Er war beunruhigt, ich spürte es, obwohl er es zu verheimlichen suchte. Wir wohnten … in dieser Wohnung, in der wir uns gerade befinden. Er sagte, ich solle ihm folgen. Er zeigte mir ein Geheimzimmer.«

Rimbaud machte eine kleine Pause, sah mich an.

»Ich möchte, dass es geheim bleibt, Thomas, und deshalb werde ich nicht schildern, wo es ist. Ich erzähle nur kurz, was es damit auf sich hat. Als meine Eltern das Haus kauften – eine Erbschaft meiner Mutter hatte es ermöglicht –, hatte mein Vater die Zimmer immer wieder neu ausgemessen, weil die Quadratmeteranzahl auf dem Grundriss nicht mit der von ihm akribisch gemessenen echten Größe übereinstimmte. Es fehlten knapp zwei Quadratmeter. Er wandte sich an den Verkäufer, einen älteren Herrn, der in die Schweiz gezogen war, weil ihm Deutschland nicht mehr gefiel – es war Ende der Zwanzigerjahre –, und fragte nach diesen fehlenden Quadratmetern. Der Verkäufer, der für die notarielle Verkaufsabwicklung noch einmal nach Bremen gekommen war, beglückwünschte meinen Vater für seine Schläue und erklärte ihm, wo die fehlenden Quadratmeter versteckt waren und wie es dazu gekommen war. Mein Vater hatte immer den Anspruch, mir beizubringen, was er wusste, so auch dieses Geheimnis. Der Verkäufer hatte sich tatsächlich ein solches Geheimzimmer einbauen lassen, weil er den Zeiten nicht traue. Dieses Geheimzimmer zeigte mir mein Vater. Es sei vielleicht schon bald sehr wichtig, falls man sich verstecken müsse, erläuterte er. Das Zimmer war also sehr klein, darin befand sich aber eine Schlafliege mit Decken.

Ich fand es spannend und schlief in dieser Nacht in dem Geheimzimmer, nicht ahnend, dass ich es schon bald benötigte, nämlich am nächsten Tag. Gestapoleute kamen am Morgen in die Wohnung, durchwühlten alles, und führten meinen Vater ab. Meine Mutter war in letzter Sekunde zu mir in das Zimmer geflüchtet. Wir harrten noch ein paar Stunden aus, nachdem sie meinen Vater weggebracht hatten. Dann getrauten wir uns hinaus.

Meine Mutter telefonierte mit Freunden. Sie bat, sie flehte, sie weinte, aber es schien ihr niemand helfen zu können. Nur einer war da. Der Mann, der sie kürzlich besucht hatte. Der Mann mit dem Schmiss auf der Wange.

Es war ein Risiko. Er kam jedenfalls. Er versprach meiner Mutter, sich umzusehen und herauszufinden, was mit meinem Vater geschehen war. Dabei machte er ihr wohl ein eindeutiges Angebot, das meine Mutter nicht vehement ablehnte, sondern sie versprach, es in Erwägung zu ziehen. Worum es ging, war selbst mir klar. Allein, mit welcher Gier er sie ansah!

Nun stell dir vor, Thomas, der Mann verlässt die Wohnung. Und ich, ich weiß, dass der ein Schwein ist, das größte Schwein, das ich je kennengelernt habe. Ich hasse diesen Mann und könnte ihn umbringen. Er ist ein Verräter. Meine Mutter ist nach seinem Abgang mit sich selbst beschäftigt und schockiert von dessen Forderung. Sie bemerkt nicht, wie ich weggehe, die Treppe hinunter. Ich beobachte, wie der Mann in seinen Wagen steigt. Der Mann kennt mich nicht, hat mich nie gesehen, außer als ich kleiner war, vielleicht, ich weiß nicht, jedenfalls kennt er mich jetzt nicht. Ich gehe am Auto vorbei. Am Steuer sitzt ein weiterer Gestapomann. Und der Schmiss-Mann befiehlt ihm, wohin er fahren soll. Eine bestimmte Straße in Gröpelingen. Nun, es gibt Zufälle. Dies ist ein Zufall: Ich kenne die Straße, die er genannt hat. In der Nähe dieser Straße ist nämlich ein Arbeiter-Schach-Club, den ich besuche. Ich besuche ihn, weil dort keine Nazis sind und die Leute nicht zu meinem Milieu gehören. Das war eine Idee meiner Mutter, dorthin zu gehen und nicht in einem Schachclub in unserer Gegend.

Ich steige auf mein Fahrrad und rase los. Du magst es nicht glauben, aber ich bin damals sportlich gewesen und besonders Radfahren habe ich geliebt. Es machte mich unabhängig und man brauchte nicht in ruckeligen, übel riechenden Straßenbahnen zu sitzen, in denen die Menschen einen angafften. Ich benötige eine halbe Stunde. Das Auto steht vor der Tür, sodass ich weiß, in welchem Haus der Schmiss-Mann ist. Vor dem Eingang stehen zwei Wachleute, finster dreinblickende Nazis. Die Straße ist leer. Hier traut sich keiner hin. Oder falls doch, so wechselt man die Straßenseite. Das Nachbarhaus ist auch nicht bewohnt. Dort stehen keine Nazileute. Es ist ein Eckhaus. Eine Hakenkreuzfahne hängt an der Hauswand; aber nicht bei dem anderen Haus, vor dem die Wächter stehen.

Ich gehe um die Ecke in die Querstraße. Zwischen diesem Haus und dem nächsten gibt es einen schmalen Gang, den ein Eisentor versperrt. Ich klettere darüber, nehme den Durchgang und komme in die typischen Hinterhöfe. Die kleinen Höfe grenzen aneinander. Ich klettere über die Mauer und bin im Hof des Nachbarhauses. Hier wird gefeiert, wie ich höre. Sie grölen ihre scheußlichen Lieder. Ich klettere auch über die nächste Mauer und bin im Hinterhof des Hauses, das manche das graue Haus nennen, wie ich später erfahre. Oh, ich weiß genau, wo es ist. Ich, Rimbaud, damals zwölf Jahre alt, drang in diesen Hof und konnte durch ein vergittertes Kellerfenster ins Innere schauen. Ich lag bäuchlings auf dem Boden und schaute direkt in den Folterkeller des grauen Hauses. Mein Vater –

Mein Vater, mein lieber Vater, der nie jemandem etwas zuleide getan hatte, hing an die Wand gekettet, auf Zehenspitzen stehend, die Arme fast ausgerenkt oder ausgekugelt, fast komplett entblößt, und schrie, er schrie. Aber man konnte ihn nicht hören. Er hatte einen Knebel im Mund, und er schien fast an seinem Schreien zu ersticken. Neben ihm stand jemand. Der Folterer. Er trug einen Ledermantel. Ich sah ihn nur von hinten, denn mein Vater hing genau gegenüber dem Kellerfenster. Er hätte mich vielleicht sehen können. Doch er konnte nichts mehr sehen. Blut lief von seinem Kopf in seine Augen und vermischte sich mit den Tränen. Der Folterer hatte über seinen Kopf ein Tuch gestülpt. Er sagte etwas, schrie etwas, brüllte meinen Vater an. Mein Vater schrie diese lautlosen Schreie, bis er nur noch den Kopf hängen ließ vor Erschöpfung. Ich machte die Augen zu. Dann wieder auf. Nun rann noch mehr Blut über das Gesicht meines Vaters und er bäumte sich noch einmal auf, zappelte und ich glaubte, das Klirren zu hören, das Klirren der Ketten, die gegen die Wand schlugen. Ein anderer Mann kam herein, wurde jedoch sofort angebrüllt und verschwand wieder.

Warum lief ich nicht weg? Warum blieb ich da? Was dachte ich, was fühlte ich? Ich weiß es nicht mehr. Ehrlich. Ich kann dir nicht sagen, ich kann es nicht sagen ... Es kommt mir vor, als wäre ich selbst ein Täter, ein Mittäter. Der Schmerz, wenn ich daran denke, ist so groß, dass ich schreien möchte, aber ich kann nicht schreien, nicht schreien.

Ich hätte Hilfe holen können. Nur wen? Das war die Gestapo! Die SS und der ganze Scheiß! Und wer sollte die Gestapo bestrafen? So viel wusste ich schon. Es gab kein Recht mehr. Der Mann holte aus einer Manteltasche einen Gegenstand. Ich konnte nicht erkennen, was, aber er war klein. Er rüttelte an meinem Vater, schlug ihn, und mein Vater öffnete die Augen. Ich drückte meine Augenlider zu. Aber sie öffneten sich wieder nach einer Zeit, die lang oder kurz gewesen sein konnte. Der Mann schaute in einen Glasbehälter mit einer Flüssigkeit, stellte ihn ab. Ich vermied es, meinen Vater anzuschauen. Vielleicht sah ich ihn, vielleicht nicht. Ich habe kein Bild in meiner Erinnerung. Und das ist gut so. Der Mann riss sich, weshalb auch immer, das Tuch von seinem Kopf, und als ahnte er, dass ich da oben saß und durchs Kellerfenster starrte, blickte er einen kurzen Moment zur Seite. Ich sah ihn im Profil und ich sah die Narbe. Es war der Schmiss-Mann. Ich hatte es gewusst! Dann streifte er sich die Vermummung wieder über.

Ich krümmte mich und rollte mich dann weg vom Fenster. Von irgendwoher brüllte jemand. Angst schoss durch meine Glieder. Ich rappelte mich auf, stolperte davon, kletterte über die Mauer, nahm den Gang zurück und sprang aufs Fahrrad, ich fuhr los, ich wusste nicht, in welche Richtung, ich fuhr einfach – immer weiter. Bis ich zusammenbrach. Es war dunkel. Ich lag auf einem Deich an der Lesum. Das Gesicht im Gras vergraben, das feucht war, und ich wollte sterben.

Doch nachdem ich sehr lange geweint hatte, stand plötzlich mein Vater vor mir. Wie war er hierhergekommen?

Er hatte keine Wunde, kein Blut im Gesicht. Er sah aus, wie ich mich an ihn erinnern würde, wenn er einmal nicht mehr wäre, aber er war da, das war kein Traum, keine Vision. Und er sagte: Du wirst nicht sterben, mein Sohn. Du wirst leben. Versprich, dass du nicht sterben wirst. Ich sagte: Ja, ich verspreche es, ich werde nicht sterben, ich werde leben. Er sagte: Dann eile nun nach Hause zu deiner Mutter. Ihr müsst zusammenhalten. Ich fragte: Kommst du nicht mit? Er antwortete: Nein, ich habe eine wichtige Aufgabe zu erledigen.

Ich setzte mich aufs Rad und fuhr nach Hause. In der Wohnung war niemand. Es lag nur ein Zettel auf dem Tisch:

»Ich bin kurz weg. Halte dich verborgen. In Liebe, deine Mama.«

Doch meine Mutter kehrte nicht wieder zurück. Ich weiß bis heute nicht, wo sie geblieben ist, und ich möchte mir einreden, sie hat sich gerettet, ist unter falschem Namen untergetaucht oder ins Exil geflüchtet; aber ich kann mich nur schlecht überzeugen. Auch was mein Vater sagte, er habe eine Aufgabe zu erledigen, blieb mir rätselhaft. Bis es mir einfiel. Ich wusste, was er zu tun hatte, aber er konnte es nicht mehr vollbringen. Also wurde es zu meiner Aufgabe. Dies war nun meine Aufgabe und dies war mein Sinn. Dafür musste ich leben: Ich musste ihn rächen.

Einige Tage später kam eine Familie in unsere Wohnung. Familie Hoffmann – ein Mann, eine Frau und der Sohn. Sie warfen alle Möbel raus oder verkauften sie und stellten stattdessen ihre Möbel hinein. Ich hielt mich im Geheimzimmer verborgen. Ich hatte mir noch Lebensmittel verschafft und Wasser, damit kam ich eine Weile aus. Für die anderen Bedürfnisse gab es eine Vorrichtung. Meine Ausscheidungen entsorgte ich durch eine kleine Luke, sie fielen lautlos ins Leere. Bis heute weiß ich nicht, wohin. Luft kam durch eine zweite Luke. Ich hatte keine Lampe, keine Taschenlampe und keine Kerze. Ich lebte in der Finsternis.

Die Zeit verging. Ich dachte an die Worte meines Vaters: Du wirst nicht sterben. Daran hielt ich mich. Als meine Nahrung zur Neige ging, kam ich aus meinem Bau heraus. Die Leute waren fort. Ich deckte mich ein und ging zurück, nahm mir aber eine Taschenlampe mit, die ich dem Jungen stahl.

Die Tage vergingen, ich schlief, ich schlief viel, manchmal wusste ich nicht mehr, ob ich schlief oder wach war, alles ging ineinander über. Eingesperrt in diesem knapp zwei Quadratmeter großen Kerker begann ich, mir unsere Wohnung vorzustellen, ich ging jedes Zimmer, den Flur, das Bad und die Küche, den Speiseraum Zentimeter für Zentimeter ab, bis ich irgendwann eine vollständige dreidimensionale Abbildung unserer Wohnung im Kopf hatte und beliebig darin spazieren gehen konnte. Ich stellte meine Eltern hinein, wie in eine imaginäre Puppenstube, und spielte schöne Szenen aus unserer Familie nach.

Ich musste wieder raus. Meine Lebensmittel waren alle. Zwar kam ich mit wenig aus, aber irgendwann begann ich zu hungern. Also verließ ich nachts mein Versteck. Mein Gehör war inzwischen derart geschärft, dass ich jeden einzelnen Bewohner der Wohnung, also Papa, Mama und den Sohn orten konnte. Ich hatte ihre Gespräche belauscht und ihre Namen mitbekommen. Ich wusste, welche Position sie zu einem bestimmten Zeitpunkt einnahmen, wo sie standen und was sie gerade taten. Stellte auch sie wie kleine Spielfiguren in meine imaginierte Puppenstube und musste aufpassen, sie nicht mit meiner Familie zu vermischen.

Bald traute ich mich, regelmäßig mein Versteck zu verlassen. Es wurde zur Routine. Ich nahm mir von den Lebensmitteln nur gerade so viel, dass es nicht auffallen musste, auch wenn die Gier mich manchmal überkam. Einmal kam es zum Streit, weil die Mutter ihren Sohn beschuldigte, Essen stibitzt zu haben.

Eines Tages ... Es klingt wirklich wie ein Märchen, eines Tages also hatte ich nicht aufgepasst und der Vater saß an seinem Schreibtisch, machte die Buchhaltung oder grübelte über eine Werbekampagne – er hatte auch unsere Werbefirma übernommen – oder vielleicht waren es Sorgen, die ihn nicht schlafen ließen. Jedenfalls saß er den Kopf in die Hände gestützt am Schreibtisch und dachte angestrengt nach. Erst später wurde mir klar, dass es etwas anderes war: Der Krieg rief ihn, er wurde eingezogen.

Der Mann bemerkte mich nicht. Ich schlich lautlos, trat in das Zimmer. Er sah mich nicht. Er sah durch mich hindurch oder scharf an mir vorbei, sein Blick berührte mich kaum. Ich blieb stehen. Er widmete sich wieder seiner Arbeit. Es war wie Magie. Zuerst glaubte ich, ich sei tot, ein Gespenst, deshalb könne er mich nicht sehen, doch ich lebte, denn ein Toter spürt keinen Hunger, keinen Durst.

Ich schlich hinaus, zurück in meine Kammer. Zuvor nahm ich mir ein Buch. Sie hatten die Bibliothek von meinen Eltern belassen, alle Möbel, all die Art-déco- und Bauhausmöbel hatten sie entsorgt beziehungsweise verkauft, aber die Bibliothek hatten sie behalten. Ich griff wahllos ins Regal und nahm ein Büchlein mit. Als ich wieder sicher in meinem Versteck war, ärgerte ich mich, dass ich nicht einen Roman genommen hatte, eines dieser dickleibigen Werke von Dickens oder Dumas, stattdessen waren es Gedichte. Gedichte von einem gewissen Rimbaud.

Ich machte das Licht nur am Tage an. Bald hatte ich das Buch von Rimbaud durch und memorierte die Gedichtzeilen, bis ich sie nicht nur auswendig kannte, sondern in ihnen zu leben vermochte. Sie erschlossen mir eine Welt jenseits meiner engen Welt.

Es war kurz vor Weihnachten. In meiner kleinen Kammer war es nie kalt, da sich der Kamin in der Nähe befand, außerdem hatte ich Decken. Inzwischen ging ich auch tagsüber raus, ging in meiner Wohnung spazieren, war wie ein Geist. Ich war immer gerade dort, wo niemand hinschaute. Ich konnte für mehrere Minuten meine Luft anhalten (länger war ich nie draußen). Ich war sehr jung und übermütig und bedachte nicht, dass ich für meinen Rückzug freie Bahn brauchte.

Ich war auf dem Rückzug, wollte zurückschlüpfen in meine kleine Kammer, doch vor dem Eingang stand der Junge.

Er lächelte mich freundlich an und machte nur »Psst!« Er legte den Finger auf die Lippen. Ich war erstarrt und konnte mich nicht bewegen. Seine Mutter rief ihn. Er sollte zu Tisch kommen. Er machte mir den Weg frei, ließ mich durch und flüsterte: »Ich heiße Peter.« Wir schlossen Freundschaft und er half mir zunächst.

Bremen wurde nun bombardiert. Wenn alle in die Bunker flüchteten oder die Keller, dann blieb ich in meinem Kämmerlein, nutzte aus, allein zu sein, und kam manchmal heraus und stahl Frau Hoffmann ein Glas eingemachte Birnen oder Erdbeeren. Das führte zu Zwietracht. Frau Hoffmann beschuldigte Peter. Der kam und beschwerte sich bei mir. Erst über die Mutter. Dann aber begriff er, dass ich gestohlen hatte. Während der Jahre wurde er immer mehr zum Nazi. Die Erziehung wirkte. Er trug zunächst die Pimpf-Uniform und kam dann zur HJ. Ein eifriger kleiner Hitler. Einerseits mochte er mich. Ich tat alles, dass es so blieb. Umgarnte ihn. Nach und nach begann der Streit. Schließlich wurde der Zwiespalt für ihn unerträglich. Er sagte es mir ins Gesicht: Volksschädling. Das sei ich und er müsste mich verraten. Doch ich konnte ihn immer wieder ins Gewissen reden. Es war nur eine Frage der Zeit und er würde schwach werden.

Ich musste Peter loswerden. Es ging nicht anders. Er oder ich. Ich fieberte dem Ereignis entgegen, an dem es geschehen musste in einer Mischung aus Schaudern und Hoffnung auf Erlösung von meiner Angst.

Eines Tages. Frau Hoffmann arbeitete in der Spätschicht bei Borgward. Nur Peter war in der Wohnung. Es war ein heißer Tag. In meiner Kammer staute sich die Hitze. Mir rann der Schweiß. Ich konnte nicht klar denken. Es war der achtzehnte August 44.

Er kam in seiner HJ-Uniform mit den kurzen Hosen und der Hakenkreuzbinde und mit Schweißflecken unter den Achseln zu mir. Er baute sich vor mir auf, die Arme vor der Brust verschränkt, und verkündete großspurig, sein deutsches Gewissen befehle ihm, dass die Sache ein Ende haben müsse. Er mache Meldung, gleich morgen, bei seinem Rottenführer. Er sei aber großzügig. Er wolle mir eine Chance geben. Ich könne verschwinden, wenn ich ihn im Kampf besiege. Das traf sich gut, das hatte ich ohnehin vor: ihn besiegen. Ich hatte diesen Bengel von Anfang nicht gemocht. Er hatte nur eine gute Eigenschaft. Er ließ sich leicht manipulieren.

Ich stand vor dem großen Monument aus Büchern. Atmete nicht mehr. Er brachte sich in eine Art Ringerstellung, Oberkörper vorgebeugt, Hände bereit zum Zupacken. Ich griff hinter mich ins Regal, holte ein schweres Buch hervor: Krieg und Frieden von Tolstoi. Ehe er überhaupt begriff, was geschah, rammte ich ihm das Buch gegen die Kehle. Er fiel nach hinten, aber nicht auf den Boden. Plötzlich war er verschwunden. Ich hörte, wie er durch den Flur wankte. Er röchelte.

Er röchelte, röchelte immer weiter, röchelte schwächer, irgendwann röchelte er nicht mehr. Ich wartete eine Weile, hielt das Buch krampfhaft fest. Ich erwartete, dass er jeden Moment aus dem Flur zurückkäme und sich auf mich stürzen würde. Nach einer schier endlosen Zeit des Wartens, während der ich buchstäblich nichts dachte, nur horchte, tat ich einen Schritt. Ging noch einen und stand dann vor ihm ... über ihm. Er lag zusammengekrümmt auf dem Teppichläufer.

Und genau in diesem Moment fingen die Sirenen zu heulen an. Es war ein Luftangriff der Engländer. Ich hörte, wie im Treppenhaus die Leute aus ihren Wohnungen eilten und in den Luftschutzkeller gingen.

Ich holte eine Decke und bedeckte sein Gesicht und den Oberkörper. Die nackten, dünnen Beine schauten hervor. Ich blieb in der Wohnung. Bin ich ein Monster? Nein. Es gibt keine Gerechtigkeit außer jene, die ich selbst hervorbringe. Ich lasse keine andere gelten!

Als ich das Gefühl hatte, der große Ansturm wäre vorbei, zog ich Peter zur Treppe, rollte ihn hinunter. Das war nicht einfach. Er war wie aus Gummi. Und schwer. Es war die reine Panik, die mir die Kraft zuwachsen ließ. Glücklicherweise war ich allein im Treppenhaus, alle anderen waren in den Straßen oder schnell in die Wohnungen zurück. Gegenüber war eine Ruine entstanden. Das war mein Glück. Es hob ein Wehklagen an. Ich schleppte Peter auf meinem Rücken über die Straße und war kurz vorm Zusammenbrechen. Das hätte meinen Tod bedeutet. Wer mich sah, musste glauben, dass ich einen Verletzten barg. Niemand beachtete mich. Die Leute hatten andere Sorgen. Leben retten. Dabei waren sie alle schuldig. Alle! Ich begrub Peter unter dem Schutt. Dann rannte ich zurück ins Haus.«

KAPITEL 25

Als Rimbaud seine Geschichte beendet hatte, zündete er sich eine Zigarette an. Es war dunkel, das Feuerzeug flammte kurz auf. Ich hatte seine Erzählung aufgenommen, wie eine erfundene Geschichte, wie ein Märchen. Erst jetzt wurde mir bewusst, dass er neben mir lag, in Fleisch und Blut. Ein unbändiger Wunsch, ihn zu trösten, überkam mich. Doch ich traute mich nicht. Ich wusste auch nicht, was ich sagen sollte. Jedes weitere Wort erschien mir nur dumm und abgeschmackt. Was sollte man auch sagen, wenn alles gesagt war?

Ich sah den Rauchwirbeln zu, milchige Gespinste in der Dunkelheit, spiralig drehend. Sog den Geruch des Rauchs ein, der eben noch in Rimbauds Lunge war. Er benebelte mich angenehm. Ich betrachtete Rimbaud von der Seite. Sein blasses Gesicht schien hervor aus dem Bartschatten. Rimbaud hatte einen starken Bartwuchs. Er musste am Ende einen Vollbart gehabt haben, als er endlich befreit wurde aus seinem Kerker. Über uns war der freie Himmel mit all den Sternen und seiner gähnenden Tiefe. Mir war nun klar, warum er sich ein Glasdach hatte einbauen lassen. Es war der Gegenentwurf zu der Enge seiner sechsjährigen Gefangenschaft.

Er sagte: »Du sagst nichts?«

Dann nach einer Weile hellen Schweigens: »Man kann dazu nichts sagen.«

Mir fiel dieser seltsame Schnittpunkt auf. Unsere beiden Wege kreuzten sich am achtzehnten August 1944, in dieser besonderen Bombennacht. Das musste ich ihm sagen.

»Ich hatte in der Bombennacht auch ein besonderes Erlebnis. Es verfolgt mich bis heute, bis in meine Träume. Es geschah in derselben Nacht, der Bombennacht im August 1944.«

Er küsste mich. »Erzähle …«

Ich senkte meinen Blick wieder in den Himmel über mir. Dieses magische Schwarz. Es saugte mich an. Ich lief einen Tunnel entlang. Dann kam ich aus dem Tunnel heraus. Ich stand in meiner Straße, in der Straße meiner Kindheit, der Kantstraße.

»Wir hatten unser Bündel gepackt. Heiko sagte, wir würden keine Verpflegung benötigen, die bekämen wir auf dem Kahn. Ich hatte trotzdem ein paar Scheiben Schmalzbrot mitgenommen und zwei Äpfel. Es war die Nacht des achtzehnten auf den neunzehnten August. Der Tag war heiß gewesen, über dreißig Grad und die Nacht würde schwül werden. Wir hatten beide eine kurze Hose an und ein kurzärmliges Hemd. Ich hatte meinen Anorak, eine Ersatzhose und ein paar Dinge, die mir lieb waren, in meinen Beutel gestopft.

Es war ein Abschied von zu Hause. Wir wollten nach Amsterdam fahren. Und wenn wir zurückkämen, dann als reiche Männer. Das war klar. Wir schwebten in einem Hochgefühl voller Schmetterlinge im Bauch durch die Straßen, die wir vorerst das letzte Mal sehen würden. Es war allerdings noch Zeit. Der Kahn würde uns erst am frühen Morgen um sechs Uhr aufnehmen. Bis dahin mussten wir die Nacht herumbringen. Wir hatten uns entschieden, schon in der Nacht abzuhauen, da wir befürchteten, zu verschlafen oder nicht wegzukommen, denn seine wie auch meine Mutter standen früh auf – gingen aber auch früh schlafen. Es war sogar noch hell, der Himmel voller Abendglut, als wir uns trafen. Wir waren getrennt die Kantstraße hochgegangen zum Buntentor, weiter zur Piepe und erst dort hatten wir auf einer Bank angehalten. Ich immer hundert Meter hinter ihm her. Auf den Straßen liefen noch viele Leute herum, denn es war Wochenende. Aber das drohende Ende war schon zu spüren. Die Menschen waren verängstigt und ohne Hoffnung. Meine Mutter war täglich damit beschäftigt, unser Überleben zu sichern. Von meinem Vater hatten wir lange nichts mehr gehört, er war im Russlandfeldzug und vielleicht schon gefallen. Sie wäre nie auf die Idee gekommen, ich könnte einfach abhauen. Wieso sollte ich so etwas tun? Selbst wenn ich vor einem Jahr in den Schwarzwald verschickt worden und dort heimlich stiften gegangen war.

Wir saßen auf einer Bank und schauten dem Sonnenuntergang zu. Es war schön, neben Heiko zu sitzen. Ich war in ihn verliebt. Er war ein kräftiger Junge, der sich gerne prügelte. Ich ging jeder Prügelei aus dem Weg. Wenn er sich anstrengte, schwitzte er schnell und ich roch seinen eigenartig süßen Schweiß. Er redete. Er hatte über Amsterdam gelesen. Er erzählte und malte aus, wie wir beide leben würden. Wir beide leben? Er sagte es, also ob wir ein Paar wären, ein Liebespaar und heiraten würden, und dann ein Ehepaar wären in Amsterdam.

Da sagte ich: Dann könnten wir heiraten, später, wenn wir volljährig sind. Und wie er sich zu mir drehte, fasste ich sein Kinn, drehte seinen Kopf noch mehr zu mir und drückte meine Lippen auf seine.

Als Nächstes flog ich von der Bank und landete hart auf dem Steiß. Heiko trat mich und beschimpfte mich und heulte dabei los. Dann ging er weg, ließ mich zurück. Und ich folgte ihm.

Ich rief: »Heiko, Heiko, das war doch nur ein Spaß!«

Er drehte sich zu mir um, schaute böse und ging weiter.

Und da hörten wir die Sirenen. Aus den Häusern kamen die Leute. Es bildete sich ein Strom. Sie gingen in die Luftschutzkeller, sie eilten zu den großen Hochbunkern. Wir mussten uns einen Unterschlupf suchen. Ich rannte. Heiko war schneller.

In dieser Nacht begann mein Rennen. Ich war langsam. Heiko so viel schneller. Ich rief ihm nach: »Warte doch! Es war nur ein Scherz.«

Die Straßen leerten sich, alle fanden Unterschlupf, nur wir beiden streunten durch die Straßen. Die Fliegerformationen donnerten über den Himmel, man sah jedoch nichts. Die ersten Bomben fielen. Die Flak setzte ein: Tausende helle Strahlengarben, die einander durchkreuzten oder wie zu einer grellen Zeltspitze zusammenliefen. Leuchtschirme spannten sich auf zu Tannenbäumen, zerflossen am Himmel, glühende Tropfen aus Metall. Ich rannte um mein Leben. Immer Heiko hinterher, der, so viel kapierte ich, genau in die Richtung lief, wo sich das Geschehen am Himmel zusammenballte, wo die Bomben stärker fielen. Wir näherten uns dem Hafen. Wir liefen durch die Hafenstraße und immer weiter, mitten ins Geschehen. Ich hätte Schutz suchen können. Doch ich dachte nicht daran, denn schrecklicher als diese Bomben war Heikos Flucht, seine Flucht vor mir. Er hatte vor mir mehr Angst als vor den Bomben. Und auch mir machten die Bomben nichts aus, denn was waren Bomben gegen das Unheil, meinen besten Freund zu verlieren? Ich holte ihn endlich ein, weil er langsamer wurde und weil ich, von der Angst getrieben, über mich hinauswuchs. Er stand außer Atem in einer kleinen Straße mit alten Häusern. Niemand war da, nur wir beide. Ich war völlig fertig, außer Atem. Hatte Seitenstiche. Auch er konnte nicht mehr weiter.

Über uns wütete die Hölle – Blitze und Donner, ein tosendes Unwetter, entfacht von Maschinen. Mir kam es unmöglich vor, dass dahinter Menschen standen.

Ich rief: »Was ist denn los?«

Und Heiko sagte, kaum hörbar in dem Lärm:»Du bist schuld. Ich werde nun kein richtiger Mann!« Und in diesem Moment löste sich aus dem allgemeinen Lärm, dem diffusen Krach, eine einzelne Stimme. Ein Geschoss, das sich uns näherte, es hatte es auf uns abgesehen. Suchte uns. Wollte uns. Wir mussten Schutz suchen. Die Bombe würde hier einschlagen. Doch all das geschah in Bruchteilen von Sekunden, bis sie wirklich genau dort einschlug, wo wir waren. Ich spürte, wie ich durch die Luft gewirbelt wurde und wieder aufkam. Die Luft brannte. Es regnete Gesteinsbrocken und Scherben. Ich lag wie durch ein Wunder fast unverletzt inmitten eines Schutthaufens. In all dem Rauch und Staub kletterte ich hustend hervor. Ich blutete. Das kümmerte mich nicht. Ich hatte nur einen Gedanken: Hoffentlich war Heiko nichts geschehen. Das Haus und das Nachbarhaus waren zu gespenstischen Gerippen geworden. Eine Fassade mit leeren Augenhöhlen, dahinter nackte Mauern. Ein Bild an der Wand hing nun schief. Ich konnte eine Badewanne sehen, eingefasst von braunen Kacheln. Es fehlte nur, dass jemand darin badete.

Ich rief ihn. Heiko antwortete nicht.

Erste Helfer tauchten auf. Dann sah ich Heikos Hand aus dem Schutt ragen, nur seine Hand. Sie musste ihm abgerissen worden sein. Doch die Finger schienen sich zu bewegen. Ich stolperte über die Steine hinweg und griff nach ihr, um sie aufzunehmen. Die Hand war warm, aber lasch. Glück erfasste mich, wie nie zuvor im Leben. Er lebte noch! Die Flak und die Bomber bekämpften sich weiter und erfüllten die Luft mit ihrem Tosen.

Ich drückte Heikos Hand. Auch sie drückte, schwach, aber doch merklich. Ich war voller Hoffnung. Ich dachte: Nun wird alles gut. Ich hielt die Hand, wandte mich um. Rief um Hilfe. Und während ich schrie, erschlaffte seine Hand. Ich fühlte das Leben entweichen, wollte es festhalten, in die Hand zurückschieben, zurückstoßen. Doch seine Hand war nur noch schlaff, reglos. Nun kamen endlich Helfer. Aber sie halfen nicht. Sie rissen mich fort. Ich spuckte sie an. Sie rissen mich fort. Sie gruben den Leichnam aus. Ich wollte zu ihm, doch wieder rissen die Männer mich fort.

Über den Häusern sah ich einen flackernden roten Schein. Die Stadt brannte. Ein grässlicher Gestank breitete sich aus. Das hatte ich noch nie gerochen. Es war das brennende Gummi einer Kautschukfabrik, wie ich später erfuhr. Ich rannte wieder los, rannte in Richtung Innenstadt, sprang über die verbrannten Leichen. Die Menschen waren vom Feuersturm zu schwarzen Kinderleibern geschrumpft. Ich rannte, rannte und hörte nie mehr auf, bis heute renne ich.«

Das Dunkel des Zimmers schützte mich. Schützte mich vor meiner Scham, die mich überkam. Niemals zuvor hatte ich jemandem diese Geschichte erzählt. Rimbaud war der Erste. Ich hatte mich auf Gedeih und Verderb an ihn ausgeliefert. Wir hatten uns gegenseitig ausgeliefert. Wir waren nun nackt, schutzlos und überwanden unsere Scham, indem wir uns liebten.

Rimbaud flüsterte: »Es wird Zeit, dass du dein Trauma bewältigst. Du musst dir sagen, dass du nicht schuld bist.«

»Wenn ich es aber doch fühle, dass ich es bin!«

»Dein Trauma ist dir zur Persönlichkeit geworden, und du hast Angst, dich zu verlieren, wenn du es verlörest.«

»Das ist doch Küchenpsychologie!«

»Dein Heiko hat dich angelogen. Wie alt wart ihr?«

»Wir waren zwölf, dreizehn.«

»Kein Schiffer, schon gar nicht ein holländischer hätte euch mitgenommen.«

»Woher willst du das wissen?«

»Thomas! Das weiß jeder …«

Es störte mich, dass er versuchte, mich zu analysieren. Ich wehrte es ab, indem ich das Thema wechselte. Außerdem wollte ich ihm wirklich helfen.

»Jedenfalls ist Schröder an deinem Unglück schuld. Er ist ein Monster. Und du kennst ihn schon länger. Du warst es, der vorgestern Nacht bei ihm am Briefkasten war. Du erpresst ihn!«

»Ja, das war ich. Ich bin dem schnellen Mann davongelaufen.« Er kicherte. Rimbaud glitt vom Bett hinunter. Und ich sah, dass Rimbaud mit zwei Seidentüchern wiederkam, wartete ab, was passieren würde. Ich ließ ihn machen. Er wusste, was er tat. Er hatte mehr Erfahrung, und ich war gerade zu allem bereit. Er fesselte mich ans Bett, schlang die weiche Seide um meine Handgelenke und band mich an den Metallstreben fest. So lag ich da, die Arme erhoben. Fixiert.

»Ich habe noch einiges zu erledigen. Eine wichtige Verabredung. Ich möchte nicht, dass du mir in die Quere kommst. Du wirst verstehen, dass ich mich rächen muss.«

»Rimbaud! Es hat doch keinen Zweck. Wir schnappen ihn uns zusammen!« Doch er hörte mich nicht mehr. Er war schon draußen.

Ich versuchte, mich zu befreien, zerrte mit den Handgelenken an meinen Fesseln. Versuchte, meine Hände schmal zu machen und durch die festen Schlaufen zu winden. Alles vergebens. Schröder würde vermutlich Rimbaud umbringen. Ich konnte nichts dagegen tun. Ich durfte Rimbaud nicht verlieren. Ihn nicht. Ich riss an der Fessel und spürte, dass sie nicht nachgab; aber die Metallstrebe des Messingbetts wackelte. Das Bett war alt, von sehr guter Qualität, aber eine Strebe könnte brechen.

Ich brauchte mehr Kraft, deshalb versuchte ich, meine Beine über mich hinweg gegen das Bett oder die Wand zu stemmen. Nach mehreren Versuchen gelang es mir. Ich trat die Strebe mit den Füßen. Und wäre sie in diesem Moment nicht herausgebrochen, hätte ich mir vermutlich die Handgelenke ausgekugelt.

Ich brauchte eine Verschnaufpause. Erst nach einigen Minuten regte ich mich. Ich bewegte die Arme. Es schien nichts verletzt. Ich war aber immer noch mit der Messingstrebe verbunden. Ich schraubte mich aus dem Bett, fand, wie gehofft, eine Schere auf Rimbauds riesiger Schreibtischfläche und entledigte mich der Fessel. Ich legte die Schere zurück und betrachtete die Unordnung auf der Tischfläche. Es waren Bilder, ausgeschnitten aus einer Zeitung. Sie bedeckten mehrere Fotos. Darauf hatte ich vorher nicht geachtet. Das Bild Schröders leuchtete auf – wie ein Signal.

Ich verglich die Fotos mit den Zeitungsausschnitten. Es war immer derselbe. Die Ausgabe von zehnten Januar 1961. Auf dem Foto war ein Mann im Mantel und mit Hut. Darunter stand die Bildzeile: »Kriminalhauptkommissar Schröder bedankt sich bei den Bürgern, die durch ihre Hinweise zur Aufklärung des Falls beigetragen haben.« Es war der sensationelle Fall vom Anfang des Jahres. Schröder hatte einen Jungen rechtzeitig aus den Fängen eines Kindermörders befreit. Das Foto musste das Original des Zeitungsausschnitts sein. Ein weiteres Foto zeigte einen Ausschnitt davon, es war eine Vergrößerung des Gesichts. Darauf hatte jemand mit einem Stift die Wange eingekreist. Man sah hauchzart, aber unmissverständlich die weiße, leicht eingekerbte Narbe, den Schmiss. So war Rimbaud also auf Schröder gekommen. Er hatte ihn erst vor ein paar Wochen wiedererkannt. Und hatte ihn nun erpresst. Deswegen war er in der Nacht an dessen Briefkasten.

Ich konnte nicht weiterdenken, denn ein Klopfen an der Tür schreckte mich auf. Es war eine bestimmte Tonfolge, die vermutlich verabredet war. Ich wollte keineswegs hier gefunden werden. Ich horchte. Die Tonfolge erklang zum zweiten Mal. Gleich würde der Besucher wieder verschwinden. Doch stattdessen hörte ich, wie die Tür aufgeschlossen wurde. Ich rannte, ohne nachzudenken, hinter den Vorhang mit dem dreiteiligen Spiegel des Toilettentisches.

Eine tiefe, männliche Stimme rief: »Damned! Rimbaud. Wo steckst du?« Die Stimme hatte einen amerikanischen Akzent. Sollte ich mich dem Major zu erkennen geben? Besser nicht. Ich war Kommissaranwärter und dies war eine verfängliche Situation. Ich hatte das Gefühl, die letzten Stunden in einer Art Rausch verbracht zu haben, nun siegte die Nüchternheit. Und ich konnte wieder kriminalistisch denken. Mir fiel die Geheimtür ein. War dies das Zimmer? Hatte hier früher das Bücherregal gestanden? Ich untersuchte den Toilettentisch, während der Major durch die Zimmer ging. Er kam zum Sternenzimmer.

Der rechte Flügel des Toilettentisches war an der Wand festgemacht. Als ich daran zog, öffnete sich eine Tür. Ich schlüpfte in die Kammer, in der Rimbaud sechs Jahre seines Lebens verbracht hatte. Sie erschien mir finster, böse und heilig zugleich.

Ein paar Mal hörte ich noch die Stimme des Majors, dann gab er auf und ging. Ich öffnete die Geheimtür erneut, um den dusteren Raum zu verlassen. Die Helligkeit aus dem Sternenzimmer – der Major hatte hier Licht angemacht und nicht wieder ausgeschaltet – erfüllte auch die Geheimkammer. Ich sah mich um. Die Liege war noch da, auf welcher weiche Decken drapiert waren. In der Ecke stand ein Glasbehälter – wohl für Urin. Er war allerdings gefüllt. Verbrachte hier Rimbaud weiterhin seine Nächte? Warum sonst war die Urinflasche gefüllt? Ich bückte mich, holte sie hoch. Es war eine trübe Flüssigkeit, kein Urin, und da war ein Auge. Ein

Augapfel. Der Augapfel eines Menschen tanzte hinter dem gerundeten Glas. Ich ließ die Flasche fallen vor Schreck. Sie fiel auf die Liege und blieb heil. Es trat auch keine Flüssigkeit aus. Sie war gut verschlossen.

Ich nahm sie erneut auf, weil ich es nicht glauben konnte. Deutlich bewegte sich das Auge entlang des Glases, als würde es durch ein Schaufenster spähen. Und, wie um nicht zurückzustehen, kam auch das zweite Auge aus dem trüben Hintergrund hervor. Es lugte vorsichtig durch die Glaswand in eine Welt, die es für das Auge nicht mehr gab.

Ich stellte die Flasche ab, zog mich hastig an, warf mir meinen Mantel über und stellte fest, dass Rimbaud meine Waffe an sich genommen hatte. Ich war zu nachlässig gewesen, und Rimbaud war wahnsinnig. Er hatte Neumann umgebracht und ihm die Augen genommen. Er war in der Kammer verrückt geworden. Der Schmerz hatte ihn in den Irrsinn getrieben. Das hatte er mir zu verstehen gegeben. Gerade eben, als er seine Geschichte erzählt hatte. Hatte er sich nicht damit gebrüstet, er würde keine Gerechtigkeit anerkennen – außer seiner eigenen? Mit eisigem Schrecken wurde mir klar, dass ich zwischen zwei Scheusale geraten war. Die bösen Taten des ersten gebaren die schrecklichen Taten des zweiten.

KAPITEL 26

Es war bereits zwei Uhr morgens. Der Wind blies, und es war wieder kalt. Im Schein der Straßenlaternen zogen sich endlose Schnüre aus Regen.

Vermutlich fand gerade in diesem Moment ein Kampf statt zwischen Schröder und Rimbaud, den Schröder gewinnen würde. Sollte ich zu Schröder fahren? Oder waren sie beide im grauen Haus? Zu einer Art Showdown? Sie hatten mich beide belogen, betrogen. Aber darum ging es jetzt nicht. Ich brauchte Hilfe! Im Präsidium wäre niemand um diese Zeit. Kemnich schien mir der Vertrauensvollste zu sein. Vielleicht auch Kupfer, der in Opposition zu Schröder stand. Niemand aber war jetzt im Büro. Trotzdem wollte ich es versuchen. Ich war nicht weit weg vom Wall. Ich ging mit eiligem Schritt, lief aber nicht, den Kopf grimmig voran gegen Regen und Wind. Als ich am Präsidium ankam, fiel mir ein, ich könnte Tietjen aus dem Bett klingeln lassen. Tietjen, der Kriminal-rat und Vorgesetzte von Schröder, musste nun die entsprechenden Maßnahmen einleiten. Ich war schon im Begriff, ins Gebäude zu gehen, als jemand hinter mir stand.

Es war Dr. Conrad, der Oberstaatsanwalt. »Was machen Sie hier, Herr Nettelbeck?«

Der Oberstaatsanwalt steckte unter einem aufgespannten Schirm. Der Regen trommelte hohl. Conrad trat näher an mich heran und hielt den Schirm über mich mit einer einladenden Geste. Ich sah dies als ein gutes Zeichen an. Es war ein Wunder, dass er mich erkannt hatte. Sein Mund grinste schief; aber dafür konnte er ja nichts. Es war die Kriegsverletzung.

»Ich habe Ihnen etwas Wichtiges zu sagen, Herr Dr. Conrad.«

Er sah mich aus seinen dunklen, vogelartigen Augen an, die seltsam tief in den Augenhöhlen steckten. Der beweglichere Mundwinkel zuckte, der andere Teil war unbeeindruckt. Es war irritierend, man wusste nie, woran man bei ihm war.

»Worum geht es? Kann ich helfen?«

Ich sah mich um wie jemand, der verfolgt wird. »Ja, es ist wirklich wichtig.«

»Aber nicht hier ...«, antwortete er. »Lassen Sie uns in mein Büro gehen.«

Wir nahmen die Treppe hoch ins Polizeigebäude. Ein paar Polizisten in Uniform wurden von einem randalierenden Betrunkenen beschimpft, dessen Gestank bis zu uns drang. Sie legten ihm Handschellen an.

Conrad grüßte und wurde durchgelassen. Wir gingen durch Gänge. Sein Schirm, den er zwar ausgeschüttelt hatte, hinterließ trotzdem eine Spur aus Tropfen auf den Fluren. Im Notfall fände ich dadurch zurück wie Hänsel und Gretel. Wir schritten über die Seufzerbrücke und kamen ins Gerichtsgebäude, hier folgten wir endlosen Fluren und nahmen Treppen. Ich glaubte, dass ich das Gebäude schon einigermaßen kannte, aber es kam mir gerade vor wie ein Labyrinth. Wir betraten kein Büro, wie ich selbstverständlich vorausgesetzt hatte, sondern eine kleine Wohnung. Sie hatte zwei winzige Zimmer, eine Kochnische und ein Badezimmer. Ein Fenster zeigte auf einen Innenhof.

»Die Wohnung gehört mir, steht mir als Oberstaatsanwalt zu. Schließlich arbeite ich manchmal nachts.« Er stellte seinen Schirm in einen Schirmständer. Wir zogen unsere Mäntel aus. Er brachte sie in das kleine Badezimmer, hängte sie an einer Duschstange auf.

Er setzte sich an den Schreibtisch. Der Mann war wie aus dem Ei gepellt. Gut sitzender Anzug. Sauber rasiert, gepflegt, strömte einen Hauch von einem Eau de Toilette aus, sehr scharf.

»Um was geht es denn?« Er sah mich halb offen an.

»Es geht um Hauptkommissar Schröder.«

Er lehnte sich zurück, gefasst auf eine längere Ausführung meinerseits. Ich sprudelte auch sofort los, froh, endlich einen Gesprächspartner gefunden zu haben. Ich erzählte nur das Wesentliche, hastig, überstürzt. Während der ganzen Zeit war ich immer noch unsicher, ob ich mit Conrad den richtigen Mann gefunden hatte, denn er war Schröders Freund und wirkte mir nicht stark genug, um gegen einen Mann wie ihn zu bestehen. Andererseits hatte ich den Streit miterlebt. Schröder war sehr laut geworden. Also waren die beiden nicht nur Freunde, und Conrad hatte mich durch seine stoische Art beeindruckt.

Als ich zu Ende erzählt hatte, tippte Conrad seine Finger gegeneinander. »Das scheint unglaublich, Herr Nettelbeck. Ist es auch! Und doch, es wird Sie überraschen, bin ich selbst dem Hauptkommissar auf der Spur. Vom Mann ohne Gesicht weiß ich schon länger. Ich habe immer vermutet, dass es Schröder ist. Ich hatte aber keine Beweise. Ich habe sogar Angst vor diesem Mann. Das muss ich zugeben. Erst kürzlich … Sie kamen gerade in mein Büro … drohte er mir. Er hat bestimmt Hans Kauder auf dem Gewissen! Dass der Mörder von Neumann Rimbaud ist, wundert mich allerdings auch nicht. Ein Zwist zwischen Homosexuellen.«

»Rimbaud hat ihn erpresst«, sagte ich.

»Das könnte sein! Aber Rimbaud lebt, und Kauder ist tot. Passt das zusammen?«

»Rimbaud hatte mit Neumann gesprochen. Und auch mit Kauder. Das kann man aus der Tonbandaufnahme von Kowalski schließen. Dort schildert Kowalski, wie Kauder von Rimbaud genötigt wurde, ins graue Haus zu fahren. Ich könnte mir vorstellen, dass Rimbaud Schröder erpresste. Dank eines Bildes aus dem Weser-Kurier. Er erkannte auf dem Bild Schröder als den Mann, der seinen Vater ermordet hatte. Er wollte sich rächen. Zugleich nahm er es seinem Freund übel, dass der sich mit Neumann eingelassen hatte. Er schickte Kauder ins graue Haus. Dort traf Kauder auf Schröder. Warum Rimbaud dann Neumann umbrachte, das ist mir allerdings nicht klar. Er kannte ihn doch gar nicht. Bis auf Rimbaud sind alle tot, auch Kowalski, der etwas wusste. Wenn wir wüssten, wo das graue Haus ist …«

»Warum im Konjunktiv, junger Mann? Ich habe eine Vermutung, wo es sich befindet. Es ist eine Immobilie, die Schröder gehört, im tiefsten Gröpelingen.«

»Sie kennen das Haus?«

»Ich habe es mir noch nie angeschaut, aber im Rahmen meiner inoffiziellen Untersuchung bin ich auf einen Grundbucheintrag gestoßen.«

»Dann nichts wie los!«

»Wie? Wir beide? Wollen wir nicht Ihre Kollegen verständigen?«

Es ging vermutlich um Minuten, falls das Unglück nicht schon geschehen war. »Nein, wir verlieren dadurch zu viel Zeit.«

»Haben Sie eine Waffe, Nettelbeck?«

»Nein!« Meine Waffe hatte Rimbaud. Das musste ich dem Staatsanwalt nicht auf die Nase binden. Ich suchte nach einer Erklärung, doch die wollte Conrad gar nicht hören.

»Ich aber.« Er griff in eine Schublade und holte eine P38 hervor.

Wir gingen zur anderen Seite heraus, zur Domsheide. Dort stand auch der Wagen von Conrad. Es war ein beigefarbener Opel. Conrad legte den Schirm in den Kofferraum. Der Wagen raste los. Conrad hielt sich nicht an Geschwindigkeitsbegrenzungen und überfuhr mehrere rote Ampeln. All das war nicht schlimm, weil die Straßen fast leer waren, nur Taxis waren vereinzelt unterwegs. In einem davon saß vielleicht mein Vater. Gerne hätte ich ihn gesehen. Seltsam. Ich hatte plötzlich Sehnsucht, meine Eltern zu sehen, ein zärtliches Gefühl für sie überkam mich. Ich dachte daran, wie sie ihr Leben lebten und meisterten, dachte, wie mein Vater vierzehn Stunden lang hinter dem Steuer seines ganzen Stolzes saß, einem Mercedes 180 D, die Schirmmütze auf dem Kopf, zu jeder Jahreszeit. Ihm war ein Zeh abgefroren, nicht in Stalingrad, sondern in seinem Taxi, vor ein paar Jahren. Und auch an meine Mutter dachte ich, wie sie uns durch die schwere Nachkriegszeit gebracht hatte, wie sie hinauslief aufs Land, unermüdlich. Sie war schier wahnsinnig vor Sorge damals in der Augustnacht 1944. Als ich endlich wieder zu Hause war, bekam ich bloß eine schallende Ohrfeige. Das war alles. Ihr Gesicht war verweint. Sie, die ich niemals hatte weinen sehen. Ich glaube, sie wusste, dass ich mit Heiko weggelaufen war und dass ich sein Schicksal hätte teilen können, sprach mich aber nicht darauf an. Auch mein Vater erfuhr davon nichts.

»Dafür, dass Sie gerade mal einen Monat bei uns arbeiten, haben Sie schon eine Menge herausgefunden. Wenn das hier zu Ende ist, werde ich dafür sorgen, dass Sie früher zum Kommissar ernannt werden. Sie können im Übrigen die Aktionen mir überlassen. Ich war Soldat und bin ein ausgezeichneter Kämpfer. Mir wäre es lieber, wir könnten die beiden zur Aufgabe überreden – nicht sehr wahrscheinlich, da Schröder sich niemals von dem, was er will, abhalten lässt. Schon gar nicht, wenn es um seinen Kopf geht.«

Wir erreichten unser Ziel schneller als erhofft. Conrad wusste genau, wo das graue Haus war. Er war sicherlich schon einmal hier gewesen. Wieso hatte er mich belogen? Als wir in die Straße einbogen, drosselte er die Geschwindigkeit und ließ den

Wagen beinahe nur noch ausrollen. Er wollte auf keinen Fall Schröder warnen. Er hielt zielsicher, suchte nicht einmal nach einer Hausnummer. Die ersten Häuser der Straße waren noch bewohnt, aber lagen in tiefem Schlaf. Dann wurden sie immer baufälliger. Hier wohnte niemand. Und das bei der Wohnungsnot, in der Bremen immer noch steckte! Aber lieber zog man in ein Neubaugebiet, die überall entstanden, als in ein altes Haus. Wir hielten vor dem vorletzten Haus. Direkt hinter dem Borgward von Schröder. Rimbaud war vermutlich mit dem Taxi gekommen. Auf der anderen Straßenseite war eine ehemalige Werkstatt, dessen Firmenschild schräg herunterhing.

Das graue Haus. Es war eines dieser Mietshäuser aus den Zwanzigerjahren, erbaut für Arbeiter und Seeleute, sehr schlicht. Jetzt wirkte es nur unheimlich. Es war, als beobachtete uns das Haus voller Hinterlist. Wir stiegen aus, versuchten, die Autotüren leise zuzumachen. Ich bewunderte die Abgeklärtheit von Conrad, der sich keinerlei Aufregung anmerken ließ, während in mir die Nerven verrücktspielten. Sein entschlossenes Gesicht unter dem Hut wirkte wie eine Messerklinge, schmal und scharf. Wir schritten durch den prasselnden Regen, die Gartentür quietschte leicht, ein Geräusch, das der Regen fast verschluckte. Conrad drückte die Klinke hinunter. Die Tür war nicht verschlossen. Schröder wartete vielleicht auf uns. Wir kamen in ein Treppenhaus, wie Kowalski es geschildert hatte. Vom Keller her kam ein Geräusch. Und es war ein dünner Lichtschein zu erahnen.

Wir gingen die Treppe hinunter. Conrad zuerst, ich hinterher. Die Dunkelheit nahm uns auf. Ein seltsamer Geruch von Fäulnis und Gefahr lag in der Luft. Der Lichtschein kam aus dem hinteren Raum. Schröder hatte uns längst schon gehört, legte aber wohl keinen Wert darauf, unentdeckt zu bleiben. Ich folgte Conrad, dessen erhabene Figur mir die Sicht versperrte, aber auch Schutz spendete.

Conrad zog seine Waffe aus der Manteltasche. Mit der Pistole voran gingen wir bis hinten durch, bis zum letzten Kellerraum auf der rechten Seite, der zum Hinterhof zeigte. In mir kroch die Angst hoch. Wir betraten den Raum, in dem Rimbauds Vater ermordet worden war. Das Licht kam von einer batteriebetriebenen Lampe, wie man sie auf Baustellen verwendete. Sie war an der Decke befestigt. Es war ein kaltes Licht in einem kalten Raum.

Schröder lehnte lässig an der Wand zwischen zwei rostigen Ringen, die an kurzen Ketten hingen, die wiederum an die Wand geschraubt waren. Er sog kräftig an seiner Zigarette, drückte sie unmittelbar aus, wie ich es von ihm kannte, indem er mit Daumen und Zeigefinger die Glut abquetschte. Die Glut fiel zu Boden und erlosch, bevor sie aufkam. Dann warf er die Kippe hinterher. Er sagte mit aller Seelenruhe, beinahe matt: »*Die Nike opfert – was enthält die Schale: Blut oder Wein – ist das ein Siegesschluss, wenn sie am Abend sich vom Liebesmahle erhebt und schweigt und steht und opfern muss?*«

Ich wurde immer wieder von Schröder überrascht. Ich hätte loslachen können. In dieser Situation fiel ihm nichts Besseres ein, als ein Gedicht – vermutlich von Benn – zu rezitieren. Nike? Die Siegesgöttin, so viel wusste ich. War sein Verhalten albern? Kindisch? Geschmacklos? Ich wusste inzwischen, dass Gedichte ihm Halt gaben, seine Gedanken fokussierten und ihm zugleich eine besondere Freiheit ermöglichten.

»Der Herr Kriminalhauptkommissar, wie immer ein feines Gedicht auf den dicken Lippen. Und an seiner alten Wirkungsstätte«, antwortete Conrad beinahe fröhlich und siegessicher. Das gab mir Mut. Ich hatte diesen Mann unterschätzt.

»Da bist du ja endlich, Franz. Und du hast sogar den kleinen Nettelbeck mitgebracht. Alle Achtung!«

KAPITEL 27

Plötzlich beschleunigte Conrad seinen Schritt und hieb Schröder mit der Pistole zweimal ins Gesicht, dann trat er blitzschnell zurück, etwas unbeholfen, schob mich vor und befahl. »Legen Sie die Bulldogge an die Kette.«

Schröder war verdutzt. Blut trat aus einem Nasenloch und aus der aufgeplatzten Lippe. Seine Zunge leckte es auf. Er fasste sich ungläubig ins Gesicht und sah mich an. Sein Blick ging mir durch und durch. Er hatte einen Klang, und es klang nach »Verräter«.

Ich zögerte. Wollten wir ihn nicht einfach verhaften? Wieso anketten?

»Wir brauchen ein Geständnis. Sie sind der Zeuge, Herr Nettelbeck. Sonst entwischt er uns wieder. Bei diesem Mann muss man zu besonderen Mitteln greifen.«

Schröder machte keine Anstalten, Widerstand zu leisten, als ich auf ihn zutrat. Er hätte mich mit einem Schlag außer Gefecht setzen können. Mir fiel die Geschichte mit dem Pferd ein, das er angeblich niedergeschlagen hatte. Aber Schröder hielt still wie ein Lamm.

»Eine falsche Bewegung, Ernst, und ich schieße dir ins Knie oder noch besser in den Bauch.«

Schröder hob die Hände als Zeichen seiner Aufgabe. Blut tropfte von seinem Mund auf seinen weißen Hemdkragen und den Schlips. Ich hätte es gerne weggewischt. Zugleich ärgerte ich mich über diese Regung; denn der Mann hatte mehrere Menschen auf dem Gewissen.

»Kommen Sie, Nettelbeck. Machen Sie schon.«

Schröder half mir. Er hob seine Hände so, dass ich seine Handgelenke in die rostzerfressenen Ringe legen konnte. Daran war ein Mechanismus, der tatsächlich noch funktionierte. Die Schlösser der Ringe klickten und ließen sich nicht mehr öffnen, wie bei Handschellen. Wo war der Schlüssel, um sie zu öffnen? Das war gerade das geringste Problem. Wichtig war, dass Schröder festsaß. Es schien ihm nichts auszumachen. Ich dachte schadenfroh: Jetzt bist du selbst dran!

»Gut gemacht, Herr Nettelbeck.«

Schröder sah mich eindringlich an. Er saugte Blut von der Oberlippe. Plötzlich drang ein Geräusch aus dem Haus zu uns, vielleicht das Klirren einer Fensterscheibe, vielleicht nur der Wind, der an einem Fenster rüttelte. Conrad verließ kurz den Raum und blieb auf dem Gang stehen. Er horchte. Rimbaud fehlte. Wo war er?

»Guter Zeitpunkt, Ihre Waffe zu zücken. Oder wollen Sie, dass er mich umbringt?«, nuschelte Schröder zwischen seinen dicken Lippen hervor.

Ich zuckte mit den Schultern, was bedeuten konnte, dass ich keine Waffe hatte oder dass ich ihn nicht verstand. Schröder rollte mit den Augen.

»Was redest du da?« Conrad hatte sein Flüstern mitbekommen. »Herr Nettelbeck, lassen Sie sich von ihm nicht einwickeln. Beginnen wir mit dem Verhör.«

Mir schien es nun, als hätte Conrad auch ein persönliches Interesse an Schröder, als ginge es ihm nicht nur um Recht und Gesetz. Vielleicht war er selbst Opfer geworden von Schröder? Dann wäre das fatal. Während dieser ersten Minuten war ich erstaunt über Schröders merkwürdige Passivität. Das war nicht er. Er war ein Mann der Tat. Warum wehrte er sich nicht? Er hatte auf uns, zumindest auf Conrad, gewartet. Warum? Woher konnte er wissen, dass Conrad in das graue Haus käme? Mir wurde klar, wie wenig ich wusste und dass ich möglicherweise auch das, wovon ich glaubte, es sicher zu wissen, kritisch prüfen musste. Nur, dafür war keine Zeit. Auf jeden Fall lag etwas zwischen diesen beiden Männern. Nicht erst seit heute. Und ich stand mittendrin und musste aufpassen, nicht zermalmt zu werden.

Conrad hob seine Stimme wie bei einer Gerichtsverhandlung: »Herr Hauptkommissar Schröder, Sie werden beschuldigt, einen Herrn Hans Kauder getötet zu haben. Es gibt dafür einen Beweis. Dieser Beweis befand sich in der Obhut von Herrn Nettelbeck, dem Sie diesen Beweis entwendet haben. Was sagen Sie zu der Anschuldigung?«

Schröder pfiff durch die leicht angeschwollenen Lippen. »Oh, da gibt sich der Oberstaatsanwalt aber große Mühe, den Anschein zu wahren. Doch ich will die Sache ebenfalls aufklären. Also. Was ist passiert?« Schröder überlegte einen Moment, dabei leckte er wieder über die bluttropfenden Lippen.

»Ich hatte eine anonyme Nachricht erhalten, dass ich mich im grauen Haus einfinden sollte. Ich kannte es aus der NS-Zeit. Wieso – das ist eine andere Geschichte.«

»Sie folgen einer solchen anonymen Nachricht? Einfach mal so?«, hakte ich nach.

»Nicht einfach. Es war sehr kompliziert.«

»Lassen Sie den Angeklagten weiter erzählen ...«, mischte sich Conrad ein. Er wollte sich das Verhör nicht aus den Händen nehmen lassen.

»Jedenfalls traf ich am letzten Sonntag auf einen Mann, einen gewissen Kowalski, einen Detektiv, wie ich aber erst viel später erfuhr. Ich tu mal so, als wüssten Sie nicht, was geschehen ist ... Conrad ... Also, ich stand vor dem Mann, dann hörte ich ein Geräusch, ging nach oben und wurde die Treppe hinuntergestoßen. Inzwischen war der andere Mann natürlich getürmt. Ich folgte ihm. Später erfuhr ich, dass er Kowalski hieß und Detektiv war.«

»Laut Aussage des Herrn Kowalski befand sich eine Leiche im Haus. Damit haben Sie nichts zu tun?«

»Die Leiche haben ich nicht gesehen. Sonst wären mir die Zusammenhänge viel früher klar geworden.«

»Herr Nettelbeck. War es so?«

»Nein«, sagte ich verunsichert, weil ich nun zweifelte.

»Laut Kowalski waren Sie zuvor schon in dem Haus gewesen.«

»Beweise? Beweise, Herr Nettelbeck?«

»Die Tonbandaufnahme, die Sie mir gestohlen haben«, antwortete ich. Conrad ließ mich dieses Mal gewähren.

»Sie schließen also aus, dass Kowalski sich geirrt hat?«, fragte Schröder.

»Ja, allerdings!«

»Auf dem Band sagt er ausdrücklich, dass er den Mann beim ersten Mal nicht gesehen hat, nur von hinten. Einen *großen* Mann. Bin ich der einzige große Mann in Bremen?«

»Stimmt«, musste ich zugeben. »Aber es wäre ein seltsamer Zufall, wenn Sie es nicht wären.«

»Nur unter der Hypothese, dass dahinter nicht ein Plan stand, ein Plan von jemandem, den Sie nicht auf dem Schirm haben.«

»Schluss jetzt, Ernst! Du versuchst, dich hier herauszuwinden. Das nimmt dir keiner ab. Was ist mit dem Tod Kowalskis?«

Schröder senkte den Kopf. Schöpfte Atem. Hob den Kopf und sah wieder nur mich an. Er sprach die ganze Zeit nur zu mir. All das, was gerade geschah, geschah für mich. Beide benutzten mich für ihre Sache.

»Es war ein Unfall oder Selbstmord. Als Gefahr im Verzug war und Nettelbeck mich anfunkte, machte ich mich gleich auf den Weg zum Dach, weil ich hoffte, ihn da stellen zu können.«

»Woher wussten Sie, dass Kowalski sich auf dem Dach befand?«

»Intuition. Ich hatte inzwischen herausgefunden, dass Kowalski im Columbus-Hotel wohnte, und hatte beobachtet, wie er von oben die Treppe heruntergekommen war.«

»Sie kannten Kowalski schon vorher?«

»Ja, aber ich sah die Zusammenhänge nicht, sah nicht, dass Kowalski für Semler arbeitete, ich wusste nicht einmal, dass er Detektiv war. Ihnen, Herr Nettelbeck, sagte ich nichts, da nicht die Zeit war, sie einzuweihen. Ich war also vor Ihnen da oben. Doch Kowalski war schon unten auf der Erde. Vermutlich gesprungen. Sie kamen hoch. Ich versteckte mich instinktiv – was sehr dumm war. Als sie mich fast aufgestöbert hatten, musste ich Ihnen leider einen Schlag verpassen. Ich gab mir alle Mühe, Sie nicht zu arg zu verletzen.«

Das ergab tatsächlich Sinn. Dennoch war dieser Mann ein Mörder. Ich sagte: »Aber selbst wenn ich Ihnen dies glauben würde, so bleibt doch eine Frage: Wo ist die Leiche von Kauder geblieben? Was taten Sie, nachdem Kowalski aus dem grauen Haus gegangen war?«

»War ihm gefolgt, verlor ihn, fuhr zurück zum grauen Haus, in der Hoffnung, denjenigen, der mich zum Stelldichein gebeten hatte, zu treffen. Es war aber niemand mehr da, auch nicht die Person, die mich die Treppe hinuntergestoßen hatte. Ich fand Spuren von Blut im Keller; aber die Leiche war weg – dass es eine Leiche gab, weiß ich natürlich erst jetzt. Zu dem Zeitpunkt wusste ich nicht einmal von der Existenz Hans Kauders.«

»Nun ist die Leiche wie durch Zauberei verschwunden«, rief Conrad spöttisch aus. »Ernst, würdest du einem Verdächtigen glauben, der dir solch eine Geschichte auftischt?«

»Nein«, sagte Schröder ungewohnt kleinlaut.

»Siehst du!«

»Aber ich würde meine Prämissen überprüfen, Nettelbeck.« Schröder sah mich so durchdringend und beinahe Hilfe suchend an, dass es mir durch Mark und Bein ging. »Du glaubst wohl, du kannst Herrn Nettelbeck auf deine Seite ziehen. Er weiß, was du für ein Scheusal bist. Erzählen Sie dem Kommissar, was Sie über ihn herausgefunden haben.« Mir fiel es nicht leicht, darüber zu reden. Rimbaud hatte es mir erzählt in einer sehr intimen Situation, und diese Intimität haftete nun an dieser Information. Ich konnte sie nicht davon lösen. Vorhin, bei Conrad, stand ich noch unter dem Eindruck der Ereignisse und hatte nach jemandem gesucht, dem ich vertrauen konnte und dem ich alles erzählen wollte, um mich zu entlasten. Nun aber sollte ich Schröder damit konfrontieren, meinem Chef und Kollegen ins Gesicht sagen, dass ich ihn für den Mann ohne Gesicht hielt, für einen Gestapofolterer schlimmster Sorte? Das war unmöglich.

»Ich sehe schon, Herr Nettelbeck ist etwas gehemmt. Das verstehe ich«, ergriff Conrad wieder das Wort. »Ernst, man beschuldigt dich, ein gewisser Mann ohne Gesicht zu sein, ein Gestapokommissar, der seine Opfer folterte und dabei eine Maske oder Ähnliches trug.«

»Das ist völliger Unsinn.« Mehr sagte er nicht. Er wandte sich sogar etwas ab, soweit es ihm die Kette ermöglichte. Mein Blick fiel auf seine rostroten Handgelenke. Die Ketten hatten abgefärbt. Was taten wir eigentlich gerade? War das nicht auch Folter? Ich musste versuchen, die ganze Sache abzubrechen … andererseits war Conrad dabei, Schröder zu überführen … ich schwankte. Ich machte mit. Auch für Rimbaud, denn dieser Mann hatte Rimbauds Vater auf dem Gewissen. Ich wollte wieder darauf zu sprechen kommen, was denn der sogenannte Anonyme von ihm wollte, doch Conrad war am Zuge. Mir war klar, nachdem ich die Fotos auf dem Schreibtisch von Rimbaud gesehen hatte, dass nur er infrage kam. Ich erinnerte mich jetzt der Szene, die Kowalski beschrieben hatte, im Trunkenen Schiff. Kauder und Rimbaud hatten zusammengearbeitet. Letztlich war Kauder gegangen. Wäre Rimbaud gegangen, so wäre nun er tot.

»Du wurdest damals trotz deiner Vermummung von einem Jungen gesehen. Dem Sohn des Inhabers einer erfolgreichen Werbefirma … Dieser Sohn hat dich gesehen. Und er wird dich wiedererkennen. Er wird dich identifizieren. Aber das ist nur der eine Teil. Wir haben nämlich jetzt ein Motiv für die Morde. Nun gut, den Mord an Neumann hat Rimbaud begangen. Herr Nettelbeck hat die Augen in einem Glas gefunden. Mord aus Eifersucht. Kauder hatte ganz offensichtlich Rimbaud den Laufpass gegeben und sich in diesen Schönling Neumann verliebt. Aber Kauder geht auf deine Kappe und Kowalski auch. Wir gehen davon aus, dass du von Rimbaud erpresst wurdest, weil er dich auf einem Foto im Weser-Kurier wiedererkannte. Die Ermittlung, die dir so viel Ruhm eingebracht hat, bringt dich nun zu Fall. Rimbaud erkannte dich. Erpresste dich, vermutlich nur, um dich aus der Reserve zu locken. Er spannte seinen Liebhaber ein, sich mit dir zu treffen. Er nannte als Treffpunkt das graue Haus.«

Conrad hatte alle Informationen, die er Schröder entgegenhielt, von mir.

Nicht alle!

Etwas stimmte nicht!

Ich hatte nicht davon gesprochen, dass der Vater eine Werbefirma gehabt hatte. Woher also wusste es der Staatsanwalt? Ich hörte fasziniert zu, wie hypnotisiert, ohne zu begreifen, wie die Situation gerade kippte. Conrad hatte es auch nicht gemerkt. Er fuhr fort, Schröder zu beschuldigen, in seinem anklagenden Singsang, in dem sich zunehmend Schrilles mischte.

»Du triffst dich mit ihm, dir wird klar, dass du enttarnt

bist. Dein ganzer schöner Ruhm dahin. Du fängst Kauder, erkennst, dass hinter ihm jemand anderes stehen muss. Du nimmst dir Kauder vor. Der ist eine Memme, schon beim ersten kleinen Schmerz bricht er zusammen. Du bist betrübt, weil er dir den Spaß nimmt, denn du fügst den anderen so gerne Schmerzen zu. Andererseits hast du keine Zeit, lange zu fackeln, du legst ihn um, erhängst ihn in altbekannter Manier, wie damals in der guten alten Zeit.«

Auch hatte ich nicht erzählt, dass Kauder erhängt worden war. Ich hatte nichts über die Todesart gesagt. Ich war nahe daran, Conrad auf seinen Fehler aufmerksam zu machen, aber er redete sich in Rage, war nicht mehr zu bremsen. Was geschah da gerade?

»Dann taucht dieser miese Detektiv auf. Du legst ihn nicht gleich um, du musst erst wissen, wer er ist und wer hinter ihm steht. Du musst jetzt vorsichtig sein. Inzwischen entledigst du dich der Leiche Kauders, irgendwo im Fluss oder im Wald. Die Leiche wird sicherlich bald auftauchen.«

Schröder begann zu lachen, nicht sehr laut, eher verhalten, aber es war ein durchdringendes Lachen. »Wenn ich meine Hände zur Verfügung hätte, dann würde ich klatschen. Das hast du dir sehr gut zurechtgelegt. Das alles hat nur einen Haken.«

Conrad richtete sich auf. Er war fast so groß wie Schröder, wenn auch bleistiftdünn. Die eine Gesichtshälfte funkelte Schröder hasserfüllt an, die andere war stoisch, kalt. Dann glitt ein Schatten über das Gesicht. Eine Erkenntnis.

»Begreifst du es?«, fragte Schröder, der nun beinahe amüsiert grinste. »Dein Zeuge ist Nettelbeck. Nettelbeck, unser aller Hoffnung, der Mittelstreckenläufer, der erst gegen Ende, beim Endspurt, zur großen Form aufläuft. Und dieser Nettelbeck glaubt dir kein Wort.«

KAPITEL 28

Während ich mit dem immer gereizter werdenden Ping-Pong-Spiel von Conrad und Schröder beschäftigt war, überschlugen sich die Ereignisse.

Schröder war mit einem Mal befreit von seinen Fesseln, ein starker Ruck hatte genügt, um die Ketten aus der Wand zu reißen. Sie hingen nun lose an seinen Handgelenken herab. Das war kein Zufall, das hatte er vorbereitet! Daher der fehlende Widerstand. Er schwang die Ketten, die ihm nun als Waffe dienten, pflügte damit durch den Raum und traf schließlich Conrad an der Hand. Der war völlig perplex, zu überrumpelt und ohne Gegenwehr. Trotzdem löste sich ein Schuss, aber eher zufällig, aus Ungeschicktheit und ließ alten Putz wegsplittern und einen brüllenden Hall den Raum erfüllen.

Ich hatte mich auf den Boden geworfen. Hörte einen Schmerzensschrei, die Pistole schepperte über den harten Betonboden gegen die Wand. Ich sprang wieder auf und langte nach Conrads Waffe.

Schröder hatte die Kette mit beiden Fäusten gepackt und um Conrads Hals geschlungen. Der strampelte hilflos mit den langen Beinen. Die Hosenbeine rutschen hoch und ich sah weinrote Socken aus Seide. Auch die Arme ruderten hilflos herum. Sein Kopf wurde rot und röter.

Schröder ging einen Schritt zurück, lehnte sich mit seinen massigen Schultern gegen die Wand und ließ sich samt seiner Beute heruntergleiten. Jetzt hatte er ihn beinahe bequem auf seinen Beinen, die ausgestreckt waren. Schröder konnte die

Kette beliebig fester ziehen und seinem Opfer durch starken Druck den Kopf vom Rumpf trennen. Doch er spielte lieber mit Conrad. Katz und Maus. Mal ließ er die Kette schleifen, gab Conrad Gelegenheit nach Luft zu schnappen, doch nur, um dann wieder mit einem Ruck fester zu ziehen. Conrads Zunge wurde aus dem Mund gedrückt.

»Lassen Sie ihn los!«, rief ich. »Sie bringen ihn um!«

Ich zielte mit Conrads Waffe auf meinen Chef. Schröder blickte zu mir auf, bleckte sein Schröder-Grinsen. Dieses hier war triumphal, roh und fast tierisch. Trotzdem lockerte er die Ketten. Conrad kippte von Schröders Beinen zur Seite. Er lag nun neben Schröder.

War er bewusstlos oder bereits tot? Ich beugte mich über ihn, fühlte den Puls. Er war noch am Leben. Noch.

Die letzten Minuten waren zu brutal, zu schnell, ich konnte meine Gedanken nicht ordnen. Conrad hatte gelogen. Seine Geschichte setzte Informationen voraus, die er nicht haben konnte. Schon, dass er das graue Haus sofort angesteuert hatte, stand im Gegensatz zu seiner Aussage, er hätte nur einen Grundbucheintrag gesehen. Dann wusste er, welchen Beruf Rimbauds Vaters ausgeübt hatte. Das konnte er nicht wissen. Auch die Geschehnisse im Zusammenhang mit Kauder. Er hatte zu viele Dinge erwähnt, kannte zu viele Details.

Ich musste Klarheit haben. »Herr Schröder, ich wäre sehr daran interessiert, Ihre Version der Geschichte zu hören.« Dabei zielte ich auf ihn, denn noch konnte alles ganz anders sein, und Schröder war gefährlich. Sehr gefährlich. Conrad hatte ihn unterschätzt.

»Aber immer gern, Kollege.« Schröder steckte sich wieder eine Zigarette an und zog genüsslich den Rauch ein.

Ich sah zu Conrad, der sich zu regen schien, jedenfalls zuckte sein Fuß, als würde er gekitzelt werden, dann zuckte ein Finger wie ein galvanischer Frosch.

»Am fünften Februar erhielt ich einen anonymen Brief. Darin befand sich eine Postkarte mit dem Motiv des Roland. Darauf stand geschrieben: ›Du bist erkannt!‹ Einige Tage später kam wieder ein Brief, dieses Mal mit dem Motiv der Bremer Stadtmusikanten. Der Text war der gleiche.«

»Was vermuteten Sie dahinter?«

»Gar nichts. Ich hatte keine Ahnung, keine Idee, und das ist selten. Es kamen eine Weile keine Briefe mehr. Erst am letzten Freitag erhielt ich wieder eine dieser Karten. Dieses Mal war darauf zu lesen: ›Übermorgen um zweiundzwanzig Uhr im grauen Haus.‹ Aha, dachte ich, darum geht es. Ich ging zu Conrad. Zeigte ihm die Nachricht. Zu diesem Zeitpunkt ahnte ich noch nichts. Jedenfalls hielt mich der Kartenschreiber für den Mann ohne Gesicht. Doch es stimmt nicht. Der bin ich nicht. Es ist eine Verwechslung.«

»Eine Verwechslung? Das soll ich glauben? Rimbaud hat Sie eindeutig identifiziert. Ich kenne seine Geschichte.« Wo blieb er überhaupt? Ich war einerseits froh, dass es nicht zu einem Kampf zwischen ihm und Schröder gekommen war; andererseits hatte ich eine böse Ahnung: Die Katastrophe würde desto schlimmer werden, je später sie sich ereignete.

»Mag sein. Trotzdem ist es eine Verwechslung.«

»Sie haben einen Schmiss, nicht Conrad, falls Sie ihm etwas andichten wollen. Um diesen Schmiss geht es. Den hatte Rimbaud damals gesehen und dann auf einem Foto im Weser-Kurier wiedererkannt. Also, schieben Sie die Sache nicht auf Conrad.«

»Der gute Herr Dr. Conrad. Er war damals in der Gestapo. Und selbst unter den schärfsten Hunden gefürchtet. Er hatte einen Schmiss. Damals. War in derselben Verbindung gewesen wie ich. In Göttingen. Und er hatte gute Verbindungen zur SS. Eine OP gegen Ende des Krieges entfernte den Schmiss, allerdings mit gewissen Nebenfolgen, wie man unschwer sehen kann.«

»Angenommen, es stimmt, was Sie sagen. Trotzdem kennen Sie das graue Haus.«

»Wir befinden uns darin. Es hatte seinen Namen während der Nazizeit bekommen, weil hier die SS ein besonderes Zimmer unterhielt. Dieses hier.« Er zeigte mit dem Finger auf den Boden. »Es war aber gar kein offizielles SS-Haus. Der Gestapo war es egal. Wir, ich sage wir, Herr Nettelbeck, residierten Am Wall 199 und unterhielten ein paar Dependenzen. Unsere Zusammenarbeit mit der SS war zwar eng, wie Sie wohl wissen, aber dennoch beteiligten wir uns nicht an jeder Schweinerei. Das Haus diente der Verbreitung von Angst und Schrecken. Angst ist eine mächtige Waffe. Nichts macht Menschen so gefügig wie Angst. Ich selbst war ein- oder zweimal hier aus … beruflichen Gründen. Jedoch nie im Keller. Und ich wusste nicht, dass dieser ominöse Mann ohne Gesicht wirklich existierte und schon gar nicht, dass es Conrad war. Nicht einmal Conrad hätte ich es zugetraut.«

Er nahm einen tiefen Zug an der Zigarette und stieß Conrad mit dem Fuß an, der reagierte mit einem weiteren Zucken.

»Aber Sie waren bei der Gestapo?«

»Ja, zu meiner Schande muss ich es zugeben. Ich war dabei.«

Ich war schon im Begriff, weiter zu bohren, nach der Familie Rimbauds zu fragen – als mir einfiel, dass es zunächst um die Klärung der aktuellen Morde ging.

»Wie ging es weiter?«

»Ich ging zum grauen Haus. Dort traf ich, wie ich dem Oberstaatsanwalt schon erzählt habe, auf den Detektiv. Ich hängte mich an die Hacken des Mannes, verlor ihn aber wieder, war ziemlich gewieft der Mann. Erst später entdeckte ich das Auto am Bahnhof. Den Rest habe ich schon erzählt.«

»Okay, Sie sind nicht der Mann ohne Gesicht. Und Kauder geht dann auch auf das Konto von Conrad? Er musste annehmen, dass Kauder der Erpresser ist und dass es nur eine Frage der Zeit war, bis die Verwechslung aufgedeckt wurde. Und Rimbaud brachte dann Neumann um. Der Tote im Borgward hatte nichts zu tun mit der Borgward-Krise und nichts zu tun mit dem Mann ohne Gesicht.«

»Sind Sie sicher, dass es Rimbaud war, der Neumann auf dem Gewissen hat?«

»Ja, ich habe die Augen gefunden.«

»Woher wissen Sie, dass es nicht zwei Täter gibt? Einen, der die Augen genommen hat, und einen, der Neumann ermordet hat?«

»Warum sollten es zwei sein, wenn einer genügt?«

»Weshalb? Mann! Weil es zwei Männer waren!«

»Woher wissen Sie das?«

»Überlegen Sie doch, Nettelbeck! Denken Sie sich in den Täter hinein. Conrad …«, bei der Nennung seines Namens begann er zu stöhnen, »Conrad bringt Kauder um. Er muss nun auch den Hintermann töten. Dass es Rimbaud ist, hat Kauder gestanden, bevor er getötet wurde. Wer ist dieser ominöse Rimbaud? Conrad weiß es nicht. Wieso bringt Conrad dann Neumann um und nicht Rimbaud? Das ist die Frage! Es muss eine Verwechslung sein. Er weiß, er ist der Geliebte von Kauder. Conrad steht unter Druck, unter Zeitdruck. Er bekommt heraus, dass Neumann der Geliebte von Kauder ist. Aha, dann ist bestimmt auch dieser Mann der Erpresser. Logisch. Alles unter Zeitdruck innerhalb einer Nacht, in nur wenigen Stunden. Er tötet ihn, in der Annahme es mit dem Erpresser zu tun zu haben. Aber er entnimmt ihm nicht die Augen. Nein, das wäre dumm! Einen Zusammenhang zwischen dem Mann ohne Gesicht und dem Toten im Borgward darf es nicht geben! Jemand anders schneidet die Augen heraus. Rimbaud war es! Rimbaud erkennt die Zusammenhänge, nur ist er auf dem Holzweg, was die Identität angeht, er verwechselt mich mit Conrad. Weshalb die Augen? Wir haben viel gerätselt, wir beide, Sie und ich. Weshalb die Augen? Es scheint mir jetzt klar zu sein. Rimbaud setzt damit ein Zeichen, ein Signal. Er will hinweisen, hindeuten, hinzeigen auf diesen Mann ohne Gesicht und bedient sich dessen Methode. Das Symbol der Augen. Wir wussten immer, dass es sich um eine Botschaft handelt. Es war Rimbauds Botschaft an uns, dass wir uns um den Mann ohne Gesicht kümmern sollten.«

»Sie waren nicht ehrlich zu mir«, sagte ich voller Vorwurf und zugleich glücklich darüber, dass Schröder und vielleicht auch Rimbaud niemanden ermordet hatten. Alles war logisch, was Schröder sagte. Er hatte es sehr gut hergeleitet. Warum sollte er sich irren? Und er hatte natürlich auch kein Interesse, mich auf eine falsche Fährte zu locken. Das ergab keinen Sinn. Nein, er hatte mir, ohne es zu wissen, eine große Last genommen. Rimbaud war unschuldig!

»Das stimmt. Sie waren zu mir aber auch nicht ehrlich,, Nettelbeck. Ich hatte Ihnen eine Chance gegeben, im Trunkenen Schiff.«

Das stimmte. Ich erinnerte mich, wie er mich vor allen Leuten bat, Vertrauen zu haben. Aber jetzt war es zu spät und die Zeit drängte.

»Wir müssen die Kollegen rufen.«

»Ja, gehen Sie zu meinem Wagen, dort ist ein Funkgerät.« Er reichte mir seinen Autoschlüssel. Er zückte seine Waffe. Er musste Conrad in Schach halten. Warum hatte er die Waffe nicht zuvor benutzt? Er wollte mich überzeugen, ohne Gewalt, die Gewalt sollte einzig von Conrad ausgehen. Das war sein Plan.

Ich drehte mich zur Tür, um hinauszugehen, und traf auf – Rimbaud, der durch den Gang gestürzt kam, leicht gebeugt, den Kopf voran und mich beinahe umrannte.

Schon stand er vor mir. Hinter ihm waren Schritte zu

hören. Es war Iris. Rimbaud zielte mit meiner Waffe auf Schröder. Rimbauds entschlossener Gesichtsausdruck ließ nichts Gutes erwarten. Ich zielte auf ihn. Es ließ ihn kalt. Er wunderte sich nicht einmal, dass ich hier war. Drei Männer mit einer Pistole, Rimbaud richtete die Waffe auf Schröder. Schröder legte die Waffe auf den Boden und zeigte die Innenflächen seiner Hände. Ich zielte auf Rimbaud. Ein labiles Dreieck gegenseitiger Bedrohung. Eine falsche Bewegung und es würde zur Katastrophe kommen. Was ich vorhin befürchtet hatte, war eingetroffen.

»Es ist alles ganz anders«, beschwor ich Rimbaud. Ich wollte die Sache gleich aufklären. Ich brauchte nur einen Moment.

Doch diesen Moment gab es nicht.

Rimbaud feuerte die Waffe ab, ohne mir auch nur die Chance einer Erklärung zu geben. Endlose Echos. Der Schuss traf Schröder in die Brust, neben dem Herzen. Blut trat aus und färbte seinen Trenchcoat. Er sah hinunter auf diesen Fleck. Grinste sein spezielles Schröder-Grinsen. Seine Beine knickten ein und er kippte auf den Boden wie ein gefällter Baum. Der Hut, den er die ganze Zeit aufgehabt hatte, rutschte von seinem Kopf.

Ich schlug Rimbaud wütend die Waffe aus der Hand. Es kam keine Gegenwehr von ihm. Er war beseelt, in einer anderen Sphäre, so sah jemand aus, dem Gott erschienen war. Ich schrie ihn an: »Was hast du getan?« Iris drängte sich zwischen uns.

»Er hat einen Verbrecher bestraft!«

»Nein ...«

Ich beugte mich hinunter zu Schröder. Er atmete schwer. Seine Augen waren geschlossen. Er war auf seine Waffe gefallen. Ich wollte sie unter seiner Schulter herausziehen. Doch ich kam nicht dazu.

Conrad war inzwischen unbemerkt wieder auf den Beinen. Er torkelte auf Rimbaud zu, der in diesem beseelten Zustand weiter schräg nach oben sah, als tanzten dort Engel. Conrad zog etwas aus der Tasche und stach ihm in den Hals. Eine Blutfontäne strahlte heraus. Rimbaud schien es gar nicht zu merken. Iris schrie. Es war nur ein Schrei, ein lang gezogener Schrei wie eine Sirene, ein rhythmisches Heulen, mit einem Auf- und Abschwellen.

»Ich werde mir auch deine Augen holen und sie neben die deines Vaters stellen.« Er bückte sich mit einem Ächzen und hob die Pistole auf, steckte sie in die Manteltasche und drehte sich zu mir um. Iris' Sirenenschrei brach abrupt ab, sie kniete vor ihm, hatte ein Taschentuch oder Ähnliches in der Hand und versuchte, die Wunde zu stillen.

Indes hatte Conrad mir die Waffe abgenommen. Ich war zu abgelenkt und wehrlos.

»Das ist ja alles noch besser, als ich gehofft habe. Wir werden gerade Zeuge, wie der Mann ohne Gesicht ein weiteres Mal wütet. Nur wird man wirklich glauben, es ist Hauptkommissar Schröder! Der einzige Zeuge werde ich sein. Alle anderen sind tot. Dir, Nettelbeck, nehme ich auch die Augen. Du siehst zu viel. Du glaubst, mich zu sehen. Aber das stimmt nicht. Mich sieht niemand. Ich habe viel nachzuholen. Seit 45 war ich nicht mehr aktiv.«

Ich versuchte, ihn abzulenken, indem ich ihm eine Frage stellte. Er war offensichtlich nicht mehr bei Sinnen. »Wieso Neumann? Wieso haben Sie Neumann getötet? Was hatte er mit all dem zu tun?«

»Neumann? Was weiß ich denn! Ich habe mit alledem nichts zu tun. Das war doch Ihr Chef, der Hauptkommissar! Ja, der war es. Er ist der Mann ohne Gesicht.« Er zeigte sein Messer, das Werkzeug, das er benutzt hatte.

Unter Rimbaud bildete sich eine Lache. Iris kämpfte um

jeden Milliliter Blut, versuchte, die Blutung zu stoppen, aber es drang zwischen ihren Fingern hindurch. Ich zog meinen Mantel aus und warf ihn ihr hin.

Conrad kommentierte diese Geste bloß mit einem schmerzhaften Achselzucken, er war verletzt. Schröder hatte ihm wohl nicht nur die Kehle zugedrückt, sondern auch mindestens eine Rippe gebrochen. Ich wollte Iris helfen, aber Conrad hielt mir die Pistole unter mein Kinn.

Iris nahm den Mantel und knüllte ihn schnell zusammen und schob ihn unter Rimbauds Kopf. Dabei presste sie ihren Finger, den sie mit einem Tuch umwickelt hatte, gegen die Wunde. Es schien keine Halsschlagader getroffen worden zu sein. Trotzdem rann das Blut weiter.

Dann schoss er.

Ich schrak zusammen und glaubte, getroffen zu sein. Die Kugel pfiff haarscharf an meinem Fuß vorbei, riss ein Loch in den Boden.

»Dalli!«, keuchte Conrad, dem das Reden schwerfiel, was ihn aber nicht verstummen ließ.

Ich tat, wie mir befohlen. Iris hatte die Blutung einigermaßen gestillt. Ihr Blick war auf die Wunde gerichtet. Sie hatte den richtigen Punkt gefunden. Rimbaud war kalkweiß, selbst aus den Lippen war alle Farbe entwichen. Manchmal öffnete er die Augen, ein Flattern seiner Lider.

Wie aus dem Nichts kam eine Stimme, brüchig, schwach. Es war die Stimme Schröders. Er lebte! Sie flüsterte: »Ich habe Menschen getroffen …«

»Ach, der Hauptkommissar lebt doch noch. Ein letztes Röcheln. Er darf mitansehen, was hier gleich geschieht.« Conrad war wirklich erfreut. Es machte seinen Triumph größer, was immer es für ein Sieg war und was immer ihn überhaupt antrieb zu all diesen Taten.

Schröder, der vermutlich nicht mehr viel mitbekam, flüsterte weiter; aber ich konnte nichts verstehen. Er memorierte für sich. Conrads Freude schlug in üble Laune um. Schröder wollte ihm die Show stehlen – dabei klammerte sich Schröder nur an das, was ihm immer Halt gegeben hatte: Gedichte von Benn. Die Poesie.

»Weißt du, Ernst, jetzt kann ich es dir ja sagen: Ich nehme dir diesen ganzen Feingeistkram nicht ab, das ist bloß eine poetische Arroganz von dir. Angeberei. Tarnung. Letztlich bist du ein Schwein wie ich, nur dass ich es weiß und akzeptiere. So und nun schreiten wir zur Tat. Ich liebe es, Menschen das zu nehmen, was ihr innerster Besitz ist: die Seele.«

Conrad hob sein Messer wie ein Chirurg, der noch einmal sein Instrument prüft, bevor er zu operieren beginnt. Er sah mich an. Jetzt waren beide Hälften des Gesichts starr und maskenhaft, nur in den dunklen, tief liegenden Augen flackerte es. Ich wehrte instinktiv mit dem Arm ab, der Stich ging ins Leere, denn Conrad war schon zu schwach. Ein weiterer Schuss dröhnte durch den Raum, scharf an mir vorbei durchschlug er die starre Wange Conrads und blieb irgendwo im Schädel stecken. Der Schuss holte ihn von den Beinen. Conrad schlug mit dem Kopf gegen die Wand, an der er so viele Menschen gefoltert und ermordet hatte.

Alles an ihm war tot. Und im Gegensatz zum Toten im Borgward hatte sein Antlitz nicht eine Sekunde lang seine Würde bewahrt. Es war eine Genugtuung, seine Leiche an dem Ort seiner Untaten zu sehen.

Schröder lag jetzt rücklings auf dem Boden. Seine Hand hielt noch immer die Pistole umklammert und ruhte auf dem nackten Bauch. Die Knöpfe seines Trenchcoats mussten aufgesprungen sein. Er hatte die Augen wieder geschlossen, seine Lippen bewegten sich. Ich hielt mein Ohr daran, um ihn zu verstehen: »Hand. Nettelbeck, Hand.«

Seine Hand bewegte sich. Schon einmal hatte ich eine Hand gehalten. Ich fasste sie an, diese riesige Hand. Ich versuchte, sie so gut zu umfassen, wie es meine wesentlich kleinere vermochte. Schröder sprach weiter. Ich verstand kaum etwas davon. Es erschien mir wie eine letzte Botschaft. Schröder übersprang Zeilen, wie mir später klar wurde. Aber er kam bis zum Ende, bevor er starb. Als er die letzte Zeile rezitiert hatte, war er glücklich, er lächelte friedlich. So ein Lächeln hatte ich nie zuvor bei ihm gesehen: *Ich habe mich oft gefragt und keine Antwort gefunden …*

Und während das Leben aus ihm herausströmte mit einer Sanftheit und Ruhe, erschien mir Heiko. Für einen Moment überlagerten sich die beiden Szenen, die Gegenwart mit Schröder und jene aus der Vergangenheit mit Heiko. Ich glaube, ich flüsterte sogar seinen Namen: Heiko.

Iris rief mich an. Panik und Verzweiflung in der Stimme. Ich rannte los, aus dem Haus, zu Schröders Wagen. Ich verständigte über Funk die Kollegen. Wartete.

Streifenwagen und Krankenwagen kamen gleichzeitig. Erst viel später erschienen die Kollegen von der Mordkommission. Sie kamen alle. Nur einer kam nicht. Würde niemals mehr kommen.

Oberkommissar Kleinhans bekam ich nicht zu Gesicht. Er war im Keller und versuchte, das Geschehen überhaupt erst einmal aufzunehmen.

Als Tietjen aus dem Auto stieg, in den Keller ging und fassungslos und leichenblass wieder herauskam, aber irgendwie geläutert, brach ich zusammen, weinte. Jemand legte mir eine Decke um die Schultern, setzte sich neben mich in den Wagen. Es war Kriminalobermeister Kupfer. Kupfer hörte sich meine knappe Schilderung der Vorgänge an. Vieles ließ ich im Vagen, etwa, warum Rimbaud überhaupt im Keller war. Er nahm mich auch nicht ins Verhör, sondern ließ gelten, was ich sagte. Ich müsste ohnehin im Laufe der nächsten Tage eine ausführliche Aussage machen.

Er berührte meine Schulter, tätschelte hilflos die Decke und sagte: »Er war ein Schwein, das wissen wir beide; aber er war der Beste.« Er wartete ab, ob ich etwas dazu sagte, aber ich schwieg.

»Ich fahre Sie nach Hause, Nettelbeck. Sie haben ja keinen Führerschein.« Er startete Schröders Borgward. Es war ein dunstiger Morgen, es regnete noch immer, aber nicht mehr so stark. Wie der Motor ansprang und losfuhr, sah ich Schröder und mich, wie wir nach Borgfeld hinausfuhren, nicht ahnend, welch böses Ende alles nähme.

KAPITEL 29

Ich erwachte nach kurzem, unruhigem Schlaf.

Für Sekunden glaubte ich, einen bösen Traum gehabt zu haben. Aber alles war wirklich geschehen. Es gab kein Entrinnen. Schröder war tot. Vielleicht hätte sein Tod verhindert werden können. Wenn wir mehr miteinander geredet hätten. Wenn wir uns vertraut hätten. Wenn ich ihm mehr vertraut hätte. Aber auch er hatte eigensinnig gehandelt, wie ein Verdammter.

Und dann dachte ich an Rimbaud. Ich musste verhindern, dass man ihn anklagte. Für mich war er unschuldig. Conrad war der Täter. Das hatte mir Schröder bewiesen. Die Augen, ja, die Augen, die bedeuteten nichts in dem Fall, waren nur ein Hilfeschrei, endlich den Schuldigen zu bestrafen.

Ich durfte Rimbaud nicht verlieren, so wie ich schon einmal einen Freund verloren hatte. Aber war Rimbaud ein Freund? Ja, für mich war er ein Freund, und ich wollte um ihn kämpfen.

Es war längst hell. Sicherlich würden meine Leute schon das Haus von Conrad und das von Schröder durchsuchen. Auch die Wohnung von Rimbaud?

Verdammt!

Was wäre, wenn sie das Geheimzimmer fänden? Kemnich würde ich es zutrauen. Dann stießen sie auf den Glasbehälter mit Neumanns Augen …

Ich zog mich rasch an und lief wieder den Weg zum Trunkenen Schiff. Unter zehn Minuten! Vor der Wohnung standen mehrere Polizeiautos und Zivilfahrzeuge. Ich sprintete die Treppe hoch. Man würde auch meine Fingerabdrücke finden.

Die Tür zur Wohnung stand offen. Oberkommissar Kleinhans trat mir entgegen.

»Sie haben hier keinen Zutritt, junger Mann. Dies ist ein Tatort.« Ich konnte nicht fassen, dass ich einfach so abgewiesen wurde, aber Kleinhans kannte mich nicht. Ich hatte tatsächlich in der Eile meine Marke vergessen. Ich beteuerte, der Assistent von Schröder zu sein.

Der Kriminaloberkommissar maß mich abschätzig. Ich wusste, dass er und Schröder keine Freunde waren. Glücklicherweise trat von hinten Reinhard heran und sagte: »Das ist doch unser Herr Nettelbeck.«

In das Gesicht des Kommissars mühte sich ein mokantes Lächeln. »Das nenne ich Arbeitseinsatz. Vom Schock erholt?«

Ich bejahte. In der Wohnung machten sich sechs oder sieben Leute zu schaffen. Reinhard hatte schon Fingerabdrücke genommen.

»Wo ist denn Kemnich?«, fragte ich.

»Der ist in der Wohnung von Conrad. Die haben … Augen gefunden. Mindestens fünf Paar in einer speziellen Formaldehydlösung. Gruselig.«

»Einen besseren Beweis kann man nicht bekommen«, sagte ich. »Und hier? Ist hier irgendetwas?«

»Nein. Aber ob wir hier etwas finden, das wissen Sie sicherlich besser.«

»Warum?« Natürlich hatte ich hier meine Fingerabdrücke verschwenderisch verteilt, doch für eine Zuordnung war es noch zu früh. Auf was also spielte Reinhard an? Als Antwort auf meine stummen Fragen zog er einen Schal aus einer Tüte hervor. Es war mein nachtblauer Seidenschal. Reinhard verzog keine Miene, trotzdem ahnte ich einen Hauch von Besorgnis.

»Den haben wir auf dem Nachttisch gefunden. Das ist doch Ihrer, oder?«

Reinhard hatte ihn mir gestern noch nachgetragen, als wir die Fingerabdrücke auf der Kunstblume untersuchten. Der kannte ihn also. Es war nicht zu leugnen. Mein Gehirn arbeitete auf Hochtouren. Wie war der Schal hierhergekommen? Ach ja, ich hatte ihn irgendwann auf dem Flur verloren. Ganz im Rausch dieses seltsamen Cocktails und seiner Kirsche.

Sofort war Kleinhans zur Stelle. Ein richtiger Terrier. Nahm den Schal in die Hand, ließ ihn durch die kurzen, kräftigen Finger gleiten, auf beinahe obszöne Weise.

»Ihr Schal? Herr Nettelbeck. Das ist aber sehr seltsam.« Das Wort »sehr« zog er auffällig in die Länge.

»Nein, eigentlich nicht.« Es kostete mich Mühe, ruhig zu bleiben und in mir selbst die Fassade der Unschuld zu errichten, denn nur so konnte ich sie auch nach außen zeigen. »Ich war gestern mit dem Hauptkommissar hier. Wir wollten Rimbaud befragen. Dabei muss mir der Schal aus der Manteltasche gerutscht sein. Ich hatte auch eine flüchtige Durchsuchung vorgenommen auf Anordnung von Herrn Schröder. Man wird also eine Menge Fingerabdrücke von mir finden.«

»Ach so«, sagte Reinhard, nun das Pokerface aufgebend und Erleichterung ausatmend. »Dann können Sie den Schal ja wieder an sich nehmen.«

Was würde Kleinhans machen?

»Wieso aber liegt der Schal auf dem Nachttisch?«

»Kennen wir die Gewohnheiten dieses seltsamen Menschen?«, fragte ich und schmunzelte augenzwinkernd. Kleinhans, dessen Fantasie auf Touren kam, verzog das Gesicht und reichte mir den Schal, als handele es sich um eine giftige Schlange. Ich nahm das Kleidungsstück entgegen und ließ es schnell in der Manteltasche verschwinden.

In diesem Moment kam ein weiterer Zivilpolizist aus einem der hinteren Räume. »Kommen Sie bitte mal, die Herren. Ich habe etwas gefunden. Sie glauben es nicht.«

Das konnte nur eins bedeuten. Sie hatten das Geheimzimmer entdeckt und damit die Augen im Behälter. Somit war Rimbaud verloren. Ich folgte Kleinhans und Reinhard. Ich wusste nur eins: Ich musste Rimbaud beschützen.

Kleinhans zwängte sich mit Mühe durch die Geheimtür, stand in dem kleinen Zimmer. Er pfiff. »Alle Achtung.« Er pfiff noch einmal. Nach einer Minute kam er wieder heraus, sichtlich abgestoßen von dem Raum. Wieso fand er den Glasbehälter nicht? Hatte der erste Polizist ihn schon an sich genommen? Aber dann hätte er ihn uns doch längst entsetzt präsentiert. Auch Reinhard machte dem Zimmer seine Aufwartung.

Ich sagte: »Scheint schon beim Bau des Hauses eingebaut worden zu sein.«

»Hm«, sagte Kleinhans. »Was Sie alles wissen.«

Reinhards Stimme von drinnen: »Ja, glaube ich auch. Unangenehm eng hier.« Er kam schnell wieder heraus. »Wollen Sie auch mal einen Blick hineinwerfen, Herr Nettelbeck?«

Ich nickte und ging in das Zimmer. Mein erster Blick fiel auf den Ort, wo ich den Behälter abgestellt hatte. Da war nichts. Es gab dafür nur eine Erklärung. Der Major! Der Major musste noch einmal in die Wohnung gekommen sein und den Behälter weggeschafft haben. Ich hätte ihn umarmen können.

Vor dem Haus fing mich Iris ab. Wir fuhren mit Kauders VW-Käfer zum Diako in Gröpelingen. Rimbaud musste geschont werden, so sprachen wir zunächst nicht viel. Er schwieg. Er starrte zur Decke. Iris und ich hatten uns abgesprochen. Wir wollten beide nicht, dass er ins Gefängnis käme. Aus dem Grund hatten wir uns eine Geschichte ausgedacht, die wir allerdings Tietjen und Kleinhans schmackhaft und plausibel machen mussten. Dafür mussten wir Rimbaud instruieren. Kleinhans war misstrauisch, was mich betraf, das hatte ich vorhin schon bemerkt. Er mochte mich nicht, ich war zu sehr mit Schröder verbandelt. Deshalb durften wir uns keinen Fehler leisten. Wie lautete unsere Version der Geschichte? Schröder war mit meiner Waffe erschossen worden. Die Fingerabdrücke auf der Waffe wiesen aber auf Rimbaud. Also mussten wir beide aussagen, dass es ein Versehen war, ein Unfall. Rimbaud wollte Conrad im Handgemenge unschädlich machen und traf dabei Schröder. Wie war er an die Waffe gelangt? Ich hatte sie im Kampf gegen Conrad verloren, Rimbaud hatte sie geistesgegenwärtig aufgenommen, aber dann leider – er war kein geübter Schütze – den Falschen getroffen. Also, im Versuch, mich zu retten, traf er Schröder. Ein Unfall. Schließlich rettete Schröder mich, indem er mit letzter Kraft Conrad erschoss.

Iris streichelte Rimbaud liebevoll die Hand, ich hätte es auch gerne getan, traute mich jedoch nicht. Ich machte Rimbaud flüsternd klar, wie unser Plan war. Da ich nicht wusste, wie sehr er physisch und mental beeinträchtigt war, wiederholte ich die Sätze mehrmals. Endlich nickte er. Ich war zufrieden. Während wir den Korridor entlang schritten, zurück zum Auto, beschlich mich ein schlechtes Gewissen. Sollte ich meine Karriere bei der Kripo beginnen, indem ich eine falsche Aussage machte und den Täter deckte? Wie konnte ich das vor mir, vor meiner Position als Beamter vertreten? Einzig das schwere Leid, das Rimbaud zu ertragen hatte, gab mir die Rechtfertigung. Ich führte den Umstand ins Feld, dass Rimbaud nicht um Schröders Unschuld wusste, es nicht wissen konnte. Somit half ich der Gerechtigkeit nach, indem ich gegen Recht verstieß. Ich schwor mir, dass es eine Ausnahme sein sollte.

Wir fuhren zum Haus von Schröder und trafen auf Kemnich und die ganze Truppe. Tietjen, unser Kriminalrat, der nun den Anspruch hatte, sich zumindest bei diesem Fall in die operative Arbeit mit einzuschalten, zeigte mir ein Schreiben von Schröder, dass der Hauptkommissar kurz bevor er letzte Nacht aufgebrochen war, aufgesetzt hatte. Der erste Teil war eine ausführliche Beschreibung des Falls und seine Schlussfolgerungen aus den Informationen. Es entsprach dem, was er mir im Keller kurz vor seinem Tod auseinandergesetzt hatte. Daraus ergab sich, dass er Conrad in eine Falle locken wollte. Zu diesem Zweck hatte er ihm eine Karte geschrieben, in der Art, wie er sie selbst bekommen hatte, nur war kein Bremen-Motiv darauf, sondern ein Foto vom grauen Haus. Auch der Text war ähnlich: »Ich weiß, wer du bist, Franz. Treffpunkt zwei Uhr dreißig morgens.« Durch die Nennung des Vornamens wollte er offensichtlich noch deutlicher machen, von wem die Karte kam. Es sollte kein Zweifel daran bestehen, dass er, Schröder, es auf einen Kampf ankommen lassen wollte. Conrad hatte keine andere Wahl, als die Einladung anzunehmen. Wenn es jemanden gab, der ihm gefährlich werden konnte, dann war dies der Hauptkommissar. Als ich vor dem Polizeigebäude durch Zufall auf Conrad stieß, war er gerade auf dem Weg in seine Wohnung, um seine Waffe zu holen, und ich war ein netter Fang, der ihm nebenbei ins Netz gegangen war.

Schröder war also auf alles gefasst. Hatte alles präpariert, etwa die Ringe mit den Ketten. Dass Conrad mich mitbrachte, hatte er nicht vorhersehen können. Dass ich aber käme, war wahrscheinlich, denn er wusste, dass er mich an Rimbaud verloren hatte. Der Termin, um halb drei im grauen Haus, war schließlich als Forderung von Rimbaud an Schröder ergangen auf dessen Karte. Er hoffte auf ein letztes, endgültiges Rendezvous, auf die klärende Explosion. Schröder kalkulierte seinen eigenen Tod mit ein. Und er vertraute mir insofern, als er hoffte, ich könnte der Zeuge seiner Unschuld werden und der Schuld Conrads. Seine Ausführungen waren telegrafisch knapp. Allein seine Beweisführung, dass Conrad Neumann getötet hatte, weil er ihn für Rimbaud hielt, erfolgte ausführlicher. Das war ihm sehr wichtig. Der letzte Satz lautete: »Ich werde nun aufbrechen in vollem Bewusstsein des Risikos.«

Die Schröder'sche Autorität wuchs nach dessen Tod noch an. Seine Worte waren sein Testament. Sein letzter Wille. Wer wollte diesen in Zweifel ziehen? Schröder hatte sich für die Wahrheit geopfert. So blieb die Hypothese, dass der Tote im Borgward das Opfer Conrads geworden war, weil er in ihm den Briefeschreiber vermutete, der ihn ans Messer liefern konnte, erst einmal unangetastet. Allerdings taten sich bald kleinere Risse auf. Kemnich konnte nachweisen, dass Neumann nicht mit Conrads Waffe getötet worden war. Die Tatwaffe für den Mord an Neumann fehlte also noch. Und Kleinhans ermittelte tatsächlich in Schröders Richtung. Er wollte Schröder etwas ans Zeug flicken, noch über dessen Tod hinaus. Das war ein Affront, aber letztlich gut für uns, weil so zumindest Rimbaud aus der Schusslinie war.

Kleinhans und ich standen uns gegenüber. Es kam zu einem heftigen Disput.

Kleinhans rief: »Nein, nein! Wir haben nun einmal nicht die Tatwaffe und deshalb ist für mich der Fall noch ungelöst!«

Ich widersprach: »Dann hatte Conrad eben noch eine Waffe. Natürlich hat er die Waffe, mit der er Neumann tötete, verschwinden lassen. Das ist doch logisch. Conrad war krank, verrückt, pervers, aber nicht dumm. Alles spricht für ihn als Täter.«

Kleinhans entgegnete wütend: »Sie wollen doch gar nicht, dass der Fall wirklich gelöst wird! Der ganze Fall hat mehr

Löcher als ein Schweizer Käse. Wo ist zum Beispiel das Tonband geblieben, von dem Sie erzählt haben? Hätten wir es, dann könnten wir uns ein eigenes Bild machen. Alles hängt von dem ab, was Sie uns hier auftischen!«

Das Fehlen des Tonbands war eigenartig. Ich vermutete es in Schröders Haus; es war aber nicht dort. Hatte Schröder es vernichtet? Das Tonband belastete ihn fälschlicherweise. Möglich, dass er es deshalb vernichtet hatte. Kleinhans hatte also im gewissen Sinne recht mit seinem Schweizer Käse. Doch ich ging davon aus, dass es sich um unerhebliche Lücken handelte, die an der grundsätzlichen Wahrheit nichts änderten.

Endlich mischte sich Tietjen ein, sogar ungewohnt heftig.»Nun ist aber Schluss, Kleinhans! Wir wissen alle, dass Sie Schröder nicht aufs Fell kucken konnten. Und nun versuchen Sie, unseren neuen Kollegen in Misskredit zu bringen. Aber ich bin auch noch da. Wir schließen den Fall! Ich setze mich sofort mit der Staatsanwaltschaft in Verbindung. Die leckt sich gerade ihre Wunden nach dem Desaster mit Conrad und wird froh sein, wenn der Fall nicht noch weiter aufgerührt wird.«

Ich war froh, dies zu hören.

Doch Kleinhans gab sich nicht geschlagen. Er untersuchte die Erpressungsgeschichte mit den Briefen, die eigentlich eine Drohgeschichte war, in der nicht einmal richtig gedroht wurde. Dennoch stand zu befürchten, dass man Rimbaud für die Erpressung drankriegte. Kleinhans suchte nach jedem Strohhalm. Wieder kam es zu Wortgefechten zwischen ihm und mir. Unsere Strategie fußte darauf, Rimbauds Drohung als moralisch-politisch zu deuten und nicht als persönlichen Hass auf Schröder. In einer unserer Sitzungen – man hatte mich schnell zum Kommissar befördert – ließ ich deshalb meinen alten Freund Wolf als Zeuge kommen. Wolf legte dar, dass die Gestapochefs Bremens allesamt heute noch oder schon wieder frei herumspazierten. Erwin Schulz war auf Bitten Bremer Politiker vorzeitig entlassen worden. Einer, Dr. Alfred Schweder, arbeitete beim Weser-Kurier, und ich hatte ihn sogar kurz getroffen, nämlich im Archiv, als ich Iris suchte, wie mir Wolf erklärte. Ein Mann mit Lederhand. Sie standen alle unter dem Schutz Wilhelm Kaisens, der selbst Opfer der Nazis war; aber man hielt sie für honorig.

Die Verwechslung, die Rimbaud unterlaufen war, lasteten wir Jonny an. Jonny hatte Rimbaud den Floh ins Ohr gesetzt, obwohl es umgekehrt war, wie ich wusste. Jonny zu befragen, wie Kleinhans wollte, war nicht möglich. Man fand ihn nicht, und nur ich wusste, dass er nach Holland verschwunden war. Die Folgen aus dieser Verwechslung konnte man nicht Rimbaud in die Schuhe schieben, sondern verantwortlich für all die Verbrechen war am Ende einzig Conrad, der Mörder, zumal alte Fotos Conrad vor dessen misslungener Gesichtsoperation zeigten: mit einem Schmiss auf der rechten Wange. Schließlich gab auch Kleinhans nach. Er hatte nichts in der Hand. Es waren auch keine Geldforderungen im Spiel gewesen. Tietjen war erleichtert. Es kam nicht zu einer Anklage.

Nachdem die Ermittlungen gegen Rimbaud eingestellt worden waren, kam Kleinhans zu mir. Ich saß im Büro von Schröder, das nun mir gehörte, und trank Kaffee. Er schloss die Tür und stellte sich vor meinen Schreibtisch, drohend. Er bebte vor unterdrückter Wut.

»Das haben Sie ja gut hinbekommen, wie? Haben Ihren Günstling herausgepaukt.« Er sah mich herausfordernd an. Ich ignorierte, soweit es ging, seine Aggressivität und bemühte mich, ruhig zu bleiben.

»Ich verstehe nicht, was Sie meinen, Herr Kleinhans.«

»Sie können mir nichts vormachen. Ich sage Ihnen aber, ich werde ein Auge auf Sie haben. Ich weiß, dass etwas an der Geschichte faul ist. Gehörig faul. Sie freuen sich zu früh.« Ich wollte antworten, wusste aber nicht, was. In solchen Momenten war es besser zu schweigen. Er wollte auch keine Antwort hören, sondern einfach Dampf ablassen. Er schlug die Tür zu.

Einige Zeit später ging ich zum Grab von Schröder. Ich hatte es hinausgezögert. Die offizielle Trauerfeier mit all dem zeremoniellen Brimborium gab mir nichts. Sie hatte mich trotz der bewegenden Worte von Tietjen nicht wirklich berührt. Sie war kein echtes Abschiednehmen. Dies schob ich für später auf. Es wurden Wochen. Ich fürchtete mich ein wenig vor dem Moment. Ich hatte ihn in so kurzer Zeit so intensiv erlebt, dass ich Angst hatte, es könnte mich überwältigen. Ich kaufte Astern in verschiedenen Blautönen. Mir schien, er würde blau mögen. Über unsere Lieblingsfarben hatten wir nicht gesprochen, wir hatten anderes zu tun.

Erst als ich am Grab stand, fiel mir ein, dass ich eine Schaufel brauchte, um die Blumen eingraben zu können. So benutzte ich meine Hände und hob die Erde für die Blumen aus. Ich dachte an den Anfang unserer Beziehung. Wie er aus dem Nichts kam und das Gedicht von Benn rezitierte. Es handelte von einem Toten, dem eine Aster zwischen die Zähne geklemmt worden war. Das war zynisch angesichts des Toten im Borgward. Nachdem ich die Blumen eingegraben hatte, schlossen sich meine Hände zum Beten zusammen. Ich hatte nur als kleines Kind gebetet, dann nie mehr. Auch jetzt betete ich nicht wirklich. Es war ein Innehalten. Und ich versuchte, ein Gedicht zu memorieren, das ich in einem Gedichtband gefunden hatte. Es war natürlich von Benn und handelte von – ja wovon? Jedenfalls kam das Wort »Bremen« vor. Es war eigenartig, dieses Wort, das meine Heimat bezeichnet, in einem Gedicht von Benn zu lesen, verknüpft mit alle den Wörtern, die ich nicht kannte. Was ich jedoch verstand: Es handelte von einem Mann, der alles satthatte, von einem Überdruss, vielleicht sogar von einer Todessehnsucht. Mir schien, auch Schröder hatte vieles satt. Unter all der Kraft und Stärke war eine große Müdigkeit. Vielleicht eine Schuld. Vielleicht hatte er zu viel gesehen und zu viel geschwiegen. Vielleicht. Ich ging fort vom Grab, fort vom Friedhof, in Rimbauds Arme. Ich fühlte mich wohl, aber ich wusste, es würde nicht von Dauer sein. Etwas stimmte nicht. Da hatte Kleinhans recht.

EPILOG

Ich laufe. Ich laufe an diesem sonnigen Septembermorgen im Trikot meines Vereins, dem Buntentor, und ich laufe in meinen erfolgsverwöhnten Spike-Schuhen, die meinen großen Sturz auch nicht verhindern konnten, jetzt aber noch einmal, vielleicht das letzte Mal, mich zu einem kleinen Triumph führen sollen.

Ein Lauf gegen die Uhr. Schlaff hängt das Fähnchen am Vereinsgebäude. Wolf hat sich am Rande der Bahn postiert, die Stoppuhr in der Hand. Sein Blick folgt mir gespannt. Unter mir das rhythmische Auf und Ab, das Tipp und Tapp meiner Schritte. Mein Körper hat die Regie übernommen und bewegt sich in die Zukunft. Auch meine Gedanken laufen, auch sie haben einen Rhythmus, doch sie bewegen sich in die entgegengesetzte Richtung, in die Vergangenheit. Ich sehe den Toten im Borgward. Den Nieselregen im diesigen Morgenlicht. Das stumme Blinken der Polizeisirenen.

Borgward wird verschwinden. Die Zeit ist über dieses Symbol hinweggegangen. Das Ende von Borgward ist nicht aufzuhalten. Venske, ja, Venske hat es sich inzwischen zur Aufgabe gemacht, der Neumann-Theorie zu folgen. Das macht er privat. Offiziell ist der Fall abgeschlossen. Aber Venske glaubt an einen Plan. Wie besessen. Hin und wieder fängt er zu erzählen an, jongliert mit Zahlen über Zahlen. Ich höre nicht hin, nicke ihm aber aufmunternd zu.

Rimbaud ist fort. Ich glaube nicht, dass er wiederkommt. So dumm ist er nicht! Wir hatten ein paar glückliche Wochen. Mehr nicht. Dann kam dieser Brief. Er lag im Briefkasten, ohne Briefmarke und Absender. Von wem? Ich weiß es nicht. Der Brief war von ihm. Von Schröder. Er musste ihn in der Nacht seines Todes geschrieben und ihm jemanden übergeben haben. Auf dem Umschlag steht: »Nach meinem Tod zu öffnen.« Es muss einen Vertrauten geben, der den Brief aufbewahrte und nun, weshalb auch immer gerade jetzt, bei mir einsteckte.

»*Lieber Herr Nettelbeck!*« So begann er.

»*Sie werden inzwischen längst wissen, worum es sich handelt, deshalb muss ich es nicht weiter ausführen. Und Sie werden hoffentlich wissen, dass ich nicht der Mann ohne Gesicht bin. Kauder wurde von Conrad ermordet. Das hatte Kowalski falsch verstanden. Vielleicht tötet Conrad auch mich. Er hat versucht, mich in eine Falle zu locken, jetzt stelle ich ihm eine. Ich mache mich nun auf ins graue Haus. Was wird geschehen? Ich hoffe, Sie werden auch da sein. Wenn, dann wohl mit Rimbaud.*

Alles wäre einfacher, wenn ich nicht wüsste, wer den Toten im Borgward auf dem Gewissen hat. Ich will es nicht wissen, aber ich weiß es. Ich werde auch tun, was ich kann, um es zu vertuschen. Dann quittiere ich den Dienst. Sollte ich aber sterben, dann werden Sie diesen Brief irgendwann erhalten, wenn Zeit vergangen ist. Ich sorge dafür. Ich habe meine Kontakte.

Wer also ist der Täter? Dazu muss man wissen, wer der Tote im Borgward war. Wer war Thomas Neumann? Und man muss wissen, wer Ihr sogenannter Rimbaud ist. Die beiden kannten sich. Ich wiederum kenne Rimbaud. Kannte ihn. Ich kannte vor allem seine Eltern, und noch spezieller seine Mutter. Ich konnte die Ermordung der beiden nicht verhindern. Zwar war ich zur Gestapo gegangen, teils aus Überzeugung, teils aus Karrieregründen und teils weil ich hoffte, meine schützende Hand über sie halten zu können.

Wir waren nicht so schlimm wie die SA oder die SS. Das
sagen alle. Ich will mich nicht rechtfertigen. Es gelang mir
nicht, sie zu retten. Ich hatte die beiden gewarnt. Ihr Mann
fotografierte und filmte Beweise für die deutsche Aufrüstung
und ließ sie nach England schmuggeln, um die Appeasement-
Politik Chamberlains zu diskreditieren. Das konnte nicht gut
gehen. Es kam schlimmer. Er geriet in die Hände des Mannes
ohne Gesicht, der sein Handwerk im grauen Haus ausführte.
Immerzu stellte ich mir die Frage, wo der Junge geblieben
ist. Er musste untergetaucht sein. Oder war er auch ermor-
det worden? Ich stellte Untersuchungen an. Der Krieg riss
mich mit seiner Dynamik jedoch fort. Ich vergaß, wollte ver-
gessen. Erst heute habe ich ihn wieder getroffen! Vorhin, im
Trunkenen Schiff, da traf ich ihn. Schlagartig war mir klar,
dass er es war. Rimbaud. Und nun zähle ich eins und eins
zusammen. Ich war zuvor im Archiv gewesen und hatte nach
Thomas Neumann geforscht. Ich denke, Sie haben den Anruf
mitbekommen, den ich erhielt. Ich fand einen Vorfall von
1951, in den er verwickelt worden war, und zwar hatte ihn
jemand in einem Park überfallen. Es schien ein Fall aus dem
Homosexuellenmilieu. Jetzt, nachdem ich Rimbaud getrof-
fen habe, weiß ich es. Derjenige, der ihn damals überfallen
hatte, das war Rimbaud. Thomas Neumann verschwand nach
Köln zum Studium. Die beiden mussten sich aber vermut-
lich im Zuge von Neumanns Verbindung zu Kauder wegen
der Borgward-Sache wieder getroffen haben. Nur er kommt
infrage: Rimbaud. Das Band von Kowalski hat mir bestätigt,
was ich nicht leugnen kann: Kowalski hat ihn gesehen, hörte
den Schuss. Er kam genau dorthin, wo Kowalski sich ver-
steckt hatte. Ein Glas in der Hand. Kowalski konnte in letz-
ter Sekunde im Keller verschwinden, hörte die Tritte auf der
Treppe. Er war danach fertig, nur mehr ein Bündel aus Angst.
Ja, Rimbaud war es. Aber ich kann ihn nicht verurteilen. Im

Notfall werde ich ihn decken. Doch sollte ich sterben, dann müssen Sie die Aufgabe übernehmen. Es ist an Ihnen, Nettelbeck, aus all dem Ihre Schlüsse zu ziehen und zu handeln. Ich überlasse es Ihnen, zu entscheiden, was zu tun ist. Wenn Sie aus Liebe handeln, so soll es so sein. Ich bin zu verstrickt in sein Unglück und fühle mich müde.«

Ich komme an Wolf vorbei, er signalisiert mir, dass ich die Zeiten einhalte. Daumen nach oben. Vielleicht ist Wolf der Einzige, der es gut mit mir meint. Er weiß, wer ich bin.

Nachdem ich den Brief gelesen hatte, saß ich für eine lange Zeit starr und fassungslos auf den Knien. Auf den Knien? Ich musste gestürzt sein. Diesen Brief konnte ich nicht ignorieren. Ich ahnte es doch! Auch ich verschloss die Augen. Auch ich will nicht, dass Rimbaud der Täter ist. Rimbaud ist das Opfer, kein Täter. Opfer! Wie kann er, der so sanft ist zu mir, einen Mann ermorden? Begierig hatte ich die Erklärung aufgenommen, die Schröder mir im grauen Haus als Knochen hingeworfen hatte. Ja, ja. Der Conrad ist es. Der muss der Täter sein. Jetzt, nach dem Brief, war die Situation anders. Doch was sollte ich tun? Sollte ich zu den Kollegen gehen und ihn, meinen Geliebten, verhaften lassen wegen des dringenden Tatverdachts? Sollte ich ihn aufsuchen, ihn warnen? Vielleicht gab es eine Erklärung. Ja, es musste eine Erklärung geben. Ich musste mit ihm sprechen. Ich konnte ihn nicht ans Messer liefern. Also lief ich wieder einmal los und kam zum Dobben. Rimbaud war zu Hause. Er lud mich ein. Ich zitterte am ganzen Leib. Ich konnte kaum klar denken. Sogar meine Lippen bebten. Ich reichte ihm wortlos den Brief. Sollte er ihn selbst lesen. Er las. Nur obenhin, wie mir schien. Er war schnell durch, als würde er den Inhalt bereits kennen. Er blieb ungerührt. Vollkommen beherrscht, lächelte nur sehr fein und gab mir den Brief zurück.

»Was willst du nun unternehmen, Herr Kommissar?«

»Ich will eine Antwort. Eine Erklärung«, brach es aus mir heraus.

Er steckte sich in aller Ruhe eine Zigarette an. Er zitterte nicht. Eine Weile lang blies er Rauch in die Luft. Die Stille war unerträglich. Tonnenschwer. Ich hörte von irgendwoher ein Ticken. Es klang wie eine Zeitbombe. Dann riss mir die Geduld.

»Sag mir, dass das alles nicht stimmt.«

»Ach, Thomas. Du weißt genau, dass es stimmt. Ja, ich habe ihn erschossen. Es ging ganz einfach. Alles war genau überlegt. Ich setzte mich ins Auto. Er schlief, wartete auf Kauder. Ich hatte die Pistole vom Major bekommen, vor Jahren einmal. Die nahm ich mit, und den Behälter für … Du siehst also den Vorsatz. Diese albernen, blöden Blumen hatte er in der Hand. Wie ich die hasse. Der war wirklich verliebt in Kauder. Ich schoss, ohne zu zögern. Dann nahm ich ihm die Augen, die mich nicht sehen wollten. Außerdem … ich hatte einen Plan. Ich wollte endlich Genugtuung haben. Ich wollte es aller Welt zeigen. Endlich sollte der Mann ohne Gesicht geschnappt und bestraft werden. Dieses Symbol wollte ich setzen. Jemand musste den Zusammenhang erkennen, und wenn nicht, dann würde ich nachhelfen. Ich nahm ihm also die Augen. Aber ich konnte diese Leere nicht ertragen. Da steckte ich die Blumen hinein, pflanzte sie auf das Grab seiner Augen. Er hatte es verdient. Ich hatte die beiden zusammengebracht. Er hatte mich betrogen. Es machte mich rasend. Vorher all die Versprechungen. Als ich ihn bat, sich von seiner Frau zu trennen, wiegelte er ab. Dann fing er mit der Borgward-Geschichte an. Ob ich helfen könne. Ja, ich konnte, kannte schließlich einen Journalisten, der groß hinauswollte. Sie sahen sich, und es war um beide geschehen. Und ich? Ich sollte wieder leiden? Nein, mein Vater hat mir verboten zu leiden. Sollen andere leiden.«

»Und was war mit Kowalski? Im Hotel. Ich hatte das komische Gefühl, beobachtet zu werden. Hatte er dich gesehen?«

»Ja, ich war da im Hotel. Ich habe diese Fähigkeit … auf eine sehr unscheinbare, unmerkliche Art anwesend sein zu können. Nur so habe ich überlebt. Ich wusste inzwischen, dass Kowalski mich gesehen hat. Genauso wie ich mich ungesehen machen kann, habe ich eine Antenne dafür, ob ich gesehen werde. Ich wusste nicht, wer es war. Doch ich fand es heraus. Du halfst mir. Ich war immer in deiner Nähe. Du führtest mich zu ihm. In seinem Blick erkannte ich, dass er mich erkannte. Ich stand hinter dir, als du mit ihm sprachst im Hotelzimmer. Ich folgte euch beiden aufs Dach. Ich musste erst einmal dich ausschalten. Dann nahm ich mir den anderen vor.«

»Es war Schröder, der mich niederschlug.«

»Nein, Unsinn. Ich war es.«

»Du wolltest das Tonband.«

»Davon wusste ich nichts. Ich sah nur die Kamera. Dieser Mann sprang fast von selbst, als ich an seiner Kamera zerrte. Er war plötzlich verschwunden, Simsalabim! Ich hatte nur die Kamera in der Hand, die aber ohne Film war. Dann kam auch schon Schröder, und ich musste weg. Ich legte die Kamera ab, um Schröders Blick abzulenken. Das funktionierte.«

»Dir ist klar, du gestehst gerade mehrere Verbrechen …«

»Mir egal. Es ändert nichts zwischen uns, Thomas. Du bist besser als Neumann. Kowalski war ein Unfall. Wir gehören nun zusammen.«

»Du vergisst bei all deinen Verbrechen den Mord an Schröder.«

»Nein, das war Vergeltung.«

»Schröder war nicht der Mann ohne Gesicht!«

»Ja, aber er gehörte zu ihnen, und deshalb ist auch er schuldig.«

»Ich erkenne dich nicht wieder, Rimbaud.«

»Du hättest mich lieber als armes Opfer. Aber warum soll ich das Opfer sein? Nein!«

Er starrte gierig auf den Brief. Ich steckte ihn in meine Jackentasche.

»Gib mir den Brief!« Er griff in Richtung meines Jacketts. Ich zuckte weg.

»Willst du mich verraten?«

»Ja, das werde ich.« Ich sprach es aus, beinahe ohne Gefühl. In mir waren Wut und Empörung fort. Ich war nur noch jemand, der wissen wollte. Während des Gesprächs hatte ich die Rolle des Kommissars eingenommen. Rimbaud war der Verdächtige. Und je mehr ich meine Professionalität zurückgewann, desto mehr verlor Rimbaud seine Kaltblütigkeit. Nun war er verunsichert, beunruhigt, wurde nervös. Er hatte etwas verstanden. Hätte ich meine Waffe dabeigehabt, ich hätte sie nun gezogen und auf ihn gerichtet. Stattdessen hatte er plötzlich eine Pistole in der Hand und richtete sie auf mich. Und im nächsten Moment bekam ich einen Schlag gegen den Kopf. Er besaß eine ungeheure Reaktionsfähigkeit. Als ich wieder zu Bewusstsein kam, war er fort, natürlich. Ich wankte zu Wolf und ließ meine Wunde versorgen. Er fragte nicht nach. Seither habe ich Rimbaud nicht gesehen. Ich verriet ihn nicht. Ich werde ihn nicht verraten. Irgendwann, das weiß ich, werde ich alles sagen müssen. Noch bin ich nicht so weit.

Letzte Runde.

Ich bin losgelöst, bekomme einen Schub und fliege die letzten Hundert Meter über die Bahn, unter mir der hämmernde Takt meiner Tritte, immer schneller werdend. Die letzten Meter mobilisiere ich meine vollen Kräfte noch einmal. Ich werfe mich mit der Brust nach vorn und zerreiße das imaginäre Band. Sofort weiß ich, dass ich meine Zeit gelaufen bin. Wolf klatscht. Es wird unter uns bleiben und keine Bedeutung haben für die Welt, aber für mich und Wolf schon. Erst jetzt spüre ich meine Lunge, die nach Luft giert. Erst jetzt spüre ich meine Beine. Und weit hinten am Ende des Platzes steht jemand. Verschwommen im blendenden Sonnenlicht. Es ist ein dreizehnjähriger Junge. Er strahlt mich an und winkt mir zu. Ein heißer Strom aus Glück jubiliert durch meine Adern. Der Junge verschwindet, aber das Glück bleibt.

Wolf klopft mir kurz auf die Schulter, während wir zum Vereinsgebäude gehen. Wir verabschieden uns mit einem Händedruck. Dann verschwinde ich im Umkleideraum. Hier ist niemand. Ich drehe die Brause auf und genieße den warmen Regen auf den Schulterblättern und auf dem Kopf, lasse es eine Weile lang prasseln, seife mich ein, wasche den Schweiß ab. Ich bin glücklich und habe das Gefühl, neu ins Leben starten zu können.

Doch dann fühle ich mich beobachtet, und ich fühle mich schutzlos. Ausgeliefert. Nackt. Unwillkürlich erstarre ich. Die Fliesen erscheinen mir plötzlich hart und kalt und abweisend. Das Rauschen des Wassers hört sich fremd an. Ein Quietschen, während ich an dem Metallrädchen der Dusche drehe. Ich lausche gespannt. Nur das Tropfen des Wassers, mehr nicht. Hastig greife ich nach dem Badehandtuch. Meine Füße tasten über die Fliesen, auf denen mir mein Spiegelbild als dunkler Schatten folgt.

Ich komme aus dem Duschraum. Jetzt öffnet jemand die Tür. Es ist bestimmt Rimbaud. Natürlich! Er wird sich an mir rächen wollen. Auch ich habe ihn betrogen.

Es ist nicht Rimbaud. Es ist Wolf. Er sieht mich, bleibt im Türrahmen stehen. Stutzt. Ich versuche, meinem Gesicht das beseelte Lächeln von vorhin zurückzugeben. Gelingt es?

Er sagt: »Kommst du mit zu mir? Lass uns feiern.«

»Meine Zeit?«

»Ja, und eine Schwangerschaft, eine baldige Hochzeit und das Leben und so.«

NACHWORT DES AUTORS

Weshalb ist Borgward untergegangen? Grund war die verfehlte Produktpolitik von Borgward, die auf zu viel Diversität gesetzt hatte. Carl Borgward wollte überall mitmischen. Dazu gehörte auch eine dreifache Spartenstruktur mit eigenen Werken: Borgward, Goliath und Lloyd, ohne dass hier Synergieeffekte genutzt werden konnten. Der »Auto-krat« Carl Borgward galt zudem als beratungsresistent. Außerdem stagnierte das USA-Engagement und verschlang Unsummen. All das war nur noch durch große Kredite finanzierbar. Ende des Jahres 1960, also kurz vor Beginn meiner Geschichte, versuchte Borgward, einen weiteren Millionenkredit zu erhalten, für den der Bremer Senat bürgen sollte. Zwanzigtausend Arbeitsplätze waren in Gefahr. Der Senat verweigerte die Bürgschaft nach reiflicher Überlegung. Stattdessen musste Borgward sein Unternehmen dem Senat übereignen, was Carl Borgward, die Pistole auf der Brust, schließlich akzeptierte. Der Senat setzte Semler als »Sanierer« ein. Das Drama nahm seinen Lauf.

Für den Untergang ist aber wohl einzig Carl Borgward verantwortlich. Ob eine Rettung möglich gewesen wäre ohne ein extremes finanzielles Risiko für die Bremer Finanzen? Wohl kaum. Aber hätte ein Plan, zum Beispiel eine radikale Umstrukturierung, Borgward in Teilen retten können? Vielleicht. Die Rolle Semlers bleibt umstritten. Er war im Aufsichtsrat von BMW und hatte ein Interesse, Borgward über den Deister gehen zu lassen. Er warb wohl auch Ingenieure und Designer für BMW ab. All das kann so oder so gedeutet werden. Ich bleibe in meiner Deutung der Tatsachen in der Schwebe. Darüber hinaus kommen in meinem Roman allerdings Handlungen und Motive von Semler und dem damaligen Finanzsenator Wilhelm Nolting-Hauff vor, die rein fiktiver Natur sind.

Heute befindet sich in der Mercedesstraße gegenüber dem ehemaligen Borgward-Gelände ein Denkmal in Form eines Reliefs für Carl F. W. Borgward, ein Sinnbild des Wirtschaftswunders.

Franziska Steinhauer
Spreewald-Marathon
Kriminalroman
384 Seiten, 12,5 x 20,5 cm,
Broschur
ISBN 978-3-8392-0732-1

Während der Ermittlungen zu einem Angriff auf einen
Häftling in der JVA erreicht Hauptkommissar Nachti-
gall die Information über einen brutalen Mord in Burg.
Dort platzte am frühen Morgen ein aufschreckender
Post in die Vorbereitungen für den Spreewald-Marathon: Aktivisten planen, die Anreise von Teilnehmern
und Gästen des Events zu erschweren. Der Kopf der
lokalen Aktivistengruppe wurde nur wenige Stunden
nach dem Internetaufruf brutal ermordet aufgefunden.
Der Post hatte sich im Netz schnell verbreitet – war
Rache für die Störung des Events das Motiv?

GMEINER SPANNUNG

WWW.GMEINER-VERLAG.DE
Wir machen's spannend

Jill Kaltenborn
Königinnensonntag
Kriminalroman
448 Seiten, 12,5 x 20,5 cm,
Broschur
ISBN 978-3-8392-0706-2

Das beschauliche Lopautal bereitet sich auf das tradi-
tionelle Heideblütenfest vor, als ein Fund die Gemeinde
erschüttert: 20 Jahre nach dem mysteriösen Tod der
schönen Frederika taucht ihr verschollenes Tagebuch
auf. Der Lehrer Johanning gerät unter Mordverdacht.
Nur die junge Ärztin Nina ist von der Unschuld ihres
Mentors überzeugt und beginnt zu ermitteln. Sie findet
sich in einem Geflecht aus Lügen wieder, das ein ganzes
Dorf um jene schicksalhafte Nacht gesponnen hat, und
zweifelt bald an ihren eigenen Erinnerungen …

GMEINER SPANNUNG

WWW.GMEINER-VERLAG.DE
Wir machen's spannend